HEYNE <

TESSA WEGERT

THOUSAND ISLANDS

EIN RÄTSELHAFTER MORD

KRIMINALROMAN

AUS DEM AMERIKANISCHEN ENGLISCH
ÜBERSETZT VON ANKE KREUTZER

WILHELM HEYNE VERLAG
MÜNCHEN

Die englischsprachige Originalausgabe
A Death in the Family
erschien 2020 bei Berkley, an imprint of Penguin Publishing Group,
a division of Penguin Random House LLC.

Sollte diese Publikation Links auf Webseiten Dritter enthalten,
so übernehmen wir für deren Inhalte keine Haftung,
da wir uns diese nicht zu eigen machen, sondern lediglich
auf deren Stand zum Zeitpunkt der Erstveröffentlichung verweisen.

Verlagsgruppe Random House FSC® N001967

Deutsche Erstausgabe 11/2020
Copyright © 2020 by Tessa Wegert
Copyright © 2020 der deutschsprachigen Ausgabe
by Wilhelm Heyne Verlag, München,
in der Verlagsgruppe Random House GmbH,
Neumarkter Str. 28, 81673 München
Redaktion: Heiko Arntz
Printed in Germany
Umschlaggestaltung: ZERO Werbeagentur, München,
unter Verwendung von Motiven von
© arcangel/Sharron Crocker, FinePic®
Satz: Leingärtner, Nabburg
Druck und Bindung: GGP Media GmbH, Pößneck
ISBN: 978-3-453-44094-4

www.heyne.de

*Meiner Familie,
die dieser Geschichte Leben eingehaucht hat.*

PROLOG

ES WAR AN EINEM Morgen Ende September, einem jener Tage, die in Orange aufleuchten, wenn man die Augen schließt, so klar, so frisch, dass jeder draußen auf dem Bürgersteig die Luft einsaugt, so wie Kinder Limonade. Ich wollte auch etwas davon haben und stieg schon an der U-Bahn-Station Woodhaven Boulevard aus, doch oben auf der Straße hatte ich kein Auge für den strahlenden Tag, sondern sah nur das Unkraut in den Rissen des Bürgersteigs, die hässlichen Flecken von verschüttetem Kaffee auf dem Pflaster. Dabei verströmte Queens trotz seiner Schönheitsfehler diese herbstliche Pracht.

Mir dagegen erschien alles nur fad.

Ich hatte mir nichts weiter vorgenommen, als diesen Tag zu überstehen. Mehr, schätzte ich, war nicht drin. Doch so wie mein Fußmarsch zum 1 Lefrak City Plaza war auch der Mann, mit dem ich mich dort treffen sollte, verwirrend. Frisch vom Friseur, der Nacken noch vom Haarschneider gerötet, und in himmelblauem Hemd, passte er ins Schema. Andererseits trugen die Socken, die unter den Hosenumschlägen zum Vorschein kamen, ein Muster mit bebrillten Kätzchen, und um zehn Uhr an einem Dienstagvormittag roch er, als habe er mit Salbei gekocht. Als wir uns miteinander bekannt machten, triefte sein Ton erwartungsgemäß vor Mitgefühl. Sein kerniger Akzent – Rhode Island oder vielleicht Massachusetts – milderte die Wirkung ab.

»Nun«, sagte Dr. Carson Gates, während wir uns setzten. Er faltete die Hände. »Da sind Sie also. Das ist gut.«

»Finden Sie?« Meine Hände waren fest verknäult. Nur so bekam ich das Zucken in den Griff.

»Ich wette, Sie wären jetzt lieber an jedem anderen Ort, nur nicht hier. Bei der Kfz-Behörde. Beim Zahnarzt, kurz vor dem Einstich der Nadel.« Er rang um Fassung. Es wirkte nicht einmal aufgesetzt. »Aber Sie sind hergekommen. Also, das ist schon mal ein Anfang.«

Das war eine Auflage, dachte ich verärgert, dabei war ich auf diesen Typ mit dem klaren Blick und den idiotischen Socken nicht einmal sauer. Immerhin schien der zarte Farn auf seinem Schreibtisch zu gedeihen. *Spiel einfach mit*, sagte ich mir. *Erzähl ihm, was er hören will, umso schneller kommst du nach Hause.* Gleichzeitig surrte mir ein Bienenschwarm im Kopf. Das Reden war leicht, außer, wenn es schwierig wurde.

»Sie glauben nicht, dass ich Ihnen helfen kann«, sagte Carson. »Kein Problem. Das bin ich gewohnt. Aber eines sollten Sie wissen.« Er beugte sich vor und musterte mich. »Ich gebe Sie nicht auf, Shana. Und ich bin sicher, Sie schaffen das. Erzählen Sie von Anfang an. Lassen Sie sich Zeit.«

Der Anfang. Wo genau war das? Ich wusste nur, dass für meinen Geschmack ein Fremder dort nichts zu suchen hatte, auch wenn er gut roch. Aber vielleicht genügte es ja fürs Erste, die halbe Strecke zurückzugehen, einfach nur weit genug, um ihn zufriedenzustellen. Zum Beispiel bis zu einem Kalksteingebäude an der East Fifth Street zurück, zu einem Tag, der mich an der Gurgel packte und mich immer noch im Würgegriff hielt.

Ich steckte bis zur Halskrause in einem Fall von Fahrerflucht bei einem Unfall mit Todesfolge, als mein Vorgesetzter mich in sein Büro rief. *Es gibt wichtige Neuigkeiten*, eröffnete er mir. *Wir müssen umdisponieren. Das ist Ihnen auf den Leib geschrieben, Shana.* Ich dachte, er meinte meine Ermittlungsmethode – unter jeden Stein zu gucken, um zu sehen, was sich darunter versteckt –, aber das war es nicht. Sie brauchten mich und niemanden sonst, und zwar so, wie ich es mir nie hätte träumen lassen.

Die Jungs vom siebten Bezirk ermittelten in einer Mordserie südlich der Houston. Es war eine weitere Leiche aufgetaucht, diesmal im East Village – meinem Zuständigkeitsbereich. Sie wussten bereits einiges über ihren Tatverdächtigen, und ihre letzte Information hatte den Sergeant bewogen, mich von meinem Schreibtisch loszueisen und zur Pitt Street zu schicken, wo der Fall wie ein Stadtplan auf einem Tisch ausgebreitet lag: In einem Zeitraum von vier Monaten hatte es drei Morde gegeben, allesamt Frauen. *Becca Wolkwitz. Lanie Miner, Jess Lowenthal.* Es gab keinerlei Hinweise auf Beziehungsdelikte, keine Vorgeschichte mit Drogen oder Bandenkriminalität, um zu erklären, weshalb diese Frauen auf offener Straße entführt worden und in die Mordstatistik eingegangen waren. Der einzige gemeinsame Nenner der drei Opfer waren dieselbe Dating-Plattform und der Umstand, dass alle drei Dates mit einem Mann namens Blake Bram gehabt hatten.

Auf Brams Profilbild, erklärte ich Carson Gates, war ein hellhäutiger Mann Mitte dreißig mit dunklem Haar und blauen Augen zu sehen. Dass dabei gefärbtes Haar, getönte Kontaktlinsen und Fotofilter im Spiel sein konnten, verstand sich von selbst. Nicht mithilfe manipulierter Fotos, sondern mit Phantombildern auf der Grundlage von Zeugenaussagen schnappen wir gewöhnlich unseren Mann. Trotzdem: Irgendetwas an seinem Foto kam mir vage bekannt vor. Sein Gesicht weckte eine Erinnerung, wie ein altes Buch, mit Eselsohren und vor langer Zeit verlegt. Ich hatte Bram schon einmal gesehen, konnte aber nicht sagen, wo.

Laut seinem Profil las der Bursche gerne spannende Schmöker und mochte Bill-Murray-Filme. Noch mehr Lügen. Von den

Betreibern der Plattform erfuhren wir anhand seiner Datengeschichte, dass er sein Profil häufig aktualisierte, zweifellos, indem er verschiedene Kombinationen ausprobierte, um zu sehen, was ankam. Bei all den Überarbeitungen fiel nur eine Konstante ins Auge, eine Textzeile, die sich jedes Mal wiederfand. Blake Bram stammte aus einer Stadt namens Swanton, Vermont.

»Swanton. Klingt nach Postkartenidylle, oder?«, sagte ich zu Carson, der mir mit gespannter Aufmerksamkeit folgte. »Irgendwann in den Sechzigerjahren hat die Queen Swanton ein paar königliche Schwäne geschenkt, und seitdem schwimmen Schwäne im Park des Städtchens. Im Westen geht's nach Lake Champlain, Richtung Norden nach Kanada. Eine Volkszählung im Jahr 2010 kam für Swanton auf eine Einwohnerzahl von 6427. Ich weiß das, weil ich in Swanton aufgewachsen bin.« So.

Das wäre geschafft. Es trat eine peinlich lange Pause ein, bevor ich weiterreden konnte. »Als ich hörte, dass der Mörder behauptete, aus meiner Heimatstadt zu stammen, war mir klar, wieso der Sergeant von mir verlangte, für diesen Fall alles stehen und liegen zu lassen. Zwischen dem Verschwinden der Frauen lag jeweils ein Zeitraum von zwei Wochen, und nichts deutete darauf hin, dass Brams Mordserie zu Ende war. Wir waren ungefähr im selben Alter, er und ich, und sechstausend Seelen waren überschaubar.«

Carson wartete. Er legte die verschränkten Hände in den Nacken.

»Sie hofften, ich könnte den Burschen identifizieren«, fuhr ich fort. »Sie kennen den doch bestimmt, sagten sie.«

Was ich Carson und allen anderen verschwieg: Sie hatten recht.

EINS

DREIZEHN MONATE SPÄTER

»MORD«, WIEDERHOLTE ICH, das Wort ging mir nur schwer über die Lippen. Es war Lichtjahre her, seit ich es das letzte Mal ausgesprochen hatte.

Tim wippte mit seinem Bürostuhl, um die Sprungkraft der dreckverkrusteten Federn zu testen, und erhob seinen leeren Kaffeebecher wie ein Glas. »Mord *auf einer Insel*«, sagte er. »Wenn es nicht so herzlos klänge, würde ich sagen, das hier ist dein Glückstag, Shane.«

Ich hasste den Spitznamen, aber ich versuchte immer noch, Tims Neuigkeit mit dem Wasser in Einklang zu bringen, das hinter ihm das Fenster herunterlief, und so ließ ich es auf sich beruhen. *Shane!*, hatte Tim an meinem ersten Tag in der neuen Dienststelle gesagt. *Du hast doch wohl* Shane *gesehen! Alter Western? Revolverheld mit geheimnisvoller Vergangenheit? Fällt der Groschen?* Hatte ich nicht, ich hasste Western, den aufgewirbelten Staub, das Pathos, doch Tim fand das witzig.

An jenem Morgen war niemandem zum Lachen zumute. Tim nahm den Anruf von der Leitstelle entgegen, während ich mir gerade einen zweiten Kaffee aufbrühte und auf den Donner horchte, von dem die Scheiben klirrten. Ich erhoffte mir von diesem Samstag nicht mehr, als ihn mit trockener Haut zu überstehen. Sosehr ich mir gewünscht hätte, auch dieser Anruf wäre nur ein Witz –

von Tim, um »die Neue« zu ärgern, oder ein dummer Streich von gelangweilten Städtern –, wusste ich doch, dass es keiner war, und zwar aus drei Gründen. Erstens Tims Gesicht. Er hatte diese comicartigen Augenbrauen, so lang und gerade, wie mit einem Edding gezogen. Nun – wer war schon makellos? Bei mir selbst sehen die meisten erst einmal nur die Narbe. Aber ich fragte mich, ob Tim trotz seines athletischen Körperbaus in den Augen von Tatverdächtigen nicht wie eine Witzfigur wirkte. Während er am Telefon die routinemäßigen Fragen stellte und sich auf seinem linierten Block Notizen machte, versteinerte seine Miene. Dieser Ausdruck war neu an ihm. Jedenfalls mir.

Der zweite Grund war der Zeitpunkt. Ich hatte mir sagen lassen, Anrufe, mit denen Leute der Polizei einen Streich spielen wollen, seien im Herbst »Einhörner«, Stoff für Legenden. Es war schon Mitte Oktober, der Exodus so gut wie abgeschlossen. Die Mehrzahl der saisonalen Anwohner, selbst die Nachzügler, die dem Sommer noch ein paar letzte Tage abtrotzen wollten, hatten ihre Wassertrampoline eingepackt und ihre grellbunten Schnellboote eingelagert. Auch die Feriengäste waren wieder dort, wo sie hergekommen waren: in Manhattan, Toronto, Montreal. Auf Thousand Islands in Upstate New York war die Saison vorbei, und außer den Ansässigen war niemand mehr da. Nur noch wir.

Vor allem aber der dritte und entscheidende Grund, der Regen, der schräg ans Fenster hinter Tims Schreibtisch peitschte, sagte mir, dass der Anruf echt war. In den Morgennachrichten hatte der örtliche Wetterfrosch – Bob? Ben? – von Sturmböen aus nordöstlicher Richtung gesprochen. Das Unwetter hatte sich einen Tag zuvor mit giftgrünen Wolken angekündigt, die das Dorf Alexandria Bay mitten am Tag in Dunkel hüllten. Die ganze Nacht hindurch hatte es eisiges Wasser wie aus Eimern geschüttet, und laut der Vorhersage sollte es achtundvierzig Stunden so bleiben. Bei diesem Wetter ging niemand gern vors Haus, um einem Polizeiboot beim Anlegen zu helfen. Nein, dieser Anruf war echt. Es war mein erster Mord seit über einem Jahr, seit jenem Fall, der mich dazu gebracht hatte, Manhattan gegen finsterstes Niemandsland zu tauschen. Ich sah mich um. Wir waren nicht die einzigen Ermittler, die in diesem Kommissariat arbeiteten, nur die einzigen, die hier und jetzt an diesem Tag in der Dienststelle waren, und jetzt musste ich, irgendwie, auf eine Insel. »Schnapp dir deine Jacke«, sagte ich und sah, wie Tims Augenbrauen in die Höhe schnellten. »Wir machen eine Spritztour.«

Früher dachte ich anders über Boote, das heißt, ich verschwendete kaum einen Gedanken daran. Eine Fähre nach Alice Island, wenn meine Eltern in der Stadt waren und die Freiheitsstatue sehen wollten. Vor ein paar Jahren ein Dinner auf einem Schiff, das ein vorzeitiges Ende fand, als mein Date seinen Krabbencocktail in den East River erbrach. Das war's dann auch mit meiner Erfahrung zur See. Ich konnte nur hoffen, dass mir dieses Manko heute nicht in die Quere kam. Höchstwahrscheinlich ein frommer Wunsch.

Vom Revier zum Keewaydin State Park waren es mit dem Auto drei Minuten, auf der Route 12 einfach geradeaus. Ich genoss die Wärme des Streifenwagens und die vorerst noch trockenen Kleider am Leib. »Was wissen wir?«, fragte ich und ließ auf dem Lenkrad die Finger spielen. Sie steckten in Handschuhen, die ich zu meinem Bedauern vor dem Verlassen des Reviers nicht an der Heizung aufgewärmt hatte.

»Dass wir jetzt lieber mit diesem Kaffee da drinnen säßen?«

Dafür bekam er ein süßsäuerliches Lächeln. Der Kaffee war jetzt in der Espressokanne sicher nach oben gesprudelt. Ich sah vor mir, wie er im Pausenraum seinen Dampf verströmte. Bis ich ihn wiedersähe, wäre er nur noch eine kalte, bittere Brühe. »Davon abgesehen«, sagte ich.

»Hellhäutiger Mann, sechsundzwanzig Jahre alt, aus einem Ferienhaus verschwunden. Er ist aus New York City raufgekommen. Der Hausmeister hat ihn vermisst gemeldet. Hat am frühen Morgen festgestellt, dass der Bursche verschwunden ist.«

»Moment mal«, sagte ich und fuhr mit dem Kopf zu ihm herum. »Sagtest du ›vermisst‹? Ich dachte, wir reden hier von Mord.« Das waren zwei Paar Schuhe. Hatte mich Tim im Revier am Ende doch auf den Arm genommen? Kleiner Scherz auf Kosten von Shane?

»Die Familie spricht von Mord.« Mit einem Achselzucken gab Tim zu verstehen, was er von der Behauptung hielt. »Es gibt keine Leiche«, räumte er ein, ein bisschen spät für meinen Geschmack. »Der Mann ist einfach nur weg.«

Ein Vermisstenfall, hinter dem vielleicht Mord steckt, vielleicht aber auch nicht. Mit einem Mal hatte ich zu warme Hände. Ich zog die Handschuhe aus und stopfte sie in die Mittelkonsole. »Name?«

»Da wird die Sache interessant.«

»Sie ist schon interessant.«

Tim grinste. »Rat mal, mit wem wir es hier zu tun haben. Der Vermisste ist kein Geringerer als Jasper Sinclair.« Ich schaute ihn verständnislos an.

»Die Sinclairs haben in New York einen Namen. Sind in der Modebranche, soviel ich weiß«, klärte er mich auf. »Promis. Und heute Morgen wacht Jaspers Freundin auf und stellt fest, dass das Bett neben ihr leer und das Laken blutgetränkt ist.«

»Aber keine Leiche«, antwortete ich. »Hm, das ist … was anderes.«

»Meine Rede.«

»Demnach fällt der Verdacht auf die Freundin?«

»Nicht unbedingt«, erwiderte Tim. »Ich kann mir nicht vorstellen, wie eine junge Frau die Leiche eines erwachsenen Mannes quer durchs Haus wegschaffen sollte, in dem jede Menge Leute schlafen, ohne jemanden aufzuwecken.«

»Falltür im Boden?«

Er lachte. »Wer weiß.«

»Immer vorausgesetzt, der Angreifer oder die Angreiferin war allein.«

»Angreifer«, wiederholte Tim und verzog das Gesicht.

Ich wusste, was er dachte. Einen Mord in seinem Revier nahm er persönlich. »Wie viele Personen waren im Haus?«, fragte ich.

»Acht, mit der Freundin. Mit dem Vermissten neun. Sie haben alle durchgeschlafen, sagt der Hausmeister, trotz des Wetters.«

Ich sah ihn stirnrunzelnd an. »Und die gehören alle zur Familie?« Jedes Gewaltverbrechen geht einem an die Nieren, egal, ob die Leiche vor Ort ist oder nicht, aber Familiengeschichten? Das war das Schlimmste. Ich habe mit meinen eigenen Augen gesehen, zu welch schrecklichen Dingen Väter, Mütter, Brüder, Vettern und Nichten fähig sind. Blutsbande können wirklich blutig sein.

»Familie, der Hausmeister, die Freundin und noch ein paar VIPs. Wie gesagt, volles Haus. Offenbar keinerlei Anzeichen für gewaltsames Betreten, allerdings war der Hausmeister in dem Punkt ein bisschen seltsam.«

»Seltsam?«

»Na ja, als ob er irgendwas verschweigt.« Wir fuhren links vom Highway ab und durchpflügten eine Pfütze so groß wie ein Seerosenteich. Hafenbecken und Slipanlagen lagen geradeaus.

»Ich hab sie gefragt, ob sie das ganze Haus durchsucht hätten«, fuhr Tim fort. »Könnte schließlich gut sein, dass der arme Schlucker sich im Badezimmer oder in einer Besenkammer unter der Treppe die Wunden leckt. In so einem großen Haus weiß man nie.«

»Woher weißt du, wie groß das Haus ist?«

»Sind sie alle, Shane.« Er verdrehte die Augen. »Aber die Hütte vor allem. Ich kann dir sagen. Als Kind bin ich mit meinem Vater in der Nähe angeln gegangen. Ich hab davon geträumt, da drin zu wohnen ... Jedenfalls keine Spur von Jasper. Noch nicht.«

»Das heißt, abgesehen von seinem Blut.« Ich trommelte mit den Fingern auf dem Lenkrad. »Wir müssen eine gründliche Durchsuchung durchführen. Wenn es eine Insel ist, gibt es vermutlich Klippen und so, oder?«

»Jede Menge Stellen, an denen im Dunkeln jemand stürzen« und in den Fluss fallen kann«, bestätigte Tim.

»Und wir brauchen die Spurensicherung. Für das Blut.« Besser, es zu erwähnen. Schließlich war das hier die Alexandria Bay, und ich hatte keine Ahnung, wie viel ich von den Kollegen erwarten durfte. Zu meiner Einheit gehörten sechs Ermittler, und in der Gegend gab es zwanzig Staatspolizisten – zuzüglich Sheriff McIntyre sowie die Deputy Sheriffs in Watertown, die für das gesamte Jefferson County zuständig waren – genügend Beamte für einhunderttausend gesetzestreue Bürger. Die Insel war das Problem. Mir war nicht entgangen, dass Tim gegen meine Entscheidung, ihn mitzunehmen, keine Einwände erhoben hatte. Die Ermittler des bundesstaatlichen Kriminalamts New York, selbst die ranghöheren wie ich, arbeiteten in der Regel allein, doch wenn ein Fall je nach einem Partner verlangte, dann dieser.

»Klar doch«, erwiderte Tim. Es klang verletzt. »Bei Verbrechen auf der Insel ist im Prinzip der nächstbeste Streifenwagen zuständig. Oder eher: das nächstbeste Boot. Aber die anderen sind natürlich auch mit von der Partie. Ich bin sicher, die wollen alle einen Blick drauf werfen. So was kommt hier nicht alle Tage vor. In dieser Gegend schließen die Leute nicht mal ihre Türen ab. Wir sind hier ja nicht in New York City.«

Ich warf ihm einen Blick zu, um in seinem Gesicht zu lesen, ob er bei der Bemerkung innerlich grinste. Tim spielte die Situation herunter. Ein Mord, selbst ein Vermisstenfall, kam auf einer der Inseln einfach nicht vor. So viel hatte mir McIntyre, als sie mich angeheuert hatte, zu verstehen gegeben. So stand zu vermuten, dass Tim die Sache spannend fand. Ich kenne jede Menge Cops in der City, die sich nach so etwas alle zehn Finger geleckt hätten, obwohl es ihr tägliches Brot war. Nun, falls Tim aufgekratzt war, zeigte er es nicht. Der Mann verzog keine Miene.

Ich bog ab und tauschte die glatte Fahrbahn des Highway gegen den knirschenden Schotter einer Landstraße, und schon sah ich den Fluss. Verflucht, das Wasser stand hoch. Dieser Sommer hatte mit fast einem Meter über dem normalen Pegelwert alle möglichen Hochwasserrekorde gebrochen. Der letzte fiel in das Jahr 1973.

Ich fuhr auf ein quietschnasses Stück Gras und warf durch die Windschutzscheibe einen letzten skeptischen Blick Richtung Himmel. Tim hatte nur Augen für das Boot. Für die Jungs im Revier, Tim inbegriffen, war das Polizeiboot wesentlich interessanter gewesen als meine Wenigkeit. Wir waren zeitgleich eingetroffen: das neue Spielzeug, einem Sonderfonds der US-Küstenwache gedankt, und ich, meinem Verlobten gedankt – und dem dringenden Bedürfnis, New York City weit hinter mir zu lassen. Ich konnte es ihnen nicht verübeln. Das Boot machte was her, wie es da so funkelnagelneu glänzte. Doch als Tim den hohen Wellengang auf dem Fluss sah, wich sein sehnsüchtiger Blick einer bedenklichen Miene.

»Also dann«, sagte ich beschwingt und setzte ein strahlendes Lächeln auf. »Können wir?«

»Jetzt oder nie«, antwortete er, und wir stiegen aus. Während wir zum Schilfsaum des St. Laurence River platschten, wo die Wellen das Boot gegen den Anlegesteg rammten, trieben wir Atemwolken wie Gespenster vor uns her. Das Ding war klein und mit seinem dürftigen Verdeck – Tim nannte es T-Top, wie bei einem

Cabrio – dem Wetter ziemlich ausgesetzt. Ich zog mir die Kapuze meiner Regenjacke über das von der Feuchtigkeit krause Haar. Im Süden blickten wir auf eine endlose Fläche nackter Felder und Wiesen, im Norden auf eine endlose Wasserfläche. Die Abgeschiedenheit schrie zum Himmel.

Upstate New York. Ich hatte es mir als Niemandsland vorgestellt, als ein Einerlei aus landwirtschaftlichen Flächen und baufälligen Scheunen, und ich hatte richtiggelegen. Die Städte sind klein, die Menschen bodenständig. Es ist eine patriotische Gegend. Doch jede amerikanische Flagge sah aus, als flatterte sie schon seit den Dreißigerjahren hier, verblichen und fadenscheinig. Diese Flaggen hatten etwas Ordinäres an sich. Es war, als schaute man Lady Liberty unter den Rock. Doch solche Beobachtungen behalte ich für mich. Tim und mein Verlobter sind beide hier am Fluss aufgewachsen. Sie brauchen nicht zu wissen, dass es morgens beim Aufwachen immer noch ein Schock ist, mich in dieser Einöde wiederzufinden. Statt beim NYPD an der Lower East Side in Tötungsdelikten zu ermitteln, bekämpfe ich Verbrechen für die New York State Park Police – an einem Ort, an dem Gewaltverbrechen nicht existieren. Bis es eines Tages doch dazu kommt.

»Wochenende am Fluss, sagt der Hausmeister«, rief mir Tim vom Boot aus zu. »Sie knapsen mit ihrer Zeit.«

In Manhattan ist es im Oktober ziemlich frisch, aber auf Thousand Islands, hatte ich mir sagen lassen, können schon arktische Temperaturen herrschen. Selbst ein milder Herbst fällt hier oben ungemütlich aus. Hinter dem Boot war die Bucht gewitterfarben. Der Regen spritzte in Fontänen vom Wasser auf, so heftig, dass ich Comfort Island in einer Viertelmeile Entfernung mit bloßem Auge kaum ausmachen konnte. Es war die dem Festland am nächsten gelegene Insel in dieser Gegend, eine der wenigen, die ich mit Namen kannte. An diesem sturmgepeitschten Morgen wirkte sie alles andere als komfortabel.

»Du bereust bestimmt, dass du den Besuch bei deinen Eltern abgesagt hast«, bemerkte Tim, während er die Abdeckplanen vom Steuerstand und von den Sitzkissen zog und in Staufächer steckte. Seit ich näher an meinem Heimatstaat wohnte, fuhr ich regelmäßig nach Vermont. Und da wäre ich auch jetzt gewesen, wäre nicht das Unwetter aufgezogen.

»Soll ich mir das hier etwa entgehen lassen?«, sagte ich, während mir eine Böe eisigen Regen ins Gesicht spritzte.

Tim kramte in seiner Tasche und zog einen an einem roten Schwimmer befestigten Schlüssel heraus. »Werfen wir eine Münze, wer fährt?«

»Sehr witzig. Die Leinen?« Mit den Leinen käme ich schon zurecht.

Tim warf den Motor an, während ich über den Anlegesteg watete, der fünfzehn Zentimeter unter Wasser lag, und das Boot von den Krampen löste. Dann stieg ich ein. Ich kauerte mich in die winzige Wandnische und kam Tim nicht in die Quere, während er uns vom Steg wegmanövrierte. Erst als wir schon draußen waren, merkte ich, dass ich meine Handschuhe im Wagen gelassen hatte. Der Regen hämmerte auf das Verdeck und peitschte in mein Gesicht, als wir mit einem Ruck nach vorn schnellten und uns mit rasendem Tempo der Insel näherten.

Das Erste, was mir mein Verlobter über Thousand Islands verraten hatte, war, dass der Name sogar gelinde untertrieb. Auf dem Abschnitt des Sankt-Lorenz-Stroms, der Ontario von New York State scheidet, ragen in Wahrheit tausendachthundertvierundsechzig felsige Landmassen aus dem Wasser. Noch vor einem Jahrhundert war die Gegend so nobel wie die Hamptons, das angesagte Ferienparadies für Millionäre, für die ganz großen Bonzen der Industrie und die oberen Zehntausend von New York. Auch heute noch befinden sich viele der Anwesen im Fluss im Besitz dieser Leute. Carson hat mir erzählt, der Eigentümer des Waldorf

Astoria habe Anfang des zwanzigsten Jahrhunderts für seine Frau ein regelrechtes Schloss mit einhundertzwanzig Zimmern in Auftrag gegeben. Doch sie sei gestorben, bevor es fertig war. Wie es heißt, hat der Mann danach nie einen Fuß in den Prunkbau gesetzt. Er nannte das Anwesen in Gedenken an seine große Liebe Heart Island.

Hier draußen auf dem Wasser waren Regen und Wind noch unangenehmer als erwartet. Unter der Wasseroberfläche lauerten Untiefen, zerklüftete Felsen, die jederzeit ihre Zähne ins Boot schlagen konnten. Als wir die Fahrrinne erreichten, spürte ich den mächtigen Sog der Strömung. Die Rinne war für Frachtschiffe ausgelegt, die von den Großen Seen Weizen und Eisenerz aus Kanada nach Europa brachten. Doch an diesem Tag waren weit und breit keine großen Schiffe in Sicht. Auch sonst keine Schiffe.

Erst auf halber Strecke verriet mir Tim unser Ziel. Tern Island, auf der amerikanischen Seite. Diese Insel war nicht wie Wellesley (amerikanisch) oder Wolfe (kanadisch) öffentlich zugänglich, sondern in Privatbesitz.

»Du hast ihnen doch gesagt, sie sollen bleiben, wo sie sind, oder? Und am Tatort nichts anrühren?«, brüllte ich in den tosenden Wind. Bei meiner alten Dienststelle lag der Tatort nie mehr als zehn Minuten entfernt. Es hatte mir immer gefallen, mit quietschenden Reifen vom Parkplatz zu fahren und uns mit heulender Sirene freie Bahn zu verschaffen. Die Überfahrt zu einer Insel dagegen braucht ihre Zeit. Ich wagte es kaum, daran zu denken, was die Leute, die dort auf uns warteten, bis zu unserer Ankunft alles anstellen konnten.

Tim lachte. »Die haben nur ein einziges Boot im Wasser, und das ist ein Skiff – ein kleines Motorboot, mit dem sie zwischen den Ufern hin und her fahren. Um alle zum Festland zu bringen, müssten sie dreimal in beide Richtungen, und sie müssten verrückt sein, das bei diesem Wetter zu riskieren. Spürst du das nicht?

Die Dünung?«, sagte er. »Es herrschen irrsinnige Strömungen. Na, jedenfalls sind wir gleich da, direkt hinter Deer Island.«

Deer Island. Noch eine Insel, von der mir Carson erzählt hatte. Es war einmal der Versammlungsort eines Geheimbunds der Uni Yale mit dem schönen Namen »Totenkopf« gewesen. Inzwischen war es wohl mit seinem dichten Baumbestand und dem verfallenen Haus das ideale Set für einen Horrorfilm. Als wir daran vorbeibrausten, lief mir ein leichter Schauer über den Rücken. Doch die Landmasse verschwand ebenso schnell wieder im Nebel, wie sie aufgetaucht war.

Gegen das Geruckel und Gestampfe unseres Boots im aufgewühlten Wasser war ich gewappnet. Als Tim jedoch plötzlich rief »*Scheiße! Festhalten!*«, traf es mich völlig unvorbereitet. Er riss das Steuer herum, um einem Felsen unter Wasser auszuweichen, und als eine eisige Welle ins Boot schwappte und mich volle Breitseite erwischte, wäre ich um ein Haar über Bord gegangen. Ich fühlte einen brennenden Schmerz an der Hüfte. Mein Puls pochte mir in den Ohren und übertönte für einen Moment noch das Getöse des Sturms.

»Kein besonders glücklich gewählter Ort, um jemanden umzubringen, wenn man hofft, unbemerkt davonzukommen.« Ich grub die Fingernägel in die Rücklehne von Tims Ledersitz. »Wieso hier? Wieso ausgerechnet jetzt, wo es so schwer ist wegzukommen?«

»Du denkst an Selbstmord?«, erwiderte Tim.

Genau wie ich ging wohl auch ihm die Aussage des Hausmeisters durch den Kopf, die Angehörigen des Vermissten hätten die ganze Nacht in ihren Betten gelegen. Ich neige allerdings nicht zu vorschnellen Schlüssen. Ich überprüfe meine Theorien lieber erst, bevor ich sie meinem Partner mitteile. Aber das Verschwinden dieses Mannes, der Anruf des Hausmeisters und das ganze Timing waren seltsam, und ich wollte wissen, was in Tims Kopf vor sich ging. »Ersticht sich neben seiner Freundin und fällt dann über die Klippe? Nicht auszuschließen«, sagte ich.

»Gibt leichtere Möglichkeiten, sich auf einer Insel umzubringen.«

»Und wieso riskieren, dass jemand sein Vorhaben mitbekommt?«

»Es sei denn, er wollte, dass sie es mitbekommt«, entgegnete Tim. »Wer weiß schon, wie ihre Beziehung war?«

»Manche Leute sind ziemlich kaputt«, räumte ich ein. »Aber der Hausmeister sprach von Mord.«

»Und wenn die nichts von Selbstmord sagen, muss es einen Grund dafür geben.«

»Acht Menschen.« Ich massierte mir die von der Kälte taube Nase. »Das braucht Zeit.«

»Wir werden Hilfe bekommen«, rief mir Tim in Erinnerung, als das Boot einen Bogen nach links beschrieb. »Die werden wir auch brauchen. Geschafft. Puh.«

Ich hatte keinen Schimmer, wie Tern Island aussehen würde. Auf einer Landkarte hätte ich vergeblich danach gesucht. Als das Eiland endlich durch den Nebel drang, sah es aus wie eine Bergspitze, die aus dem Wasser hervorragte.

»Da möchte man gleich wieder abdrehen, oder?«, sagte Tim, während wir den Kopf in den Nacken legten, um den Anblick auf uns wirken zu lassen.

Tern war ein zerklüftetes graues Felsmassiv, das gekrönt wurde von einem kolossalen viktorianischen Haus mit verwirrend vielen Geschossen, die Wände von Fenstern unterschiedlichster Größe und Form wie von Pockennarben übersät. Ein Turm reckte sich wie eine Faust in die Höhe. Die Außenverkleidung war tannengrün, als wolle sich das Haus im Laub der mächtigen Bäume, die es umgaben, unsichtbar machen. Als ob das möglich gewesen wäre! Am Flussufer gab es ein Bootshaus im selben Baustil, und die ganze Insel war mit einem hohen Steinwall bewehrt. Die unmissverständliche Botschaft lautete: *Betreten verboten*. Vom Bootshaus führte eine steile Treppe den Berg hinauf bis direkt zum Haus, dessen unteres Geschoss aus unbehauenen Natursteinen bestand.

Gegen diese Festung war jeder Nordwestwind machtlos. Jeder Sturm. Jemand hatte ein Vermögen in die Maurerarbeiten investiert. Doch all das hatte nicht verhindert, dass jetzt aus ebendiesen Mauern ein Mann verschwunden war, möglicherweise tot.

ZWEI

ES GEHT HIER UM GESCHICHTE. Um Aristokratie. Die Gegend trägt die Handschrift von Amerikas Elite.

Diese Worte, Carsons Worte, kamen mir in den Sinn, als Tim das Boot auf das Ufer der Insel zusteuerte. Mein Verlobter hoffte, die Verbindung aus wildromantischer Landschaft und Luxusferienort würde ihre Wirkung auf mich nicht verfehlen. Er hatte alles darangesetzt, mir den Umzug hierher schmackhaft zu machen, und redete mir selbst dann noch gut zu, als ich neben ihm in dem Miettransporter saß, in dem unser Hab und Gut verstaut war. »Es ist friedlich«, sagte Carson, kniff mich ins Knie und schenkte mir sein strahlendstes Lächeln. Als ich seine Hand in die meine nahm, fügte er hinzu: »Du wirst es lieben, Shay. Die Leute kommen hierher, um ihre Sorgen hinter sich zu lassen. Genau das können wir auch. Du wirst sehen.«

Wenn es nur so einfach wäre. Wir waren gerade erst ein paar Monate hier, er und ich, und schon jetzt sorgte ich bei Carson für mehr Verwirrung als in unserer gesamten Beziehung davor.

Wenn er wüsste, was ich hier gerade tue, dachte ich, als ich den Hals reckte, um das Haus auf der Bergspitze von Tern Island zu sehen, *dann kämen ihm wohl Zweifel, ob die Sache mit Upstate wirklich eine so gute Idee war.*

Durch den tosenden Wind drang abgehackt eine Stimme zu

uns her, und ich erspähte einen Mann, der in einem schweren Regenponcho am Ende des Anlegers stand. Auch dieser Steg war überspült. Das ganze Ding stand unter Wasser, und beim Anblick des Mannes, der auf den glitschigen Planken einfach so in den Fluss hineinspazierte, wurde mir flau. *Eine große Welle, und das war's für ihn*, dachte ich, doch der Mann wirkte erstaunlich standfest. Er breitete in seinem Umhang die Arme aus, und für einen Wimpernschlag war er Christus, der Erlöser, der da zu uns über das Wasser wandelte.

»Offenbar will er, dass wir im Bootshaus anlegen«, sagte Tim und wischte sich mit dem Handrücken den Regen aus den Augen. »Wenn da nur dieses eine Boot liegt, sollte reichlich Platz sein.«

Ich spähte gerade im rechten Moment hinüber, um zu sehen, wie sich das Tor des Bootshauses wie ein gigantisches Garagentor hob und den Blick auf das geräumige Innere freigab. Das Haus meiner Eltern in Swanton hätte locker dort hineingepasst. Tim sagte, wir sollten neben dem Skiff anlegen, mit dem sie die Gäste der Insel übersetzten. An einer Innenwand des Baus entdeckte ich ein Holzschild mit einer verschnörkelten goldenen Inschrift. Man würde so etwas am Heck einer Jacht oder eines Segelboots vermuten.

Loophole, las ich. Schlupfloch. Ich sah zu Tim. »Entweder haben diese Leute einen ausgeprägten Humor oder einen genialen Steueranwalt gefunden.«

»Mich würde eher interessieren, wo sie jetzt ihr Schlupfloch haben«, gab er zurück, während wir mit dem Boot hineinglitten. »Die Eigentümer der Insel stammen von altem Geldadel ab. Sie gehören zu den Familien, die die Touristen bei den Schiffsrundfahrten mit dem Gilded Age verbinden. Schon seltsam, dass sie hier nur dieses mickrige Skiff liegen haben.«

Kurz bevor wir endlich ins Trockene kamen, traf mich von hinten eine letzte Böe, mit einer Wucht, als hätte mich jemand geschubst. »Was weißt du noch über die Leute?« Ich senkte die Stimme. Im

Schutz der vier Wände war es ruhiger. Der Mann im Poncho wartete beim Tor.

»Nicht viel, aber Tern Island hat immer zu meinen Lieblingsinseln gehört. Das Haus wurde gegen Ende des neunzehnten Jahrhunderts gebaut, soviel ich weiß. Ich habe alte Fotos davon gesehen, auf denen es völlig heruntergekommen war, aber dann hat es in den Vierzigerjahren jemand gekauft und instand gesetzt. Soviel ich weiß, hat es seitdem nicht mehr den Besitzer gewechselt. Inseln stehen nur selten zum Verkauf«, fügte Tim hinzu. »Falls doch einmal, reißen sich die Leute wie die Geier darum. Bin gespannt, wie es von innen aussieht.«

Obwohl Tim die Inseln immer nur vom Wasser aus gesehen hatte und den Eigentümern nie begegnet war, schien er alles über sie zu wissen. Tim konnte einem Auskunft darüber geben, welcher kanadische Zeitungsmogul gerade dabei war, an der Klippenseite seines Eilands einen künstlichen Wasserfall anzulegen, oder welche Familie, deren Reichtum auf einen Tabakmagnaten aus dem neunzehnten Jahrhundert zurückging, die Erweiterung des prestigeträchtigsten Golfplatzes der Gegend finanzierte. Auch Carson betrachtete sich als Autorität, wenn es um Lokalgeschichte ging, doch mein Kollege hier war ihm eine Nasenlänge voraus. Was natürlich auch mit Tims Beruf zu tun hatte: Ein kleinstädtischer Detective kommt herum. Als ich Tims Expertenwissen Carson gegenüber einmal erwähnte, wechselte er rasch das Thema. Niemand lässt sich gern sagen, jemand anders kenne sich besser in seiner Westentasche aus als er.

Das Bootshaus roch nach nassem Holz und nach verfaultem Fisch. Das dumpfe Geräusch, als Tim die Fender über die Bordwand hängte, das Klatschen des Wassers, das an den Innenwänden widerhallte ... die Geräusche, die in diesem riesigen Hohlraum entstanden, bereiteten mir Unbehagen. Es war zu leer hier drinnen, zu still. Ich stieg schnell aus.

»Gott sei Dank, dass Sie da sind. Ich hatte schon befürchtet, Sie schaffen es nicht. Philip Norton«, sagte der Mann, während er mit flinken Händen die Leinen festzurrte. »Ich habe die Meldung gemacht.«

»Dann sind Sie der Hausmeister?«, fragte ich.

»Hausmeister, Koch, Reinigungskraft. Mädchen für alles.«

»Ich bin Detective Tim Wellington«, sagte Tim und musterte Nortons Gesicht. »Und das ist Senior Detective Shana Merchant.«

Selbst unter seiner Kapuze konnte ich sehen, wie Nortons Kahlkopf nahtlos in den Hals überging. Ich vermutete, dass sein Körper unter dem Poncho ähnlich kompakt gebaut war. Augenbrauen und Lider so blond, dass sie fast weiß von seiner Haut abstachen. Seine Wangen waren rund, seine Augen zu klein, wie Rosinen in einem halb gebackenen Milchbrötchen, doch es sah irgendwie liebenswürdig aus. »Keine Fernbedienung«, erklärte Norton, als er auf einen Knopf an der Wand drückte, um das Tor wieder zu schließen. Mit verschämtem Grinsen fügte er in meine Richtung hinzu: »Entschuldigen Sie bitte den Gestank.«

Von Zeit zu Zeit kamen mir solche Männer unter, meist ältere Semester, die sich nicht erklären konnten, wieso eine Frau Polizistin wird, diesen Job freiwillig macht, und sogar besser als die meisten. Ich hatte das dumpfe Gefühl, dass Norton aus diesem Grund errötete, vielleicht aber auch einfach nur wegen meiner Narbe. »Wir haben eine Nerzplage«, sagte der Mann wie zur Entschuldigung, und ich brauchte einen Moment, bis der Groschen fiel. Er meinte den Geruch, und ich hatte »Nerzplage« unwillkürlich mit den Pelzmänteln reicher Damen verbunden.

»Verstehe«, sagte Tim. »Die Viecher horten überall Fisch. Man kann froh sein, wenn sie das nur hier unten machen und sich vom Haus fernhalten.«

»Können Sie laut sagen. Gestern haben wir einen Fallensteller kommen lassen. Nur zur Sicherheit.«

»Tatsächlich? Einen Fallensteller?« Tim war hellhörig geworden.

Ein Fremder auf der Insel. Das also hatte Norton am Telefon verschwiegen, als ihn Tim nach etwaigen Eindringlingen gefragt hatte.

»Jemand von hier, den ich in der Stadt gefunden habe. Windiger Bursche, unsympathisch«, sagte Norton. »Er hat jede Menge Nester zerstört – die von den Gänsen. Sind jetzt natürlich leer. Aber im Frühjahr kommen die Vögel trotzdem zurück. Sie mögen nun mal die Sonnenseite der Insel. Hätte er eigentlich wissen müssen.«

»Wie lange war er denn hier draußen?«, fragte Tim.

»Oh, einige Stunden. Von morgens bis weit in den Nachmittag hinein.«

»Und ist er fündig geworden? Wundert mich, dass das Hochwasser die Nerze hier nicht vertrieben hat.«

»Hat es ja vielleicht«, erwiderte Norton. »Er hat ewig gesucht, aber keine gesichtet.«

»Mr. Norton ...«, warf ich ein. Ich wurde ungeduldig. »Was können Sie uns über gestern Abend erzählen?«

Aus dem Augenwinkel heraus sah ich, wie es in Tims Gesicht zuckte. Wir waren immer noch bemüht, uns in die Methoden des anderen hineinzufinden. Mein Eindruck war, dass er es gerne eher sachte anging, mit Small Talk, weil einem entspannten Zeugen erfahrungsgemäß früher oder später etwas herausrutscht. Aber hier ging es immerhin um einen Vermissten, und da drinnen im Haus wartete ein Tatort, der möglicherweise mit jeder Sekunde, die verstrich, weiter kontaminiert wurde. Ich würde mir den Fallensteller schon noch vornehmen, aber jetzt mussten wir erst einmal weiterkommen, und was lag näher, als Norton hier und jetzt zu befragen? Da oben im Haus gab es noch sieben weitere Personen, die wir uns vornehmen mussten.

»Ich kann es immer noch nicht fassen«, sagte Norton. »Ich kenne Jasper, seit er sechs ist. Das ergibt doch einfach keinen Sinn.«

Mord ergibt selten einen Sinn. »Dann muss das sehr hart für Sie sein«, sagte ich. »Aber bitte versuchen Sie, sich zu erinnern – ist gestern irgendetwas Ungewöhnliches vorgefallen?«

»Also, bis zur Cocktailstunde ist jeder für sich gewesen. Dann ist die Familie aber zusammengekommen, soviel ich weiß. Nach dem Abendessen hatten sie noch ein paar Drinks. Ein paar sind dann früh zu Bett gegangen – auch Miss Beaudry. Jasper blieb noch länger auf, wie lange genau, kann ich nicht sagen. Ich bin selbst früh schlafen gegangen. War ein langer Tag für mich, mit den Vorbereitungen für den Empfang von Miss Beaudry und den anderen, ich war todmüde. Ich hab geschlafen wie ein Stein«, schob er verlegen hinterher. »Und dann ist es plötzlich Morgen, und sie schreit aus Leibeskräften.« Er strich sich über die Schläfen, als hoffe er, damit die Erinnerung verscheuchen zu können.

»Und Miss Beaudry ist …« Ich zückte Notizblock und Stift.

»Abella Beaudry.« Norton buchstabierte den Namen und überzeugte sich davon, dass ich ihn richtig schrieb. »Sie ist Jaspers Freundin«, sagte er.

»Und Sie haben sie heute Morgen schreien gehört?«

»Kreischen, muss man wohl sagen, aus Leibeskräften. Camilla – Mrs. Sinclair – folgte mir, als ich zu Jaspers und Miss Beaudrys Zimmer lief. Sie hat alles gesehen. Gott, ich wünschte, es wäre ihr erspart geblieben.« Norton legte die Stirn in tiefe Falten, über die ihm das Wasser heruntertropfte.

»Was meinen Sie mit ›alles‹?«, hakte ich nach. »Was hat sie gesehen?«

»Das Bett. Das … Blut.«

»Wer war heute Morgen noch in dem Zimmer?«

»Niemand.«

»Nicht mal, um einen kurzen Blick hineinzuwerfen?«

»Nein, nur Miss Beaudry, Mrs. Sinclair und ich. Ich dachte, es wäre wohl besser, niemanden da reinzulassen, damit Sie … na ja, damit Sie Ihre Arbeit tun können.«

»Danke.« Drei Personen, die ihre Fuß- und Fingerabdrücke und DNA in einem Zimmer hinterlassen, waren nicht gut, aber ganz gewiss besser als acht. Ich ging innerlich meine Checkliste durch. »Hatte Abella Blut an sich? Am Körper oder an den Händen?«

»Vielleicht ein bisschen an ihren Sachen. Ich bin mir nicht sicher. Bis wir da waren, hatte sie sich in die hinterste Ecke verkrochen.«

»Und wie ging es weiter?«

»Sie – also Mrs. Sinclair – hat mich losgeschickt, damit ich die Polizei rufe.«

»Sie haben angerufen, sobald Sie festgestellt hatten, dass Jasper verschwunden war«, fasste ich zusammen. Manche Zeugen macht es wahnsinnig, wenn man ihre Aussagen wiederholt, aber das ist nun mal entscheidend, um das Tatgeschehen zu rekonstruieren. »Das heißt, Sie haben das Zimmer um, sagen wir, acht Uhr morgens betreten?«

»Nein.« Er verzog den Mund, sodass in seinem glatt rasierten Kinn ein Grübchen zum Vorschein kam. »Ich habe nicht sofort angerufen«, sagte er. »Ich habe Mrs. Sinclair und Abella gebeten, im Haus zu bleiben, während wir Übrigen nach Jasper suchten. Wir haben alle gehofft, es gäbe vielleicht eine einfache Erklärung. Wir würden ihn finden, verletzt vielleicht, aber …«

»Aber am Leben.«

Kummer ist ein geschickter Maskenbildner. Er kann Schönheit zur Fratze verzerren und hässlichen Gesichtern etwas Erhabenes verleihen. Ich hatte schon alle Varianten gesehen. Nortons Kummer zeigte sich in einem gequälten, schiefen Lächeln. »Wir haben überall gesucht«, fuhr er fort. »Im ganzen Haus, quer über die Insel. Hier unten am Fluss. Im Wald.«

»Und haben Sie auf Ihrer Suche sonst noch irgendwo Blut gefunden? Oder sonst irgendeinen Hinweis darauf, wo er hingegangen sein könnte, oder ...«

»Oder wo ihn jemand hingeschafft haben könnte«, ergänzte Tim und durchbohrte Norton mit seinem Blick.

»Nein«, erwiderte der Mann. »Nichts.«

»Sind Sie mit einem Suchtrupp losgezogen?«, fragte ich.

»Nein, wir haben uns aufgeteilt.«

»Verstehe.« Das gefiel mir nicht. Mal angenommen, sie steckten nicht alle unter einer Decke, was sowieso unwahrscheinlich war, gab das Aufteilen in Gruppen einem oder mehreren von ihnen Gelegenheit, etwaige Spuren zu beseitigen oder unbeobachtet die nächtliche Tat zu Ende zu bringen.

Tim bat ihn, die Personen zu nennen, die an der Suche beteiligt gewesen waren, und ich hielt sie in meinem Notizbuch fest. Camilla Sinclair, Jade Byrd und Abella Beaudry, die Freundin, waren im Haus geblieben. Flynn und Barbara Sinclair sowie ein Mann namens Ned Yeboah hatten das Haus durchsucht, während Philip Norton und Miles Byrd die Insel durchkämmt hatten. Vorerst wusste ich nicht, wer hinter diesen Namen steckte. Sie waren mir gänzlich unbekannt. Dennoch prägte ich mir die Zusammensetzung dieser Suchtrupps ein. Es musste einen Grund dafür geben, warum sie sich in dieser Konstellation aufgeteilt hatten, und ich würde herausfinden müssen, welchen.

Nortons Aussage zufolge dauerte die Suche eine Dreiviertelstunde. Ich dachte daran, wie dankbar ich vorhin auf meiner Fahrt zur Arbeit für meinen wohlig warmen Wagen gewesen war, während der Hausmeister beschrieb, wie sie die Insel einmal rundherum abgingen, bei einem Wind, der mit teilweise neunzig

Stundenkilometern tobte. Es überraschte mich nicht, dass sie nichts gefunden hatten. Tern war dicht bewaldet, und wir hatten Spätherbst. Die Bäume waren entlaubt. Wir hatten es hier nicht mit einer gepflegten Parkanlage zu tun, sondern mit einer mühsam gebändigten Wildnis mit jeder Menge möglichen Verstecken. Ich hatte gehört, dass einige dieser Inseln in Ufernähe über natürliche Höhlen verfügten.

Falls Jasper das Haus nachts verlassen hatte, ob nun aus eigener Kraft oder in der Gewalt eines anderen, überlegte ich, *könnte er immer noch irgendwo hier draußen sein.* Um es systematisch anzugehen, würden wir einen Suchtrupp brauchen, vielleicht sogar einen Hund. Nortons Versuch war aller Ehren wert, aber reichte bei Weitem nicht aus.

Sturm und Regen trommelten auf das Dach des fast leeren Bootshauses. »Offen gesagt«, erklärte ich Norton, »finden wir es etwas eigenartig, dass Sie die Sache als Mord gemeldet haben.«

Norton blinzelte. »Wie meinen Sie das?«

»Bis jetzt sieht es nur danach aus, dass eine Person vermisst wird. Wir haben keine Leiche. Wieso haben Sie einen Mord gemeldet?«

Wieder ließ er die Mundwinkel hängen. »Na ja«, begann er, »das war nicht meine Idee.«

»Wessen Idee war es dann, Mr. Norton?«, fragte Tim.

»Ich bin mir ehrlich gesagt nicht ganz sicher. Alle waren außer sich. Es herrschte Panik, Chaos, und als ich in die Küche kam, um zu telefonieren, haben alle durcheinandergerufen ...« Er schluckte, machte ein Gesicht, als sei ihm übel. »›Jasper ist ermordet worden!‹«

»Verstehe. Und Sie sehen das anders?«

Norton zuckte mit den Achseln. »Es wäre immerhin möglich, dass er Tern auf eigene Faust verlassen hat.« Dabei klopfte Norton dreimal an die Holzwand des Bootshauses. »Bringt Glück«, sagte er, als ich ihn verwundert ansah. »Können wir weiß Gott gebrauchen.«

»Aber das Boot ist noch da«, sagte ich. »Wie sollte Jasper von der Insel gekommen sein. Es sei denn ...« Mein Blick fiel auf das Namensschild. »Die *Loophole*?«

»Nein, nein«, entgegnete Norton, »das Boot hat Mrs. Sinclair vor einer Weile verkauft. Es sind keine anderen Boote auf der Insel.«

»Es könnte ihn aber jemand abgeholt haben«, sagte Tim. »Gestern Nacht, als alle schliefen. Der Anleger ist schließlich ein gutes Stück vom Haus entfernt. Ich glaube nicht, dass es jemand von dort hätte hören können. Hier sind schließlich zu jeder erdenklichen Tageszeit Boote unterwegs, Leute, die noch spät von einem Abendessen kommen oder vom nächtlichen Angeln. Selbst wenn jemand etwas gehört hätte – Motorengeräusche sind völlig normal.«

»Ja, das ist richtig«, sagte Norton.

»Dann stellt sich vielleicht die Frage«, fuhr ich fort, »ob Jasper einen triftigen Grund hatte, die Insel zu verlassen, ohne seiner Familie und seinen Freunden etwas zu verraten.«

»Und sich zum Beispiel in einem Hotel einzumieten oder nach Hause zu fahren«, ergänzte Tim. »Er lebt in New York, richtig?«

»Ja, aber einfach verschwinden, ohne irgendjemandem was zu sagen?«, wiederholte Norton, wie um den Gedanken zu prüfen. »Er ist mit Miss Beaudry hergekommen, und sie ist noch da. Ich wüsste nicht, wieso er heimlich abreisen sollte. Alle sind übers Wochenende gekommen, die ganze Familie. Das hat Seltenheitswert. Sie wissen ja, wie Familien so sind.«

Tim und ich wechselten einen vielsagenden Blick. »Ich vermute mal stark«, sagte ich, »man meldet einen Vermissten nicht als Mord, wenn man keinen triftigen Grund hat, das Schlimmste zu befürchten.«

»Ach so«, antwortete Norton nervös. »Das besprechen Sie wohl besser mit der Familie.«

»Das werden wir. Aber vorher wüssten wir gerne, was Sie uns über Jasper erzählen können.« Ich interessierte mich nicht für Alter, Geschlecht oder Hautfarbe des Mannes. Die Informationen hatten wir bereits. Vielmehr wollte ich einen Blick unter Jasper Sinclairs Bett werfen und die Kartons in der hintersten Ecke seines Kleiderschranks sichten, denn offensichtlich hatte der junge Mann Geheimnisse. »Sie sagen, Sie kennen ihn praktisch schon sein ganzes Leben lang. Wie würden Sie ihn beschreiben – seinen Charakter, seine ganze Art?«

»Tja«, fing Norton an, »ich würde sagen, er ist ein anständiger junger Mann, ein guter Mensch. Allseits beliebt.«

Ich habe immer Probleme damit, wenn Angehörige und Freunde das Opfer als Inbegriff des guten Menschen beschreiben. Was sollte ich damit anfangen? Hatte der Mörder so viel Glanz nicht ertragen? Perfektion kann manche Menschen mächtig in Rage bringen, aber es ist noch lange kein Motiv für einen Mord.

»Wo sind die anderen jetzt?«, fragte ich. »Seine Familie?«

»Im Haus. Sie warten auf Sie.«

»Falls Ihnen noch irgendwas einfällt, lassen Sie es uns bitte wissen, ja?«

Norton nickte. Ich wartete darauf, dass er Anstalten machte, uns zum Haus zu führen, doch während er den Kopf unter der Kapuze in die Richtung der steilen Treppe drehte, rührte er sich nicht von der Stelle. Dann wurde mir klar, dass er mit den Tränen rang.

»Tut mir leid«, brachte er heraus. »Es ist nur … er ist so jung, fast noch ein Kind …«

»Sie brauchen sich nicht zu entschuldigen. Schock löst bei den Menschen die unterschiedlichsten Reaktionen aus«, sagte ich und dachte im Stillen: *Ich muss es wissen.* »Sie und die Familie müssen sich sehr nahestehen.«

»Ich arbeite schon lange hier. Die anderen kommen nicht so oft nach Tern raus, aber Mrs. Sinclair verbringt den ganzen Sommer hier. Jedes Jahr. Sie ist eine wundervolle Frau. Das hat sie nicht verdient. Sie finden ihn doch, oder?«

»Wir tun unser Bestes.«

»Wenn Sie mit ihr sprechen, sagen Sie ihr das bitte. Sie braucht das.« Norton holte tief Luft. »Also. Gehen wir. Folgen Sie mir.«

Wir traten aus dem Bootshaus in den Regen. Tim ließ den Blick langsam über das Gelände schweifen, sah bei jedem Asthaufen und jedem umgestürzten Baum genauer hin. Dann machten wir uns an den langen Weg die Treppe hinauf. Es war mörderisch, schon nach drei Minuten war ich außer Atem. Diese schönen Steinstufen waren tatsächlich noch steiler, als es vom Wasser aus den Anschein hatte, und verdammt rutschig. Wir trugen alle drei Gummistiefel mit wenig Profil. Tim ist ein Fitnessfreak, und auch ich halte mich in Form. Aber als wir endlich oben waren und über die umlaufende Veranda die zweiflügelige Eingangstür erreicht hatten, war Philip Norton der Einzige, der nicht nach Luft schnappte.

»Cam … Mrs. Sinclair ist oben. Die anderen warten da hinten.«

»Wie geht es ihr?«, fragte ich. »Es ist entsetzlich, nicht zu wissen, was mit dem eigenen Sohn passiert ist.« Ich hatte meinen üblichen Spruch für solche Fälle parat: *Keine Mutter, kein Vater sollte das eigene Kind überleben.* Und ich weiß, wie ich es rüberbringen muss, damit es nicht auswendig gelernt klingt, sondern wie eine aufrichtige Empfindung.

»Oh, nein!«, sagte Norton. »Camilla Sinclair ist Jaspers Großmutter.« Tim fing sich einen Blick von mir ein – *wieso wissen wir das nicht?* –, doch er bewahrte seine stoische Miene. »Jaspers Eltern«, sagte Norton, »sind verstorben.«

»Und wann?«, fragte ich.

»Vor fast zwei Jahren.«

»Ist sie die Eigentümerin des Hauses? Camilla Sinclair?«

»Ja. Hat auch noch eine Wohnung in New York. Hier entlang, bitte.«

Norton öffnete die Tür zu einer großzügigen Eingangshalle mit Parkettboden und einer geometrischen Bordüre ringsum. Der Duft nach Kiefernöl, mit dem das Holz auf Hochglanz poliert war, hing in der Luft. Irgendwo im Obergeschoss weinte eine Frau. Ihr rhythmisches Schluchzen hallte durch das Haus.

Der Anfang einer Mordermittlung ist jedes Mal ein eigentümlicher Moment. Ich kann das Gefühl beim besten Willen nicht beschreiben. Ich hab's versucht, Carson zuliebe. Es ist eine Mischung zwischen dem flauen Gefühl im Magen, das man hat, wenn man morgens aufwacht und weiß, dass der seit Monaten gefürchtete Tag gekommen ist, doch gleichzeitig ist es wie ein Schlag ins Gesicht, der einen völlig unvorbereitet trifft. Wenn wir den Anruf bekommen, lässt die Sache mich noch kalt. Doch das ändert sich, sobald ich den Tatort betrete. Ab diesem Moment fühle ich mich nicht mehr wie ein normaler Mensch. Das Verbrechen dringt in mich ein wie ein Nervengas, das an mir zehrt. Jedes Mal. Und ich kann mich von der Wirkung nicht befreien, bis ich die Lösung habe.

Am schlimmsten sind die Fälle, die ich nicht lösen kann, die zu keiner Verurteilung führen. Mein Körper spielt verrückt. Es kommt zu unkontrollierbarem Augenzucken oder durchlässigen Lungenbläschen, die bei jedem Atemzug brennen. Als ich an jenem strahlenden Herbsttag in Queens endlich so weit war, dass ich Carson von Bram erzählen konnte, juckten mir die Nagelhäute, und jeden Morgen erwachte ich schweißgebadet. Ich wollte nicht wahrhaben, dass diese körperlichen Reaktionen mich in meinem Job beeinträchtigten, aber auf jeden Fall gaben sie mir ein verdammt mulmiges Gefühl.

Bevor ich Norton über die Schwelle folgte, drehte ich mich um und warf einen letzten Blick auf den Fluss. Diese Höhe sollte eigentlich eine meilenweite Sicht bieten, doch bei diesem Unwetter war sie nur dürftig. Es schien, als wäre diese Insel nicht eine von tausend, sondern die einzige weit und breit. Und die Menschen, die ich hier in dem Haus antreffen würde, waren die letzten Menschen auf Erden. Nun, vielleicht nicht die letzten, aber für die nächsten vierundzwanzig Stunden für mich die einzigen.

DREI

SO SOLLTE ES EIGENTLICH nicht laufen. Wäre Jasper Sinclair auf dem Festland verschwunden, und das Bett sähe so aus, wie es aussah, würde es bei meinem Eintreffen schon von Kriminalbeamten wimmeln. Ein einfühlsamer bekannter Rettungssanitäter hätte Mrs. Sinclair längst eine Heizdecke um die Schultern gelegt und sie aus dem Zimmer geführt, um ihr den leidvollen Anblick zu ersparen. Leute von der Kriminaltechnik würden in Einwegüberschuhe schlüpfen und sich Asservatentüten zwischen die Finger klemmen, um mit der Arbeit loszulegen. Tims Aufgabe bestünde darin, mögliche weitere Gefährdungen auszuschließen, während ich mich auf die Zeugen konzentrierte. Kurz gesagt: Wir hätten Verstärkung.

Hier hatten wir nichts dergleichen. In dem Moment, als ich den Fuß in Jaspers Schlafzimmer setzte, war ich nicht länger Kripobeamtin in Zivil, sondern Captain mit vollumfänglicher Zuständigkeit für die Tatortuntersuchung einschließlich Spurensicherung. Bis wir auf Verstärkung hoffen konnten, lag die Sicherung von Indizien ebenso bei uns wie die Befragung sämtlicher Personen im Haus. Ich hatte nur Tim und ein Bett, das mir vor Augen führte, wieso die Sinclairs diesen Fall als Mord gemeldet hatten.

Ein Bett, das mich in meinen Träumen verfolgen würde.

Es war ganz offensichtlich aus Treibholz hergestellt worden. Ein rustikales und doch modernes Design, das einige Tausend Dollar gekostet haben musste. Seidig schimmernde Bettwäsche war am Fußende zusammengeknäult, als habe sie jemand eilig weggetreten. Aber, mein Gott, das Blut! Mehr, als ich erwartet hatte, weit mehr. Auf der zur Schlafzimmertür gelegenen Seite war das Spannlaken von einem dunklen Fleck durchtränkt, der zu meinem Entsetzen die ungefähre Form eines Herzens angenommen hatte. Falls Jasper durchschnittlich groß war, musste er an der Stelle mit dem Bauch gelegen haben. Das hier war nicht einfach nur eine kleine Stichwunde, es war ein vorsätzlicher Aderlass. Es sah fast so aus, als habe jemand den Mann ausgeweidet, während seine Freundin friedlich an seiner Seite schlief.

Camilla Sinclair, Jaspers Großmutter, sah von der Tür aus zu, wie ich langsam durch den Raum ging. Sie musste wohl über neunzig sein, wirkte aber jünger mit ihrem noch vollen Haar, weiß und glänzend, zum Bubikopf geschnitten. Sie war eine große Person, wenn sie jetzt auch gebeugt am Stock ging, sodass ihre Rückenwirbel wie die Stangen in einem Zelt unter ihrer Bluse hervorstachen. In der freien Hand hielt sie zitternd ein gerahmtes Foto ihres Enkels, doch ihr Gesichtsausdruck war unbewegt, ihre trockenen Augen nahmen wachsam alles in sich auf.

Ich hatte sie bereits zu Jasper befragt und darüber, wie er die letzte Nacht verbracht habe, doch obwohl sie freimütig Auskunft gab, kam wie bei Norton eine verdächtig ereignislose Geschichte dabei heraus. Cocktails. Abendessen. Zu Bett. Nach der Befragung legte ich ihr nahe, sich im Erdgeschoss zur übrigen Familie zu begeben. Doch da stand sie nun.

»Mrs. Sinclair«, unternahm ich einen dritten Versuch. »Ma'am. Ich muss Sie bitten, nach unten zu gehen. Setzen Sie sich, lassen Sie sich von Mr. Norton eine Tasse Tee bringen.« Ich machte mir ehrlich Sorgen um ihre Gesundheit. Ihre Haut war wie altes

Zeitungspapier, spröde und grau. »Ich muss darauf bestehen«, sagte ich.

Jeder andere an ihrer Stelle hätte das Zimmer verlassen, sobald wir die Insel erreichten. Bis dahin hätte ich verstehen können, dass sie ausharrte, doch die meisten Menschen geben bei Eintreffen der Polizei die Verantwortung ab. Wir nehmen ihnen die Situation aus der Hand und damit auch einen Großteil des Schreckens, der auf allem lastet, und die meisten sind darüber froh. Jaspers Großmutter nicht. Sie wich nicht vom Fleck.

Ich müsste lügen, wenn ich behaupten würde, ich hätte keine Vorurteile gehabt gegenüber diesen Menschen in ihren schwimmenden Elfenbeintürmen. Ich glaubte zu wissen, was mich erwartete – entweder allseitige Eiseskälte oder Nervenbündel kurz vor dem Kollaps, die zwischen den Schluchzern kein Wort herausbekamen. Derart wohlhabende Menschen halten sich oft für unantastbar, und es ist ein Schock für sie, wenn sie das Gegenteil erkennen müssen. Bis jetzt hatte Camilla Sinclair eine unerschütterliche Haltung an den Tag gelegt, wobei ich es nur eigenartig fand, dass sie offenbar Mühe auf ihr äußeres Erscheinungsbild verwendet hatte. Ihre frische weiße Bluse und die rosafarbene karierte Hose schienen für ihre dünne Figur maßgeschneidert zu sein, noch dazu hatte sie dezent passenden rosafarbenen Lippenstift aufgelegt. Vielleicht war es dieser Generation von Frauen einfach in Fleisch und Blut übergegangen, sich unter keinen Umständen gehen zu lassen. Entweder war sie sehr früh aufgestanden, schon vor den Schreien, oder sie hatte zwischendurch Jaspers Zimmer verlassen und sich trotz ihrer Trauer die Zeit genommen, sich herauszuputzen.

»Mein Enkel ist verschwunden«, sagte Camilla, ohne den Blick vom Bett abzuwenden. »Und Sie glauben, was ich jetzt brauche, sei eine Tasse Tee?«

»Ich weiß, wie schrecklich das hier für Sie sein muss.« Ich

verstellte ihr die Sicht. Die Frau hatte lange genug auf diesen Blutfleck gestarrt. »Aber wir müssen herausfinden, was hier geschehen ist, und ich muss mich an die übliche Verfahrensweise halten. Ich habe meine Dienstvorschriften. Das verstehen Sie bestimmt.«

Die faltigen Mundwinkel gingen nach unten, ihre blauen Augen funkelten. »Das ist Ihr Job«, erwiderte sie schnippisch. »Ich erwarte von Ihnen, dass Sie ihn tun. Meine Anwesenheit hat darauf keinen Einfluss.«

»Ich fürchte, das sehen Sie falsch. Solange wir keine anderen Erkenntnisse haben, gehen wir von der Annahme aus, dass hier ein Verbrechen vorliegt. Jede Person, die den Tatort betritt, kann wichtige Spuren vernichten, was möglicherweise schon geschehen ist.« Ich legte eine Pause ein, um ihr Zeit zu geben, sich vor Augen zu führen, wie Abella und Norton vor unserer Ankunft durch dieses Zimmer getrampelt waren. »Es ist wichtig, dass wir verstehen, was sich hier zugetragen hat. Falls Ihr Enkel verletzt ist ...«

»Falls!«

»... dann müssen wir dafür sorgen, dass hier alles genau nach Vorschrift läuft. Früher oder später werden wir es mit Anwälten zu tun bekommen. Falls Jasper überfallen wurde, wird der Täter von jemandem vertreten werden, der uns jeden noch so kleinen Fehler unter die Nase reiben wird, um eine Klage abzuweisen.«

Skrupellose Anwälte, die einen fetten Braten riechen. Diese Sprache würde Mrs. Sinclair wohl verstehen, und meine Annahme wurde augenblicklich bestätigt. »Seine Sachen«, sagte sie. »Er hat eine schöne goldene Uhr, die meinem Mann gehörte. Ein versilbertes Feuerzeug von meiner Mutter. Ich möchte nicht, dass Sie diese Dinge an sich nehmen. Sagen Sie das den anderen. Alles, was Jasper gehört, bleibt hier.«

»Ich kann Ihnen versichern, dass vorerst nichts diesen Raum

verlässt. Es sind Kollegen auf dem Weg hierher, aber ich werde dafür sorgen, dass sie zuerst mit Ihnen sprechen, bevor sie irgendetwas entfernen.«

»Meine Bitte bezog sich nicht auf Ihre Kollegen«, erwiderte sie. »Sie sollen es *denen* sagen.«

»Ihrer Familie?« Ich stutzte. Wieso machte sie sich Gedanken darüber, jemand aus der Familie könnte sich etwas von Jaspers Sachen unter den Nagel reißen? Andererseits war ihr Enkelsohn nirgends zu finden, während die übrigen Sinclairs unten im Warmen und Trockenen saßen. »Ich werde es ihnen sagen.«

Sie nickte und senkte den Blick auf das Foto in ihrer Hand. »Wo ist er nur, Detective? Wo ist mein Jasper hin?«

»Ich werde mich hier ganz genau umsehen, in Ordnung?«, antwortete ich. »Sobald ich etwas weiß, egal was, komme ich zu Ihnen hinunter und setze Sie ins Bild.«

Für einen Moment dachte ich, sie sei kurz vor einem Schwächeanfall. Ich eilte zu ihr, um sie wenn nötig aufzufangen, doch Camilla schloss nur die Lider und atmete, in Yogamanier, einmal tief ein. Als sie die Augen wieder öffnete und mich in Habtachtstellung sah, winkte sie ab. Sie hatte sich wieder gefasst.

An der Tür blieb sie stehen. »Sie werden ihn finden«, sagte Camilla. Es war keine Frage.

Mir kam Nortons Bitte wieder in den Sinn. »Ich werde alles tun, was in meiner Macht steht. Versprochen.«

Mit glasigem Blick starrte sie noch einmal aufs Bett. »Großeltern sollten keine Lieblingsenkel haben.«

Er ist etwas Besonderes. Noch so etwas, das man zu hören bekommt, wenn jemand vermisst wird. Die verschwundene Person ist immer ein ganz besonderer Mensch. Das unterstreicht die Ungerechtigkeit dessen, was geschehen ist, und setzt sie würdig in Szene. Das Geschichtenerzählen liegt den Menschen im Blut, und jede gute Geschichte lebt von ihrer Dramatik. Ich bezweifelte, dass Jasper im wahren Leben so unvergleichlich war wie in den Augen seiner Großmama. Was sein Aussehen betraf, räumte ich ein, war er zumindest bemerkenswert. Der Mann auf dem Foto, das Camilla mir zeigte – ein Schnappschuss bei strahlendem Sonnenschein –, ließ an den jungen Jude Law aus den Neunzigern denken. Jaspers Haar und seine Augen wiesen goldene Glanzlichter auf, und sein Lächeln entblößte nicht nur ebenmäßige Zähne, sondern kündete vom Charisma eines Hauptdarstellers. Seine Nase hatte einen winzigen Knick, zweifellos von einer Football- oder Lacrosse-Verletzung aus seinen Teenietagen. Es verstärkte nur die geheimnisvolle Aura, die ihn zu umgeben schien.

Noch immer sah Camilla mich an. »Wussten Sie, dass Jasper der Einzige ist, der mich in New York besucht? Dreimal die Woche, nur um mir Gesellschaft zu leisten. Wir spielen Karten. Er ist ein junger Mann, arbeitet in einer leitenden Position, ist immer sehr beschäftigt, aber er nimmt sich die Zeit für mich und bittet nie um eine Gegenleistung. Das tun nicht viele Enkel. Glauben Sie mir. Ich muss es wissen.« Sie wandte sich zum Gehen. »Er hat Besseres verdient. Davon war ich immer überzeugt.«

Was sie wohl mit der letzten Bemerkung meinte. *Etwas Besseres als goldene Uhren und Inseln in Privatbesitz?* Ich hätte sie gern danach gefragt, aber da war Camilla bereits im Flur. Ich sah ihr hinterher, wie sie die Treppe hinunterstieg, jede Stufe ein mühevoller Kampf. Erst als ich hörte, wie Tim sie unten im Erdgeschoss begrüßte, kehrte ich in Jaspers Zimmer zurück.

Tim konnte da unten nicht mehr tun, als mit den Zeugen zu plaudern und sie zu beruhigen. Das war mir ebenso bewusst wie die Tatsache, dass mir nur wenig Zeit blieb, um eine erste Einschätzung des Tatorts vorzunehmen, bevor ich die Tür verrammeln und selbst hinuntergehen musste. Es war unmöglich, die Befragungen in Gegenwart der anderen Zeugen vorzunehmen.

Wir würden ihnen damit nur Gelegenheit geben, die Geschichte in ihrem Sinne zu verdrehen. Wir würden sie trennen müssen. Doch mit jeder Minute, die verstrich, gaben wir dem Mörder – wenn wir es mit einem solchen zu tun hatten und wenn er noch auf der Insel war – Zeit, die Situation zu überdenken und den nächsten Schachzug zu planen.

Zu Beginn meiner Ausbildung bei der Polizei erklärte einer meiner Dozenten, es sei praktisch unmöglich, sich ein überzeugendes falsches Alibi zurechtzulegen, ohne es vorher im Kopf durchzuspielen. Du willst den Cops erzählen, zum Todeszeitpunkt deiner Geliebten wärst du unterwegs gewesen, um Wein zu kaufen? Dann solltest du besser erst einmal überlegen, ob diese Weinhandlung diesen schwer erhältlichen australischen Shiraz, der dich dort hingeführt hat, wirklich im Sortiment hat. Du konntest deinen Boss nicht ermordet haben, weil du den ganzen Abend im Fitnessstudio warst? Wenn du dem Cop nicht jede Trainingseinheit in deinem angeblichen Work-out herunterbeten kannst, kauft er dir die Geschichte nicht ab. Glaubhafte Falschaussagen setzen voraus, dass der Schuldige die Lüge durchlebt.

Ich zog mir das frische Paar Latexhandschuhe an, das ich mir vor dem Verlassen des Reviers eilig in die Tasche gesteckt hatte (nachdem Handschellen und Stablampe an meinem Gürtel klemmten), und zog wieder mein Notizbuch heraus. Im Lauf der Jahre hatte ich mir angewöhnt, erst einmal meine eigene Analyse vorzunehmen. Es ist eine Art Spiel, um nicht aus der Übung zu kommen. Hinterher gleiche ich meine Erkenntnisse mit denen der Spurensicherung ab. Kriminaltechnik gehörte zwar zu meiner Ausbildung, doch so, wie man von einem Absolventen der Philosophischen Fakultät nicht erwartet, Philosoph zu sein, bin ich in Sachen Kriminaltechnik kein Profi. Sehen, nicht berühren, das ist mein Motto. Sonst gibt es mit den Jungs oder Mädels, die als Nächstes vor Ort erscheinen, gewaltig Ärger.

Endlich allein, schritt ich das Zimmer ein zweites Mal ab und malte mir aus, wie Jasper und seine Freundin sich am Vorabend häuslich eingerichtet hatten. Ich warf einen Blick in die Kommode und unters Bett. Die beiden hatten sich einen Koffer geteilt. Sie hatten ausgepackt und den leeren Koffer im Schrank verfrachtet. Lebten sie in Manhattan zusammen? Das musste ich in Erfahrung bringen.

Abgesehen von der Bettwäsche, die eingetütet und gekennzeichnet werden musste, gab es noch eine Reihe anderer Gegenstände, die einzusammeln und auszuwerten waren. Auf einem Nachttisch hingen zwei iPhones am Ladekabel. Wo auch immer Jasper jetzt war, er hatte diese Rettungsleine zurückgelassen. Ein Kollege würde sich die E-Mails und Messenger-Apps vornehmen müssen. Ich entdeckte einen kleinen Blutfleck auf Jaspers Kissenbezug, der mir zu denken gab. Blut auf den Laken und ein Schmierfleck auf dem Kissen, aber alles andere war sauber. Das lange dunkle Haar daneben stammte wahrscheinlich von Abella. Trotzdem musste es untersucht werden. Ich stellte sie mir vor, wie sie fest schlief, während jemand ihrem Freund, nur wenige Zentimeter entfernt, eine Klinge in den Bauch stieß. Ich schüttelte unwillkürlich den Kopf.

Falls sie nicht für das, was mit Jasper passiert war, unmittelbar verantwortlich war, überlegte ich, hatte sie letzte Nacht vermutlich zu einer Hilfe gegriffen, um sich ins Traumland zu befördern. Anders konnte ich es mir nicht erklären, dass sie von dem Überfall nicht aufgewacht sein sollte. Gott, bei den Pillen, die ich in manchen Nächten brauche, um wegzudämmern, könnte jemand auf Carson neben mir einen Stepptanz vollführen, und ich würde nicht mit der Wimper zucken. Und falls sich Abella Schlaftabletten einwarf, dann Jasper womöglich auch. Man braucht keine Drogenvergangenheit zu haben, um es in diesem Punkt zu übertreiben.

Auf dem gegenüberliegenden Nachttisch fand ich etwas anderes bemerkenswert. Ein Wasserring auf dem Holz, wie er entsteht, wenn man den Untersetzer vergisst. Er war schwach – ich musste dicht herangehen, um ihn zu sehen –, aber er war da. Ich hatte schon genug vom Haus gesehen, um zu wissen, dass Norton es makellos sauber hielt. Wieso hatte er den Wasserfleck nicht entfernt? Nun, vielleicht war er frisch. Andererseits war kein Glas zu sehen, nichts, um daran Spuren zu sichern. Die Befragung von Abella Beaudry war von zentraler Bedeutung. Sie würde einiges erklären müssen.

Als ich mit dem Schlafbereich fertig war, sah ich mir die Fenster an. Drei davon bildeten einen Erker. Die Fliegengitter waren alle intakt, die Fenster schlossen dicht gegen Wind und Wetter, und so lagen noch die Gerüche der Nacht über dem Raum. Leicht säuerlicher Schweißgeruch lag in der Luft, der sich mit dem metallischen Geruch nach Blut vermischte. Neben den Fenstern verfügte das Zimmer über eine Glastür zu einem Balkon. Zwar gab es keine Außentreppe nach unten, aber ich überlegte, ob vielleicht jemand auf andere Weise dort hinaufgeklettert sein könnte. Der Fußboden war blitzsauber – keine Fußabdrücke, keinerlei Erde oder dergleichen. Ich notierte diese Beobachtung in meinem Büchlein für später.

Mit einem letzten Blick durchs Zimmer war ich hier erst einmal fertig. Die Türen im Haus waren alt, mit altertümlichen Beschlägen. Der Schlüssel zu Jaspers Zimmer steckte im Schlüsselloch, und ich schloss hinter mir ab. Bevor ich ihn in die Tasche steckte, schien der Schlüssel in meiner Hand durch das Latex hindurch eine Vibration auszusenden, einen tiefen Ton, der mir wie ein Stromschlag durch den Körper fuhr. Zu Hause schließe ich innerhalb der Wohnung nie ab, nicht einmal das Bad. Nicht mehr.

Ich brauchte zwanzig Minuten, um das erste und zweite Obergeschoss des Hauses zu durchsuchen. Von draußen wirkte das Haus riesig, maßlos, im Innern hingegen, mit dem Labyrinth der Flure, geradezu beengt. Ich verlor die Orientierung – überall Türen, Wandschränke, Kammern. In manchen davon hingen dicht gedrängt unzählige edle Roben und Anzüge in Kleiderbeuteln mit Reißverschluss. Die Sinclairs mussten früher Partys im Gatsby-Stil geschmissen haben. Die Treppe zum zweiten Stock, auf dem sich ein einziges großzügiges Schlafzimmer befand, offensichtlich das der Eigentümerin, wand sich in Spiralen in schwindelerregende Höhen hinauf. Bei gutem Wetter konnte Camilla wohl bis nach Kanada sehen.

Während ich mich umsah, hatte ich einen Stein im Magen, und mein Atem ging flach. Ich musste jeden Moment damit rechnen, auf Jaspers Leiche zu stoßen. *Jetzt kommt's*, versuchte ich, mich innerlich darauf vorzubereiten. *Er hängt an einem Dachsparren, blutleer und aufgedunsen, in diesem Schlafzimmer mit der hohen Decke. Das war's*, dachte ich. *Wenn ich jetzt an diesem Knauf ziehe, fällt er mir direkt vor die Füße.* So wurden mir diese zwanzig Minuten zu Stunden, doch außer dem Blut auf seinem Bett fand ich keine Spur von ihm. Ich sah in jedem Zimmer nach, außer in einem, das von innen abgeschlossen war. Als ich an die schwere Kassettentür klopfte, bekam ich keine Antwort.

Neun Menschen befanden sich im Haus, die meisten waren Familienangehörige. Ich rechnete mir keine großen Chancen aus, dass Fingerabdrücke irgendwelche Erkenntnisse bringen würden. Die engsten Familienmitglieder haben zu viele Berührungspunkte. Förmlichkeiten entfallen meist. Wenn diese Familie auch nur annähernd meiner glich, würde es überall von den Abdrücken sämtlicher Personen wimmeln, was die anstehenden Befragungen umso wichtiger machte.

Bei dem Gedanken daran lief mir ein Schauder über den Rücken. Schon da, an einem so frühen Punkt in diesem Fall, wusste ich, dass der Schlüssel zur Lösung des Falls sich nicht in meiner Tasche befand oder hinter Jaspers abgeschlossener Schlafzimmertür. Er wartete unten im Wohnzimmer, wo die Familie saß.

VIER

ICH WAR NOCH NICHT so weit, ihnen gegenüberzutreten. Ich klammerte mich immer noch an einen Hoffnungszipfel, Jasper lebend zu finden und irgendeinen Lokalrekord mit der schnellsten Lösung eines Falls zu brechen. Also machte ich einen Bogen ums Wohnzimmer und begab mich stattdessen in den Keller, den man über die Küche erreichte.

Man stelle sich einen Keller wie aus einem Horrorfilm vor, alles unter einer dicken Staubschicht, mit feuchtkalten, bröselnden Ziegelwänden, scheppernde alte Rohre, ein Geruch, süßlich, wie verrottendes Fleisch, von dem einem übel wird. Etwas in dieser Art erwartete ich in einem Haus auf Tern Island. In Wahrheit war der Keller ziemlich normal. Trotzdem wurde mir auf der Treppe hinunter ein wenig schwindelig, so wie beim zu schnellen Aufstehen, wenn man zu wenig im Magen hat. Für einige Sekunden schweiften meine Gedanken ab, und ich war Hunderte Meilen von der Insel entfernt, an einem Ort, an den ich nie im Leben zurückkehren wollte.

Als ich am Fuß der Treppe ankam, sah ich am Ende des Kellerraums die Tür, die nach draußen führte. Sie war nicht verschlossen, also ging ich kurz entschlossen hinaus. Natürlich hatte es keinen Zweck, die Insel allein abzusuchen, und so begnügte ich mich damit, in Laubhaufen zu stochern und über steile Klippen zu spähen. Falls es tatsächlich in den Fels gemeißelte Höhlenzugänge gab, blieben sie mir verborgen.

Wieder im Haus, überprüfte ich noch den Wintergarten, die Bibliothek und Nortons Zimmer. Er hatte das einzige Schlafzimmer im Erdgeschoss, zugänglich durch einen großen Vorratsraum, in dem sich auch das Geschirr, Silber und anderer Hausrat befand. Das Zimmer war spartanisch eingerichtet: ein Einzelbett, ein Nachttisch, eine kleine Kommode. Auf einem Foto, das auf dem Nachttisch stand, war er als deutlich jüngerer Mann zu sehen, mit dichtem rotem Haar, den Arm um einen etwa zehnjährigen Jungen gelegt. Ich nahm das Bild in die Hand und sah mir das Gesicht des Kindes näher an. Möglicherweise war es Jasper, doch ich konnte nur raten.

Blieb noch das Zimmer, in dem Tim mit den Sinclairs und ihren Gästen wartete. Ich trat durch die Tür und erblickte zum ersten Mal unsere Zeugen.

Ich musste sofort an Bram denken. Beim Anblick der Familie und ihres vornehmen Hauses auf der Kuppe von Tern Island hätte er nur Perfektion gesehen. Und für Bram war Perfektion gleichbedeutend mit Gefahr. Im Zusammenhang mit einem Mordfall schrillten auch bei mir alle Alarmglocken, wenn mir an einem Tatort alles zu glatt und zu sauber vorkam. Das ganze Anwesen, innen wie außen, machte einen makellosen Eindruck. Jedes Zimmer, in das ich trat, hätte in einem Inneneinrichtungsmagazin abgebildet sein können, und das Wohnzimmer machte da keine Ausnahme. Auf dem Kaminsims sah man ein herbstliches Arrangement aus Flaschenkürbissen und Fasanenfedern, flankiert von zwei Kerzenleuchtern aus Zinn. Üppige Sträuße aus frisch geschnittenen Chrysanthemen spiegelten sich in den auf Hochglanz polierten Tischen. Schwere Volants in gedeckten Tönen erinnerten an geraffte Röcke aus dem neunzehnten Jahrhundert. Nobel, war das Wort, das mir dazu einfiel. Und die Familie passte dazu.

Wie Camilla waren auch sie leger, doch stilvoll gekleidet, mit vermutlich maßgeschneiderten Hemden unter Kaschmirpullovern zu Hosen mit messerscharfen Bügelfalten. Eine Frau mit kurzem dunklem Haar und dicken Diamant-Ohrringen lehnte in einer Pose auf einem Sofa, als ziere sie das Cover von *Vanity Fair*. Ein gut aussehender Mann mit kaffeebraunem Teint stand vor einem Fenster, hinter dem sich im Sturm die Bäume bogen. Es war einen Spalt breit geöffnet, sodass sich die hauchzarten Gardinen wie Rauchwolken um ihn bauschten. Die Jüngste von allen, ein Teenager mit rosigen Lippen und glänzendem kastanienbraunem Haar, sah aus wie die kleine Schwester eines Promi, die schon bald selbst ganz groß herauskommen würde. Neben ihr saß ein nicht weniger eindrucksvoller Mann, vermutlich ihr Vater. Vor der Hochglanzkulisse des antiken Mobiliars und des Feuers, das anheimelnd im Kamin knisterte, waren sie der Inbegriff von Exklusivität. Es gab nur eine Ausnahme, nur eine Person passte nicht inmitten dieser Bilderbuch-Reichen-und-Schönen, und ich ging jede Wette ein, dass sie Abella Beaudry war.

Abella hatte rot geränderte Augen. Es waren bestimmt ihre Schluchzer gewesen, die ich bei unserem Eintreffen gehört hatte. Die Frau hatte einen glasigen Blick, als habe sie gegen den Schock ein starkes Beruhigungsmittel eingenommen. Von allen Anwesenden war sie allein und hatte sich noch nicht umgezogen. Sie hatte zerzaustes Haar. Ihr rosafarbener Pyjama war zerknittert. Sogar auf die große Distanz konnte ich den Blutfleck auf der Höhe ihrer Hüfte erkennen. Jaspers Freundin hatte von oben bis unten die DNA ihres vermissten Freundes am Leib, und es schien sie nicht zu scheren.

Camilla hatte meinen Rat befolgt und sich einen Tee bringen lassen. Obwohl immer noch aschfahl, sah sie im Vergleich zu Abella gesund und munter aus. Die übrige Familie hielt sich erstaunlich wacker. Auf einem Tisch in der Mitte des Raums standen eine

Platte mit Kuchen, ein Kaffeespender und ein Krug mit Sahne. Außerdem mehrere benutzte Kaffeebecher. Es hätte für diese amerikanischen Aristokraten ein ganz normaler verregneter Herbsttag am Fluss sein können, wären da nicht die pietätvoll gedämpften Stimmen und das arme, völlig aufgelöste Mädchen gewesen.

Als ich mich umsah, befiel mich plötzlich eine gewisse Unruhe. Ich zählte die anwesenden Personen ab. Neun Menschen auf der Insel, hatte Tim gesagt, inklusive Jasper. Norton stand draußen an der Wohnzimmertür Wache. Blieben noch sieben. Fünf Personen saßen in der Runde, ein Mann stand am Fenster. Es fehlte einer.

»Wellington«, sagte ich. »Auf ein Wort.«

Tim folgte mir unter den Blicken der anderen in die Halle. »Wie sieht's da oben aus?«, fragte er leise. Es war eine winzige Bewegung, nichts, was unsere Zeugen aus der Ferne registrieren würden, doch ich merkte, wie er auf den Füßen wippte. Ob aus Neugier oder Nervosität, konnte ich nicht sagen.

»Schlimmer als gedacht«, sagte ich. »Genug Blut, um ein Planschbecken damit zu füllen. Falls Jasper noch am Leben ist, dann bestimmt nicht mehr lange.«

»Verdammt.« Tim war schockiert. Er starrte auf den gebohnerten Dielenboden. »Hätte ich nicht gedacht«, brachte er schließlich heraus. »Was mit Drogen?«

Wie hatte Abella bei der Messerstecherei weiterschlafen können? Wie hatte Jaspers Angreifer ihn ohne Gegenwehr vom ersten Stock herunterbekommen? »Gut möglich«, sagte ich. »In den Schubladen und im Gepäck war nichts Auffälliges zu finden. Aber warten wir ab, was die Kriminaltechnik sagt.«

»Demnach hat der Bursche ihm ein Messer in den Bauch gerammt und ist mit ihm verschwunden.«

»Sieht so aus. Es gibt allerdings keinen leichten Fluchtweg zum Erdgeschoss. Im Haus ist alles von oben bis unten ordentlich und sauber. Oben gibt es nur ein Zimmer, das abgeschlossen ist.«

»Das müsste das Zimmer von Jaspers älterem Bruder Flynn Sinclair sein. Ich hab versucht, ihn da rauszubekommen, während du mit Camilla oben warst, aber er weigert sich, das Zimmer zu verlassen. Mit der Kleinen da hätte ich fast dasselbe Problem gehabt.« Er warf einen Seitenblick auf das bildschöne Mädchen auf dem Sofa. »Sie gehört zu Miles Byrd, dem Typen neben ihr, mit der Hipster-Brille. Er ist ihr Vater«, sagte er. »Daddy hat ziemlich gestaunt, dass ich sie überreden konnte runterzukommen. Sie hat mit Sicherheit nur den glühenden Wunsch, so schnell wie möglich wieder zum Chatten raufzugehen. Oder zum Schmollen.«

»Du hast ihnen gesagt, dass sie ihre Handys nicht benutzen dürfen, oder?«

Tim nickte. »Na klar.«

»Gut. Hätte uns gerade noch gefehlt, die Presse am Hals zu haben, bevor wir wissen, womit wir es zu tun haben.« Sheriff McIntyre schwärmte oft von der guten alten Zeit, als es noch keine Handys gab und es noch Stunden dauerte, bis sich die Nachricht von einem Verbrechen in der Stadt herumgesprochen hatte. Und Tage, bis das ganze County Bescheid wusste. Heutzutage konnten Zeugen einen Mord binnen Sekunden zu einem öffentlichen Ereignis machen. Von McIntyres guten alten Zeiten konnte ich nur träumen.

Tim biss sich auf die Lippe. »Das Team aus Watertown hat noch kein Visum für Kanada, und die Leute hier werden zappelig, Shane. Keine Ahnung, wie lange ich sie hier im Salon festhalten kann.«

»Salon?«, wiederholte ich grinsend. »Wie vornehm!« Ich deutete zur Decke und sagte: »Die können wir dann wohl vergessen. Als Erstes nehmen wir uns Flynn vor.« Offen gesagt, war ich ein wenig enttäuscht. Mein Plausch mit Jaspers Freundin würde warten müssen. Andererseits war ich neugierig auf Jaspers Familie, die es zugelassen hatte, dass einer aus ihrer Mitte mir nichts, dir nichts verschwunden war. Im Raum hinter uns räusperte sich jemand.

»Wir sollten ihnen klarmachen, dass sie sich auf einen langen Tag einstellen können«, sagte ich ihm und machte Anstalten, zurück in den Raum zu gehen, aber Tim hielt mich zurück.

»Da wäre noch etwas«, sagte er. »Philip Norton.«

Ich drehte mich verwundert zu ihm um. »Was ist mit ihm?«

»Ich bin mir nicht sicher, aber irgendwie kommt er mir bekannt vor. Vom ersten Moment an. Aber ich komm nicht drauf, woher ich ihn kennen könnte.«

Ich zuckte die Achseln. »Vielleicht fällt es dir noch ein. Hast du dir den Namen dieses Fallenstellers geben lassen?« Wenn der Mann in den Stunden vor Jaspers Verschwinden auf der Insel gewesen war, mussten wir mit ihm Kontakt aufnehmen.

»Hab vor wenigen Minuten mit ihm telefoniert, er heißt Billy Bloom«, sagte Tim. »Er war gestern ungefähr vier Stunden lang auf dem Gelände und hat die Insel verlassen, nachdem die letzten Familienmitglieder eingetroffen waren, genau wie Norton gesagt hatte. Ich habe ihm Jasper beschrieben. Bloom hat ihn wohl für einen Moment auf dem Anlegesteg gesehen. Kein weiterer Kontakt. Bloom will die Überreste von Flussbarschen gefunden haben, die besonders übel stanken. Danach ist er nach Hause gefahren, um zu duschen, und ist anschließend auf ein paar Bier ins Riverboat gegangen.«

»Zeugen?«, fragte ich, auch wenn ich die Antwort wusste. Freitagabends war es im Riverboat Pub immer brechend voll.

»Matt zufolge war Bloom von neunzehn Uhr bis Mitternacht im Pub – Matt Cutts, der Barkeeper«, erklärte Tim. »Bloom war am Ende so zugeknallt, dass Matt ihm die Wagenschlüssel abgenommen und seine Frau angerufen hat. Ich hab auch mit ihr gesprochen. Sie sagt, er hätte die ganze Nacht neben ihr geschnarcht und noch heute Morgen seinen Rausch ausgeschlafen.«

Tim hatte die Zeit gut genutzt. Seine Verbindungen hier in seiner Heimatstadt kamen uns zugute, und ich nahm mir vor, ihm für seine zügige Aufklärungsarbeit später auf die Schulter zu klopfen. Doch das musste warten, denn hinter mir vernahm ich einen geräuschvollen Versuch, unsere Aufmerksamkeit zu erregen.

»Kann losgehen«, sagte ich. »Bist du so weit?«

Tim nickte, und zusammen drehten wir uns zum Wohnzimmer um.

In unserer dunklen, wetterfesten Kleidung und den schweren Stiefeln mussten wir einigermaßen Furcht einflößend wirken. Tim mit seinen breiten Schultern und seinen schwarzen Haaren, die vom Regen noch nass und an seiner Stirn angeklatscht waren. Ich hatte immerhin eine stattliche Größe und eine üble Narbe im Gesicht, die meine Sommersprossen und das krause Haar ausglich. Aber einzig Abella starrte uns in einer Mischung aus Angst und Verwunderung an. Die anderen wirkten eher verdrießlich und ein wenig gelangweilt.

»Meinen Kollegen kennen Sie ja schon. Ich bin Shana Merchant, leitende Ermittlungsbeamtin beim BCI«, verkündete ich. »Ich hatte bereits Gelegenheit, mir Jaspers Zimmer anzusehen.«

Langsam schien ihr Energiepegel wieder anzusteigen. Wenigstens zeigten sie Interesse daran, was ich ihnen zu sagen hatte. Immerhin was. »Zunächst einmal möchte ich mich für Ihre Unterstützung bedanken. Nach gegenwärtiger Beweislage ist Jasper einem Verbrechen zum Opfer gefallen.« Abella entfuhr ein wimmernder Laut, und der Mann am Fenster eilte an ihre Seite. Dafür ernteten sie beide von der Frau auf dem Sofa einen unwirschen Blick. »Für den Moment ist das alles, was ich Ihnen sagen kann, aber ich versichere Ihnen, dass wir alles tun, was in unserer Macht steht, um den Fall so schnell wie möglich aufzuklären«, fuhr ich fort. »Die Situation muss hart für Sie sein, aber wenn wir Glück haben, finden wir Jasper – lebend.«

»Die Situation?«, wiederholte Camilla. »Sie haben das Bett gesehen. Jemand hat versucht, meinen Enkel zu töten.«

»Ich versichere Ihnen, wir ziehen hier alle am selben Strang.«

Die auf dem Sofa hingegossene Frau schnaubte verächtlich. »Dass wir bei irgendetwas am selben Strang ziehen, wage ich doch sehr zu bezweifeln. Meine Großmutter ist in größter Sorge. Wen muss ich anrufen, um jemanden aus New York hierherzubekommen?«

Für diese elegante Dame lagen zwischen Tern und den Kleinstädten auf dem Festland wie Alexandria Bay Welten. Der Besitz einer Insel war in etwa damit zu vergleichen, irgendwo in der Pampa von Arkansas ein weitläufiges, weinberanktes Herrenhaus zu errichten. Der Fluss diente als willkommene Barriere zwischen Arm und Reich und demonstrierte die Überlegenheit der Sinclairs. Tim und ich fielen hinter ihre Ansprüche hoffnungslos zurück. Mit einem zuckersüßen Lächeln erwiderte ich: »Tut mir leid, aber ich habe Ihren Namen nicht verstanden.«

»Barbara Sinclair. Bebe. Jasper ist mein Bruder.«

Nicht *war*, sondern *ist*. Ihre Wortwahl besagte zwar nicht, dass sie von seinem Überleben wusste oder auch nur daran glaubte, war aber trotzdem aufschlussreich. Die Vergangenheitsform bringen die Leute nur schwer über die Lippen. Ich kenne Eltern, die ihre Kinder vor Jahrzehnten verloren haben und die es immer noch nicht aussprechen können. Andererseits haben sich auch schon Mörder dadurch verraten. Außer den Eltern passen die meisten ihre Ausdrucksweise schnell an, Verbrecher hingegen achten krampfhaft auf ihre Wortwahl. Sie spielen den leidenden Märtyrer und glauben, sie wüssten, wie Trauer aussieht. Wissen sie nicht. Bis sich die Furcht und die Trauer wie ein Leichentuch über einen legt und einen fast erstickt, ist es völlig unvorhersehbar, wie man reagiert, denn man begreift lange nicht, dass man dem Schicksalsschlag vollkommen ausgeliefert ist.

»Das hier wird nicht leicht für Sie werden, für keinen von Ihnen«, sagte ich. »Machen Sie sich das klar. Dafür verspreche ich, es Ihnen nicht unnötig schwer zu machen. Wie Sie sehen« – ich warf einen Blick auf Tim – »haben Sie es im Moment nur mit uns beiden zu tun. Weitere Kollegen sind auf dem Weg hierher, aber bei diesem Wetter kann ich nicht sagen, wann sie eintreffen werden. Unterdessen müssen Dinge erledigt werden, die keinen Aufschub dulden.«

Im Kamin fiel mit einem dumpfen Poltern ein Scheit herunter, und der Duft nach Holzrauch erfüllte die Luft. Aller Augen waren weiter auf mich gerichtet. Der dunkelhäutige Mann hörte nicht auf, Abella die Hand zu streicheln, doch seine Augenbrauen schnellten erwartungsvoll in die Höhe. Unsere Zeugen waren auf die naheliegende Bitte gefasst, die sie nicht abschlagen konnten.

»Ich werde jeden Einzelnen von Ihnen zu den Ereignissen der letzten Nacht befragen«, sagte ich. »Sie müssen mir alles erzählen, woran Sie sich erinnern können, selbst die scheinbar unbedeutendsten Kleinigkeiten. Das wird einige Zeit in Anspruch nehmen. Wie Wellington Ihnen bereits erklärt hat, müssen wir Sie bitten, Ihre Mobilfunkgeräte ausgeschaltet zu lassen und niemanden außerhalb dieses Raums zu kontaktieren.«

»Aber *wieso*?«

Wie schaffen Teenager es nur, so viel Widerwillen in zwei kleine Worte zu legen? Die Kleine auf dem Sofa sah mich an, als hätte ich ihr gerade das Atmen verboten.

»Zum einen«, sagte ich, »weil wir derzeit noch versuchen herauszufinden, was passiert ist. Es liegt in niemandes Interesse, Gerüchte in Umlauf zu setzen, sodass Ihre Nachbarn und Freunde falsche Informationen bekommen. Zum anderen weil es zu einem späteren Zeitpunkt erforderlich sein kann, dass wir uns Ihre Telefone ansehen. Das werden wir nur tun, wenn wir Grund zu der Annahme haben, dass darauf für diese Ermittlung relevante

Informationen zu finden sind. Doch bis dahin müssen wir sicherstellen, dass diese Informationen darauf unverändert bleiben.«

Langsam schienen sich die Menschen im Raum einig zu werden. Ich sah stummes Nicken, auch wenn das junge Mädchen trotzig die Arme vor der Brust verschränkte und weiter schäumte, sich aber immerhin nicht widersetzte. Entweder leuchtete mein Appell den Übrigen tatsächlich ein, oder sie taten wenigstens so. Ich verschwieg ihnen, dass sie durchaus das Recht hatten, ihre Handys zu benutzen. Unter den gegebenen Umständen rechnete ich aber mit Nachsicht vonseiten meiner Dienststelle, was diese kleine Rechtsbeugung betraf.

»Während ich mit jedem Einzelnen von Ihnen spreche«, fügte ich rasch hinzu, denn dies war der schwierige Teil, den sie hassen würden, »möchte ich Sie bitten, sich hier in diesem Raum zur Verfügung zu halten. Wellington bleibt hier bei Ihnen, bis die Staatspolizei eintrifft. Bis dahin bleiben Sie bitte, wo Sie sind.«

Für einen Moment herrschte Schweigen, dann redeten alle auf einmal. Ich schnappte Gesprächsfetzen auf. Ich wurde beschuldigt, sie wie ungezogene Kinder zu behandeln, die man aufs Zimmer schickt. Der elegante Salon wurde mit einer Gefängniszelle verglichen. Jemand drohte, einen Reporter anzurufen. Jemand anders – der Mann mit Brille, der Vater des jungen Mädchens – wies darauf hin, er sei Anwalt und werde rechtliche Schritte einleiten.

Ich reagierte nicht, sagte kein Wort, und irgendwann legte sich der Lärm. Erst als sie alle puterrot dasaßen und ihnen die Luft ausgegangen war, setzte ich meine Ausführungen fort. »Das soll nicht heißen, Sie dürften nicht aufstehen und zur Toilette gehen. Ich lege Ihnen keine Handschellen an und fessle Sie an keinen Stuhl. Wir sind hier zusammen, um herauszufinden, was geschehen ist, und so läuft es ab. Und ich möchte Ihnen noch etwas in Erinnerung rufen. Auch wenn ich nichts gesehen habe, was auf gewaltsames Eindringen hindeutet – keine eingeschlagenen Fenster oder aufgebrochenen Schlösser –, können wir diese Möglichkeit nicht ausschließen. Machen Sie sich bitte klar, dass wer immer es getan hat, womöglich immer noch hier auf der Insel ist. Es ist nicht meine erste Priorität, Ihnen Unannehmlichkeiten zu ersparen. Es ist meine erste Priorität, für Ihre Sicherheit zu sorgen.«

Der Wind blies stärker, und es ging ein Zittern durch das Haus. An den Fensterscheiben ahmte der Regen das Geräusch von Kieselsteinchen nach, die jemand in großen Ladungen dagegenschleuderte. Mit einem Knall spaltete sich ein Holzscheit im Feuer, und diesmal zuckten alle zusammen. Abella schnappte nach Luft. Bebe Sinclairs Kinn wirkte seltsam schlaff in ihrem Gesicht. Ihre Haut hatte etwas Gummiartiges, die glänzende pralle Oberfläche ließ auf Botox schließen. In den Duft nach Holz mischte sich ein anderer Geruch. *Angst.* »Also«, sagte ich. »Wer fehlt hier in der Runde?«

Die Antwort kam von dem Mann neben Abella. »Flynn«, sagte er. »Flynn ist nicht da.«

»Flynn Sinclair. Jaspers älterer Bruder«, schaltete sich Tim ein und wurde rot, während er auf seine Stiefelspitzen starrte. »Danke, Ned«, sagte er in die Runde und dann leiser zu mir: »Tut mir leid, das hätte ich erwähnen sollen.«

Ich war hier neu, wir beide kannten uns noch nicht lange, doch Tim und ich spielten uns langsam ein, und es war ein Vergnügen, wie wir uns die Bälle zuwarfen. Wie sich zeigte, hatte Tim ein schauspielerisches Talent. Sein verlegenes Benehmen würde den anderen nicht entgehen. Bebe registrierte es mit Interesse und dem Anflug eines Grinsens, während Camilla Tims scheinbarer Fehltritt zu kränken schien. Aus ihren zusammengekniffenen Augen sprach Enttäuschung. Im Gegensatz zu Bebe sah Camilla in uns Profis. Aber jetzt war sie von Tim enttäuscht.

Ich seufzte, wandte den Kopf zur Seite und deutete mit dem

Kinn in Richtung Eingangshalle. Auf diese Weise bekamen unsere Zeugen die farblose Furche quer über meine Wange zu sehen, vom Ohrläppchen bis zum Mundwinkel. Der einzige Nutzen einer solchen Narbe liegt in ihrer Wirkung bei meiner Arbeit. Die Leute halten mich für tough. *Gut, sollen sie.* Gesenkten Hauptes folgte mir Tim hinaus.

»Das mit der Entschuldigung war eine gute Idee«, sagte ich leise.

»Bist du sicher, dass du mit diesem Burschen allein reden willst?« Sein zerknirschter Gesichtsausdruck war verschwunden. Stattdessen war ihm das Unbehagen anzusehen. Ich hörte, wie die anderen sich besprachen, und konnte dabei die ganze Zeit das Bild von all dem Blut im Bett nicht aus dem Kopf bekommen. Ich hatte unsere Zielsetzung für mich und für Tim klar abgesteckt. Falls die Sinclairs etwas zu verheimlichen hatten und falls sie nicht bereits den verzweifelten Versuch unternommen hatten, Absprachen zu treffen, blieb ihnen dafür jetzt nicht mehr viel Zeit. Wir mussten schnell handeln.

»Ich rufe dich, falls ich Hilfe brauche«, sagte ich. Es gab keinen Grund, Flynn Sinclair zu fürchten, zumindest noch nicht. Tim war einfach nur vorsichtig. Doch meine Lungen fühlten sich an, als ob sie in einem Schraubstock steckten, und mir wurden die Hände feucht.

»Ich glaube immer noch, dass Jasper abgehauen ist«, sagte er. »Aber hier geht irgendetwas Seltsames vor. Bilde ich mir das nur ein, oder sind Camilla und Abella die Einzigen, die über Jaspers Verschwinden traurig sind? Mag ja sein, dass nicht jeder gleich durchdreht, wenn ein enger Angehöriger verschwindet. Aber was sagt es uns über diese Leute, dass sie kein bisschen betroffen sind?« Seine Augenbrauen richteten sich wieder zu einer waagerechten Linie aus. »Das gefällt mir nicht. Du passt auf dich auf, okay?«

Ich warf einen letzten Blick auf die sieben Menschen im »Salon«. Diese Insel war ihr Territorium, und ich fühlte mich darauf wie ein Eindringling. Ich wusste nicht, was mich oben erwartete – oder hinter der nächsten Ecke.

»Klar«, sagte ich und wandte mich zur Treppe. »Du auch.«

FÜNF

ICH MOCHTE IHN NICHT. Unabhängig davon, dass ich ihm noch nicht begegnet war. Das Älteste der Sinclair-Geschwister hatte sich nicht einmal nach unten bequemt, um zu hören, was wir über das Verschwinden seines Bruders zu sagen hatten, was mich unversehens wieder in das Polizeiboot zurückversetzte. Das flaue Gefühl im Magen kehrte zurück.

Diesmal bekam ich auf mein Klopfen eine Antwort. »Herein«, sagte Flynn prompt. Ich wollte schon protestieren – *die Tür ist abgeschlossen…* Doch dann stellte ich fest, dass sich der Knauf in meiner feuchten Hand mühelos drehte.

Er saß auf der anderen Seite des Zimmers auf der Kante eines Pfostenbetts. Wann hatte Flynn die Tür aufgeschlossen? Einen Moment lang kamen mir Zweifel, ob ich mich getäuscht hatte. Vielleicht hatte sie ja nur geklemmt. Vielleicht war sie die ganze Zeit offen gewesen. Es wäre nicht das erste Mal, dass ich mir eine verschlossene Tür einbildete. Nur dass ich mich dann gewöhnlich auf der anderen Seite befand.

Flynn Sinclair – der Name hatte mich an »Peter Pan« denken lassen, an ein elfenhaftes, graziles Wesen. Doch Flynn war das genaue Gegenteil davon: kräftig gebaut, mit derben Gesichtszügen und einem Oberlippenbart im Stil der Siebzigerjahre. Sein Haar war dicht und dunkel. An seinen Schultern und Oberarmen, die in einem grauen Kaschmirpullover steckten, wie man ihn zum sonntäglichen Brunch tragen würde, konnte ich sehen, dass er muskulös war. Ich schätzte, am College hatte er Football gespielt und führte jetzt in mittleren Jahren einen verzweifelten Kampf gegen die überflüssigen Pfunde. Flynn stand nicht auf, um mich zu begrüßen. Dafür fragte er nach Jasper.

»Wir haben ihn noch nicht gefunden. Wir arbeiten daran«, antwortete ich. Flynn hatte ein Kissen mit Gobelinstickerei auf dem Schoß, das er sich wie eine Kompresse an den Bauch hielt. Der kräftige Mann sah damit verletzlich aus. Was wohl auch seine Absicht war. »Wir brauchen Sie unten. Aber reden wir erst einmal einen Moment.«

»Haben Sie es gesehen? Das Blut?« Er krallte sich fester an das Kissen. »Philip wollte mich nicht reinlassen. Was ist mit meinem Bruder passiert?«

Ich konnte mir nicht recht vorstellen, wie der kleinere, untersetzte Philip Norton dem bulligen Flynn den Weg hätte verstellen können. Hätte Flynn wirklich das Zimmer sehen wollen, hätte ihn nichts davon abgehalten. »Das versuchen wir derzeit herauszufinden«, sagte ich. »Wir hoffen, mehr zu erfahren, sobald die Kriminaltechnik ...«

Flynn zuckte zusammen. Es war das Wort. Die Menschen sahen zu viele Fernsehkrimis und dachten bei Kriminaltechnik immer gleich an Tod. »Sobald unser übriges Team hier eintrifft«, ruderte ich zurück, »erfahren wir vielleicht mehr, was die Art der Verletzung angeht und was genau geschehen ist.«

»Sie müssen doch eine Theorie haben. Menschen verschwinden doch nicht einfach so.«

Da liegen Sie falsch, dachte ich im Stillen. *Es verschwinden ständig Leute einfach so.* Laut sagte ich: »Nein, für gewöhnlich nicht.«

»Haben Sie schon mit *ihr* gesprochen? *Sie* sollten Sie vernehmen, nicht mich.«

»Sie meinen, seine Freundin.« Ich holte mein Notizbuch heraus. »Abella Beaudry, richtig?«

»Wen sonst. Mein Gott.«

»Ich habe vor, mit ihr zu reden. Aber jetzt bin ich hier. Was dagegen, dass ich mich setze?«

Flynns Kiefermuskeln zuckten. Ich konnte nicht sagen, ob er Wut oder Schmerz unterdrückte. Er reckte nur das Kinn, um auf einen Stuhl zu deuten.

Ich setzte mich und sah mich um. Die Gardinen an den Fenstern waren geöffnet. Der Regen peitschte an die Scheiben. Diese Seite des Hauses befand sich näher an den Bäumen, die einen großen Teil des trüben Tageslichts schluckten und das Zimmer kälter erscheinen ließen. Auf der Kommode lagen ein paar Münzen und ein Schlüsselbund verstreut. Flynn hatte offenbar seine Taschen von den Dingen geleert, die man auf einer kleinen Insel nicht brauchte. Muss schön sein, dachte ich, der Luxus, sich der Lasten der Welt da draußen zu entledigen. Daneben hatte er seine Brieftasche abgelegt. Oder richtiger: nicht eine, sondern zwei.

»Was dagegen, wenn ich mir Notizen mache?« Genauso wie das Wohnzimmer war auch Flynns Zimmer sparsam mit antikem Mobiliar eingerichtet. Zufrieden stellte ich fest, dass es mir immer noch leichtfiel, mit Notizbuch und Stift jemandem gegenüberzusitzen, als sei so eine Befragung immer noch tägliche Routine für mich. Es machte mir Mut. Ich nahm es als ein gutes Zeichen. Flynn hatte zwar meine Frage nicht beantwortet, aber egal. Ich kritzelte trotzdem etwas hin.

»Okay. Erste Frage. Stehen Sie und Jasper sich nahe?«

»Selbstverständlich. Er ist mein Bruder.«

»Sie sind altersmäßig ziemlich weit auseinander.« Ich dachte an Jaspers Foto, während ich Flynn vor mir sah. Seine Hängebacken erinnerten mich an schmelzendes Wachs. »Zehn Jahre?«

»Zwölf.«

»Dann waren Sie schon fast ein Teenager, als er zur Welt kam.«

Ein Schatten huschte über sein Gesicht. »Worauf wollen Sie hinaus?«

»Ich will auf gar nichts hinaus, ich frage mich nur, wie gut Sie ihn kennen – ich meine, jetzt. Viele Geschwister leben sich auseinander, wenn sie älter werden.«

»Wir nicht.«

»Schön. Also, Flynn, wie wär's, wenn Sie mir erzählen würden, was gestern Abend passiert ist?«

Wieder dieses Zucken der Kiefermuskeln. Nicht nur, weil er sich hier oben versteckte, während die übrige Familie unten versammelt war, mochte ich den Burschen nicht. Etwas an Flynns Körpersprache machte mich gereizt.

»Wenn ich das wüsste«, entgegnete er ungerührt, »wären Sie nicht hier.«

»Wollen Sie vielleicht den gestrigen Tag mit mir durchgehen? Dann sehen wir ja, was sich daraus ergibt.«

»Mein Bruder ist jetzt schon seit Stunden fort. Draußen tobt ein verfluchter Hurrikan. Es ist scheißkalt, und Jaspers Jacke und Schuhe sind unten im Windfang, er hat sie also nicht an. Sie vergeuden Ihre Zeit. Dabei sitzt *sie* da unten vor Ihrer Nase.« Zur Bekräftigung seiner Worte stampfte Flynn mit seinem Schuh auf den Boden. Es war ein naturgegerbter marineblauer Ledermokkassin, edel und viel zu sommerlich für die Jahreszeit. Kein Wunder, dass er sich der Gruppe angeschlossen hatte, die im Haus gesucht hatte.

Ich war gerade einmal zehn Minuten bei Flynn, und schon war alles in mir gegen ihn eingestellt. Er hielt immer noch das Kissen fest, aber jetzt wirkte er nicht mehr verletzlich, sondern nur noch aggressiv. In meinen Tagen an der Akademie hatten wir bei den Lektionen zum Schusswaffengebrauch Wettkämpfe veranstaltet, wer am schnellsten zog. Dabei standen wir wie im Western Rücken an Rücken, während ein Trainer auf die Stoppuhr sah und in Wartestellung auf den Füßen wippte. Mit diesen Übungen war es ihm todernst – in der Großstadt überlebt derjenige, der am schnellsten zieht. Doch wir hatten andere Motive, um zu gewinnen. Mit der Waffe der Schnellste zu sein verschaffte einem Respekt, und Respekt war an der Akademie die entscheidende Währung. Ziemlich oft strich ich den Ruhm ein.

Es war nicht Flynns Feindseligkeit, die mir Sorgen machte. Es würde mich kaum mehr als eine Sekunde kosten, auf den Beinen zu sein und meine Waffe auf seine Brust zu richten. Es war meine eigene Feindseligkeit, die mir Sorgen machte. In einer solchen Situation musste sich jemand wie Flynn nur an der Nase kratzen, und er hätte meine Waffe an der Schläfe. Ich war in diesen Tagen schreckhafter als damals an der Akademie. Vor Bram.

Genau wie mein damaliger Lehrer wippte ich mit dem Fuß – und wartete. Ich hielt Flynn für einen gewalttätigen Menschen. Er würde um sich schlagen, um seinen Willen zu bekommen … Doch so weit kam es nicht. Seine Schultern entspannten sich langsam.

»Ich habe gestern gearbeitet«, sagte er schließlich. »Ich arbeite immer. Ich habe Jas kaum mal zu Gesicht bekommen.«

»Gehen wir's trotzdem mal durch. Den ganzen Tag. Erzählen Sie mir alles, woran Sie sich erinnern, ganz genau.«

Ich schlug die Beine übereinander und lehnte mich auf dem Stuhl zurück, um ihm klarzumachen, dass ich alle Zeit der Welt hatte. Flynn funkelte mich an. Dann seufzte er und begann zu reden.

Bei einem Zeugengespräch ließ ich die Leute für gewöhnlich einfach reden und beschränkte meine Unterbrechungen auf ein Minimum. Diese Methode wird oft als freies Erinnern bezeichnet und eignet sich gut dazu, die subjektiven Eindrücke einer Person abzurufen. Eine Art Übung in Sachen Bewusstseinsstrom. Kooperative

Zeugen tun sich damit nicht schwer, und in den meisten Fällen bekomme ich meine Antworten.

Hier allerdings gab es ein Problem. Denn ich wusste nicht, ob Flynn Zeuge oder Verdächtiger war. Alles, was er mir erzählte, konnte eine wahrheitsgemäße Erinnerung der Ereignisse sein und uns dabei helfen, Jasper zu finden.

Oder aber die ganze Geschichte, die ich gleich zu hören bekam, war Wort für Wort eine raffiniert zurechtgelegte Lüge.

SECHS

ALS FLYNN SINCLAIR AM Freitag, dem 20. Oktober, auf Tern Island eintraf, war sein Bruder schon da. Als Norton das Skiff auf den gefluteten Anlegesteg hochzog, sah Flynn Jasper am Ufer. Jasper hatte den Arm um eine Frau gelegt. Sie war so groß wie Jasper, doch ihre ganze Art ließ sie kleiner erscheinen. Wie ein Mädchen, das etwas zu verbergen hatte, erzählte Flynn.

Es war Jaspers Idee gewesen, auf die Insel zu kommen. Er und Abella waren erst seit ein paar Monaten zusammen, doch er wollte sie unbedingt Camilla vorstellen. Camilla bestand ihrerseits darauf, dass die übrige Familie dazukam, und so wurde aus einem beschaulichen Wochenende ein großes Familientreffen.

Abella schenkte Flynn ein routiniertes Lächeln, als er aus dem Boot stieg. Im Bootshaus war ein Fremder, in Tarnfarben gekleidet. Flynn wusste, dass Norton mit zunehmendem Alter für die schweißtreibenden Arbeiten, die auf der Insel anfielen, des Öfteren Helfer anheuerte, und so dachte er sich nichts weiter dabei.

»Ich muss noch mal zum Festland«, erklärte Norton. »Noch ein paar Einkäufe, bevor das Wetter umschlägt.«

Während er über das Wasser davonbrauste, klopfte Flynn seinem jüngeren Bruder auf die Schulter.

»Da ist sie also, die berühmte Abella«, sagte er.

»Du kannst mich Abby nennen«, sagte diese mit einem scheuen Lächeln, als Flynn ihr schließlich die Hand schüttelte.

Jasper erklärte ihm, die Anglokanadier würden sie Abby nennen und die Frankokanadier Bella. Flynn gefiel das nicht. Zwei Spitznamen hatten etwas Verwirrendes. Jasper und Abella hatten sich in der PR-Firma kennengelernt, bei der Jasper arbeitete. Sie stammte aus Montreal und war mit einem Arbeitsvisum in den Staaten, jedoch kürzlich entlassen worden. Ohne die Bürgschaft einer Firma konnte Abella nicht mehr viel länger im Land bleiben. Ihr Leben hier hing also gerade in der Luft, und Flynn misstraute ihrer Unbeständigkeit.

»Du kommst übrigens zu spät«, sagte Jasper mit ernster Miene. »Deine bessere Hälfte ist schon da.«

»Manche von uns müssen eben arbeiten.« Flynn zwang sich zu einem Lachen. »Jasper verdient seinen Lebensunterhalt mit Partyfeiern, musst du wissen«, sagte er an Abby gewandt.

»Abby weiß nur zu gut, was Modemarketing bedeutet«, entgegnete Jasper, »und dass wir in einem gesättigten, hart umkämpften Markt operieren. Nicht so leicht, wie es klingt.«

»Partys als Lebensunterhalt, wie ich schon sagte. Es ist eisig kalt hier draußen«, sagte Flynn zitternd. »Gehen wir hoch, ja?«

Obwohl sich Flynn zu Hause täglich auf den Heimtrainer schwang und zu Fitnessvideos sein Pensum absolvierte, geriet er während des Aufstiegs schnell außer Atem. Jasper dagegen redete auf ihrem Weg ununterbrochen. Abella dagegen war für die Lacher zuständig. Sie kicherte immer genau an der richtigen Stelle. Es wirkte eingeübt. Auch das ging Flynn auf die Nerven. Er musste die ganze Zeit daran denken, was ihn im Haus erwartete.

Tern Island war für den geselligen Anlass bestens vorbereitet, das heißt, das Haus machte den Eindruck, als sei kurz zuvor ein Innendesigner durch sämtliche Räume gegangen und habe jeden Gegenstand aufpoliert und zurechtgerückt. Im Wintergarten war ein langer Tisch gedeckt, der Kandelaber aus Maultierhirschgeweih, der darüber hing, war abgestaubt und leuchtete. Später würde Norton ein paar Dutzend Kerzen anzünden, und die Familie würde speisen, während die Geweihe gespenstische Schatten an die Wände warfen. Es würde frisch werden im Wintergarten, im Wetterbericht hatten sie ein Unwetter angesagt, doch Camilla war nicht davon abzubringen. Flynns Großmutter war davon überzeugt, dass Gäste, die zum ersten Mal auf der Insel waren, die schöne Aussicht am besten bei einem Essen im Wintergarten genießen sollten.

Nicht nur Camilla war darauf erpicht, Jaspers neue Freundin willkommen zu heißen. Das ganze Haus duftete nach Nortons frisch gebackenen Brötchen und etwas Süßem, Würzigem – ein Sour Cream Coffee Cake, wie Flynn später herausfand. Als sich Jasper im Wohnzimmer aufs Sofa fallen ließ und Abella auf seinen Schoß zog, entschuldigte sich Flynn und begab sich nach oben.

In seinem Zimmer wartete bereits Ned Yeboah. Die langen Beine vor sich ausgestreckt, saß er mit seinem iPhone in der Hand auf dem Bett.

Flynn seufzte. »Schön, jetzt habe ich also die Freundin kennengelernt.« Er ließ seine Reisetasche auf den Boden fallen und zog die Tür hinter sich zu. »Mal ehrlich, was findet Jas an der? Sie hat die Ausstrahlung eines toten Fischs und den passenden Teint dazu.«

Ned Yeboah schwang die Beine über den Bettrand. »Freundin«, wiederholte er. »Dann hat er es also noch nicht getan.«

»Was getan?«

»Ach, nichts, ich … ich hab nur gehört, dass Jas vielleicht die Frage aller Fragen stellen will.«

Flynn lachte leise. »Wenn Jasper heiratet, fresse ich einen Besen. Wer erzählt denn so was?«

»Jade hat es mir gesagt.«

»Hör nicht auf sie, sie will sich nur wieder wichtig machen.

Solltest du allmählich wissen. Flynn setzte sich aufs Bett und sagte: »Du hast es erstaunlich früh geschafft.« Über seiner Arbeit hatte er Ned am Morgen verpasst. Den ganzen Tag über hatte sich ihr Kontakt auf eine knappe SMS beschränkt, die Ned ihm bei seiner Ankunft am Fluss geschickt hatte. »Wie hast du das geschafft?«, fragte Flynn.

Ned zuckte die Achseln. »Bebe hat mich mitgenommen.«

»Aha. Und wo waren Miles und Jade?«

»Die hatten vor ihrer Abreise noch was in der Stadt zu erledigen. Bebe hat sich angeboten, und ich hab angenommen.«

»Du hättest auf mich warten können.«

Ned hatte nur einen müden Blick für ihn übrig, bevor er sich wieder seinem Handy zuwandte. »Deine Nana wartet«, sagte Ned. »Wird Zeit, Guten Tag zu sagen.«

Ned hatte natürlich recht, was seine Großmutter betraf, und so ging Flynn hinauf, um Camilla zu begrüßen. Doch der angespannte Wortwechsel und die brüske Verabschiedung sollten ihm noch stundenlang durch den Kopf gehen.

»Wie lange sind Sie schon zusammen?«, fragte ich, als Flynn eine Pause einlegte, um mit kreisenden Bewegungen seinen Nacken zu lockern. Sein Bericht ließ vermuten, dass es zwischen ihm und Ned Spannungen gab, doch das war eine einseitige Sicht auf die Beziehung. Die andere Seite würde ich noch hören.

»Seit einem halben Jahr«, antwortete Flynn. »Wir haben uns durch Jasper kennengelernt.«

Ich hatte eine ungefähre Vorstellung davon, wie die Sinclairs an ihr Vermögen gekommen waren. Tim hatte etwas von Mode erwähnt, was nicht ganz zu meiner Vorstellung vom angeblichen Geldadel passte. Doch Flynn beschrieb Sinclair Fabrics als das größte Geschäft für Designergardinen und Polsterstoffe in New York, von Camillas Ehemann in den 1930er-Jahren gegründet und seitdem fest in Familienhand. Als Flynns Vater vor zwei Jahren starb, übernahm Flynn die Finanzen, und Bebe wurde zur Geschäftsführerin erkoren. Einzig Jasper hatte sich herausgehalten. Erst letztes Jahr war auch er in die Firma eingestiegen und hatte die Leitung der Marketing- und PR-Abteilung übernommen.

Jasper hatte Ned »entdeckt« – so jedenfalls drückte Flynn sich aus, als sei Ned ein unbekannter Exoplanet oder ein ferner Stern. Ned unterhielt einen YouTube-Kanal, auf dem er ein paar Hunderttausend Abonnenten Modetipps gab. Für Social-Media-Marketing war dies keine besonders große Gefolgschaft, doch offenbar gefiel Jasper Neds Stil, und er erhoffte sich über ihn Zugang zu bekommen zu den hippen jungen Designern, dem wichtigsten Zielmarkt der Firma. Jasper schlug Ned eine Partnerschaft vor, und so wurde Ned das Gesicht von Sinclair Fabrics. Er war dafür verantwortlich, gesponserte Videos zu produzieren, in denen die Produkte ihrer Firma groß herauskamen, und im Gegenzug bekam Ned einen Einjahresvertrag mit einem Gehalt von zweihundert Riesen. Wäre Flynn nicht bei ihrem ersten Videodreh vorbeigekommen, um Jasper für die horrende Summe zur Rede zu stellen, die er an einen YouTube-Star verschenkte, wären sich Flynn und Ned vielleicht nie begegnet.

»Sie arbeiten also zusammen. Sie und Ned.«

»Nicht direkt«, sagte Flynn Sinclair. »Aber wir arbeiten beide für dieselbe Firma.«

»Muss ein Glückstreffer für ihn gewesen sein, diese Partnerschaft mit Ihrem Familienunternehmen«, sagte ich, »und wie läuft es mit den Videos so? Meine Nichte ist YouTube-süchtig. Wenn man sie so reden hört, könnte man meinen, YouTuber seien beste Freunde aus dem echten Leben. Ist denn Neds … Follower-Zahl hochgegangen?«, fragte ich, um herauszufinden, wie sich diese Verbindung zu den Sinclairs auf Neds eigenes geschäftliches Fortkommen auswirkte. Im Moment sahnte er dank Jasper offensichtlich ordentlich ab, doch sein Vertrag lief nur noch ein halbes Jahr, und der Mann, der ihn angeheuert hatte, war plötzlich verschwunden.

»Wir haben eine starke Marke«, sagte Flynn. »Die Verbindung zu uns hat ihm eine Menge Aufmerksamkeit eingebracht.«

»Das ist doch eine gute Sache, oder? Mehr Publicity für ihn bedeutet mehr Publicity für Sie.«

»Nur dass Ned jetzt auch Angebote von anderen Marken bekommt. Von größeren Marken.«

Bingo. Ich wartete.

»Er glaubt, er sei zu Höherem berufen. Ist das zu fassen!«, sagte Flynn. »Er ist größenwahnsinnig geworden, das trifft es wohl besser. Und jetzt will Ned von seinem Vertrag entbunden werden.«

»Und das schmeckt Ihnen nicht.«

»Wir haben die Exklusivrechte, er ist also vertraglich an die Firma gebunden«, erklärte Flynn.

Ich wechselte auf dem unbequemen Holzstuhl meine Position. Dann machte ich weiter Notizen.

»Jeder kennt ihn inzwischen als unseren Sprecher«, fuhr Flynn fort. »Es wäre verheerend für unsere Marke, wenn er ginge – vom Vertragsbruch einmal ganz abgesehen.«

»Und für Sie persönlich ja wohl auch ein herber Verlust. Ihren smarten, berühmten Freund im Büro um sich zu haben beflügelt Sie sicher bei der Arbeit.«

Es war ein riskanter Schachzug. Tim und ich, allein auf einer Insel mit einem Haufen Zeugen. Unsere Möglichkeiten waren beschränkt. Wir waren darauf angewiesen, dass diese Leute sich öffneten. Doch das konnten wir vergessen, wenn es uns nicht gelang, ihr Vertrauen zu erringen.

Flynn strafte mich mit einem eiskalten Blick – doch er war noch im Zimmer, was ich als Pluspunkt verbuchte. »Entschuldigen Sie«, sagte ich, »das war nicht nett.«

»Und wenig originell. Sie glauben, Ned sei für mich nur mein Toy Boy. Ich kleide ihn schick ein, nehme ihn zu exklusiven Dinners in der City mit, nur um einen hinreißend gut aussehenden Mann am Arm zu haben … Nein«, sagte Flynn, als ich protestieren wollte. »Schon verstanden. Sie sehen Reichtum und Status und setzen es mit Macht gleich. Wieso sollte ich nicht aus meiner Position Vorteil ziehen und einen jungen Youtube-Star umwerben? Für einen Mann wie mich die einzige Chance, einen Mann wie Ned zu bekommen.«

Flynn drückte das Kissen auf seinem Schoß fester. Eine Weile schwieg er. Ich betrachtete ihn. Es war immer noch etwas an ihm, das mich nervös machte. Und ich wusste immer noch nicht, was.

»Ned hat bei uns einen tollen Job«, fuhr er schließlich fort, »einen sicheren Arbeitsplatz, kreative Freiheit. Wenn er woanders hingeht, ist das keineswegs garantiert. Ich will nur das Beste für ihn. Er versteht das einfach nicht«, sagte Flynn.

Weil er die Sache anders sieht. Endlich fiel bei mir der Groschen, und ich fasste es nicht, dass Flynn nicht sah, was auf der Hand lag. Flynn hatte die beiden Brieftaschen übereinander auf die Kommode gelegt. Flynn wollte, dass Ned bei Sinclair Fabrics blieb. Er dachte, wenn er Ned einen Lebensstil wie den seinen böte, könne er den Mann an sich binden. Das Wohl der Firma mochte dabei durchaus eine Rolle spielen, doch das war nicht der Hauptgrund, weshalb sich Flynn so verzweifelt an ihn klammerte. Alles, was er mehr oder weniger indirekt über den Unterschied in Aussehen, Status und Alter gesagt hatte, traf zu. Flynn glaubte, er habe Ned nicht verdient. Er fürchtete, wenn Ned die Firma verließ, wäre es aus zwischen ihnen.

»Hatten Sie und Jasper gestern einen Streit mit Ned?«, fragte ich. »Wegen der Sache mit dem Ausstieg?« Ein drohender Vertragsbruch mit seinen juristischen Folgen, eine Büroromanze, zwei Brüder und ein unberechenbares Element, das sie unter Kontrolle bringen mussten, und auf einmal war Jasper verschwunden ... Das Szenario verhieß nichts Gutes.

»Wie gesagt«, antwortete Flynn. »Ich habe Jas gestern kaum zu Gesicht bekommen.«

»Dann haben Sie die Auseinandersetzung allein geführt.«

Flynn seufzte genervt. »Hören Sie. Ned kam ohne mich auf die Insel. Als ich ihn zur Rede stellte, wehrte er nur ab und ließ mich für den Rest des Tages links liegen. Ich war sauer, okay? Wir haben uns nicht *gestritten*. Ich hatte nur keine Lust, mich unters Volk zu mischen. Ich hatte jede Menge E-Mails zu beantworten, und die Arbeit war eine willkommene Entschuldigung, um für mich zu bleiben. Also habe ich nur kurz bei Nana vorbeigeschaut, mir meinen Laptop geschnappt und mich in die Bibliothek zurückgezogen. Ich würde mal annehmen, dass Ned den ganzen Nachmittag mit Jas und Abby verbracht hat. Bis zur Cocktailstunde habe ich keinen von ihnen mehr gesehen.«

Das Gemurmel der anderen lockte ihn schließlich doch ins Wohnzimmer. Als er den Raum betrat – ebenjenen »Salon«, in dem auch jetzt gerade seine Familie beisammensaß –, stellte er fest, dass Norton bereits die Drinks servierte. Alle waren da. Bebe Sinclair (Flynns und Jaspers Schwester, das mittlere Kind der Sinclairs), die sich entschieden hatte, den Familiennamen beizubehalten. Ihr Mann Miles Byrd. Miles' Tochter Jade, der Teenager, den ich unten gesehen hatte, aus einer früheren Ehe hervorgegangen, saß am Kamin auf dem Boden (Jade Byrd – für mich klang der Name mehr nach Billigschmuck aus Chinatown als nach einem Kind). Jasper, Abella, Camilla und Ned rundeten die Gruppe ab, und alle lachten ausgelassen. Eine Bemerkung von Jasper musste für die Erheiterung gesorgt haben, das war Flynn instinktiv klar. Geschichten zu erzählen lag Jasper laut Flynn im Blut.

»Was habe ich verpasst?«, fragte Flynn und gab sich Mühe, unbeschwert zu klingen. Es war erst fünf Uhr nachmittags, noch hell, auch wenn die Sonne hinter den Wolken verschwunden war und es bereits kräftig regnete. Das Wohnzimmer war in goldenes Lampenlicht getaucht, und auf dem Tisch stand für Flynn ein Kristallglas bereit, doch von Norton keine Spur. Während alle anderen längst ihren Wein tranken, hielt Flynn sein leeres Glas verlegen in der Hand, setzte sich und wartete.

»Jas hat gerade erzählt, wie er Ned kennengelernt hat«, erklärte Abella. »Nicht zu fassen, dass ich zum ersten Mal davon höre. Ihr Jungs habt mich ganz schön hingehalten. Hast du Jas tatsächlich für den Laufburschen gehalten und ihn gebeten, dir ein Sandwich zu bringen?«

»Ich hatte ihn ja noch nie gesehen. Und ich hatte noch nichts zu Mittag gegessen.« Wenn Ned lächelte, blitzten seine Zähne, die Wirkung war unwiderstehlich. »Bei dir klingt es, als würde ich die Leute gern springen lassen.«

In neckischem Ton konterte Abella: »Jeder zieht sich den Schuh an, der ihm passt«, und erntete dafür eine Runde Gekicher.

»Wenn's dich tröstet, Ned, bist du da nicht allein«, sagte Jasper. »Abby liebt diese Geschichte ja nur, weil sie es dir nachempfinden kann. Jas, hol mir einen Latte. Jas, bring mir ein Glas Wasser. Bring mir ein ...«

»Hört auf!« Sie gab Jasper einen Rippenpuffer und nahm noch einen Schluck Wein. Als er sie dafür in die Seite kniff, wand sich Abella wie ein Kind unter einer Kitzelattacke und verschüttete beinahe ihren Drink.

»Das ist nicht wahr. Ich schwöre«, protestierte sie. »He, was soll deine Familie von mir denken!«

»Nur das Allerbeste«, sagte Ned. »Es ist keine Schande, beachtet werden zu wollen.«

»Er muss es wissen«, sagte Flynn. »Wenn hier jemand Beachtung braucht, dann Ned.«

Was eine Tatsache war, doch Jasper und Abella waren zu sehr miteinander beschäftigt, um etwas zu erwidern, und Ned schnitt ihn immer noch. Es wurmte Flynn, dass die drei wie TV-Komiker die Bühne beherrschten und er sich mit einem der billigen Zuschauerplätze begnügen musste.

Als Norton endlich auf der Bildfläche erschien, brachte er eine Flasche Johnnie Walker und eine weitere Flasche Chardonnay zusammen mit einer Schale Eis. Flynn hielt ihm sein Glas hin, doch Norton ging direkt zu Abella.

»Eis in Wein?«, fragte sie, als er mit einer Silberzange einen Würfel herausholte. »Ist das eine amerikanische Sitte?«

»Die Flasche hier hätte ein bisschen kälter sein dürfen«, sagte Norton, während er einen Eiswürfel in ihr Glas fallen ließ. »Mit dem Eis müsste es gehen.«

»Mir egal, ob der Scotch aus dem kochenden Kessel kommt. Bring das Scheißzeug einfach nur her«, sagte Flynn.

Beim Kamin kicherte Jade, als Norton sich endlich zu Flynn hinüberbequemte.

»Nicht so ordinär, wenn ich bitten darf«, mahnte Camilla mit ihrer krächzenden Stimme und strich sich die Decke über dem Schoß glatt. »Ich hätte da eine Idee. Wie wär's, wenn Abby bei uns arbeiten würde?«

Bebe prustete los. »Um Jas auf Trab zu halten? Er könnte es weiß Gott brauchen.«

»Um ihm zu helfen«, stellte Camilla klar. »Also, wieso nicht?« Die Gäste verstummten.

»Immerhin hat sie Erfahrung in PR«, dachte Miles laut nach und fügte mit einem Lächeln in Richtung des Paars hinzu: »Und ihr wisst bereits, dass ihr gut miteinander könnt.«

»Seht ihr? Das wäre perfekt.« Camilla griff nach Abellas Hand.

»Ihr habt alle so viel zu tun. Das höre ich doch ständig von euch«, sagte sie zu ihren drei Enkelkindern. »Noch ein schlauer Kopf würde da sicher nicht schaden.«

»Mein Gott«, sagte Abella. »Also, das würde ich natürlich liebend gern!«

Flynn beobachtete sie genau, wobei ihm ihr gerötetes Gesicht und das leichte Lallen, wenn sie sprach, nicht entgingen. *Na toll*, dachte er. *Trifft sich zum ersten Mal mit der Familie, und schon betrinkt sie sich.*

»Könnte man drüber nachdenken«, überlegte Bebe, »allerdings ...«

»Was meinst du, Jas?«, fragte Miles.

»Könnte meinen Entfaltungsspielraum einengen, ganz zu schweigen von meinen vielen Büroaffären.« Jasper grinste, als Abella die Augen verdrehte. »Aber – hat was, Nana.«

»Für sie nichts mehr«, sagte Miles in einem scharfen Ton, der nicht recht zur heiteren Stimmung passte. Norton war mit der neuen Flasche Wein herumgegangen und bei Jade stehen geblieben. Das Mädchen hielt ihm ihr Glas hin, doch Norton zögerte.

»Ach, lass sie doch«, sagte Jasper. »Ist nur ein bisschen Wein.«

»Sie ist vierzehn«, sagte Miles. »Ein Glas ist genug.«

»Komm schon, Mann, es ist ein besonderer Anlass.« Jasper zwinkerte Jade zu, und ihre Wangen färbten sich rosa. Das Kind war drauf und dran, sich wie Abella die Kante zu geben.

»Spielverderber, Miles«, sagte Bebe.

»Sie können ihr was von meinem geben, ist fast nur noch Wasser«, schaltete sich Camilla ein. »Diese Idee mit dem Job. Versprecht mir, darüber nachzudenken. Ich fände es zu traurig, wenn Abella gehen müsste.«

»Hier geht erst einmal niemand nirgendwohin«, sagte Miles und deutete zum Fenster. »Habt ihr die Wettervorhersage für morgen gesehen? Da soll mächtig was runterkommen.«

»Willkommen in der Familie«, sagte Jasper und küsste Abella am Hals. »Wie's aussieht, wirst du uns nicht mehr los.«

Abella bemühte sich vergeblich, einen Schluckauf zu unterdrücken. Sie erhob ihr Glas, blickte in die Runde. »Nichts dagegen. Ich wüsste nicht, wo ich lieber wäre.«

»Entschuldigen Sie«, sagte ich, »aber ich steige nicht ganz durch.«

Ich hätte ein Monatsgehalt darauf gewettet, dass Flynn Abella als ein übles Miststück hinstellen würde, das zu Wutausbrüchen neigt. Stattdessen hatte er ein Mädchen beschrieben, das jeden Grund hatte, sich mit Jasper gutzustellen. Das Paar schien sich aufrichtig zu mögen. Und Camilla hatte Abella offenbar so gern, dass sie ihr eine Stelle im Familienunternehmen geben wollte.

»Begreifen Sie denn nicht?«, fragte Flynn. »*Sie* braucht *Jas*, nicht umgekehrt. Nie im Leben würde er sie einstellen. Sie ist nur eine kleine Affäre.«

»Immerhin hat er sie auf die Insel mitgebracht, um sie der Familie vorzustellen. Norton hat dafür tagelang Vorbereitungen getroffen. Und Ned glaubt offensichtlich, dass sie sich verloben.«

»Ned hat nur ein Gerücht wiedergegeben, das er von Jade aufgeschnappt hat. Jade plappert viel Blödsinn. Abby – oder Bella oder wie auch immer sie heißen mag – ist einfach nur eine Frau zum Vögeln, weiter nichts. Sie mag das erste Mädchen sein, das er hierher mitbringt, aber in New York haben wir schon Dutzende Freundinnen von Jasper kennengelernt. Eine Zeit lang haben wir uns einmal im Monat in einem der besten Restaurants in Manhattan zu einem Familiendinner getroffen, und jedes Mal hatte er eine andere Frau im Schlepptau. Abella ist nicht sein Ein und Alles. Sie ist nur die Einzige, die kapiert hat, dass sie benutzt wird.«

Indirekt sagte er damit, Abella erhoffe sich mehr von Jasper, als der zu geben bereit war. Ein Mordmotiv war das eher nicht. »Und die veranstalten Sie nicht mehr? Diese Familientreffen?«

»Unsere Mutter hat die Treffen organisiert. Deshalb nein«, antwortete Flynn bitter. »Das ist vorbei.«

Zwei Jahre seit dem Tod ihrer Eltern hieß demnach zwei Jahre ohne Familienzusammenkünfte. Nichts hätte Bebe, Flynn, Jasper und Camilla daran gehindert, die Tradition aufrechtzuerhalten. Ich fragte mich also, ob es für die Geschwister einen anderen Grund gab, nicht mehr regelmäßig zusammenzukommen.

»Und Sie haben letzte Nacht nichts gehört?«, fragte ich, um festzustellen, was an Nortons und Camillas Behauptung dran war, nach Einbruch der Dunkelheit sei nichts mehr vorgefallen. »Vielleicht Stimmen oder laute Geräusche? Nach allem, was da zwischen Ihnen und Ned gerade los ist, haben Sie vermutlich nicht besonders gut geschlafen.«

Flynn sträubte sich. »Ich will Ihnen sagen, was ich gehört habe. Ich habe gehört, wie die liebe kleine Abella betrunken durch die Eingangshalle gestolpert ist.«

»Woher wollen Sie wissen, dass sie es war?«

»Was meinen Sie?«

»Woher wollen Sie wissen, dass Sie Abella und nicht Jasper oder einen der anderen gehört haben?«

Er zögerte. »Es gab einen Streit. Sie haben sich angeschrien.«

»Um welche Uhrzeit war das?«

»Schon spät, nach Mitternacht. Abella muss danach das Zimmer noch mal verlassen haben, um zur Toilette zu gehen. Sonst habe ich nichts weiter gehört.«

Draußen pfiff und heulte der Wind. Der Sturm hatte bereits in der vorherigen Nacht getobt, und so konnte ich nur schwer nachvollziehen, wie sich Flynn so sicher sein konnte, was oder wen er gehört hatte.

Ich stand auf. »Danke für Ihre Geduld, Mr. Sinclair. Dürfte ich Sie jetzt bitten, mit mir nach unten zu gehen?«

»Ich setze keinen Fuß in denselben Raum wie dieses Miststück.«

»Tut mir leid, aber es bleibt Ihnen wohl nichts anderes übrig.«

Flynns Zorn wallte erneut auf. Er war daran abzulesen, wie er die Zähne zusammenbiss und wie unter seinem Haaransatz die Adern vortraten. »Sie haben sein Bett gesehen«, sagte er mit bedrohlich leiser Stimme. »Sie hat mit ihm in diesem Bett geschlafen. Sie war die ganze Nacht mit Jasper allein. Und sie hatten Streit, und das Bett ist mit seinem Blut getränkt, und jetzt ist er nirgendwo zu finden, einfach *weg*.« Er grub die Nägel in das Kissen, als wollte er es in zwei Stücke reißen. »Verdammt, kapieren Sie denn nicht? Sie hat meinen Bruder umgebracht. Ich weiß nicht, wie, aber sie war's! Und wenn Sie nichts unternehmen, dann tu ich's, das schwör ich bei Gott.«

»Das klingt nach einer Drohung.« Demonstrativ machte ich auf meinem Notizblock einen Vermerk. »Bitte reißen Sie sich zusammen, sonst führen wir die nächste Unterhaltung auf dem Revier.«

»Sie machen mir keine Angst«, erwiderte er höhnisch. »Ich lass mich nicht einschüchtern.«

Ich erkannte meine Chance. »Wissen Sie, was?«, sagte ich. »Sie tun, was wir Ihnen sagen, und ich versuche, Ihren Bruder zu finden. Wenn das hier alles vorbei ist, können Sie gerne Dienstbeschwerde gegen mich einlegen. Hier, meine Karte.«

Ich griff in meine Tasche und warf ihm die Karte in den Schoß. Reflexartig nahm er die rechte Hand vom Kissen und schlug sie weg.

Es war nur ein kurzer Blick, doch ich sah genug, um meinen Verdacht bestätigt zu finden. Die Knöchel an der Hand, die Flynn die ganze Zeit verbarg, wiesen eindeutig frische Blutergüsse auf.

SIEBEN

»WIR MÜSSEN UMDISPONIEREN«, sagte Tim. Er kam mir am Fuß der Treppe entgegen, wo ich beobachtete, wie sich Flynn zu den anderen ins Wohnzimmer begab und einen Platz so weit wie möglich von Bella entfernt aussuchte. *Ned und Ihre Familie sind da unten*, hatte ich ihm erklärt. *Wenn Sie wegen Abella richtigliegen, sollten Sie dann nicht erst recht bei Ihrer Familie sein?* Widerwillig hatte Flynn darauf sein Zimmer verlassen, doch mir war klar, dass er seine Wut mitnahm. Er hatte vor Kurzem ganz offensichtlich schon einmal zugeschlagen. Ich traute dem Mann nicht über den Weg.

»Das war das Präsidium.« Tim wedelte mit dem Handy. »Du glaubst nicht, was sie mir erzählt haben.«

Alles Mögliche schoss mir durch den Kopf. *Jasper ist drogenabhängig und schuldet einem City-Gangster ein Vermögen. Die Familie Sinclair ist der Mafia in die Quere gekommen, und jetzt zahlen die es ihnen heim. Abella Beaudry ist Kanadas Lizzy Borden und vor dem Arm des Gesetzes auf der Flucht ...* Doch darum ging es nicht. Ich riss die Augen auf, als Tim es mir verriet.

»Was soll das heißen, sie kommen nicht?«

»Sie haben es versucht.« Tim machte ein bekümmertes Gesicht. In seinen Augen war ich immer noch ein Großstadt-Cop, und er legte Wert darauf, mir zu zeigen, dass die Arbeit auf dem Lande mindestens ebenso professionell ablief wie in der Stadt.

»Die Kollegen sind bis nach Heart Island gekommen«, erklärte er. »Da sind sie auf ein Boot gestoßen, einen Boston Whaler, voll mit Jugendlichen, die meinten, eine Bootsfahrt mitten im Sturm wäre besonders lustig.«

»Mist«, sagte ich und dachte an unseren eigenen Höllenritt. »Dann kommen sie also rüber, sobald sie die Teenies sicher an Land gebracht haben?«

»Der Whaler ist im Kanal gekentert. Das Timing war ihr Glück – sonst wären die Kids ertrunken. Aber unsere Jungs haben das Boot erst im letzten Moment gesichtet. Sie haben es gerammt.«

»*Gerammt?*«

Er zuckte mit den Achseln. »Deren Boot ist im Eimer, und ein paar von ihnen haben sich üble Verletzungen zugezogen. Sie mussten die Küstenwache zu Hilfe holen. Ich hab versucht, ein anderes Boot anzufordern, aber bei den Überschwemmungen in der Stadt und solange das Unwetter schlimmer wird, hat jeder Deputy gerade alle Hände voll zu tun. Auf absehbare Zeit sind wir auf uns gestellt.«

Über Tims Schulter hinweg sah ich, wie die Familie kollektiv die Ohren spitzte, um unser Gespräch mitzuhören.

Ich packte Tim am Ellbogen und zog ihn zur Treppe. »Also«, sagte ich und dachte dabei: *Atmen, Shay. Atmen.* »Fassen wir die Situation zusammen. Wir haben keine Leiche. Die Beweise sind sicher unter Verschluss. Fürs Erste kommen wir allein zurecht.« Ich versuchte, glaubhaft zu klingen und die Tatsache zu ignorieren, dass dieses Gefühl, das ich in der Kehle spürte, Angst war.

»Stimmt«, sagte Tim. »Alles bestens. Nur noch ein paar kleine Befragungen, aber wir haben ja alle Zeit der Welt. Wie lief's mit Flynn?«

»Er glaubt, die Freundin war's, aber das könnte ebenso gut ein Ablenkungsmanöver sein. Nach meinem Gefühl stimmt irgendwas mit der Familie nicht.«

»Willst du damit etwa sagen, diese stinkreichen Blaublüter aus Manhattan sind nicht Familie Mustermann? Wer hätte das gedacht. Inzwischen habe ich ein paar nützliche Informationen eingeholt.«

»Lass hören!«, antwortete ich gespannt.

»Also, ich hab den Einschnitt von Bebes Facelift lokalisiert. Ich kann dir sagen, wann sich die Männer jeweils das letzte Mal rasiert haben, ob sie sich die Fingernägel feilen oder knipsen und wer von ihnen nicht genug zum Frühstück gegessen hat. Wenn Ned der Magen knurrt, klingt es, als hätte er einen Brüllaffen verschluckt.«

Tims Humor half mir dabei, mich wieder einigermaßen zu beruhigen. Wir kicherten beide, als ich sah, wie Philip Norton auf uns zukam.

»Es ist schon fast Mittag«, sagte er. »Die Familie wird langsam hungrig. Hätten Sie was dagegen, wenn ich mich zurückziehe und was zu essen mache? Es gibt Hühnersuppe mit Fenchel und Farro, dazu selbst gebackene Brötchen. Jades Lieblingsessen.«

Ich musste mir eingestehen, dass mir sofort das Wasser im Mund zusammenlief. Uns standen stundenlange Befragungen bevor, und ich hatte genauso großen Hunger wie Ned. Früher oder später brauchten wir schließlich alle etwas zu essen, oder? Die Küche lag vom Wohnzimmer aus am anderen Ende der Eingangshalle, und Norton arbeitete allein. Geheime Absprachen könnte er dort nur mit dem kalten Fleisch treffen.

»Geht in Ordnung«, sagte ich und nickte. »Ich muss mal nach draußen und telefonieren.« Ich hatte immer noch meine Regenjacke an, und das Kaminfeuer im Wohnzimmer hatte das Haus erwärmt. Zwischen Schwitzen und Hunger schwamm mir der Kopf. »Wellington bleibt hier, um …«

»… die Augen offen zu halten«, ergänzte Tim.

»Natürlich«, sagte Norton. »Für den Fall, dass es der Butler mit dem Küchenmesser ist.« Er hatte es scherzhaft gemeint. Doch jetzt wurde er puterrot. »Mein Gott, tut mir leid. Wie konnte ich nur so etwas sagen.«

»Schon gut«, beruhigte ihn Tim. »Machen Sie sich keine Gedanken. Gehen Sie nur.«

Norton nickte. »Danke für Ihre Hilfe. Ist eine schreckliche Sache. Wir sind alle froh, dass Sie da sind.«

Sehen wir mal, wie lange noch, dachte ich, während Norton zur Küche ging und ich Richtung Haustür. In den zehn Jahren, in denen ich als Ermittlungsbeamte arbeitete, war nur ein Tatverdächtiger »froh« gewesen, dass ich »da war«, und der Fall hatte mich beinahe umgebracht.

Es war nicht meine Gewohnheit, Carson mitten in einer Ermittlung anzurufen. Ich wollte ihm nicht ins Gedächtnis rufen, was mein Beruf mit sich brachte, und er war nicht scharf darauf, sich daran erinnern zu lassen. Andererseits war nun klar, dass Tim und ich noch für Stunden auf der Insel beschäftigt sein würden. Es war das Mindeste, ihm Bescheid zu geben, wo ich war.

Ich stieß die Eingangstür auf, genoss die kalte Luft und wählte. Als Carson sich meldete, klang er abgelenkt. Ich konnte hören, wie er auf seinem Laptop tippte, während im Hintergrund ein Cappuccino-Automat zischte und spuckte. Er war wieder im Coffeeshop und höchstwahrscheinlich nicht gerade bester Laune. Ich hätte keinen schlechteren Moment erwischen können.

Als er das erste Mal die Idee zur Sprache brachte, aus New York wegzuziehen, war ich skeptisch. Ich dachte dabei nicht nur an mich, sondern auch an ihn. Was hatte Jefferson County einem Mann wie Dr. Carson Gates schon zu bieten? Was würde er nach seiner steilen Karriere, die er sich in New York erarbeitet hatte, in einem winzigen Kaff im hohen Norden anfangen? In Queens hatte er gut verdient. Er hatte einen exzellenten Ruf. Seine Arbeit hatte ihn befriedigt, und das wiederum mich – immerhin hatte uns seine Arbeit zusammengebracht. Er hatte seinem Beruf eine Menge zu verdanken. Und dennoch zögerte er nicht, das alles meinetwegen hinter sich zu lassen.

Mit der Zeit erwärmte ich mich für die Idee, dass er in Alexandria Bay eine Praxis eröffnete. Ich stellte mir vor, wie ich ihn in seinen Pausen, zwischen zwei Patienten, besuchte und wir uns an seinem makellos sauberen Glastisch ein Thunfisch-Sandwich teilten. Doch nach drei Monaten in unserem neuen Leben waren immer noch kein Schreibtisch und keine Praxis in Sicht. Er war immer noch dabei, die letzten Hürden aus dem Weg zu räumen, und ständig wurden neue Räumlichkeiten besichtigt. Er traf sich zu Gesprächen mit praktischen Ärzten aus der Region, um die Grundlagen für Überweisungen zu regeln. Diesen Teil der Vorbereitungen liebte er. Doch ich sah ihm an, dass er ungeduldig wurde, besonders an den Tagen, an denen er keine Termine hatte. Dann ging er in den Coffeeshop, der von unserer vorläufigen Mietwohnung keine zehn Schritte entfernt war, und verschickte E-Mails. Der Laden war klein und schäbig, der Kaffee bitter, aber immer noch besser als unsere Wohnung, die hinter Carsons Standard deutlich zurückfiel. Jedes Mal, wenn ich vorschlug, eine bessere zu suchen, erinnerte er mich daran, dass es nun einmal viel Geld koste, eine neue Praxis aufzuziehen, während man gleichzeitig eine Hochzeit plane. Um beides unter einen Hut zu bringen, müssten wir vorerst ein bisschen sparen. Wenn wir erst einmal in einem großen, modernen Haus in Swan Bay wohnten, wären wir im Nachhinein froh.

»Beschäftigt, Schatz?«, fragte ich und kehrte dem Wind die Schulter. In der Tiefe, am Bootshaus unter mir, schlugen schaumgekrönte Wellen an die Felswand der Insel. Der Sturm wurde schlimmer.

»Immer«, erwiderte Carson. »Aber gut, dass du anrufst. Worauf hatten wir uns noch fürs Abendessen verständigt? Ich fahr nachher zum Markt.«

»Fisch.«

»Richtig. Fisch.« Ich hörte förmlich, wie er im Geist die Soßen durchging – Remoulade, Dill mit Zitrone oder Senfsahnesoße? Kochen war Carsons Passion. »Lass uns ein bisschen früher essen, ja?«

»Also«, fing ich an. »Ich …«

Carson stöhnte. »Jetzt sag nicht, du willst schon wieder zu deinen Eltern fahren.«

»Nein, nein«, warf ich hastig ein. »Aber ich weiß noch nicht, wann ich nach Hause komme. Ich bin … mitten in einem Fall.«

Das Klappern der Computertasten verstummte. Ich hörte nur noch das gackernde Lachen eines weiblichen Gasts und das monotone Stampfen von Coffeeshop-Indie-Pop.

Es ist mir noch nie schwergefallen, den jeweils aktuellen Fall am Ende eines Arbeitstags im Büro zu lassen. Nach allem, was man so hört, geht es Ärzten nicht anders, besonders denen, die kranke Kinder behandeln oder Leichen auseinandernehmen. Wenn du diesen Mist mit nach Hause nimmst, macht er sich in deiner Welt wie ein Krebsgeschwür breit. Er wuchert ungehemmt, bis er alle zerfrisst, die du liebst. Je düsterer dein Arbeitstag, desto stärker sein Einfluss auf deine Gefühle. Aus diesem Grund wollte ich Carson nicht allzu viel erzählen.

»Es geht um einen Vermisstenfall auf einer der Inseln«, sagte ich. »Bisher ist eigentlich noch nichts Dramatisches geschehen. Könnte allerdings eine Weile dauern.«

»Ein Vermisstenfall.« Er schien zwischen Ehrfurcht und ungläubigem Staunen zu schwanken. »Bitte sag, dass das ein Witz ist, Shay.«

»Schatz, mir geht's *gut*.«

»Welche Insel?«

»Tern.«

Ich war gespannt, ob er von den Eigentümern schon gehört

hatte. Aber er sprang nicht darauf an. Stattdessen sagte er nur: »Dir geht es *nicht* gut. Davon bist du weit entfernt. Du bist noch nicht bereit für einen solchen Fall.« Ich sah ihn vor mir, an seinem Tisch im Coffeeshop, den Finger an der Schläfe, die er sich in langsamen, kreisenden Bewegungen massierte, eine Gewohnheit unter Stress. Ich hörte, wie Carson tief Luft holte. »Shay. Als du dich heimlich auf diese Stelle beworben hast, hab ich nichts gesagt.«

»*Nichts gesagt?* Du hast mich zusammengestaucht.« Ich hatte Carson noch nie so aufgebracht gesehen wie in dem Moment, als ich ihm erklärte, ich würde wieder arbeiten. Er hatte meine Entscheidung mit einer Kamikazemission verglichen. An dem Abend hatten wir uns zum ersten Mal gestritten und am folgenden Tag kein Wort miteinander geredet.

»Ich habe dich nicht zusammengestaucht. Ich war besorgt. Es war eine verdammt wichtige Entscheidung, Shay. Du hättest dich erst mit mir besprechen sollen.«

»Ich wusste vorher, was du sagen würdest.«

»Und hätte dir das nicht zu denken geben müssen, Babe? Wenn es gefährlich ist – nicht nur für dich, sondern auch für jeden in deiner Umgebung –, wozu dann?«

»Weil«, fing ich an, auch wenn ich es hasste, wie ein aufmüpfiger Teenager zu klingen, »weil das nun mal mein Beruf ist.« Seit Monaten brachte ich nun schon dieses Argument vor, doch Carson verstand es immer noch nicht. Ich musste die Arbeit wieder aufnehmen, die ich liebte. Ich musste herausfinden, ob ich es noch konnte.

Wäre es nach Carson gegangen, säße ich jetzt zu Hause herum. Und zu Anfang war es auch genau das gewesen, was ich brauchte – gut behütet zu sein, während ich an meiner psychischen Stabilität arbeitete. Während ich mich erholte, hatte Carson sich um alles gekümmert, vom Einkaufen bis zu unseren Finanzen. Doch seitdem war über ein Jahr vergangen. Ich hatte zahllose

Stunden Psychotherapie hinter mir und das Trauma Schritt für Schritt durchgearbeitet. Aber Carson konnte doch nicht im Ernst glauben, dass ich mich bis in alle Ewigkeit vergraben würde. Wozu hätte er sich Monat für Monat so ins Zeug gelegt, wenn nicht, um mir dabei zu helfen, wieder Fuß zu fassen.

»Sieh mal«, sagte ich, weil ich sein Schweigen – das heißt, die geballte Enttäuschung, die darin lag – nicht ertragen konnte. »Ich nehme hier ein paar Zeugenaussagen zu Protokoll, weiter nichts. Der Vermisste taucht vermutlich früher oder später wieder auf. Tim geht jedenfalls davon aus.«

»Tim«, wiederholte Carson. »Du bist mit Tim da draußen.«

»Klar«, sagte ich. »Was sonst?«

Es trat erneut eine Pause ein, bevor Carson etwas brummte, was ich nicht verstand. Dann sagte er mit lauter, fester Stimme. »Jetzt hör mir zu, ja? Das ist ernst. Sei auf der Hut! Achte auf deine Gefühle, Shay. Wenn du irgendeine Art von Stressreaktion bemerkst, irgendwelche vertrauten Symptome von …«

»Dann ruf ich dich an«, fiel ich ihm ins Wort, weil ich mir die lange Liste der Symptome nicht schon wieder anhören wollte. »Bestimmt.«

»Versprochen?«

»Versprochen.«

»Okay«, sagte er. »Bring dich nicht in Gefahr.«

Ich wusste, dass er nur helfen wollte – er war der Einzige, der dazu in der Lage war, der es wirklich verstand. Doch wenn Carson von meinem Leiden sprach, konnte es sein, dass mich die unterschwellige Angst und die Selbstzweifel, die ohnehin in mir schlummerten, mich wieder an den düsteren Ort zurückkatapultierten, dem ich so mühsam entronnen war – und wenn das geschah, konnte ich ohne seine Hilfe unmöglich wieder zurückfinden.

Als ich mein Handy wieder einsteckte, merkte ich, wie mich die Erinnerungen bestürmten – eine Panikattacke, die mich zwang, das Kinn an die Brust zu drücken, und von der mir die Knie weich wurden.

Ich befand mich wieder auf jenem Kellerboden, mit dem Geruch nach gebratenem Fleisch in der Luft, die Knie an die Brust gedrückt. Ich sah es kommen. Wartete darauf, dass meine Ausbildung, meine Berufserfahrung die Oberhand gewann. Wusste, dass ich vergeblich hoffte. Da war Blut an meinen Händen, und auf dem Boden lag ein toter Mann. Sein Name war mir für immer ins Gedächtnis eingebrannt. So wie die anderen. *Jay Lopez. Becca. Lanie. Jass.*

Meine Haare flatterten im Wind, und ich wandte mich wieder zum Haus der Sinclairs um. Der Schmerz, den mir diese Namen bereiteten, war so frisch wie eh und je, doch ich zwang mich, sie im Geiste zu wiederholen. *Jay. Becca. Lanie. Jass.* Wie ein Mantra flüsterte ich sie so lange vor mich hin, bis sie in einen langen wispernden Seufzer mündeten. Erst dann fügte ich den letzten Namen hinzu.

Bram. Bram. Bram.

ACHT

FÜR MICH HÄTTEN ES ein Käsetoast und ein Glas Wasser getan. Aber Philip Norton bereitete ein Festessen zu. Als ich wieder ins Haus kam, war Norton noch mit den Vorbereitungen beschäftigt, und die zusätzliche Pause kam mir ganz recht. Während Tim die Zeugen mit Geschichten darüber unterhielt, wie die Inseln zu ihren Namen gekommen waren (die eine, St. Helena, verdankte ihren zum Beispiel dem britischen Überseegebiet, in das Napoleon Bonaparte verbannt worden war, die andere einem gewissen General James Wolfe, als die Gegend noch der britischen Krone unterstand) – während Tim die Leute bei Laune hielt, sah ich meine Chance, einen Teil von Flynns Behauptungen abzuklopfen.

»Abella«, sagte ich von der Wohnzimmertür aus. »Haben Sie einen Augenblick Zeit?«

Die junge Frau sprang auf. Es war sicher nicht leicht, sich in einem Haus unter Fremden so zusammenzureißen. Mit Ausnahme von Camilla betrachteten die Sinclairs Abby wie eine Fremde. Als sie den Raum verließ, starrten alle – einschließlich Tim – auf die Blutflecken auf ihrer Hüfte.

Selbst mit ungewaschenem Haar und einem vom Weinen verquollenen Gesicht war Abella Beaudry eine hinreißend gut aussehende Frau – lange Wimpern, volle Lippen. Ob Jasper in ihr nun nur eine Affäre oder seine künftige Ehefrau sah – er hatte auf jeden Fall Geschmack.

»Wie kommen Sie klar?«, fragte ich sie, als wir in der Bibliothek Platz nahmen. Der Raum lag auf der anderen Seite der Eingangshalle, dem Wohnzimmer direkt gegenüber. Als ich die Schiebetür hinter mir schloss, klang es wie ein Kuss mit trockenen Lippen.

»Ich weiß nichts«, sagte sie, als wir uns in zwei der Sessel gesetzt hatten. »Ich ... ich kann einfach nicht fassen, dass er nicht mehr da ist.« Abella hatte zwar einen leichten französischen Akzent, doch ihr Englisch war ansonsten makellos. Sie konnte mühelos von einer Kultur in die andere wechseln, von Abby zu Bella und zurück, doch anders als für Flynn waren ihre verschiedenen Rufnamen in meinen Augen kein Hinweis auf Doppelzüngigkeit.

»Haben Sie irgendeine Idee, wo Jasper stecken könnte?« Ich holte mein Notizbuch heraus und neigte mich vor. Abella sah mich verwirrt an. »Lassen Sie es mich anders sagen«, korrigierte ich mich. »Ist Jasper jemals zuvor verschwunden? Zieht er sich zurück, um allein zu sein?«

»Nein. Und er ist nicht einfach nur *weggegangen*.«

»Aber letzte Nacht war er bei Ihnen im Bett. Und heute Morgen nicht mehr.«

»Ich weiß, wie verrückt das klingt«, sagte sie. »Aber genau so ist es, und mehr weiß ich auch nicht.«

Mein Blick wanderte zu ihrer blutbefleckten Hüfte. »Haben Sie irgendjemanden in Ihr Zimmer kommen gehört?«

Ich sah ihr förmlich an, wie ihr ein Bild vor Augen stand, von jemandem, der sich über ihre schlafende Gestalt beugte. Abella schüttelte den Kopf.

»Und Sie waren die ganze Nacht im Zimmer? Sie sind nicht mal rausgegangen? Nicht mal zur Toilette?«

»Nein«, sagte sie. »Ich habe durchgeschlafen.«

Abella spürte wohl den Zweifel, der in der Frage lag, denn sie fügte hinzu: »Ich hab gestern Abend ein bisschen zu viel getrunken. Ich war nervös.«

»Sich vor der Familie zu präsentieren.«

»Klar.«

»Es war eine Stresssituation.«

Sie senkte den Kopf und fuhr sich mit den Fingern durch das zerzauste Haar. »Können Sie laut sagen«, antwortete sie.

»Ist das zwischen Ihnen und Jasper ernst?«

»Wir sind noch nicht allzu lange zusammen. Aber ja, ich würde es als ernst bezeichnen.«

»Jaspers Bruder Flynn hat mir erzählt, Jasper plane, Ihnen einen Antrag zu machen.«

Sie riss die braunen Augen auf. »Was? Das hat er gesagt?«

»Er hat auch erzählt, Sie hätten kürzlich Ihren Job verloren. Stimmt das?«

Sie hing immer noch meinen Worten nach, die Sache mit dem Antrag hatte sie unvorbereitet getroffen. Sie antwortete nicht sofort. Nach ein paar Sekunden blinzelte sie und erinnerte sich daran, wo sie war. »Ich wurde nicht gefeuert oder so. Die Firma wollte sich verkleinern, und ich war froh, sie zu verlassen. Ich habe da für einen Hungerlohn ungefähr fünfzig Stunden die Woche geschuftet. An manchen Tagen haben Jas und ich uns nicht einmal zu Gesicht bekommen, selbst wenn ich bei ihm in der Wohnung schlief. Ich kam um zwei Uhr morgens von einer Veranstaltung zurück und musste um sechs Uhr früh schon wieder los. Das hat mir gestunken.«

»Falls Sie Jasper, einen amerikanischen Staatsbürger, heiraten würden, hätten Sie diesen Job auch nicht mehr gebraucht.« Mit einer Kopfbewegung deutete ich auf die stattliche Bibliothek, in der wir saßen. »Sie wären überhaupt nicht mehr auf einen Job angewiesen.« *Willkommen im Luxusleben. Machen Sie es sich bequem!* Dasselbe hatte ich zu Flynn über Ned gesagt. Dass der gigantische

Reichtum der Sinclairs bei den privaten Beziehungen der Familie gar keine Rolle spielte, hielt ich für unwahrscheinlich. Doch genau wie Flynn wies Abella die Unterstellung weit von sich.

»Ich bin nicht auf einen Freifahrtschein aus. Und es ist nicht so wie im Kino. Es kann ein Jahr oder länger dauern, bis man ein Ehepartner-Visum bekommt. Im Übrigen *will* ich arbeiten.« Unter ihrem Pyjamaoberteil hob und senkte sich ihre Brust. »Ich liebe ihn«, sagte sie mit leiser Stimme. »Ich benutze ihn nicht.«

Aber was war mit ihm*? Benutzt er sie?* Wenn ich Flynn glaubte, war sein Bruder der Bäumchen-wechsel-dich-Typ, und Abella hatte ihn durchschaut. Aber ich konnte mir nicht vorstellen, dass diese Frau über ihren Freund herfallen würde, zumal hier, im Schoß der Familie. Und wie hätte sie die Leiche eines Mannes ohne Hilfe wegschaffen sollen? Das war völlig undenkbar. »Haben Sie sich letzte Nacht gestritten? Um Mitternacht herum?«

»Was? Natürlich nicht. Ich bin lange vor ihm eingeschlafen.« Wenn Flynn mich mit diesem angeblichen Streit belog, dachte ich, war er ein Narr. Stimmen, die laut genug waren, um durch die Tür bis zu ihm zu dringen, hätten natürlich auch alle anderen auf dem Stockwerk hören müssen.

Ein Grund mehr, Flynns zweite Behauptung zu überprüfen. »Haben Sie je miteinander darüber gesprochen, bei Sinclair Fabrics zu arbeiten?«

»Für Flynn und Bebe arbeiten?« Abella schien entrüstet. »Nicht um alles in der Welt.«

Aha. »Ned tut es schon, nicht wahr?«

»Aber nicht mehr lange. Er ist bei Burberry für eine Werbekampagne im Gespräch, und noch bei ein paar anderen Firmen. Sobald für ihn die Bedingungen stimmen, ist er weg.«

»Und wie steht Jasper dazu, dass Ned ihn hängen lässt?«

»Der sieht das ganz entspannt. Für Ned ist das eine riesige

Chance, um Klassen besser als das, was er hat. Jas gönnt es ihm. Ich auch. Wir sind Freunde, alle drei. Wir mögen uns.«

»Sie, Jasper und Ned.«

»Ja.«

»Seltsam«, sagte ich. »Bei Flynn klang es so, als fänden Sie den Gedanken, für Jasper zu arbeiten, verlockend.«

Sie warf einen Blick zu der geschlossenen Schiebetür. »Ich liebe Jasper«, wiederholte sie. »Deshalb muss ich noch lange nicht seine Familie lieben.«

»Aber die haben Sie doch gerade erst kennengelernt. Woher wollen Sie wissen, dass Sie nicht miteinander klarkommen?«

Ich sah ihr an, wie sie sich in ihr Schneckenhaus zurückzog. Sie bereute es, zu viel gesagt zu haben. Offensichtlich hatte ich einen wunden Punkt getroffen. Kaum hatte ich Flynns Namen erwähnt, wich Abella meinem Blick aus. Durch ihre geöffneten Lippen machte ich eine kleine Lücke zwischen den oberen Schneidezähnen aus. Damit wirkte sie erst recht wie ein verängstigtes Kind.

»Camilla ist toll«, sagte Abella. »Ich wünschte, ich hätte sie schon früher kennengelernt, mehr Zeit mit ihr verbracht.«

Ich nickte. Camilla war die Seele von Tern Island. Wenn sie nicht mehr wäre, würde es wohl auch keine Familienzusammenkünfte auf der Insel mehr geben.

»Und wie steht's mit Bebe und Flynn?«

»Die kenne ich noch kaum.«

Wie schon gegenüber Flynn erwähnte ich den Altersunterschied zwischen den Brüdern. »Wie ist die Beziehung zwischen den beiden?«

»Nicht alle Geschwister kommen gut miteinander klar.«

»Sie würden nicht sagen, dass sie sich nahestehen? Woran sehen Sie das? Immerhin sind Sie und Jasper erst … wie lange zusammen? Ein paar Monate?«

»Zwei.«

»Seit zwei Monaten. Und Sie glauben, das reicht, um das beurteilen zu können?«

Wieder spürte ich ihr Zögern. »So wie sie ihn behandeln – besonders Flynn. Er führt sich auf wie ein Arschloch gegenüber Jas, und auch gegenüber Ned. Bitte zwingen Sie mich nicht, wieder da reinzugehen«, sagte sie. »Ich kann nicht zusehen, wie sie ihren Kaffee trinken und so tun, als sei alles Friede, Freude, Eierkuchen!«

»Abella, wenn wir Jasper finden wollen, brauche ich Ihre Hilfe. Sie waren letzte Nacht mit ihm zusammen, die ganze Nacht. Sie waren auch gestern hier. Sollten Sie irgendetwas wissen, irgendetwas gesehen haben, das ihnen auffällig und ungewöhnlich erschienen ist, dann sagen Sie es mir!«

Sie fuhr sich mit dem Daumen an die Lippe, schabte mit dem Nagel an den Schneidezähnen. Abellas hellrosa lackierte Fingernägel waren professionell maniküriert. Sie stand an diesem Wochenende im Rampenlicht, und sie wusste es. Sie hatte auf Jaspers Familie einen guten Eindruck machen wollen.

Als sie jetzt entschied auszupacken, zitterte ihr Kinn, und ihr traten Tränen in die Augen. Die Geschichte, die ich gleich hören sollte, würde Flynns Version widersprechen, keine Frage. Ich hoffte, es war die Wahrheit.

»Es ist meine Schuld«, sagte sie.

Ich setzte mich in meinem Sessel senkrecht auf. »Was ist Ihre Schuld?«

»Es ist meine Schuld, dass er verschwunden ist.«

»Haben Sie ihm etwas angetan? Ihn verletzt oder …«

»Nein!« Sie sah mir mit großen nassen Augen ins Gesicht. »Aber ich weiß, wer es war.«

NEUN

DIE INSEL WAR EIN einsames Paradies, und Abella konnte sie nicht mit der Welt in Einklang bringen, die sie vom Festland kannte. Noch am Morgen war sie in Manhattan gewesen, und jetzt stand sie in einem dicken Herbstpullover am Ufer des Flusses, während Jasper sie an sich drückte und ihr schlüpfrige Scherze ins Ohr flüsterte. Damit versuchte er, sie von dem, was bevorstand, abzulenken, und sie wusste den Versuch zu schätzen, doch sie waren spät dran. Norton zog das Skiff an den Anlegesteg, und herausgeklettert kam Flynn Sinclair.

»Deine bessere Hälfte ist schon da«, sagte Jasper.

»Besser worin?«, erwiderte Flynn. »Darin, eine schlechte Wahl zu treffen oder ein undankbarer Mistkerl zu sein?« Flynn umarmte seinen Bruder nicht, schüttelte ihm nicht einmal die Hand. Abella nahm an, Flynn sei nach der fünfstündigen Fahrt aus Manhattan einfach nur schlecht gelaunt. Jasper kehrte Flynn den Rücken und bot sich an, beim Vertäuen des Skiffs zu helfen, doch Norton winkte ab.

»Ich muss noch mal zum Markt fahren, bevor der Sturm kommt«, erklärte Norton.

»Im Ernst?«, fragte Jasper. »Da warst du doch erst gestern. Hast du nicht im Haus genug zu tun?«

Die Bemerkung ihres Freundes fand Abella rüde, was überhaupt nicht zu ihm passte. Etwas schien an Jasper zu nagen, doch sie hatte keine Ahnung, was. Norton rang sich ein Lächeln ab. Abella ebenfalls.

»Jede Menge, ja«, sagte Norton liebenswürdig. »Dauert nicht lang.« Damit stieß er sich ab, warf den Motor an und schlug die Richtung zum Festland ein.

Flynn starrte genervt auf sein Gepäck. Ihm blieb nichts anderes übrig, als es selbst die Treppe hinaufzuschleppen. »Schön, dass ihr beide so früh kommen konntet. Aber es gibt auch noch Menschen, die arbeiten müssen.«

»Darf ich dich mit Abby bekannt machen?«, sagte Jasper betont ruhig. Offensichtlich war es nicht das erste Mal, dass er kleine Gemeinheiten von Flynn abbekam. Flynns Blick ruhte länger auf ihr, als es das Gebot der Höflichkeit zuließ. Es bereitete ihr Unbehagen.

Auf dem Weg die Treppe hoch tat Jasper sein Bestes, um die Unterhaltung aufrechtzuerhalten. Flynn dagegen schmollte vor sich hin. Abella hatte nur den Wunsch, ihn loszuwerden, sich mit Jasper aufs Sofa zu werfen und die letzten wenigen Momente, die sie allein waren, zu genießen. Bevor sie vorgeführt wurde. Und so war sie hocherfreut, als sich Flynn, kaum dass sie das Haus erreichten, sofort nach oben begab.

»Da geht er hin, auf schnellstem Weg zu Nana, um sich bei ihr einzuschleimen. Verstehst du jetzt, wieso ich dich nicht früher mit ihm bekannt gemacht habe? Was für ein arrogantes Arschloch«, sagte Jasper. »Er gibt keine Ruhe.«

»In Bezug auf was?«, hakte Abella nach.

»In Bezug auf *wen*. Flynn behandelt Ned wie den letzten Dreck. Ich schwör's dir. Er hat sich nicht unter Kontrolle. Wenn ich nicht da bin, sucht er sich ein anderes Opfer, das er mies behandeln kann. Genauer gesagt tut er es, ob ich da bin oder nicht.«

Aha, dachte Abby. Deshalb also ist Jasper ausgerastet. Er hatte bislang kaum über seine Geschwister gesprochen, und Abella hielt es für klüger, nicht nachzufragen. »Ist er wirklich so?«, fragte sie jetzt.

»Ein Alphamännchen? Ein geborener Sadist? Ja, ist er.« Jasper stieß einen Seufzer aus und massierte sich den Nacken. »Ist schon gut, ich bin's gewohnt. Ist nur furchtbar peinlich, weiter nichts.«

Auf einem Beistelltischchen aus Mahagoni im Wohnzimmer tickte eine kleine Uhr vor sich hin. Abella hörte das Klirren des Fahnenmasts auf der moosbewachsenen Einfriedung, die an der Hausfront den Vorgarten ersetzte, das unregelmäßige Knattern der schottischen und der amerikanischen Flagge, die im Winde flatterten, wenn Camilla auf der Insel war.

»Vielleicht ist es Rivalität?«, bemerkte Abella behutsam. Sie wollte nicht mit ihm über seine Familie reden. Damit begab sie sich auf gefährliches Terrain, und sie waren frisch verliebt, eine Phase, in der man ernste Themen besser vermied. »Zwischen mir und meiner Schwester ist es jedenfalls so. Sie erträgt es nicht, wenn ich gewinne.«

Und noch aus einem anderen Grund wägte sie ihre Worte ab. Eigentlich hätte Abella nicht so viel über ihren Freund wissen sollen, wie sie es nun einmal tat. Er gab nicht an, doch ihre Onlinerecherchen über den neuen Mann an ihrer Seite hatten ergeben, dass er ein überaus begabter Mensch war, der bei allem, was er anpackte, glänzte, und das schon immer.

Das Internet hatte auch zutage gefördert, dass Jaspers Name mit schöner Regelmäßigkeit in der Lokalzeitung seiner Heimatstadt in Westchester County stand. Er war dreifacher Gewinner beim *National-Geographic*-Wettbewerb gewesen. Als seine Mittelschule den Mathematik-Wettbewerb auf Bundesstaatenebene gewann, errang Jasper den ersten Preis für Einzelteilnehmer. Seine Lacrosse-Mannschaft an der Highschool, eine der besten landesweit, fuhr einen Turniersieg nach dem anderen ein. Welcher ältere Bruder hätte damit nicht seine Probleme?

»Soll ich dir eine Geschichte erzählen?«, fragte Jasper. Abella missfiel sein Ton. Sie konnte seinen Herzschlag durch die Rippen fühlen. Seine Körpertemperatur stieg an. »Flynn hatte gerade das dritte Jahr an der Highschool hinter sich. Die Sommerferien fingen an, die Zeugnisse flatterten ins Haus. Meine Eltern riefen uns beide in die Küche. Flynn war nicht gut in der Schule. Normalerweise sahen sie drüber hinweg, aber er hatte nur noch ein Jahr bis zum College, und seine Noten waren schlimmer denn je. Sie fanden wohl, dass es an der Zeit war, Klartext zu reden.« Er schnaubte, als fasse er es nicht, dass seine Eltern dazu so lange gebraucht hatten. »Sie nahmen ihm den Wagen weg, verhängten eine abendliche Ausgangssperre ... was man eben so tut, um jemanden zur Besinnung zu bringen. Aber ihnen war wohl klar, dass das alles nichts bringt. Am Ende würden sie natürlich doch Dads Alma Mater ein ordentliches Sümmchen spenden, und die Uni würde Flynn so oder so nehmen. Aber immerhin haben sie es versucht.«

Geistesabwesend wickelte sich Jasper eine von Abellas Haarsträhnen um den Finger und betrachtete sie fasziniert. »Flynn war stinksauer. Dann wandten sich meine Eltern an mich. Sie erklärten mir, ich könne im Herbst in die Hochbegabtenklasse wechseln. Ich war noch ganz klein, noch im Kindergarten, vielleicht gerade mal fünf Jahre alt. Ich hatte keine Ahnung, worum es ging, aber sie strahlten, also strahlte ich auch.«

Danach gingen Flynn und ich raus, und Flynn klopfte mir auf die Schulter. »Gut gemacht, Jas«, sagte er. »Du bist ein verdammtes Genie.« Er fluchte ständig, wenn wir zusammen waren, meine Eltern haben jahrelang nichts davon gemerkt. Das erste und einzige Mal, wo ich in ihrer Gegenwart geflucht habe, wurde Flynn auch dafür ausgeschimpft. Wir sind also draußen im Garten, und Flynn grinst übers ganze Gesicht, und ich weiß noch, wie ich dachte, wow, mein großer Bruder ist stolz auf mich. Es fühlte sich toll an – und dann kam es sogar noch besser. Flynn fragte mich, ob ich Lust hätte, zusammen ein bisschen den Football zu werfen. An der Highschool war er ziemlich gut, aber mit mir hatte er noch nie gespielt. Ich war ganz aus dem Häuschen. Ich war ein schmächtiges Kind, aber ich legte mich mächtig ins Zeug, als ich ihm den Ball zuwarf. Ich wollte ihn beeindrucken. Flynn fing ihn, und dann warf er ihn zurück. Mit voller Wucht. Mir direkt ins Gesicht.«

Instinktiv fuhr sich Abby mit den Händen an die Nase. Sie spürte förmlich den Aufprall, den Bruch des Nasenbeins, das heiße Blut, das hervorquoll, die Verwirrung und Angst, die Jasper an dem Tag empfunden haben musste. Die leichte Krümmung seiner Nase war ihr aufgefallen – wie auch nicht. Doch er hatte nie erwähnt, wie es dazu gekommen war.

»Flynn verdient kein Mitgefühl«, sagte Jasper. »Er ist und bleibt ein Arschloch. Doch irgendwie kriegt er trotzdem immer, was er will. Sein ganzes Leben lang hat er eine ruhige Kugel geschoben. Und trotzdem: Jetzt ist er Finanzchef und glaubt, er sei mein Boss. Ist das zu fassen?« Jasper starrte mit zusammengepressten Lippen aus dem Fenster. »Das ist keine Rivalität, Abby, es geht ihm um Kontrolle – über mich und Ned und jeden anderen. Das Einzige, was mich davon abhält, ihm die Fresse zu polieren, ist meine feste Überzeugung, dass das nicht ewig so weitergehen kann. Früher oder später wendet sich für ihn das Blatt. Und wenn er dann sein Fett abkriegt, hat er's verdient.«

Der Wind nahm zu. Die heftigen Böen ließen die bleiverglasten Scheiben klirren. Draußen bogen sich die Kiefern wie Reitgerten. Abella sank tiefer in Jaspers Armbeuge. Sie wusste nicht, wie sie ihn trösten sollte. In der Eingangshalle knarrte die Treppe. Sie merkte, wie Jasper zuckte, und eine Sekunde später kam Flynn mit seinem Laptop unterm Arm an der Tür vorbei. Er blieb einen Moment stehen und blickte mit gleichgültiger Miene in ihre

Richtung, bevor er in die Bibliothek weiterging und mit einem Knall die Schiebetüren hinter sich zuzog.

»Ich seh mal besser nach Nana«, sagte Jasper. »Wer weiß, was Flynn ihr erzählt hat. Sobald er in der Nähe ist, schießt ihr Blutdruck in die Höhe.« Er nahm den Arm von ihrer Schulter, und Abella fröstelte augenblicklich. »Vielleicht hat sie ja Lust auf eine Runde Rook. Bist du dabei?«

Das liebte Abella an Jasper: sein rücksichtsvolles Wesen, seine Fürsorge gegenüber seiner Großmutter. Er hatte alles, was Flynn abging. »Klingt gut«, antwortete sie.

»Wir brauchen einen vierten Mann.«

»Ned?«

»Genau. Suchst du ihn? Wahrscheinlich ist er oben in Flynns Zimmer. So wie es derzeit zwischen den beiden knistert, geht er ihm wahrscheinlich aus dem Weg. Er will schließlich nicht bei allen hier für Unruhe sorgen.«

Bei dieser Bemerkung hatte Abella einen Anflug von Mitleid mit Ned. Sie wusste, dass er und Flynn Probleme miteinander hatten. Ned zog sie oft ins Vertrauen, und dabei hatte er wenig Gutes zu berichten. Nach der Geschichte, die sie gerade von Jasper gehört hatte, nahm sie sich vor, den Freund mehr zu unterstützen. Wieso Ned immer noch an einen Mann wie Flynn seine Zeit verschwendete, war ihr ein Rätsel.

Sie zog los, um ihn zu suchen, doch Ned war nicht in Flynns Zimmer.

Nach der Begrüßung von Jaspers und Flynns Schwester Bebe hatte Letztere den anderen erklärt, sie wolle auf ihr Zimmer gehen, um sich hinzulegen. Durch Jades Tür konnte Abella hören, wie das Mädchen mit ihrem Vater sprach. Während Camilla im zweiten Stock war, Flynn unten arbeitete und Norton immer noch nicht vom Einkauf zurück war, herrschte im übrigen Haus Ruhe. Wo steckte Ned?

So allein durch das Haus der Sinclairs zu schleichen fühlte sich wie eine Indiskretion an, doch Jasper hatte Abella gebeten, Ned zu finden, und genau das hatte sie vor. Wieder im Erdgeschoss, sah sie in der Küche nach. Eine große Fensterfront rahmte Fluss und Himmel ein. Die weißen Einbauschränke und Arbeitsflächen aus Marmor rechts und links waren in ein gespenstisches farbloses Licht getaucht. Hinter einer Tür verbarg sich die Kellertreppe, doch was hätte Ned da unten zu suchen? Eine Tür in der Außenwand führte in einen kleinen Anbau, einen Windfang, von dem aus man nach draußen gelangte. Dort stand ungefähr fünfzig Meter vom Haus entfernt, unangenehm nah am Rand einer hohen Klippe, ein Schuppen. Er diente wohl zur Unterbringung von Rasenmäher und anderem Gartengerät, möglicherweise auch zur Lagerung von Brennholz. Er war eine Miniaturausgabe vom Haus, mit derselben Verkleidung und maßgefertigten Fenstern. Durch eins dieser Fenster sah sie für einen winzigen Moment, wie sich etwas bewegte. Eine dunkle Gestalt hinter der Scheibe.

Regentropfen klatschten an die Fenster, und Abella fröstelte. Solange Norton nicht da war, um Feuer zu machen, war es kalt im Haus. Möglicherweise war Ned ja zum Schuppen gegangen, um Holz zu holen. Sie spähte durch die Scheibe. Sie hatte sich nicht geirrt. Da draußen war jemand, in dem Schuppen.

Sie öffnete die Glastür und betrat den Windfang. Eiseskälte schlug ihr entgegen. Zu beiden Seiten hingen jede Menge Öljacken und Regenmäntel. Sie schnappte sich den erstbesten Mantel von einem Haken und knöpfte ihn zu. Sie hatte am Morgen eine Stunde damit zugebracht, ihr Haar zu glätten, und daher keine Lust, es sich vom Regen ruinieren zu lassen. Sie zog sich die Kapuze über den Kopf, trat aus dem Haus und machte sich auf den Weg durch den Garten.

Dieses Wochenende war für Abella sehr wichtig. Es bot ihr die Chance, Jasper zu beweisen, dass sie in sein Leben passte wie ein

Schlüssel ins Schloss. Sie waren erst seit ungefähr acht Wochen zusammen, doch sie hegte die Hoffnung, dass er in ihr mehr als ein Techtelmechtel sah. Immerhin hatte er sie hierher eingeladen. Das besagte doch wohl etwas. Ihre berufliche Situation und ihr Aufenthaltsstatus – für diese Probleme würde es schon eine Lösung geben. Bis dahin konnte sie sich keinen Fauxpas leisten. Mehr noch, sie musste unbeschwert und natürlich wirken. Sie musste sich wie selbstverständlich in das Familiengeflecht einfügen. Die Sinclairs sollten den Eindruck gewinnen, als habe sie schon immer dazugehört.

Die Felsen waren von glitschigem Moos überzogen. Wind und Regen kamen aus ständig wechselnden Richtungen. Abella setzte ihre Füße so vorsichtig wie ein Kind auf einem Schwebebalken, ruderte lächerlich mit den Armen, um nicht umzufallen. Je näher sie dem Schuppen kam, desto sicherer war sie, mit ihrer Vermutung richtigzuliegen. Ned war da draußen, um Brennholz zu holen. Ein Feuer wäre schön.

Sie gelangte zur Tür. Sollte sie klopfen? Nein, das wäre seltsam. Sie fasste nach dem rostigen Riegel, der sich eisig anfühlte. Durchs Fenster spähte sie in die Dunkelheit im Innern. Und ihr lief ein Schauder über den Rücken.

Das konnte nicht sein. Sie konnte nicht glauben, was sie sah. Der Raum war rappelvoll mit Gartengeräten, überall hingen Werkzeuge, Taue, Schläuche. Eimer standen herum und Kisten. Und mittendrin – Ned. Seine Hose lag wie eine Pfütze zu seinen Füßen. Vor ihm beugte sich eine Frau über einen Sägebock. Neds Hand lag wie ein dunkles Tattoo auf der cremefarbenen Haut ihrer Hüfte. Hinter den dunklen Haarsträhnen konnte Abella die geschlossenen Augen und den geöffneten Mund sehen – Ausdruck sexueller Ekstase in Bebe Sinclairs Gesicht.

Mit rasendem Herzklopfen stand Abella da und starrte auf Ned und Bebe und das Wiegen ihrer Körper. Die Szene im Schuppen war von hypnotischer Peinlichkeit, unmöglich, sich davon loszureißen. Doch Abella wusste, dass sie nicht hier sein durfte. Ihr drohte größte Gefahr. Falls die beiden sie sahen, wäre alles aus. Wenn die Sache herauskam, würden sich die Wut und der Hass der Familie vor allem über ihr entladen. Abella war eine Fremde, würde die Familie sagen, nur gekommen, um Zwietracht unter ihnen zu säen.

Geh, dachte Abella. *Hau ab, so lange du noch kannst.*

Wie in Trance machte sie kehrt und lief zum Haus zurück. Der Wind heulte über das offene Gelände und schüttelte sie durch. Sie war schon fast bei der Tür, als sie auf dem rutschigen Felsgestein ausglitt und der Länge nach hinschlug. Während sie noch auf dem Boden lag, die Wange am kalten Stein, wusste sie, dass sie beobachtet wurde. Sie spürte die Augen geradezu im Rücken. Am Schuppenfenster standen Ned und Bebe – das wusste Abella so sicher, wie ihr klar war, dass es Konsequenzen haben würde. Sie hatte die beiden gesehen und die beiden sie.

Die nächsten Minuten waren in ihrer Erinnerung verschwommen. Während sie durch die Empfangshalle zum Wohnzimmer humpelte, hatte Jasper schon das Kartenspiel vorbereitet. Camilla hatte es sich in einem Sessel bequem gemacht. Im Kamin loderte ein frisch entfachtes Feuer. In einem Korb an der Wand war Brennholz gestapelt – offensichtlich schon die ganze Zeit. Keuchend stolperte sie ins Zimmer.

»Wo warst du?«, fragte Jasper. Er betrachtete verwundert die Regenjacke, ihre feuerroten Wangen und den breiten Dreckstreifen an ihrer Jeans. In ihrer Panik war sie hereingestürmt, ohne auch nur die lehmverschmierten Schuhe auszuziehen. Camilla sah missbilligend auf die schmutzigen Fußabdrücke.

»Ich …« Abella zog die Kapuze vom heißen Kopf. »Ich war kurz draußen«, sagte sie. »Um frische Luft zu schnappen.«

Falls er ihre Angst bemerkte, zeigte Jasper es nicht. »Meine Jacke steht dir gut«, sagte er und grinste spöttisch-lüstern. Abella mit nichts weiter bekleidet als seinem zu großen T-Shirt an einem Samstagmorgen. Abella in einem seiner abgewetzten Sweatshirts aus College-Tagen, mit Jasper bei einem guten Glas Wein auf seiner Couch. Die Bilder, die er mit seinen Worten und seinem neckischen Grinsen heraufbeschwören wollte, waren als Prophezeiungen für ihre Zukunft gemeint, doch sie taten ihr so weh wie die aufgeschürfte Haut an den Händen. Sie stellten in Aussicht, was sich Abella wünschte und was nun in unerreichbare Ferne gerückt war.

»Du hast Ned nicht gefunden?«, fragte Jasper.

Abella zog Jaspers Jacke aus und legte sie sich über den Arm. Eine ganze Weile starrte sie darauf, bevor sie ihm wieder in die Augen sehen konnte. »Nein«, sagte sie. »Ich konnte ihn nirgends finden.«

ZEHN

»BEBE UND NED«, wiederholte Tim bedächtig. »Sie ist sich absolut sicher?«

Ich hatte den Schuppen, von dem Abella sprach, bemerkt. Er war durch das Fenster in der Bibliothek, von dem aus ich mir, ohne mich zu rühren, ihre Geschichte angehört hatte und an dem jetzt Tim und ich allein standen, gut zu sehen. »Sie ist sich sicher«, sagte ich.

»Flynns Freund und seine Schwester. Mann, das ist ja …« Tim zögerte. »Wie in einer schlechten Soap.«

Wir blickten beide Richtung Wohnzimmer. Ich hatte Bedenken gehabt, Abella wieder zu Jaspers Familie zurückzuschicken. Hätte ich sie andererseits von ihnen getrennt, hätten die Übrigen vielleicht Lunte gerochen, und ich musste von ihnen ihre eigene Sicht auf die Ereignisse hören, ohne vorherige Einflussnahme. Tim hatte eine obligatorische Toilettenpause angesetzt. Während die Sinclairs sich abwechselnd in die Empfangshalle begaben und murrend die Absurdität der Übung kommentierten, nutzten Tim und ich die Gelegenheit für eine kurze Besprechung.

»Falls es stimmt«, sagte ich, »werden sie ihre Affäre geheim halten wollen. Das allein schon ist ein starkes Motiv. Zieh dir das mal rein. Sie treiben es da drüben im Schuppen, während Flynn hier in der Bibliothek sitzt und arbeitet.«

»Verdammt riskant«, warf Tim ein.

»Aber sie gehen beide das Risiko ein. Und sie müssen wissen, dass der Schuppen vom Haus aus zu sehen ist. Sie mussten wissen, dass sie ertappt werden könnten. Und dann hören sie plötzlich ein Geräusch und sehen jemanden zum Haus zurücklaufen. Das Gelände ist offen, nichts verstellt die Sicht. Und der Jemand, den sie sehen, trägt Jaspers Regenjacke. Sie müssen annehmen, Jasper hätte sie beobachtet bei ihrer … na du weißt schon.« Ich hatte mit Tim noch keine Sexualverbrechen bearbeitet, daher war das Thema zwischen uns gewissermaßen neu. Doch die Tatsache, dass ich mich wie ein Teenager bei einem peinlichen Gespräch mit meinem Dad fühlte, machte mich erst recht verlegen.

»Bebe ist Jaspers Schwester«, gab Tim zu bedenken. »Glaubst du wirklich, sie verwechselt ihren Bruder mit diesem Mädchen, auch wenn sie seine Jacke trägt?«

»Sie hat vermutlich nur einen eiligen Blick aus dem Fenster geworfen. Die Fenster im Schuppen sind voller Spinnweben. Von daher kann ich mir das gut vorstellen.« Mir war der Gedanke nicht sofort gekommen. Erst an dem Punkt in ihrer Erzählung, als sie Jaspers Regenjacke über dem Arm hielt, dämmerte mir die schreckliche Erkenntnis. Sie waren fast gleich groß, und beide, sie und Jasper, trugen an diesem Tag Jeans. Es war durchaus möglich, dass Ned und Bebe Jas für den Spanner hielten.

»Was ist das für eine Frau, die im Haus der eigenen Großmutter, wo die ganze Familie versammelt ist, den Ehemann betrügt?« Tim sah mich mit an, als müsste ich die Antwort wissen, weil ich in New York in so viele menschliche Abgründe geblickt hatte.

»Die Sorte Mensch, die den eigenen Bruder umbringt, wenn sie fürchtet, von ihm erwischt worden zu sein?«

Tim machte große Augen. »Meinst du?«

»Immerhin möglich. Auch Ned hätte guten Grund auszurasten, aber Abella gibt eindeutig Bebe die Schuld für die Affäre. Sie sagt, Ned sei ein guter Freund. In New York sind die drei viel zusammen – sie, Jasper und Ned. Wenn du mich fragst, sieht sie Ned ein bisschen zu rosig, jetzt, wo wir wissen, dass er die Schwester seines Freundes vögelt, aber sie glaubt beharrlich an seine Unschuld.«

»In New York sind die drei viel zusammen«, wiederholte Tim nachdenklich. »Schließt das glückliche Kleeblatt auch Flynn ein?«

»Darauf hat sie mit einem klaren Nein geantwortet. Die eingeschworene Gemeinschaft beschränkt sich offenbar auf Ned, Jasper und Abby. Arschloch-Brüdern ist der Zutritt verboten. Wenn man Flynn so hört, denkt man, er und Jasper seien Kumpel, aber laut Abella hassen sich die Brüder. Laut Abella hatte Flynn schon immer eine aggressive Ader. Du hättest die Geschichte hören sollen, wie Flynn Jasper gequält hat, als sie Kinder waren. Um einiges schlimmer als die üblichen Geschwisterrivalitäten.«

»Und weiß auch Flynn von der Affäre?«

»Abella vermutet, nicht. Falls doch und falls er tatsächlich so gewalttätig ist, wie sie nahelegt, wären jetzt Ned oder Bebe verschwunden und nicht Jasper.« Ich überlegte. »Du hast Ned gesehen. Was meinst du? Hat er einen Kinnhaken abbekommen?«

»Die frischen Prellungen an Flynns Fingerknöcheln, meinst du?«, fragte Tim.

Nach dem Gespräch mit Flynn hatte ich Tim eine SMS mit einer kurzen Zusammenfassung meiner bisherigen Erkenntnisse geschickt. Ich wollte ihn auf dem Laufenden halten, ohne ihn von seinem Wachtposten abziehen zu müssen. Es ging nur darum, die entscheidenden Daten zu sichern. Tim gab eine nützliche Festplatte ab.

Tim schüttelte den Kopf. »Keiner von denen scheint einen Faustschlag abgekriegt zu haben.«

»Vielleicht fehlt ja irgendwo an einer Wand ein Stück Gips?«

»Oder aber Jasper hat es erwischt«, sagte Tim. Ich wollte etwas erwidern, doch er kam mir zuvor. »Ich wette, so ist es gewesen. Jasper hat sich mit seinem Bruder einen Schlagabtausch geliefert und sich danach verzogen. Hier draußen, so dicht an der Grenze, wäre es ein Kinderspiel, nach Kanada abzuhauen. Eigentlich muss man auf der anderen Seite seinen Pass vorzeigen, aber das System funktioniert auf Treu und Glauben. Um diese Jahreszeit wird das Grenzgebiet auch kaum kontrolliert. Allerdings wäre es selbst dann, wenn er sich drüben nicht gemeldet hätte, nicht so leicht, unbemerkt in ein anderes Land zu wechseln, wenn man vorhat, eine Weile zu bleiben. Sollte es so gewesen sein, werden wir ihn finden.«

»Das hier sieht mir nicht nach einem Fall von Flucht aus«, widersprach ich. »Oben hängt Jaspers Handy immer noch am Ladegerät. Welcher Mann zwischen zwanzig und dreißig verlässt das Haus ohne sein Handy? Ich glaube, Jasper ist in Schwierigkeiten.«

Was für eine Untertreibung! Sie auszusprechen klang in meinen eigenen Ohren dämlich.

»Wir werden ihn finden«, bekräftigte Tim. »Ich weiß es.«

Ich schloss für einen Moment die Augen.

»Diese Leute hier ... Das ist keine Soap, das ist eine Schlammschlacht.« Ich öffnete die Augen wieder, sah Tim direkt an. »Hast du dich mal gefragt, wie die Eltern so waren? Abella hat sie natürlich nie kennengelernt, aber sie hat mir erzählt, wie sie ums Leben gekommen sind. Bei einem Autounfall im Urlaub.«

»Ja, ich erinnere mich«, sagte Tim. »Hat damals natürlich in der Zeitung gestanden. Soll ich mal googeln?« Er griff nach seinem Handy.

»Schon erledigt«, sagte ich mit einem Grinsen. Die Chemie stimmte zwischen uns. Tim arbeitete schon lange in Alexandria Bay, deswegen ließ ich mich gern von ihm in die Verhältnisse des North Country einweisen, auch wenn ich seine Vorgesetzte war. Genauso wenig Mühe hatte ich aber damit, mir meine eigenen

Gedanken zu machen. »Weiter im Süden hat der Unfall seinerzeit für Schlagzeilen gesorgt. *New Yorker Textil-Magnat und Ehefrau tot in der Karibik. Vor zwei Jahren verreisten Baldwin und Rachel Sinclair auf einen Kurzurlaub nach Antigua, von dem sie nicht mehr zurückkehrten.*

Tim ließ sich in einen Sessel fallen, hörte mir zu. In der Nähe stand ein zweites Exemplar, so breit und weich gepolstert, dass ich mich am liebsten darin verkrochen hätte, doch wir waren nicht zur Erholung hier. Auf der anderen Seite der Empfangshalle stand Abella im Türrahmen zum Wohnzimmer und sah mit nervösem Blick zu uns her. Ich konnte es kaum erwarten, mit Bebe und Ned zu reden.

»Beide Eltern auf einen Schlag. Muss für die Kinder hart gewesen sein«, sagte Tim. Und dann: »Wo ist eigentlich das Geld hingegangen?«

»Ausgezeichnete Frage. An alle drei höchstwahrscheinlich – Jasper, Bebe und Flynn. Müssen wir uns noch bestätigen lassen. Ich werde Camilla fragen.«

»Dieses Mädchen – Abella«, fing Tim an. »Glaubst du ihr?«

Ich überlegte. Mein Bauchgefühl sagte mir, dass sie unschuldig war. Aber konnte ich meinem Bauchgefühl trauen? »Fürs Erste? Ja.«

»Weil die Freundin natürlich jeden Grund hätte zu lügen. Sie lag in einem blutgetränkten Bett. Sie hat Blut an den Kleidern. Sie könnte das alles erfunden haben: die Affäre, Flynns schikanöses Verhalten, die ganze Geschichte.«

»Nicht auszuschließen«, räumte ich ein, »aber ich kann mir nicht vorstellen, dass sie sich kurz aufrichtet, um ihren Freund zu erstechen, und sich dann auf die Seite dreht, um weiterzuschlafen.« Denn genau das hatte jemand getan, und ich war mir zunehmend sicher, dass dieser Jemand immer noch im Haus war.

»Weißt du, was ich glaube? Ich glaube, Abella weiß genau, was passiert ist.« Tim verschränkte die Finger, legte die Hände in den Nacken und streckte sich. »Der Streit, den Flynn gestern Nacht gehört haben will – wahrscheinlich haben Jasper und sie Schluss gemacht, und Jasper hatte keine Lust, sich am nächsten Morgen mit den Konsequenzen herumzuschlagen. Ich kenne eine Menge Kerle, die nicht den Mumm haben, ihrer Ex ins Gesicht zu sehen. Abella ist gedemütigt und stinksauer, dass er sie verlässt, und was das Blut betrifft, könnte es sich dabei nicht auch um … du weißt schon … um eine weibliche Unpässlichkeit handeln?«

Ich sah ihn mit offenem Mund an. »Was?«

»Im Haus eines Ex-Lovers die Laken vollzubluten ist vielleicht noch schlimmer, als dass der Lover mitten in der Nacht das Weite sucht. Die Familie spricht überhastet von Mord, das Mädchen will nicht damit rausrücken, was wirklich passiert ist, und lässt sie in dem Glauben. Also, wenn du mich fragst«, fasste er zusammen, »könnte es sich bei der ganzen Sache auch um ein schlichtes Missverständnis handeln, das aus dem Ruder gelaufen ist.«

Ich starrte auf Tims wie mit dem Lineal gezogene Augenbrauenlinie. Auch wenn ich nicht seiner Meinung war, schätzte ich seine unparteiische Betrachtungsweise. Von uns beiden war ich offenbar die Einzige, die sich ziemlich sicher war, dass Jasper Sinclair nicht mehr lebte. Tim legte, was das Schicksal dieses Mannes betraf, deutlich mehr Optimismus an den Tag. So wie er den Kopf kreisen ließ und die Schultern entspannte, glaubte er offensichtlich schon, den Fall geknackt zu haben.

Möglicherweise hatte er ja sogar recht. Vielleicht war ich das Opfer von Selbstsabotage geworden. Spielte mir mein Unterbewusstsein einen Streich? Ich habe einfach schon zu viele grausige Morde untersucht, um noch an harmlose Lösungen zu glauben. Doch meine Überlegungen entsprangen nicht nur gesunder Skepsis, sondern der tief sitzenden Überzeugung, dass diese vermisste

Person den Tod gefunden hatte. Der Fall wies Parallelen zu Ereignissen auf, die ich in New York ein für alle Mal hatte zurücklassen wollen.

Tim saß da und zwinkerte mir zu: »Es ist nicht so kompliziert, wie du denkst, Shane«, sagte er, und in meinen Ohren klang es wie *Hör zu, Schätzchen, reiß dich zusammen. Wir sind hier nicht bei »Law & Order«.*

Ich wollte etwas sagen, doch er fuhr bereits fort: »Ich weiß, dass du aus der City harte Fälle gewohnt bist. Aber hier oben bei uns fällt die Erklärung gewöhnlich simpler aus.«

»Eine vermisste Person und jede Menge Blut. Und du hältst das für simpel?

»Nicht gerade *simpel*«, gestand er ein und wurde rot. »*Simpel* ist nicht das richtige Wort. Aber wir haben es hier immer noch mit einem Vermisstenfall zu tun.«

»Der als Mord gemeldet wurde. Alles, was ich bisher gesehen und erfahren habe, bestärkt mich darin, dass diese Einschätzung richtig ist. Daher glaube ich, wir sollten sie alle aufs Revier vorladen.« Meine Intuition – auch wenn ich nicht wusste, ob ich ihr trauen sollte – sagte mir, dass ich nicht eine Minute länger bei diesen Leuten auf der Insel bleiben sollte. »Wir haben zwei Boote. Du fährst das eine, Norton das andere.«

»Um sie alle aufs Festland zu bringen? Bei dem Wetter? Shane, ich bitte dich. Auf dem Fluss herrscht Wellengang wie im Ozean, und es wird noch schlimmer. Wir müssen sie hier befragen. Und für den unwahrscheinlichen Fall, dass wir eine Verhaftung vornehmen müssen, können wir immer noch …«

»Ein Mann ist spurlos verschwunden! Wir haben da oben entscheidendes Beweismaterial, das nicht besser wird durch langes Warten.«

»Aber wir haben keine Leiche«, hielt Tim dagegen. »Jasper könnte plötzlich wieder auftauchen. Was dann? Hast du Lust, denen im Präsidium zu erklären, wieso wir zu einem nicht existenten Verbrechen acht Zeugen anschleppen?«

»Ich brauch dir wohl nicht zu erklären, dass sich Mord und das Fehlen einer Leiche nicht ausschließen. Wir brauchen keine Leiche. Wir brauchen nicht einmal eine Mordwaffe, wenn wir ein Geständnis oder aber genügend Indizienbeweise haben. Es wird Stunden dauern, jeden Einzelnen zu befragen, und es ist schon fast zwölf Uhr. Wir werden noch den ganzen Tag brauchen. Wenn wir jetzt bleiben, stecken wir hier fest.«

»Ja, aber schließlich nicht *für ewig*.« Tim sah mich schief von der Seite an. »Du benimmst dich komisch. Was hast du auf einmal?«

Mist. Reiß dich doch zusammen, Shay. Ich holte tief Luft. »Ist einfach keine so tolle Idee, wir zwei gegen die da drüben.«

Tim schnaubte verächtlich. »Wir sind zu zweit und bewaffnet. Ich denke, dass wir die da noch ein paar Stunden in Schach halten können, oder?«

Er wirkte tatsächlich amüsiert, als handle es sich hier nicht um eine Mordermittlung, sondern um eine Art Wochenendseminar zum Teambuilding. Ich wunderte mich, wieso er erst jetzt mit seiner Theorie herausrückte. Hatte er sich den ganzen Vormittag nur bemüht, mir nicht zu nahe zu treten? Hatten ihn meine Bemühungen, unseren Zeugen auf den Zahn zu fühlen, auch nur amüsiert? So viel dazu, dass wir beide auf derselben Wellenlänge lagen.

»Du bist Ermittlungsbeamter beim BCI«, fuhr ich ihn wütend an. »Du wurdest dazu ausgebildet, Mordfälle zu lösen. Wieso kommt es mir plötzlich so vor, als würde dich der Fall hier einen Dreck scheren?«

Das Grinsen verflog. Nach einer Pause sagte er: »Schon gut, das habe ich mir selber zuzuschreiben. Ich hätte dich besser auf so was vorbereiten müssen. Das geht auf meine Kappe. Sieh mal, ich arbeite jetzt seit sieben Jahren hier bei der New York State Police.

Soll ich dir sagen, wie viele Mordfälle ich in der Zeit gesehen habe?«

Ich wusste die Antwort schon. Als ich mich um die Stelle beworben hatte, hatte mir McIntyre die Daten wie einen Köder hingehalten, und ich hatte gierig zugebissen. Ich hatte keine Lust, mich auf Tims Spiel einzulassen.

»Dann sag du mir lieber, bei wie vielen Fällen du es schon mit einem blutgetränkten Bett zu tun hattest und einer Frau, der die Binden ausgegangen waren. Hast du immer noch nicht begriffen?«, schnauzte ich. »Uns fehlt ein Team, um hier vernünftige Arbeit zu leisten, dass wir uns da richtig verstehen, und das hier sieht ganz und gar nach Mord aus. Hier ist vorschriftsmäßige Polizeiarbeit geboten. Das volle Programm.« Ich war noch nicht fertig. »Es geht hier um Vorschriften, und ich habe nicht vor, mich über Vorschriften hinwegzusetzen. Das wäre nachlässig, Tim, und nachlässig ist in diesem Fall ein anderes Wort für gefährlich. Das begreifst du ja wohl? Bitte sag mir, dass du das begreifst.«

Seit wir vor ein paar Wochen unsere Zusammenarbeit aufgenommen hatten, hatte ich Tims Mimik einigermaßen zu deuten gelernt. Zweifelte Tim an dem, was er hörte, ob von einem Zeugen oder einem Tatverdächtigen, verzog er den Mund kaum merklich nach rechts. War er nervös, schluckte er ein paar Mal kurz hintereinander. Und auch seine Augenbrauen sagten oft mehr als viele Worte. Doch wie er da in dem Sessel vor mir saß und zu mir hochstarrte, war sein Gesicht ein Buch, das ich auf dem Kopf zu lesen versuchte, in einer Fremdsprache, die ich nicht verstand.

»Klar, Shana, schon kapiert«, sagte er.

Ich kämpfte mit mir, ob ich ihm meine scharfe Reaktion erklären sollte, doch ich verwarf den Gedanken. Es war idiotisch von mir, ihn so anzufahren. Aber er hatte bei mir einen wunden Punkt getroffen. Er würde lernen müssen, in Zukunft besser nicht daran zu rühren.

Schweigen. Tims Augenbrauen entspannten sich wieder zur gewohnten geraden Linie.

»Und wie weiter?«, fragte er, nachdem er vergeblich auf eine Entschuldigung gewartet hatte.

Gute Frage. Wie es jetzt weitergehen sollte, war nicht mit einem Wort oder auch einem Dreipunkteplan zu beantworten. Ich hatte noch stundenlange Befragungen vor mir, in denen ich nach entscheidenden Anhaltspunkten suchen musste, die uns in dem Fall weiterbrachten. Im Klartext wollte Tim mir sagen: *Du spielst gerade verrückt, und ich kenne dich noch nicht gut genug, um zu verstehen, warum. Können wir also bitte voranmachen?*

»Ich würde mich gern mit McIntyre besprechen«, sagte ich. Sie hatte inzwischen zweifellos von dem Fall gehört. Ich hätte sie längst anrufen sollen, hatte es aber immer wieder aufgeschoben. Ich wusste, was McIntyre sagen würde, wenn sie erfuhr, wo ich steckte, und nach dem Gespräch mit Carson war mir nicht nach einer zweiten Gardinenpredigt zumute.

»Verstehe, klar«, sagte Tim betont unbekümmert. »Aber vielleicht sehen wir erst mal nach, ob Norton endlich seine Toastecken mit Butter und Kaviar geschmiert hat. Ich komme um vor Hunger.«

ELF

TIM UND ICH MACHTEN uns zusammen mit den Sinclairs über die Brote her, während ein Enkel, Bruder und Freund verschwunden war und möglicherweise da draußen in einem denkwürdigen Sturmtief ums Überleben kämpfte, wenn er nicht schon längst tot war. Ich musste daran denken, wie ich noch am Morgen mit Carson am Frühstückstisch gesessen, nach seiner Kaffeesahne mit Kürbisgeschmack gegriffen und geglaubt hatte, das sei das Aufregendste, was der Tag zu bieten hatte.

Im Posteingang auf meinem iPhone wimmelte es von Werbung. Es gab mehrere Aufforderungen, die Hochzeits-Website, die Carson für uns eingerichtet hatte, zu aktualisieren, außerdem Newsletter von Inneneinrichtern und Küchenspezialisten, die ankündigten, dass das Ende ihres Ausverkaufs nun aber wirklich knapp bevorstehe. Ich scrollte sie weg, während ich meinen zu süßen Kaffee trank. Nachdem ich die Narbe abbekommen hatte, hatte ich das Thema Heiraten eigentlich abgeschrieben. Dass mir die Vorbereitung einer Hochzeit Spaß bereiten könnte, hatte ich allerdings noch nie geglaubt. Mit dem Mode-Brimborium hatte ich – eine Frau, die ihr Shampoo im Ramschladen kaufte und exakt drei Hosen besaß – nichts am Hut. Doch Carson hatte mich unverdrossen für diverse Newsletter angemeldet, um mich auf den Geschmack zu bringen. Er schrieb der Sache eine läuternde Wirkung zu, und tatsächlich hatte es etwas Beruhigendes, To-do-Listen abzuhaken. Die Dinge systematisch anzugehen war nun einmal meine Natur, ich war ein geborenes Organisationstalent. Außerdem lenkte mich die Hochzeitsplanung von der Hochzeit selber ab.

Dabei zögerte ich durchaus nicht, mit diesem gut aussehenden, beruflich erfolgreichen Mann den Bund der Ehe einzugehen, es ging mir nur einfach alles zu schnell. Ich hatte das Datum schon einmal wegen des Umzugs verschoben, deswegen hatte Carson es jetzt umso eiliger, »Nägel mit Köpfen zu machen und nach vorn zu schauen«. Für ihn konnte der große Tag nicht schnell genug kommen. Während eines gemeinsamen Frühstücks, als ich gerade eine Nachricht löschte, die mir den ultimativen Traumhochzeits-Check anbot, strich er mir über die Wange und fragte mich, ob ich daran gedacht hätte, Tim zur Hochzeit einzuladen.

»Schatz«, erwiderte ich. Es war das dritte Mal, dass er mich darauf ansprach. Ich schuldete es Carson, ihm nicht länger auszuweichen. »Ich hab es mir tatsächlich reiflich überlegt. Ich weiß, dass du ihn gerne dabeihättest. Die Sache ist allerdings etwas … *heikel*.«

»Und wieso?«

Ich machte eine wegwerfende Handbewegung, und mein Verlobungsring, mit einem sündhaft großen Diamanten, den ich vor dem Aufbruch zur Arbeit immer in einem Schmuckkästchen auf der Kommode ließ, traf auf Holz. Der Schmerz schoss mir durch den Arm. »Erstens kennen wir uns noch kaum.«

»Umso mehr Grund, ihn einzuladen.«

»Zweitens können wir ihn nicht einladen, ohne dann auch McIntyre und die übrige Truppe einladen zu müssen.«

»Timmy ist dein Partner. Das ist was anderes.«

»BCI-Ermittler haben keine Partner«, klärte ich ihn auf, auch wenn an seinem Argument etwas dran war. Ich verbrachte im

Dienst meine Zeit praktisch ausschließlich mit ihm. »Timmy«, wiederholte ich und verzog amüsiert den Mund. »Lässt er sich wirklich so von dir nennen?«

Man sollte meinen, ich hätte schon das eine oder andere Paar blaue Augen gesehen, bevor ich Carson kennenlernte, aber seine waren eine andere Liga. Eine Mischung aus Himmelblau und Schiefergrau strahlte mich an, als er mein Lächeln erwiderte. »Wir waren mal beste Freunde, Shay. An seinem fünften Geburtstag hab ich ihm geholfen, die Kerzen auf dem Kuchen auszublasen. Im Sommer drauf haben wir Wasserskifahren gelernt. Als er sich das Handgelenk verstaucht hat, hab ich einen Monat lang in der Schule für ihn mitgeschrieben. Ich war da, als Timmy auf einer Baustelle eine Klokabine in Brand steckte und im Gefängnis landete.« Carson kratzte sich am grau melierten Kinnbart und lachte. »Ich dachte, sein Vater dreht durch.«

»Als ich dir erzählt hab, dass wir Kollegen würden, hast du gesagt, ihr hättet euch schon seit Jahren aus den Augen verloren. Alles, was du gerade beschreibst, ist lange her. Sei ehrlich«, sagte ich, »habt ihr heute noch irgendwas miteinander gemein, außer dass ihr aus derselben Stadt stammt?«

»Und ob«, sagte Carson. »Wir haben dich.« Er legte den Kopf schief und musterte mich. »Na schön, wir sind nicht gerade Busenfreunde. Aber mal andersherum gefragt: Hast du nicht dieses Großmütterchen auf der Gästeliste, das du mal bei dem Kung-Fu-Kurs kennengelernt hast, zu dem du seit einem halben Jahr nicht mehr gehst?«

»Karate«, stellte ich klar, »und Sue-Anne ist etwas über fünfzig. Sie hat noch keine Enkelkinder.«

»Dann nehme ich alles zurück. Tim ist von hier, und wir kennen ihn beide. Es liegt nahe, ihn einzuladen. Also, worum geht's hier wirklich?«

Carson war der geborene Analytiker, immer zwei Schritte voraus.

Ihm beim Denken zuzusehen erinnerte mich an meine U-Bahn-Fahrten. Um die Zeit totzuschlagen und dabei mein ermittlerisches Können zu schulen, beobachtete ich oft die anderen Fahrgäste und versuchte, ihre Körpersprache zu deuten. Auch wenn ich nie erfahren werde, ob ich richtiglag, machte es mir Spaß. Bei Carson brauchte ich so etwas gar nicht erst zu versuchen. Seine Gedanken würden mir immer ein Rätsel bleiben. Vielleicht grübelte er gerade über eine neue Bezeichnung für meine spezielle Störung nach oder er stand kurz davor, mir sein dunkelstes Geheimnis anzuvertrauen. Vielleicht rang er auch nur mit der Frage, ob er sich einen zweiten Bagel gönnen sollte. Oder alles zugleich. Das faszinierte mich, immer wieder aufs Neue.

»Arbeit ist Arbeit. Das hier ist etwas Persönliches«, antwortete ich. »Es tut mir nicht gut, die Grenzen zu verwischen.«

»Wie lange ist es jetzt her?«, fragte er.

»Dreizehn Monate.« Als ob er das nicht selbst wüsste.

»Dreizehn Monate, seit es passiert ist.« Er wischte mit dem Daumen einen Klecks Frischkäse von seinem Teller. Carson hatte eine leichte Zwangsneurose – Ironie des Schicksals bei seinem Beruf. Vielleicht ergab es aber auch gerade Sinn. Unordnung und Dreck waren ihm ein Gräuel. »Dreizehn Monate, seit ich dich gefunden habe, und jeden Tag sorge ich mich um dich – jeden Tag, den Gott werden lässt. Und jetzt wirst du endlich meine Frau.« Er betrachtete meine Hand, den Ring und schwieg einen Moment, bevor er fortfuhr. »Es ist mein Job, dich zu beschützen. Dazu hast du mich angeheuert.« Er wartete auf mein Lachen, doch die Pointe zündete nicht. Ich hatte Carson nicht angeheuert, er wurde mir damals zugewiesen. »Ich liebe dich, das weißt du«, sagte er. »Also beklag dich nicht, wenn ich mir ganz und gar sicher sein will, dass der Bursche, mit dem ich Schule geschwänzt habe und der zehn Stunden täglich an deiner Seite ist, nicht auch so ein gestörtes Arschloch ist.«

Als er dies sagte, verschwamm mein Blick. Das Zimmer um mich her wurde weiß. Wir hatten eine Regel: Bram wird nicht erwähnt. Wir hatten längst bis in alle Einzelheiten zerpflückt, was zwischen ihm und mir passiert war. Meine Zeit in diesem Keller hatte ich immer und immer wieder Revue passieren lassen. Als Carson eines Tages endlich vorschlug, den Fokus von Bram auf mich zu lenken, damit die Wunden heilten, war ich außer mir vor Freude. Und jetzt verglich er allen Ernstes meinen Kollegen mit dem Mann, der diese Frauen erstochen hatte. *Becca. Lanie. Jess.*

Ich holte tief Luft und befahl meinem Herzklopfen, sich zu beruhigen. Carson sorgt sich um mich, weiter nichts. Einen Moment lang war ich kurz davor, ihm zu sagen, nicht nötig, ich rechne nämlich nicht damit, lange mit Tim zusammenzuarbeiten. Ich war fest davon überzeugt, dass McIntyre ihre Meinung früher oder später ändern und mich fallen lassen würde. Als wir nach Alexandria Bay kamen, lebte ich erst einmal wochenlang aus dem Koffer. Wozu die Mühe auszupacken, wenn ich ja doch nicht bliebe? Falls ich es bei der einzigen Stelle eines Detectives, die weit und breit zu haben war, vergeigte, würden wir weiterziehen müssen, keine Frage. Meine Apathie hatte Carson wahnsinnig gemacht. Er wollte, dass ich in der Stadt, aus der er kam, heimisch wurde. Das Entscheidende war dabei, dass wir New York und das, was dort passiert war, hinter uns ließen. Carson würde sich besser fühlen, wenn er nur sicher wusste, dass ich schon sehr bald wieder ihm gehörte, ganz ihm.

Ich hätte ihn also beruhigen können, tat es aber nicht. Ich verwarf den Gedanken, denn was, wenn ich mich täuschte? Was, wenn ich jetzt eine bessere Ermittlerin war als je zuvor? Was, wenn Carson mit seiner Skepsis gegen meinen beruflichen Wiedereinstieg falschlag?

Was, wenn ich geheilt wäre?

Wir saßen am Frühstückstisch und starrten uns an. Manchmal,

wenn ich es satthatte, noch einmal mit der schlimmsten Erfahrung meines Leben konfrontiert zu werden, und meine Frustration auf ihn projizierte, redete ich mir ein, seine Augen stünden zu eng zusammen. Doch die Farbe machte das wett. Sie waren der klare Quell, aus dem ich trank und meine Kraft schöpfte.

Carson schob seinen Stuhl so weit zurück, dass er den Blick auf seine Socken freigab. Heute hatte er sich für Bob Ross entschieden. Man sah das Porträt des Malers mit der berühmten Dauerwellenfrisur und in Sprachblasen die Worte »*Happy Clouds*«. Ich schmunzelte. »Du kommst noch zu spät«, sagte Carson. »Lass uns beim Abendessen drüber reden. Ich bring was mit. Vom Thailänder.«

»Nicht thailändisch«, sagte ich. »Alles andere, nur das nicht.«

»Dann Fisch«, antwortete er, küsste mich auf den Kopf und ging durch den Flur zum Bad. Die Stelle, an der seine Lippen meine Kopfhaut berührt hatten, stand in Flammen.

Das Mittagessen auf Tern Island war um einiges kultivierter als das Frühstück mit Carson, dafür war hier die Stimmung entschieden angespannter. Außer Camilla, die sich trotz allem mühte, eine perfekte Gastgeberin zu sein, starrten alle missmutig auf ihre Teller.

Tim und ich hatten vor, uns am Esstisch abzuwechseln – einer von uns würde im Haus und womöglich draußen die Augen offen halten, während der andere aß. Doch Camilla wollte davon nichts wissen. Sie bestand darauf, dass wir uns alle im Speisezimmer zusammensetzten, während der Regen die Fensterscheiben herunterströmte. Natürlich nahm sie den Vorsitz am Kopfende ein. Tim und ich waren neben den anderen »Fremden«, Abella und Ned, platziert. Doch Tim bestritt die Unterhaltung weitgehend allein und strahlte die anderen an, während er das Essen lobte. Eins wusste ich bereits über Tim: Er hasste peinliches Schweigen.

Wenn er die Pausen füllen konnte, ließ er sich die Chance nicht entgehen.

Was mich betraf, so versuchte ich, mich unsichtbar zu machen. Es war meine erste Gelegenheit, die Gesichter unserer Zeugen zu studieren, ohne dass es aufdringlich wirkte, und ich war entschlossen, sie zu nutzen. Vielleicht kam es ja daher, dass ich an Carsons Kuss auf den Scheitel gedacht hatte, jedenfalls ertappte ich mich dabei, wie mein Blick immer wieder bei Miles hängen blieb. Er erinnerte mich an Carson – coole Brille, dunkles Haar mit ein bisschen Pfeffer und Salz. Wenn mir Miles Byrd in New York über den Weg liefe, würde ich mich mit Sicherheit nach ihm umdrehen. Während ich aß, blickte er von seiner Suppe auf und erwiderte mein Lächeln mit einem scheuen Grinsen.

In welcher Beziehung stand er zu seinem Schwager? Gut aussehende Männer, so wie Miles und Jasper, steckten nicht selten die Köpfe zusammen. Aus der sicheren Distanz habe ich oft beobachtet, dass schöne Menschen im Rudel anzutreffen sind. Andererseits war Jasper ein begehrter Junggeselle, Miles dagegen ein verheirateter Mann in den Vierzigern, mit der Verantwortung für eine Tochter. Er schien über die Ereignisse des Tages nicht untröstlich zu sein. Und auch nicht von der Möglichkeit geängstigt, dass sich ein gefährlicher Verbrecher auf der Insel herumtrieb.

Flynn, der neben Miles saß, erinnerte mich an einen Zirkusbären. Er aß geräuschvoll und hielt es nicht für nötig, sich die Suppe vom Oberlippenbart zu wischen. Auf seine derbe, ungeschlachte Weise genoss er wohl ebenso aufzufallen, wie Ned dies tat. Als sich unsere Blicke trafen, funkelte er mich wütend an. Mir fiel auf, dass er nicht länger versuchte, die Blutergüsse an seiner Hand zu verstecken. Niemand am Tisch würdigte seine geschwollenen Fingerknöchel eines Blickes.

Ich legte den Löffel weg, um mir den Mund abzutupfen. Ich blickte nach links und registrierte, wie Abella bei dem Versuch, einen Löffel Brühe an die Lippen zu führen, vor Anspannung die Stirn runzelte. Zu ihrer Linken flüsterte Ned ihr etwas ins Ohr und griff unter dem Tisch nach ihrer Hand.

Sollte Abella mich belogen haben, war sie eine überzeugende Schauspielerin. Während rings um sie her die Familie ihres Freundes die Hühner-Fenchel-Farro-Suppe schlürfte, schlotterten dem Mädchen die Knie so heftig, dass sie jeden Moment vom Stuhl zu fallen drohte.

ZWÖLF

WAS TIM UND ICH tun würden, sobald Norton den Tisch abräumte, war klar. Tim eskortierte die Familie sofort ins Wohnzimmer zurück, wo er sich der doppelten Herausforderung stellen würde, die zunehmend ungeduldige Bande abzulenken und dabei die stilisierten Blumen im persischen Teppich zu zählen. Mit einem vollen Bauch optimistisch gestimmt – der Hausmeister der Sinclairs war auch ein ausgezeichneter Koch –, folgte ich Abellas Spuren in die Küche, durch den Windfang hinaus und dann quer durch den Garten.

Sofort riss der Sturmwind an mir. Unablässig strömte der Regen. Ohne meine Regenjacke wäre ich in Sekunden durchnässt gewesen. Hoch über meinem Kopf peitschten die Baumwipfel, und nicht weit von mir hörte ich das verräterische Krachen eines brechenden Asts. Ich lief schneller, achtete dabei auf den rutschigen Untergrund und konnte nur hoffen, dass mich nicht ein umstürzender Baum unter sich begrub.

Bei jedem Schritt, den ich mit meinen Stiefeln tat, spritzte der Lehm an meinen Beinen hoch. Ich dachte an Jasper. Ich sah ihn vor mir, wie er blutend hinter dem Festungswall der Insel lag. Ich sah ihn reglos und bleich zwischen hohen Bäumen liegen, und der Regen sammelte sich in seinen blinden Augen. In meinem Kopf atmete Jasper nicht mehr. Ihn mir so vorzustellen trieb mich an.

Solange mir dieses Bild im Kopf herumgeisterte, würde ich an diesem Tag in meiner Anstrengung nicht nachlassen, wie lange es auch dauerte.

Ich wollte zum Schuppen, doch sobald ich weit genug vom Haus entfernt war, drehte ich mich um und ging in Stellung. Ich zählte die Fenster ab, um zu ermitteln, welche zu Jaspers Zimmer gehörten. Mit dem kleinen Balkon hatte ich mich nicht geirrt. Es führte weder eine Treppe noch eine Leiter hinauf noch stand ein Baum in der Nähe. In welcher Verfassung Jasper auch immer gewesen sein mochte: Er musste sein Zimmer auf jeden Fall durch die Tür verlassen haben.

Über glitschiges Moos und Felsgestein, das wie Fangzähne aus dem Boden ragte, lief ich ums Haus. Es gab keine weiteren Zugänge zum ersten Stock, auch keine Anzeichen von gewaltsamem Eindringen durch die Kellertür, die in dem schmalen Lichtschacht fast nicht zu sehen war.

Als ich meinen Rundgang beendet hatte, widmete ich mich dem Schuppen. Auf meiner Suche nach Jasper hatte ich am Vormittag schon einmal einen kurzen Blick hineingeworfen. Das Gebäude war unverändert. An der westlichen Außenwand hing an Haken eine etwa zehn Meter lange Aluminiumleiter, die aber allem Anschein nach seit Jahren niemand mehr angerührt hatte. Ich schob den Riegel hoch, und die Tür zu dem kleinen Bau ging geräuschlos auf.

Das Innere des Schuppens entsprach dem, was Abella beschrieben hatte. Ich sah den Sägebock, jede Menge Rechen, Hacken, aufgerollte Seile an den Wänden. Tatsächlich lagerte hier auch das Brennholz. Die Scheite waren in einer Ecke bis unter die Decke gestapelt, und es lag ein Geruch nach Sägemehl und nasser Rinde in der Luft. Ich ging in die Hocke und sah mir den Boden genauer an. In der Schicht des Sägemehls fand ich jede Menge Fußabdrücke. Sie mochten von Norton, Bebe, Ned, Jasper oder jedem anderen stammen.

Ich erhob mich, holte mein Telefon heraus und wählte McIntyres Nummer. Im Schuppen war es nicht viel wärmer als draußen, doch immerhin trocken und windstill. Genau das Richtige für ein wichtiges Gespräch.

Dass ich den Posten angenommen hatte, verdankte ich nicht zuletzt Maureen McIntyre. Sie war erst achtundzwanzig Jahre alt, aber schon eine Legende – ehemalige leitende Ermittlerin beim BCI, dem Bureau of Investigation, in Alexandria Bay, die allererste Frau in der Geschichte des Staates New York, die zum Sheriff gewählt wurde. Unsere Wege hatten sich schon einmal gekreuzt. Kurz nach ihrer Wahl stattete sie dem New York Police Department einen Besuch ab, und der Leiter des Bezirksdienstes führte sie herum. Ich ließ mir die Gelegenheit nicht entgehen und war an dem Tag im Haus. Genau wie viele andere weibliche Beamte. Schließlich war es noch gar nicht lange her, dass McIntyre als eine von gerade einmal zehn Frauen in ihrem Jahrgang an der staatlichen Polizeiakademie ausgebildet wurde. Wir Frauen halten zusammen.

McIntyres Karriere bei der Polizei war auf jeder Leitersprosse bemerkenswert, doch was sie jetzt tat, um in Jefferson County das Verbrechen zu bekämpfen, toppte alles. Watertown – ihre neue Wirkungsstätte – war heillos zerstritten. Vier ehemaligen städtischen Beamten wurden Fehlverhalten und Korruption zur Last gelegt. Die Hälfte der Stadt war davon überzeugt, dass die Anklagen gegen die langjährigen Amtsträger haltlos waren, während die anderen ihre Verurteilung kaum erwarten konnten. McIntyre hatte alle Hände voll zu tun. Nahm man noch wochenlange Überschwemmungen hinzu und mehrere Todesfälle durch Ertrinken sowie Schäden an öffentlichen Gebäuden und Straßen, so war es nicht verwunderlich, dass sie sich erst nach mehrfachem Klingeln auf meinen Anruf meldete.

»Hektischer Vormittag?«, fragte ich und sah auf die Uhr. Mit Schrecken merkte ich, dass es schon auf drei zuging.

»Weder richtig Schnee noch richtig Regen noch ein richtiger gottverdammter Nordost«, sagte McIntyre. »Und bei dir? Dein erster großer Fall am Fluss und nach allem, was ich höre, ein ziemlicher Hammer. Alles in Ordnung?«

Ich war froh, dass ich in ihrer Stimme keinen ängstlichen Unterton heraushörte. Sie klang Gott sei Dank so gleichmütig wie immer.

»Immer noch keine Spur von unserer vermissten Person«, antwortete ich. »Mit den Befragungen brauche ich noch eine Weile. Wie's aussieht, haben ein paar von unseren Zeugen Grund, sich zu wünschen, dass Jasper Sinclair von der Bildfläche verschwindet.«

»Ach ja?«

»Ja. Wir gehen dem nach.«

»Daran zweifle ich nicht. Muss schon sagen, so was gibt es hier bei uns nicht alle Tage.«

»Habe ich mir sagen lassen.«

»Du solltest versuchen, den Fall schnell zu lösen.«

»Danke für deine Bestätigung, dass das hier ein ernster Fall ist und kein verdammtes Cluedo-Spiel«, sagte ich. »Keine Sorge, Mac, ich hänge mich da voll rein.«

»Denn es ist nicht gut, dass du länger da draußen bist. Genauer gesagt, es könnte dir ziemlich übel ergehen.«

Mist. In ganz Jefferson County war McIntyre – neben Carson – die einzige Person, die wusste, was in New York passiert war. Sie kannte alle Details. Sie standen schließlich in meiner Akte.

Vor wenigen Wochen bin ich im Internet auf meine Geschichte gestoßen. Schon komisch, von einer Geschichte zu sprechen, als sei es etwas Beruhigendes, das man sich vor dem Schlafengehen erzählt. Ein Anwalt, der für meine frühere Dienststelle arbeitete, hatte die Presse verpflichtet, meinen Namen aus sämtlichen öffentlichen Berichten herauszuhalten, doch selbst die Formulierung »namentlich nicht genannte Polizistin« fühlte sich wie ein

Angriff auf meine Persönlichkeitsrechte an. Als ich den Artikel gegenüber Carson erwähnte, wollte er, dass ich ihn laut vorlese, wie ein Schulkind im Unterricht. Er sagte, ich müsse mir die Geschichte zu eigen machen. Wenn man bedenkt, dass wir gerade vor dieser Geschichte weggelaufen waren, aus meiner Sicht ein seltsamer Rat.

Wer nicht wusste, wonach er zu suchen hatte, konnte mich schwerlich mit dem Fall in Verbindung bringen. Ich weiß auch nicht, wieso ich McIntyre noch Einzelheiten erzählt hatte, die nicht in meiner Akte standen. Ich denke, es war, weil ich ihr gegenüber so etwas wie Seelenverwandtschaft empfand. Maureen McIntyre ist Sheriff, doch für mich inzwischen auch eine Freundin.

Wie ich jetzt zitternd in diesem Schuppen stand, fragte ich mich, ob es ein Fehler gewesen war, mich ihr gegenüber so schnell zu öffnen. »Es ist kein Problem«, sagte ich entschlossen, während ich unangenehm heiße Ohren bekam. »Das hier ist nicht dasselbe. Nicht annähernd dasselbe.«

»Das weiß ich. Aber immerhin ein Vermisstenfall und überhaupt dein erster Fall seit deiner Pause. Wie ich höre, findet sich Blut am Tatort. Verletzungsursache?«

»Wir glauben, dass auf ihn eingestochen wurde.« *Zumindest glaube ich das.*

»Eingestochen.« Das Wort klang schicksalsschwanger aus ihrem Mund. »Solange die Kollegen von der Staatspolizei bei diesem Wetter aufgehalten werden« – wie aufs Stichwort prasselte gerade der Regen mit größerer Wucht an das Schuppenfenster – »wirst du da noch eine Weile auf dich gestellt sein. Wäre daher vielleicht zu überlegen, ob du mal mit Tim unter vier Augen reden solltest.«

Ich an deiner Stelle, also ... ich würde es ihm sagen. Das wollte McIntyre mir damit sagen, und es enttäuschte mich. Nachdem ich ihr alles preisgegeben und sie gebeten hatte, meine Wahrheit für sich zu behalten, hatte sie mir denselben Rat gegeben. Sie respektierte meine Entscheidung – das heißt, sie war nicht ihrerseits zu Tim gegangen –, doch sie hieß sie nicht gut – und genau deshalb hatte ich in Alexandria Bay so lange aus dem Koffer gelebt.

Dabei verstand ich natürlich, warum sie so dachte. Tim war hier draußen fast so etwas wie ein »Partner« für mich. Um erfolgreich zusammenzuarbeiten, mussten wir uns gegenseitig vertrauen können. Wir mussten die Schwäche des jeweils anderen kennen, um sie auszugleichen. Nachdem ich schon viele Tage im Revier war und Schreibtisch an Schreibtisch neben Tim gesessen hatte, spielte ich in Gedanken durch, wie es wohl wäre, wenn ich ihm einen Becher von diesem zu heißen Bürokaffee brächte und ihn um ein vertrauliches Gespräch unter vier Augen bitten würde. In meiner Vorstellung endete das Szenario jedes Mal mit einem ratlosen Blick seinerseits und Schweigen. Und wenn er nicht meinen Geisteszustand infrage stellte, dann würde er mich doch als armes Schwein betrachten, dem man hier in der Provinz eine letzte Chance gab.

Ich versuchte, mich in seine Lage zu versetzen. Wie würde ich reagieren, wenn mir mein neuer Kollege und informeller Vorgesetzter kurz nach dem Kennenlernen eine Geschichte wie die meine erzählen würde? Ganz klar, ich würde ihm nicht mehr trauen. Und ich verdiente es, dass man mir traute, oder? Ich bin mehr als die Shana jener finsteren Tage, die im East Village ihre Finger in eine Kellertür gekrallt hat, bis ihr die Nägel bluteten. Die unter der Stadt, dort, wo die Ratten hausten, geschrien hat, aus Leibeskräften, in einer so pechschwarzen Dunkelheit, dass sie mit Händen zu greifen war. Was Bram mir angetan hat, definiert nicht, wer ich bin. Das hat mir Carson beigebracht, auch wenn ich nicht behaupten kann, dass ich besonders schnell von Begriff war.

Mac einzuweihen war etwas ganz anderes, als Tim davon zu erzählen. Tim war kein selbst ernannter Mentor wie McIntyre, gleichwohl ein gleichrangiger Kollege, den ich jeden Tag um mich haben würde. Er war jemand, den Carson kannte – was sage ich, den Carson unbedingt auf unserer Hochzeit dabeihaben wollte. Falls ich das zuließ, würde Tim meinen Eltern begegnen und die ewige Schmach und Trauer in ihren Augen sehen. Unmöglich für ihn, das alles zu verstehen.

»Es liegt natürlich ganz und gar bei dir«, sagte McIntyre. »Ich sage ja nur, du solltest ihm eine Chance geben. Tim ist ein guter Mann, Shay.«

»Das weiß ich.« In den drei Monaten, die ich ihn jetzt kannte, hatte Tim nichts getan, was auf einen Mangel an Empathie hindeuten würde. Im Gegenteil: Er war einfühlsam, ohne dünnhäutig zu sein. Das war ja gerade das Problem. Ich mochte den Mann. Es war mir nicht egal, wie Tim über mich dachte.

»Wenn du da draußen Hilfe brauchst, bekommst du sie von ihm.«

»Apropos Hilfe«, sagte ich, um das Thema zu wechseln. »Hast du einen Augenblick Zeit? Für ein bisschen Aufklärungsarbeit zu unseren Zeugen?«

McIntyre vermisste ihre Tage als Detective, und ich wusste, dass sie der Versuchung nicht würde widerstehen können. Mit einem hörbaren Lächeln in der Stimme sagte sie: »Was willst du wissen?«

Ich nannte ihr jeden Namen, den ich hatte, und bat sie, nach allem zu stochern, was aus dem Rahmen fiel. Strafanzeigen wegen Körperverletzung, Scheidungen, Konkurse.

»Wenn ich was habe, schicke ich dir eine SMS, dann kannst du mich zurückrufen, wenn es gerade geht.«

Ich bedankte mich und trennte die Verbindung. Vom Sturm wackelten die Wände des Schuppens. Durchs Fenster an der Rückseite sah ich den Fluss toben wie ein offenes Meer. Falls es den armen Jasper dort hinunter verschlagen hatte, dann für immer.

Erzähl es Tim! Ich presste mir die Hände auf die Augen. Aber wo sollte ich anfangen? Unmöglich. Nicht jetzt. Vielleicht nie.

Unter dem frischen Eindruck meiner Unterhaltung mit McIntyre klappte ich mein Notizbuch auf und machte mich daran, den Fall zu skizzieren. Im neunten Bezirk in New York hatte ich ein interaktives Whiteboard oder einen Touchscreen, der mir dabei half, die entscheidenden Verbindungen zu ziehen. In Alexandria Bay musste ich mit einer Pinnwand vorliebnehmen. Hier draußen auf der Insel mit Papier und Kugelschreiber.

Es gab jede Menge Querverbindungen. Alle unsere Zeugen standen mit Jasper sowie miteinander in Beziehung. Sie interagierten in New York, im Beruf, privat, auf der Insel. Als ich mit meiner vorläufigen Skizzierung fertig war, starrte ich auf mein Gekritzel und das Liniengewirr, das wie ein windschiefer Stammbaum aussah.

Als ich wieder hinaustrat, hatte ich das Gefühl, dass mir die Nasenhaare gefroren. Ich kämpfte mich gegen den Wind voran. Der Regen traktierte gnadenlos meine Haut. Ich sehnte mich nach einem heißen Kaffee, musste dringend aufs Klo, und beides war gar nicht so einfach. Im Feriendomizil der Sinclairs fühlte ich mich wie ein Kind beim Besuch im Haus einer Großtante. Man läuft wie auf Zehenspitzen herum, stets bemüht, nichts anzufassen, und hat nur den einen Wunsch, wieder nach Hause zu kommen.

Mein Blick ging zu den Fenstern im ersten Stock. Flynns und Neds Zimmer gingen zur anderen Hausseite raus, Camillas Zimmer war einen Stock darüber. Norton war im Erdgeschoss untergebracht, demnach mussten die Zimmer links und rechts von Jaspers Schlafraum Bebe sowie Miles und Jade gehören. In einem der Fenster ruckte etwas an einer Gardine, und ich sah das Aufblitzen eines schwachen Lichts. Ich kniff die Augen zusammen und blickte hinauf. *Was war das?* Ich sah Jade. Sie war in ihrem

Zimmer, und offensichtlich rauchte sie dort eine Zigarette. Hinter der Scheibe nahm sie einen Zug, blickte zu mir herunter und grinste.

Ich hielt ihrem Blick stand. Jade hatte ich in meine Ermittlungen noch nicht einbezogen, doch dieses weinsüffelnde, zigarettenrauchende Kind würden wir wie alle anderen auch in die Mangel nehmen müssen. Nach einer Minute wendete sie die Augen ab. Ich langweile sie, nahm ich an. Schon seltsam. Meine Anwesenheit auf der Insel schien sie nicht groß zu irritieren, ebenso wenig wie die Tatsache, dass sie an diesem Morgen aufgewacht war und feststellen musste, dass ihr immer zu Späßen aufgelegter Onkel verschwunden war.

Jade verschwand hinter der Gardine, doch ich blieb auf meinem Fleck. Was hatte Tim vorhin gesagt? Jade verbringe eine Menge Zeit schmollend in ihrem Zimmer.

Und von ebendiesem Zimmer aus hatte sie eine perfekte Sicht auf den Schuppen.

DREIZEHN

ES WAR DIE ART von Nasskälte, die durch alle Kleider dringt und einem die Knochen schockgefriert. Während ich im Windfang den Boden einsaute, säuberte ich, so gut es ging, meine Stiefel und schälte mich zitternd aus meiner Jacke. Dann kauerte ich mich auf die Fliesen.

Mir war an den Sinclairs etwas aufgefallen. Mit Ausnahme von Abella, die heute in Strümpfen lief, hatten alle Hausschuhe an. Offenbar schickte es sich nicht, im Haus ohne Schuhe herumzulaufen, und Camillas Reaktion auf Abellas schmutzige Schuhabdrücke hatte deutlich gemacht, dass auch Straßenschuhe gegen die Hausordnung verstießen. Das erklärte, wieso Flynn im Oktober Sommerschuhe trug und die missbilligenden Blicke, die Tim und ich uns einfingen, als wir mit unseren Stiefeln über die edlen Böden getrampelt waren. Da ich ein Fan von dicken Socken im Haus bin, hatte ich gegen die Sitten der Sinclairs nichts einzuwenden, besonders, da sie mir die Chance boten, die abgestellten Schuhe an der Wand des Windfangs genauer zu inspizieren.

Einen nach dem anderen drehte ich um und sah mir die Sohle an. Dabei suchte ich vor allem nach einem: trockenem, verkrustetem Lehm. Der Regen hatte gestern am späten Nachmittag eingesetzt. Bis dahin waren sämtliche Familienmitglieder bereits angekommen. Anhand der Schuhe konnte ich Abellas Geschichte überprüfen und feststellen, wer außer ihr noch in der Nacht, in der Jasper verschwunden war, bei Wind und Wetter herumgewandert war.

Ein Kinderspiel, die Schuhe ihren Besitzern zuzuordnen. Jades Sneaker waren die kleinsten, neben denen Flynns, eine teure Designermarke, riesig wirkten. Die edlen Oxford-Lederschuhe mussten Miles, dem Anwalt, gehören. Neds Slipper waren so lang und schmal wie er, und Camilla trug hübsche Bootsschuhe, zweckmäßig flach. Bebes stammten aus Italien, ebenfalls eine Designermarke. Die dreckigen Gummistiefel konnten nur Nortons sein. Blieben Abellas Kitten-Heel-Stiefeletten und das Paar, das – unter welchen Umständen auch immer – Jasper zurückgelassen hatte.

Da Norton, nachdem er uns im Bootshaus empfangen hatte, noch mehrmals hinausgegangen war, um Brennholz nachzulegen, hatte er eine Entschuldigung für den nassen Matsch, der im Profil seiner Stiefel klebte. Mich interessierte der Zustand des übrigen Schuhwerks. Mit Ausnahme von Camillas und Jades fanden sich an allen Sohlen Lehmspuren sowie Spuren von gelbem Laub. Bei Bebes und Neds kam ein wenig Sägemehl hinzu. Keine Frage, sie waren im Schuppen gewesen. Die von Miles waren besonders schmutzig, doch das konnte daran liegen, dass er zusammen mit Norton heute Morgen das Gelände abgesucht hatte. Seltsamerweise wiesen auch Jaspers Schuhe getrocknete Lehmspuren auf. Demnach hatten fünf Gäste plus Jasper selbst zwischen dem gestrigen Nachmittag, als es zu regnen begann, und unserem Eintreffen am heutigen Morgen einige Zeit draußen auf der Insel verbracht.

Meine Hose klebte wie Elastan an meinen Beinen, sowie sich der nasse Stoff über meinen warmen Schenkeln zusammenzog. Ich ließ die Schuhe so stehen, wie ich sie vorgefunden hatte, erhob mich und ging in die Küche. In unserer Wohnung steht immer eine Kanne mit Kaffee herum. Ich will nicht behaupten, dass er immer frisch und heiß ist, doch darum geht es auch nicht. Er ist stark und stets zur Hand, wenn ich ihn brauche. Ich sah mich in der Küche der Sinclairs um, aber Fehlanzeige. Ich sah nicht einmal eine Kaffeemaschine. Wahrscheinlich verstaute Norton sie in einem der Einbauschränke und holte sie nur nach Bedarf hervor. Ich war allein in der Küche. Aber etwas stimmte nicht. Da war ein Geräusch. Ein Wispern, langsam und monoton, Quelle unbekannt.

Mir stellten sich die Nackenhaare auf, während ich mich blitzschnell im Raum umsah. Woher kam das Geräusch? Vor allem aber, wieso spannten sich meine sämtlichen Muskeln an und strebten wieder zu der Tür, zu der ich hereingekommen war? Mir wurde schlagartig klar, was es war. Auf der anderen Seite der Küche flackerte blau eine Kochplatte am Gasherd. Die Flamme züngelte um den Boden eines kleinen Topfs. Ich wagte mich näher heran, fasste Mut und sah hinein. Es war nur Wasser darin. Nichts weiter. Es war fast gänzlich verdampft. Der letzte Rest zischte leise vor sich hin und wollte sich auch noch verflüchtigen.

»Ähm, kann ich Ihnen helfen?«

Ich hatte die Herdplatte ausgedreht und hielt den heißen Topf am Griff, als Jade hereinkam. Ich hätte das Wasser stehen lassen können, wo es war, doch das gespenstische Geräusch verstörte mich. Es musste aufhören. Ich war schon angespannt genug, und so zuckte ich bei Jades Bemerkung zusammen. »Geben Sie her«, sagte sie, packte den Griff und zog. Das restliche Wasser schwappte über und verbrühte meine Hand.

Ich brüllte vor Schmerz und hielt mir die Hand an die Brust, während der leere Topf über den Boden schepperte. Es tat höllisch weh, jede Zelle in meinem Körper schrie. Ich biss so heftig die Zähne zusammen, dass ich fürchtete, sämtlichen Zahnschmelz zu zermalmen. Irgendwo weit weg hörte ich Jade Entschuldigungen murmeln. Ich blendete sie aus und wagte einen Blick auf meine

Hand. Beim Betreten der Küche war ich noch bei klarem Verstand gewesen. Die Gedanken an Bram, gegen die ich mich im Schuppen nicht hatte wehren können, hatten mein Urteilsvermögen nicht beeinträchtigt. So etwas kam vor – ein Satzfetzen in der richtigen Stimmlage, mit der richtigen Betonung oder das Scheppern von alten Rohren kann mich mit einem Schlag aus der Gegenwart herausreißen. Doch egal, wie Carson darüber denkt, setzen mich die Erinnerungen nicht gleich außer Gefecht. Im Gegenteil: Sie machen mich hellwach. Sie rufen mir ins Gedächtnis, dass Menschen sich im Handumdrehen gegen dich wenden können und dass du sie nicht immer kommen siehst.

Ich war also bei klarem Verstand. Doch als ich auf meine Handfläche blickte, so rosarot wie gekochter Schinken, sah ich keine Verbrühung, sondern Blut. Glänzendes Blut, zähflüssig wie Leim. Meine Finger und meine Nägel von einer Blutschicht wie mit Schokoladenguss überzogen. Es war, als habe es die dreizehn Monate, die ich zwischen mich und Bram gebracht hatte, nie gegeben. Die Wände kamen auf mich zu, und ich hatte plötzlich nur noch den einen Gedanken: *Bitte, lieber Gott, mach, dass das hier nicht sein Blut ist. O Gott, ich komme zu spät.*

Die Angst packte mich mit solcher Wucht, dass ich wie in einer hohen Woge darin unterging. Vor Qual platzte mir fast die Brust, und ich merkte, dass ich die Luft anhielt. Ich schloss die Augen, und als ich sie wieder öffnete, war das Blut an meiner Hand verschwunden.

Es war eine Verbrennung zweiten Grades, ziemlich übel. Sie würde jeden Moment Blasen bilden, dann nässen – ein mehrgängiges Menü aus Schmerzen. Die Überprüfung meiner Verletzung brachte eine bange Erkenntnis. Es war meine rechte Hand. Die Hand, die ich brauchte, wenn ich von meiner Waffe Gebrauch machen wollte.

»Himmelherrgott …« Mehr brachte ich nicht heraus. Ich war

wütend. Auch wenn ich es nicht beweisen konnte, war ich mir sicher, dass Jade mich absichtlich verbrüht hatte. Das war kein Unfall.

Mach dich nicht lächerlich, redete ich mir ein, *sie ist noch ein Kind.*

Ich rückte den paranoiden Gedanken wild entschlossen mit Logik zuleibe. *Die Erinnerungen bringen mich nicht aus dem Konzept. Sie machen mich nur stärker. Kannst du mir glauben, Shay.*

»Was haben Sie denn hier drinnen zu suchen?«, fragte Jade.

»Ich?« Mir fiel die Kinnlade herunter. »Das frage ich *Sie*!«

»*Ich* war dabei, Tee zu machen.«

»Sie sollten im Wohnzimmer bleiben.«

»Ich brauche keinen scheiß Babysitter.« Mit Widerwillen beäugte sie meine Hand. »Sie vielleicht schon.«

Mit vierzehn Jahren war sie eine ausgewachsene junge Frau, sodass wir uns fast auf Augenhöhe anfunkelten. Ich drehte mich um und war mit wenigen Schritten am Spülstein. Als das kalte Wasser aus dem Hahn auf meine wunde Haut traf, schnappte ich durch die Zähne nach Luft. »Ich hab dich gesehen. In deinem Zimmer.«

»Na und? Ich brauchte eine Pause. Da drinnen sind alle so verdammt ernst, das geht auf den Geist. Außerdem hat der andere Detective gesagt, ich darf gehen.«

Ich glaubte ihr kein Wort. Hätte sie ihren Wunsch nach Tee geäußert, hätte Norton ihr welchen gemacht. Tim hatte bis jetzt dafür gesorgt, dass alle zusammenblieben, um sie im Auge zu behalten. Nie im Leben hätte er Jade einfach so erlaubt, sich davonzustehlen.

»Geh und hol deinen Vater. Sofort«, sagte ich. *Ich brauche einen Zeugen, damit ich dir nicht den Hals umdrehe.* »Sag ihm, ich hätte ein paar Fragen, an euch beide.«

Jade sah mich ungerührt an. Es zuckte um ihre Mundwinkel. »Ich weiß, was sie getan hat.«

Ich war immer noch mit meiner Hand beschäftigt und öffnete auf der Suche nach einem Erste-Hilfe-Kasten verschiedene Schubladen, und so erwischte mich ihre Bemerkung eiskalt. Mir staute sich das Blut in den Adern. Welche *sie* meinte Jade? Abella? Bebe? Camilla? Oder jemand anders?

»Was wer getan hat, Jade?« Ich trat näher heran. »Wenn du weißt, was mit Jasper passiert ist, musst du es mir sagen.«

Sie trug eine dieser trendigen unsichtbaren Zahnspangen, obwohl ihr Mundwerk auch so ganz gut zu funktionieren schien, und wenn sie lächelte, blitzten zwischen Candy-Gloss-Lippen perfekte Zähne auf. Mädchen in diesem Alter stand Jades Selbstvertrauen und Arroganz nicht zu. Dieses Kind wurde zu schnell erwachsen. Wenn sich Jade nicht mehr als Kind empfand, konnte das jede Menge Probleme bereiten. Ich sah das nicht zum ersten Mal und fürchtete, dass es mit Jade in dieselbe Richtung ging.

»Wer ist *sie*?«, wiederholte ich meine Frage. »Und *was* hat sie getan?«

Jade klimperte mit den Wimpern. »Keine Ahnung, ich weiß von nichts.«

Mir lagen ein Dutzend Bemerkungen auf der Zunge, um sie zum Reden zu bringen. Doch genau in diesem Moment ertönte irgendwo an Jades Körper das Klingeln eines Handys.

»Bist du das?«, fragte ich und reckte den Hals. »Ach was. Kann ja nicht sein, wo Wellington euch aufgetragen hat, eure Telefone auszustellen.«

Jade wurde blass. »Ich ...«

»Hast du mit diesem Handy irgendjemanden kontaktiert, seit wir hier sind? Und versuch es gar nicht erst mit einer Lüge«, sagte ich. »Ich werde das überprüfen.«

Sie wurde sichtlich rot. »Nur Benachrichtigungen. Ich habe mit niemandem gesprochen.«

»Schulfreunde? Klassenkameraden?«
»Ich sagte doch schon, nein! Okay?«
Das nahm ich ihr nicht ab. Welche Jugendliche setzt sich nicht mit Freunden ins Benehmen, wenn gerade ihr Leben auf den Kopf gestellt wird? Jade verheimlichte etwas.
»Schalte dein Handy frei und gib es mir.«
»Was? Auf keinen Fall.«
Ihre Worte – *ich weiß, was sie getan hat* – schwirrten mir im Kopf herum und verdrängten alle anderen Gedanken. »Nichtbefolgung polizeilicher Anweisungen bei der Untersuchung eines Verbrechens ist Justizbehinderung«, sagte ich, denn mir wurde schlagartig klar, dass ihr Handy der Schlüssel zu den Geheimnissen ihrer Familie war. »Los, hol's raus und schalte es frei. Auf der Stelle!«
Ein paar Sekunden lang blieb sie standhaft. Dann schob sie ihr T-Shirt weit genug hoch, dass ich ihren flachen weißen Bauch zu sehen bekam, und zog das Handy aus dem Hosenbund heraus.
Ich streckte ihr meine gesunde Hand entgegen und sagte: »Her damit.« Ich hatte kein Recht, ihr Handy zu beschlagnahmen. Ich hatte keinen Beweis, dass darauf irgendwelche sachdienlichen Hinweise zu finden waren. Ich folgte allein meinem Bauchgefühl und dem dringenden Bedürfnis, der Kleinen eine Lektion zu erteilen. Für den Moment waren das hinlängliche Gründe.
Jade drückte mit dem Daumen auf die Home-Taste, um es freizuschalten, doch ihre Hände schwitzten zu sehr. Ich sah zu, wie sie ihr Passwort eintippte. Aber sie gab das Handy immer noch nicht aus der Hand.
Jeder kennt dieses Spielchen, das Jugendliche lieben, bei dem sie sich mit einer Hand übers Gesicht streichen und schlagartig ihren Ausdruck wechseln. Glücklich, traurig, wütend – als bestimme die Hand darüber, wie sie sich fühlen. So ähnlich war es bei Jade,

nur dass ihre Stimmungsumschwünge echt waren. »Sie können mich mal«, sagte sie und wedelte mir mit ihrem freigeschalteten Handy vor dem Gesicht herum.

Ich sah sie direkt an. »Es spielt keine Rolle, ob es SMS sind oder von mir aus auch Emojis. Du enthältst uns wichtige Beweise in Verbindung mit Jaspers Verschwinden vor. Das ist ein Vergehen, Jade, darauf steht bis zu einem Jahr Gefängnis.« Ich improvisierte. »Ich mache keine Witze, ich mein's todernst.«

Jade zuckte nicht mit der Wimper. Dann wechselte ihr Ausdruck erneut. Ich hätte es wissen müssen. »Mein Gott, *entspannen Sie sich.* Hier, es gehört Ihnen«, sagte sie.

Ich hatte ihr fordernd die linke Hand hingehalten. Doch als Jade mir endlich das Handy übergab, zielte sie auf meine Rechte. Sie stieß mit dem Ding gegen meine verbrühte Hand, und ich schrie vor Schmerz erneut auf.

»Du mieses, kleines …«, keuchte ich. Ich biss die Zähne zusammen.

Noch so ein makelloses Lächeln. »Sie wollten es doch haben.«

»Was geht hier vor?«

Bebe stand in der Küchentür. Ihre kesse Frisur passte nicht zu ihren heruntergezogenen Mundwinkeln. »Jade? Ich dachte, du musst nur mal aufs Klo. Was hast du bei *ihr* zu suchen?«

»Sie wurden alle aufgefordert, bei Wellington zu bleiben«, sagte ich, um einen ruhigen Tonfall bemüht. »Aber wo Sie schon mal hier sind, sollten Sie erfahren, dass Jade Wellingtons Aufforderung vorsätzlich missachtet und ein Mobiltelefon versteckt hat, das für unsere Ermittlung wichtig sein könnte.« *Du willst Spielchen mit mir spielen, Jade? Also gut, spielen wir.*

»Jade ist ein vierzehnjähriges Kind«, sagte Bebe. »Was sie sagt, können Sie nicht ernst nehmen.«

»Es war eine glatte Lüge. Vorsätzliche Missachtung.«

»Jasper ist verschwunden, Jade ist aufgewühlt.«

»Sie hat mein Handy, Bebe«, warf Jade ein. »Sag ihr, dass sie es mir zurückgeben muss.«

»Wie gesagt«, wiederholte ich, »ich habe Grund zu der Annahme, dass dieses Handy ...«

»Moment mal, haben Sie Jade etwa *befragt*?« Bebe blähten sich die Nasenflügel auf. »Das dürfen Sie nicht, sie ist minderjährig! Sie dürfen eine Minderjährige nicht ohne einen Erwachsenen oder Vormund befragen. Das weiß jeder.«

Normalerweise weigern sich Zeugen nicht auszusagen, es sei denn, sie haben etwas zu verbergen. Stellte sich also die Frage, was Bebe glaubte, das Jade ausplaudern könnte. »In Ordnung«, sagte ich. Nicht: *Ich habe Sie ja nicht verhaftet, um sie nach Strich und Faden auszuquetschen,* auch nicht: *Sie ist zu mir gekommen und nicht umgekehrt.* Einfach nur: *In Ordnung.* Ich war auf Miles und Bebe angewiesen, wenn ich ihre Tochter befragen wollte. Falls Jade auf ihr Geheiß dichtmachte, zog ich den Kürzeren. »Also gut, reden wir. Zusammen.«

»Wohl kaum«, erwiderte Bebe. »Ich setze Sie hiermit in Kenntnis, dass ich, wenn das hier vorbei ist, offiziell Beschwerde gegen Sie einlegen werde.«

Aus die Maus. Als seien das Verschwinden ihres Bruders und das blutgetränkte Bett, das er zurückgelassen hatte, nichts weiter als eine Unannehmlichkeit, die sich schon bald aufklären würde. Eine lästige Geschichte, über die man später lachen würde.

Ohne ein weiteres Wort packte Bebe das Mädchen am Arm und zog sie hinaus. Bevor sie aus meinem Blickfeld verschwanden, blickte Jade noch einmal über die Schulter und grinste mich höhnisch an.

Diesmal erwiderte ich das Lächeln.

Ich hatte Jades Handy noch in meiner Hand.

VIERZEHN

»MEIN GOTT«, SAGTE Camilla Sinclair. »Sie sehen ja schrecklich aus.«

Wortwörtlich hatte ich kurz zuvor dieselbe Bemerkung von Norton gehört, der in die Küche kam, als Bebe und Jade gerade gingen. Ich war durchnässt von meinem Ausflug, jetzt auch noch verletzt, und starrte auf das Handy. Die Unannehmlichkeit meiner durchtränkten Kleider, die bei jedem Schritt schmatzende Geräusche machten, beachtete ich kaum. Ich hatte vollen Zugang zu Jades Handy. Doch da ich nicht wusste, wie schnell es sich automatisch wieder sperren würde – mein eigenes war auf die üblichen fünf Minuten eingestellt –, hatte ich nicht viel Zeit, um darin herumzuschnüffeln. Ich musste allein sein. Und ausgerechnet in dieser Situation kam mir Norton in die Quere.

Als ich ihm erklärte, was passiert war, legte er die Stirn in Falten und entschuldigte sich so überschwänglich, als sei er der Übeltäter gewesen. Er holte eine Salbe und Verbandsmull aus einem Schrank und bestand darauf, mir die Hand zu bandagieren. Er machte seine Sache gut, und schon bald war meine Brandwunde geradezu fachmännisch verarztet. Ich wartete nur darauf, dass er wieder verschwand. Stattdessen geleitete er mich aus der Küche und durch die Halle zu seiner Chefin.

»Detective Wellington«, sagte Camilla zu Tim, »gestatten Sie mir, Ihrer Mitarbeiterin ein paar trockene Sachen zum Anziehen zu holen?« Sie hob das Kinn. Für eine Sekunde strafften sich die Falten an ihrem Hals. Der Schein des Feuers brachte Farbe in Camillas Gesicht. Doch alles in allem sah sie schlechter aus als bei unserer ersten Begegnung. »Wir sind ungefähr gleich groß, sie und ich. Sie kann mit mir nach oben kommen, wenn Sie nichts dagegen haben.«

Viele Frauen in Camillas Alter reden mit den Männern so. Sie gehen automatisch davon aus, dass sie das Sagen haben. Vermutlich kommt es daher, dass es gewöhnlich auch so ist. Ich hatte mich Camilla als leitende Ermittlerin vorgestellt, trotzdem kam sie nicht auf den Gedanken, mich zu fragen, was ich von ihrem Plan hielt, mich mitten in einem Fall im Schlafzimmer einer Fremden auszuziehen.

Andererseits war Camilla eine Matriarchin, daran gewöhnt, die Regie zu übernehmen, eine Frau, die andere Menschen nötigte, ihre Anweisungen zu befolgen. Sie bestand so energisch darauf, mit mir nach oben zu gehen, dass Tim ihr nicht zu widersprechen wagte. Er gab sich Mühe, nicht auf den Mullverband an meiner Hand zu starren, und hütete sich, in Gegenwart der Zeugen zu fragen, was passiert sei.

»Das ist sehr fürsorglich von Ihnen«, sagte ich zu ihr, »aber wirklich nicht nötig.« *Fünf Minuten, wenn überhaupt.* Das Zeitfenster für Jades Handy ging jeden Moment zu.

Camilla seufzte, griff nach ihrem Stock und stand auf.

Von allen im Zimmer eilte ihr nur Norton zu Hilfe. Dabei vertieften sich die Furchen auf seiner Stirn. Zwar entging mir nicht, dass Abella die beiden mit einem neugierigen Gesichtsausdruck musterte, doch ich war so auf das Handy fixiert, dass ich mir nichts weiter dabei dachte. »Ich kann ihr doch aus Ihrem Schrank etwas raussuchen«, bot Norton an, während er sich über die alte Dame beugte.

»Einer Dame etwas zum Anziehen herauszusuchen ist meine

Domäne, außerdem ist mir alles recht, um mich für einen Moment von dieser ... Situation abzulenken«, erwiderte Camilla. »Danke, Philip, ich mach das schon.«

Es war entschieden. Norton nickte demütig und half ihr auf. Wie lange hatte das alles gedauert? Zwei Minuten? Drei? Das Handy fühlte sich in meiner Tasche wie eine Bombe an, die jeden Moment hochgehen würde. Jade, Bebe, Flynn – alle Augen waren auf uns gerichtet. Camilla begab sich quälend langsam Richtung Tür. Was sollte ich machen? Ich folgte ihr.

Auf der Treppe war jeder Schritt bedächtig. Bei ihrem Alter war es ein Wunder, dass sie diese Treppen überhaupt noch bewältigen konnte. Ich hörte sie leise schnaufen, während ich ihr dicht genug folgte, um sie daran zu hindern, Pausen einzulegen. Ihre gepflegte weiße Bubikopffrisur war glatt wie Plastik und ebenso fest, und erst jetzt begriff ich, dass sie eine Perücke trug.

Camilla Sinclairs riesiges Zimmer roch nach irgendeinem ätherischen Öl, das mir in der Nase kitzelte. Während meiner Hausdurchsuchung hatte ich nicht sonderlich auf die Einrichtung geachtet, staunte jetzt jedoch darüber, wie wenig Möbelstücke und anderes Dekor ich vorfand. Dabei war jedes Objekt sorgfältig gewählt und genau an seinem Platz. Es hätte ein Zimmer in einem Möbelmuseum sein können. Mit dem nicht besonders ordentlichen und von Nippes überquellenden Haus meiner Großmutter hätte Camilla ihre Probleme gehabt.

»Wohl eher nichts allzu Legeres«, sagte sie, während sie die Schranktüren öffnete und sich mit dem Finger an die dünnen Lippen tippte. »Mal sehen. Was nehmen wir?«

Himmel, mach schon, irgendwas. »Ganz ehrlich, es ist völlig egal.«

Camillas Wahl fiel auf ihr fadestes Ensemble, eine weiße Hemdbluse zu einer beigen Hose. »Hier, bitte, meine Liebe«, sagte sie und setzte sich am anderen Ende des Zimmers aufs Bett. Sie wandte sich eine Vierteldrehung von mir ab und faltete die Hände auf dem Schoß. »Ich warte so lange.«

Eine bessere Chance würde ich nicht bekommen. Im Zimmer der Dame des Hauses, nur wenige Meter von ihr entfernt, zog ich lautlos Jades Handy heraus. Ich klickte auf die Home-Taste und hielt den Atem an. Kein Passwort-Bildschirm. Es war nicht gesperrt. Ich ging zu »Einstellungen« und änderte die automatische Sperre von fünf Minuten auf »Keine« und stieß einen erleichterten Seufzer aus. Fünf Minuten. Es musste eine Sache von Sekunden gewesen sein.

Nachdem ich Jades Handy zusammen mit meinem Notizbuch, dem Gürtel, den Handschellen und der Taschenlampe sowie meiner Waffe auf den Boden gelegt hatte, kämpfte ich mich aus meinen nassen Sachen. Ich hatte mir etwas Zeit erkauft, und Bebe dachte offenbar nicht daran, Jades Mobiltelefon für sie zurückzufordern. Fragte sich nur, wie lange es dauern würde, bis Jade ihrem Dad erzählte, dass ich es ihr abgenommen hatte. Ich war nicht befugt, es zu behalten. Sobald Jade das herausfand, musste ich es ihr wiedergeben. Bevor es so weit kam, brauchte ich dringend eine Minute für mich allein.

»Ich muss Ihnen etwas gestehen«, sagte Camilla.

Ich war ganz Ohr. »So?«

»Ja. Ich bin aus einem bestimmten Grund mit ihnen gekommen. Ich wollte Sie bitten, mir zu sagen, was Sie bis jetzt über Jaspers Verschwinden herausgefunden haben. Unter vier Augen.«

»Ich verstehe.« *Mist.* »Nun, Wellington und ich sind noch …«

»Bitte. Vergessen Sie einen Moment Ihre Vorschriften, und sagen Sie mir nicht, Sie dürfen mir nichts sagen. Mein Enkel wurde überfallen. Er ist jetzt schon seit vielen Stunden verschwunden. Vergessen wir doch bitte für einen kurzen Moment die Vorschriften.«

»Es ist nicht so, dass ich Ihrer Frage ausweiche«, erklärte ich.

»Aber bevor ich irgendwelche Schlüsse ziehen kann, muss ich mit jedem im Haus gesprochen haben.« Mit einem klatschenden Geräusch fielen meine nassen Sachen zu Boden. »Aber schon so viel, Mrs. Sinclair: Jeder, den ich bisher befragt habe, hat eine andere Theorie. Ich würde liebend gerne Ihre hören.«

Die eingerollten Haarspitzen von Camillas Perücke zitterten, wenn sie sprach. »Gestern war ein Mann hier. Ein Fallensteller, den Philip bestellt hat. Er meint, wir hätten ein Problem mit den Nerzen.«

Ich zog die Hose hoch, hörte ihr aufmerksam zu. »Norton – Philip – hat so was erwähnt. Glauben Sie, dieser Mann könnte irgendwas damit zu tun haben?«

»Philip ist zumindest davon überzeugt. Ich traue seinem Urteil. Ich wünschte mir nur, meine Familie sähe das genauso.«

»Sie scheinen eine hohe Meinung von ihm zu haben, von Philip.«

»O ja, unbedingt. Philip ist ein lieber alter Freund, ich wüsste nicht, was ich ohne ihn machen sollte.« Sie überlegte einen Moment und schüttelte den Kopf. »Aber falls er recht hat und Jasper entführt wurde, müsste es da nicht längst eine Nachricht mit einer Lösegeldforderung geben?«

»Sollte man annehmen. Aber es ist gut möglich, dass noch eine kommt.« Ich gab mir Mühe, überzeugend zu klingen. Vor einigen Jahren war ich auf eine Statistik gestoßen, der zufolge vier von zehn Amerikanern für Geld morden würden. Unglaubliche vierzig Prozent. Dennoch widerstand ich, mit Mühe, der Versuchung, ihr zum Tod ihres Enkels mein Beileid auszusprechen. Das hier sah mir nicht nach einem Erpressungsdelikt aus. »Sicher, wo Geld ist, da sind auch lange Finger.«

Camilla schniefte. »Da kämen sie allerdings ein bisschen zu spät.«

Ich fummelte an den Knöpfen meiner neuen Hemdbluse herum.

Ließ den Blick durch das prächtige Zimmer schweifen. »Ich glaube, ich verstehe nicht ganz, Ma'am.«

»Früher oder später kommt es ja doch heraus«, sagte Camilla und hob das Kinn. »Das Geschäft läuft nicht gut. Ganz und gar nicht gut.«

»Sinclair Fabrics? Seit wann?«

»Ich glaube, es geht seit ungefähr zwei Jahren bergab.«

»Seit Flynn und Bebe übernommen haben?«

»Nach dem Tod von Baldwyn und Rachel. Es ist aber nicht allein Flynns und Bebes Schuld. Der amerikanische Textilmarkt hat sich sehr verändert«, erklärte Camilla, wenn auch nicht mit großer Überzeugung.

Ich musste wieder an das Bootshaus und an die *Loophole* denken, die rätselhafterweise fehlende Jacht. Ich hasste mich dafür, doch ich musste die Frage stellen. »Wie genau steht es denn um Ihre Finanzen?«

Sie hatte mit dieser Frage gerechnet. »Ich habe etwas Geld zurückgelegt, und ich habe immer noch meine Insel.«

So wie sie es sagte, klang das Vermögen von mehreren Millionen eher nach einem druckfrischen Fünfzigdollarschein, den man aus einer Geburtstagskarte zieht. »Was ist nach dem Tod Ihres Sohns und Ihrer Schwiegertochter mit dem Vermögen passiert?«

»Es ging natürlich an die Kinder.«

»Flynn, Bebe und Jasper. Demnach hat Jasper Ersparnisse?«

»O ja, mit ziemlicher Sicherheit«, sagte Camilla. »Er geht sehr umsichtig mit seinem Geld um. Er steht bestimmt gut da.«

Natürlich, dachte ich. *Für dich ist Jasper in jeder Hinsicht perfekt.* »Musste er sich jemals Geld bei jemandem leihen? Zum Beispiel bei einem Bekannten?«

»Jasper doch nicht. Dazu ist er viel zu verantwortungsbewusst.«

»Oder umgekehrt, hat er vielleicht jemandem Geld geliehen?«

»Nicht dass ich wüsste, nein.«

»Vorhin«, sagte ich, »was meinten Sie damit, als Sie sagten, er habe Besseres verdient?«

Falls Abella die Wahrheit sagte, konnte ich mir Camillas Antwort schon denken. Jasper hatte einen Unmenschen zum Bruder, und seine Schwester war ein herzloses Miststück. Ich wartete gespannt auf die Antwort der Frau, und eine Weile war nur das Heulen des Sturms zu hören.

»Es ist für Jasper nicht leicht gewesen, mit Bebe und Flynn aufzuwachsen«, sagte Camilla schließlich. »Der Altersunterschied war schon immer ein Problem. Sie halten gegen ihn zusammen. Der arme Jasper wird immer ausgeschlossen. Das hält ihn allerdings nicht davon ab, seinen Weg zu gehen – er ist ein sehr zielstrebiger Mann. Aber das hat oft zu Eifersucht geführt.«

»Klingt vertraut. Ich kenne solche Konstellationen.«

»Und dass er so talentiert ist, macht die Sache nicht gerade besser«, fuhr sie fort. »Jasper fallen viele Dinge leichter als den anderen, eigentlich alle Dinge. Das führt in ihrer Beziehung zu Spannungen, zwischen allen dreien, besonders jetzt, wo sie beruflich zusammenarbeiten.«

»Das ist noch nicht lange her, oder? Jaspers Einstieg ins Geschäft?«

»Er ist letztes Jahr dazugekommen, um ihnen zu helfen.«

Ich steckte das Handy und meine Sachen wieder in die Taschen und meine Waffe ins Holster. Mit der Verbrennung und dem dicken Verband ging das nicht ohne Schmerzen ab. »Und wie läuft es damit?«, fragte ich.

Sie zögerte. »Es ist nicht leicht. Er muss eine Menge in Ordnung bringen. Ich will wie wir alle, dass die Firma wieder auf die Beine kommt, aber es kann doch nicht Jaspers Aufgabe sein, alles zu richten, wo er nichts damit zu tun hatte, dass es schiefgelaufen ist.« Wieder legte Camilla eine nachdenkliche Pause ein. »Wissen

Sie, wie alt ich bin? An meinem nächsten Geburtstag werde ich zweiundneunzig. Ich bin mit einem ziemlich langen Leben gesegnet, meinen Sie nicht?«

»Nicht jeder kann sich so glücklich schätzen.«

Sie stieß ein trockenes Lachen aus. »Nicht Glück hat mich so weit gebracht. Das, was ich habe, ist hart erarbeitet, und ich erwarte von meiner Familie, dass sie sich genauso anstrengt. Aber ich habe gelernt, dass es mehr im Leben gibt, als sein Bankkonto aufzufüllen. Geld kommt und geht. Jasper weiß das. Deshalb freut es mich so, ihn mit Abella zu sehen. Sie ist reizend, nicht wahr?«

»Ganz bestimmt.«

»Ich will Ihnen verraten, was ich zu Jasper gesagt habe«, fuhr sie fort. »Was auch immer in diesem Leben geschieht, du darfst nie deine eigenen Bedürfnisse vernachlässigen. Sonst kommt vielleicht der Tag, an dem man aufwacht und merkt, dass man feststeckt.«

»Inwiefern?«

»Nun, man ist eingezwängt von allen möglichen Ansprüchen, Forderungen, Verpflichtungen. Man hat das Gefühl, gefangen zu sein. Und was macht man, wenn etwas gefangen ist, Detective Merchant? Man muss mit dem Brecheisen heran. Man muss über sein Schicksal selbst bestimmen. Man muss sich seinen Weg bahnen.« Sie zuckte kaum merklich die Achseln. »Eine andere Möglichkeit gibt es nicht.«

Ich hatte noch jede Menge weitere Fragen an diese Frau mit ihren orakelhaften Äußerungen, doch bevor ich sie stellen konnte, drehte sich Camilla zu mir um. »Sind Sie so weit? Sieh an! Passt perfekt, wenn Sie mich fragen.«

Die Hose war deutlich zu kurz und spannte an den Hüften, und die oberen Knöpfe der Bluse hatten einiges zu halten. »Perfekt, danke«, sagte ich. »Wie meinen Sie das mit dem Brecheisen?«

»Sie sollten jetzt wohl besser wieder nach unten gehen«, sagte sie ausweichend, um dann mit kleinlauter Stimme fortzufahren: »Hätten Sie wohl etwas dagegen, wenn ich noch ein wenig bliebe? Ich glaube, ich brauche ein bisschen Ruhe. Es war ein langer Tag.«

Ich verkniff mir den Hinweis, dass dieser Tag noch lange nicht hinter uns lag. Doch die Frau war offensichtlich wirklich müde und erschöpft. Die Vorstellung, sie hier zurückzulassen, ging mir zwar gegen den Strich, sie gegen ihren Willen nach unten zu scheuchen aber auch. Nach der Sache in New York hat mir Carson geholfen, meine Emotionen wieder in den Griff zu bekommen. Seitdem habe ich immer Angst, rücksichtslos und gefühllos zu reagieren. Um in meinem Beruf gut zu sein, brauchte ich Gefühl. Daher ignorierte ich die warnende Stimme in meinem Kopf und rief mir ins Gedächtnis, dass diese alte Dame gerade harte Zeiten durchmachte.

»Selbstverständlich, bleiben Sie nur«, sagte ich.

»Danke.« Camilla deutete mit dem Kopf auf die nassen Sachen unter meinem Arm. »Die können sie Philip geben. Er kümmert sich darum. Wenn Sie irgendetwas brauchen, wenden Sie sich einfach an Philip.«

An der Tür sah ich mich noch einmal nach Camilla Sinclair um. Sie saß reglos da und starrte ins Leere.

FÜNFZEHN

ALS ICH ENDLICH GELEGENHEIT hatte, mir Jades Handy anzuschauen, diesmal in der Abgeschiedenheit der leeren Bibliothek, staunte ich nicht schlecht über das, was ich fand. Während Tim und ich ihre Familie kennenlernten, war Jade nicht untätig gewesen und hatte sich über uns schlaugemacht. Eine Reihe geöffneter Browser-Fenster zeigte, dass sie unsere Namen sowie den Standort unseres Polizeireviers in Alexandria Bay gegoogelt hatte. Sie hatte sogar Kontaktdaten zum örtlichen Sheriff aufgerufen. Was wollte Jade von McIntyre, was sie von Tim und mir nicht ebenso gut erfahren konnte?

Als Nächstes sah ich mir ihre Fotos an. Ich scrollte mühsam in ihrer Bildergalerie herum. Ich habe eine Nichte in diesem Alter, die Tochter meines Bruders, und weiß daher, wie viel Mist Mädchen mit ihren Handys aufnehmen. Jades Fotos waren anders. Es gab nicht viele Selfies, nicht von ihr allein noch von ihr mit Freunden. Sie verwendete auch keine Filter, die sie in eine Zeichentrickkatze verwandelten. Einen großen Teil ihrer Galerie nahmen Aufnahmen von Manhattans historischer Architektur ein, darüber hinaus fanden sich einige gar nicht mal so schlechte Naturaufnahmen. Das Mädchen hatte ein Auge für Bildkomposition – und ein Publikum. Ihr Instagram-Account, ganz ihrer Fotografie gewidmet, hatte zweitausend Abonnenten.

Natürlich hatte ich nicht erwartet, das Bild eines blutigen Schlachtermessers zu sehen, doch was ich fand, hatte es trotzdem in sich: Fotos von Jasper mit Jade. Auf einem standen sie vor einem Restaurant in New York. Auf einem anderen waren sie in einer Fotoausstellung und standen vor der typischen weißen Wand einer Pop-up-Galerie. Bei beiden Bildern handelte es sich um Selfies, und Jades Vater war darauf nirgends zu sehen.

Als ich weiterscrollte, fand ich Aufnahmen von Jasper allein, einschließlich einer umfangreichen Sammlung, die, nach dem Datum der »Filmrolle« zu urteilen, vom Unabhängigkeitstag stammte. Bei einigen handelte es sich um Nahaufnahmen, andere erinnerten an die heimlichen Fotos eines Stalkers und waren mir nicht ganz geheuer. Mit Sicherheit hatte Jasper nichts davon mitbekommen, dass Jade ihn fotografierte.

Die neuesten Fotos stammten vom Vortag und waren die einzigen von Jasper mit Abella. Dem Aufnahmewinkel nach zu urteilen, hatte Jade sie von der geschwungenen Treppe aus geschossen. Das Paar stand in der Empfangshalle. Auf dem ersten war Norton im Hintergrund zu sehen, nachdem er an ihnen vorbeigekommen sein musste. Ich zoomte das zweite heran. Da waren Jasper und Abella allein, und am Gesichtsausdruck der beiden war zu erkennen, dass sie sich stritten.

Meine Frage nach einer Auseinandersetzung zwischen ihr und Jasper gestern Nacht hatte Abella verneint. Und was war dann das hier? Und wieso spionierte Jade ihnen durch die Geländerstäbe hinterher?

Zwischen Jade und Jasper war ein Altersunterschied von zwölf Jahren, doch Jasper war der jüngste Sinclair, und ich konnte sie mir als Freunde vorstellen. Flynn behauptete, die Familie komme nicht mehr oft zusammen, doch Jade war am Vierten Juli übers Wochenende offensichtlich mit Jasper bei Camilla auf der Insel gewesen. Mit wem sonst, wenn nicht ihm, sollte sie hier ihre Zeit verbringen?

Als ich vorhin in der Küche Jade aufgefordert hatte, mir ihr Handy auszuhändigen, hatte sie beteuert, mit niemandem Kontakt aufgenommen zu haben – und tatsächlich hatte sie seit unserer Ankunft keine E-Mails oder SMS versendet und keine Anrufe getätigt. Sie hatte also die Wahrheit gesagt, aber auf eine Weise, die mir mehr zu denken gab, als wenn sie gelogen hätte. Welche Vierzehnjährige würde in einer solchen Situation nicht ihren Freunden schreiben und sich ein wenig Anteilnahme einholen? Eine Vierzehnjährige, die in einen älteren Mann verknallt ist, dachte ich finster. Jade simste nur deshalb ihren Freunden nicht oder verbrachte Zeit mit ihnen in New York, weil sich bei ihr alles um unseren Vermissten drehte.

Ich betrachtete meine bandagierte rechte Hand. Wenn Jade mich absichtlich verbrüht hatte – was ich mit einem großen Fragezeichen versah –, war die Kleine ziemlich verkorkst. Musste ich aus den Fotos schließen, dass Jade auf Jasper fixiert war? Und war sie nur ein verknalltes Mädchen, oder hatten sie und Jasper eine regelrechte Affäre?

»Detective Merchant?«

Abella näherte sich der offenen Bibliothekstür. Mir fiel auf, dass ihre perfekte Maniküre in Mitleidenschaft gezogen worden war. Der Lack blätterte ab, und da, wo sie nervös daran gekaut hatte, waren ihre Nagelhäutchen gerötet. »Kann ich Sie mal sprechen?«

Ich machte ihr Zeichen hereinzukommen. »Jades Handy«, sagte ich, als ich sah, wie sie daraufstarrte. »Jade und Jasper verbringen eine Menge Zeit miteinander, oder?«

Sie ließ die weichen Mundwinkel hängen. »Wie meinen Sie das?«

»Jade hat Fotos mit ihm auf dem Handy. Auch eine Menge von ihm allein.«

»Ach so. Nun, er ist ihr Onkel.« Abella schnappte nach Luft, als der Groschen fiel. »Mein Gott, wollen Sie etwa damit sagen, sie und Jas…«

Jaspers Freundin sah mich schockiert an, aber ich konnte nicht mit Sicherheit sagen, ob die Reaktion echt war. Immerhin hatte sie ein entscheidendes Ereignis vom Vortag verschwiegen. Ich wog die Möglichkeit ab, dass sie und Jasper sich über unsere hübsche kleine Jade gestritten hatten. Versuchte Jade, einen Keil zwischen die beiden zu treiben? Sie wusste, dass Jasper vorhatte, ihr einen Antrag zu machen. Das hatte Ned von Jade gehört.

»Hören Sie«, sagte ich. »Ich hätte da was zu klären. Nachdem, was Sie gestern gesehen haben – kann es da sein, dass es zwischen ihnen und Jasper zu einem …«

»Darf ich Ihnen Kaffee anbieten?«

Nortons Erscheinen hinter ihr erschreckte Abella. »Ist im Nu gemacht«, fügte er hinzu und blickte zwischen Abella und mir hin und her. »Ich wollte sowieso Mrs. Sinclair eine Tasse raufbringen, falls sie schon aus ihrem Nickerchen aufgewacht ist.«

»Hat jemand was von Kaffee gesagt?« Tim kam vom anderen Ende der Halle und schlängelte sich grinsend zwischen Norton und Abella hindurch.

»Nur zu«, sagte ich zu Norton. Während er Richtung Küche verschwand, warf Tim einen Blick auf meine Hand. Es passte mir nicht, dass er die anderen im Wohnzimmer sich selbst überließ, ebenso wenig, dass er sich in mein Gespräch einmischte. Ich hatte noch weitere Fragen an Abella – und sie hatte mir ganz offensichtlich etwas zu sagen.

»Würden Sie uns einen Moment entschuldigen, Miss Beaudry?«, sagte Tim.

»Das wollte ich gerade *dich* bitten«, sagte ich zu Tim.

Drüben im Wohnzimmer ertönte ein herzhaftes Lachen von Bebe. Der Gedanke, dass Jaspers Schwester sich an einem Tag wie diesem amüsieren konnte, verursachte mir Gänsehaut. Ich sah Abella an. Sie stand da und machte große Augen.

»Nur einen Moment«, sagte ich zu Tim.

»Ich auch«, erwiderte Tim. Meine Aufforderung zu verschwinden schien er sportlich zu nehmen. Er wandte sich an Abella. »Merchant kommt sofort zu Ihnen in den Salon.«

Abella machte Anstalten zu gehen.

»Nein«, warf ich schnell ein, »bleiben Sie!«

Tim legte unserer Zeugin die Hand auf die Schulter. »Dauert wirklich nicht lange, okay?«

Abellas Blick flog wie ein Pingpongball zwischen uns beiden hin und her. Schließlich nickte sie und ging.

»Was fällt dir ein?«, sagte ich, als sie gegangen war. »Hast du vergessen, wer hier wem weisungsgebunden ist? Sie war kurz davor, mir etwas zu erzählen. Es könnte wichtig gewesen sein!«

»Das kann warten. Was ist mit deiner Hand passiert?«

Ich massierte mir mit der Linken die Schläfe. Was dachte er sich dabei, mich einfach so zu unterbrechen? Entsprach das den Gepflogenheiten von Dorfpolizisten? Ohne Achtung vor der Hierarchie? »*Jade* ist passiert«, sagte ich resigniert. »Sie hat mir einen Topf mit kochend heißem Wasser über die Hand gegossen.«

»Gegossen oder verschüttet?«

Ich zögerte. *Nicht absichtlich*, rief ich mir ins Gedächtnis. Ich wollte nicht paranoid klingen, doch nach der Begegnung mit Jade war ich argwöhnisch geworden. »Keine Ahnung, aber es tut höllisch weh. Wieso hast du sie aus dem Wohnzimmer gelassen?«

»Was?«

»Bevor sie in die Küche kam und mir die Hand verbrüht hat, war Jade oben in ihrem Zimmer und hat eine Zigarette geraucht.«

Tim zog die Augenbrauen zusammen. »Nein«, sagte er. »Sie ist nur auf die Toilette gegangen.«

Ich lachte leise. »Na klar. Behalte die Kleine im Auge. Sie hat es faustdick hinter den Ohren – und sie hat eine Schwäche für unsere Hauptfigur.«

»Jade und Jasper? Nicht dein Ernst. Mein Gott, sie ist noch ein Kind.«

»Sie ist vierzehn, Tim. Offensichtlich hat Jade den verletzten oder toten Jasper nicht eigenhändig aus dem Haus geschleift, aber ich habe das Gefühl, als stecke sie da irgendwie mit drin. Sie hat sich im Internet über uns schlaugemacht.«

»Was? Wann?« Tim errötete.

»Zweifellos ist sie sehr geübt darin, im Unterricht heimlich zu simsen. Aber keine Sorge. Ich habe ihre Social-Media-Feeds und SMS überprüft, sie hat kein Wort darüber verloren, wie sie ihren Samstag am Fluss verbringt.«

»Du hast ihr Handy konfisziert?«

»Sie hat etwas gesagt, was mir zu denken gegeben hat.« Während mein Blick zum Wohnzimmer ging, wo Jade sich jetzt – mit dem Kopf auf dem Schoß ihres Dad – auf dem Sofa eingerollt hatte, gab ich wieder, was sie in der Küche gesagt hatte.

Ich weiß, was sie getan hat, wiederholte Tim. »Bezieht sich das auf Bebe oder Abella?«

»Weiter sind wir nicht gekommen. Aber von ihrem Fenster aus hat sie eine gute Sicht auf den Schuppen.«

Tim strich sich übers Kinn. Ich konnte ein bisschen Ermunterung vertragen. Ich wollte von ihm hören, dass dies alles äußerst verdächtig war und wir Vorsicht walten lassen sollten. Ich suchte nach einer Bestätigung dafür, dass mindestens eine Person hier auf der Insel wahrscheinlich ein gefährlicher Krimineller war.

Stattdessen sagte Tim: »Das könnte von Bedeutung sein, wenn Jasper tatsächlich etwas zugestoßen ist.«

»Wenn?«

»Bis jetzt ist nicht einmal bewiesen, dass das Blut von ihm stammt.«

»Das hatten wir schon«, sagte ich, lauter als beabsichtigt. »Das Blut ist in seinem Bett. Der Mann ist verschwunden. Bei diesem verfluchten Sturm…«

»Schon gut, schon gut.« Tim hielt beschwichtigend die Hände hoch. »Ich spiele hier nur den Advocatus Diaboli. Das muss ich, weißt du?«

»Nein, weiß ich nicht.«

»Klopf, klopf.« Miles, der eben noch im Wohnzimmer gesessen hatte, stand auf einmal in der Tür. »Entschuldigen Sie die Störung«, sagte er, »aber hätten Sie wohl einen Moment Zeit?«

Nach meiner Auseinandersetzung mit Bebe rechnete ich damit, dass mir Miles die Hölle heißmachen wollte. Erst vor wenigen Stunden hatte er mich wissen lassen, dass er praktizierender Anwalt war. Jetzt kam er zu uns in die Bibliothek. Ich hätte mich eigentlich sofort wieder mit Abella befassen sollen, doch ich wollte auch wissen, wie es tatsächlich um die Beziehung dieses Ehepaars stand, also lächelte ich den Mann aufmunternd an.

Miles kam sofort zur Sache. »Wie ich höre, haben Sie sich mit meiner Frau und meiner Tochter unterhalten.«

»Falls man es so nennen kann«, sagte ich.

»Sie waren nicht kooperativ?«

»Nicht im Mindesten«, sagte ich. »Ihre Tochter hat heimlich ihr Handy benutzt, gegen unsere ausdrückliche Anweisung.«

Miles nickte. Er schien nicht überrascht zu sein. »Hat das Ihre Ermittlungen beeinträchtigt?«

Ich war mir nicht sicher, was ich darauf antworten sollte. Jade hatte niemandem mitgeteilt, dass Jasper verschwunden war. Bis jetzt war das Verbrühen meiner Hand ihr schwerstes Vergehen. »Darum geht es nicht Mr. Byrd.«

»Nein, natürlich nicht.« Miles seufzte. »Die Jugend.«

»Ist bestimmt nicht ganz leicht mit ihr. Wo ist ihre Mutter?«, fragte Tim.

»Wir haben uns scheiden lassen, als Jade fünf war.«

»Und Sie bekamen das Sorgerecht?«

Miles strafte Tim für diese Frage mit einem vernichtenden Blick. »Und zwar das alleinige. Ich wurde von einem alleinerziehenden Elternteil aufgezogen, und es ist mir nicht schlecht bekommen. Meine Ex-Frau dagegen hat uns wegen eines Mistkerls mit einer Produktionsfirma in L. A. verlassen. Sie hatte einen verheerenden Einfluss auf Jade, sie war besessen von Geld und Status.«

»Nichts für ungut«, erwiderte ich und warf einen vielsagenden Blick Richtung Wohnzimmer, »aber ich bin mir nicht so sicher, ob Sie da einen guten Tausch gemacht haben.«

Es war meine Absicht, ihn zu provozieren und mehr über seine untreue Frau und seine aufmüpfige Tochter aus ihm herauszubekommen. Zu meiner Überraschung lachte Miles. »Können Sie laut sagen. Hätte Camilla nicht darauf bestanden, wären wir dieses Wochenende nicht hier.«

»Camilla? Oder Jade?«, hakte ich nach. »Mir scheint, Jade und Jasper stehen sich ziemlich nahe.«

Miles zwinkerte mir zu. »Sie ist noch ein Kind. Er ist ein sechsundzwanzig Jahre alter Mann, noch dazu ihr Onkel. Sollte Ihnen Jade erzählt haben, sie stünden sich *nahe*, kann ich Ihnen versichern, dass das nur Wunschdenken ist. Er ist ein netter Kerl, deshalb hält er sie bei Laune. Schon möglich, dass sie die Aufmerksamkeit genießt – ich nehme nicht für mich in Anspruch, Mädchen in ihrem Alter zu begreifen –, aber mehr ist da nicht. Glauben Sie mir, zu Hause sind genügend Jungs in ihrem Alter hinter ihr her.«

»Verstehe«, sagte ich. Und wie ich verstand. In einem Atemzug hatte Miles drei verschiedene Argumente ins Feld geführt, um seine Behauptung zu untermauern, dass zwischen Jade und Jasper nichts Verbotenes vor sich gehe. Wo wir schon beim Thema Wunschdenken waren.

»Sie dürfen nicht vergessen, dass sie furchtbar durcheinander ist«, fuhr Miles fort. »So etwas hier kann einem Kind sehr zusetzen – und bei allem anderen, was wir gerade um die Ohren haben. Wir ziehen nächste Woche um.«

»Ach ja?«, fragte Tim.

»Bebe und ich trennen uns.« Miles wirkte gleichermaßen bedrückt und sauer, als er dies sagte.

Ich vermied es, Tim einen Blick zuzuwerfen. Miles brauchte nicht zu wissen, dass diese Information möglicherweise wichtig für uns war. »Tut mir leid, das zu hören«, erwiderte ich. »Darf ich fragen, wieso?«

»Selbstverständlich. Meine Frau betrügt mich mit Ned Yeboah.«

Ich konnte meine Überraschung nicht verbergen. Ich sah Miles mit großen Augen an. Der rückte sich die Brille zurecht, und obwohl er kühl und sachlich gesprochen hatte, bemerkte ich den Schweißfilm auf seiner Nase.

»Deshalb komme ich ja zu Ihnen«, fügte er hinzu. »Ich weiß, dass Bebe sich dagegen sträubt, mit Ihnen zu reden, aber ganz ehrlich, das ist mir scheißegal. Ich denke, Sie sollten Bebe befragen. Und ich wäre sehr gern dabei.«

Am liebsten hätte ich Tim ins Ohr gezischt: *Hast du das gehört?* Doch stattdessen sagte ich: »Mr. Byrd, glauben Sie, Bebe weiß etwas über Jaspers Verschwinden, das sie uns nicht sagt?«

»Ich glaube es nicht nur, ich weiß es. Und um Jaspers und meiner Tochter willen und zum Wohl aller hier auf dieser Insel wird es Zeit für Bebe, reinen Tisch zu machen.«

Falls Bebe tatsächlich Informationen zurückhielt, leuchtete mir nicht ein, warum es sie zum Reden bringen sollte, wenn Miles anwesend war, erst recht, wenn sie gerade dabei waren, sich zu trennen, doch falls wir auf diese Weise endlich Hinweise bekämen, die uns bei der Suche nach Jasper halfen, wollte ich dem Mann gern entgegenkommen. »Ich habe kein Problem damit«, sagte ich. »Bringen Sie sie zu uns?«

»Gut«, sagte Miles und verließ den Raum.

Tim und ich tauschten Blicke.

Tim pfiff leise durch die Zähne. »Seltsamer Auftritt«, sagte er. »Wie stehen die Chancen, dass sie etwas ausspuckt?«

Ich zuckte die Achseln. »Nicht sehr hoch, würde ich sagen. Aber einen Versuch ist es wert.«

»Wenigstens gibt's dazu Kaffee, oder?«

Ich erwiderte Tims Lächeln nicht. Ich musste an Abella denken. Ich musste mich entscheiden, welches Gespräch Vorrang hatte. Andererseits hatte ich Zeit. Wie hatte Tim gesagt? *Das kann warten.* Ich beherzigte den Hinweis und schickte Tim ins Wohnzimmer zurück, um als Erstes das unglückliche Ehepaar zu befragen.

SECHZEHN

NORMALERWEISE ZIEHE ICH ES vor, Zeugen allein zu befragen, keine Ablenkung, keine Störung. Doch hier und da kann es auch Vorteile haben, sie sich in Gruppen vorzunehmen. Schon wie die Personen miteinander agieren, kann sehr aufschlussreich sein. Manche Zeugen stacheln einander an, und genau darauf hoffte ich bei Bebe und Miles.

Gleichzeitig machte ich mir keine Illusionen – Jaspers Schwester würde es uns nicht leicht machen. Sie trug die Nase sehr hoch und schien davon überzeugt zu sein, tun und lassen zu können, was sie wollte, und sich ansonsten um nichts und niemanden scheren zu müssen. Auf der butterweichen Ledercouch in der Bibliothek schlug Bebe die Beine übereinander und starrte mich missmutig an. Als Miles neben ihr auf der Couch Platz nahm, wahrte er größtmöglichen Abstand. Augenblicklich herrschte eine angespannte Atmosphäre im Raum.

Ich hatte gerade die Tür geschlossen, als in meiner Tasche das Handy klingelte. McIntyre. Wer sonst. Wahrscheinlich hatte sie etwas über unsere Zeugen mitzuteilen. Es juckte mich in den Fingern, einen Blick auf ihre Nachricht zu werfen, doch dafür war im Moment keine Zeit.

»Ich möchte festhalten, dass ich gezwungenermaßen hier sitze«, erklärte Bebe und warf dabei Miles einen vielsagenden Blick zu.

Bevor wir uns setzten, hatte Norton jedem von uns einen Kaffee gebracht, und während Bebes Tasse unangetastet auf dem Tisch stand, trank Miles seinen genüsslich und geräuschvoll, während er über den Tassenrand hinweg seine künftige Ex beäugte. »Ich habe nicht das geringste Interesse daran, mit Ihnen über meinen Bruder zu reden.«

»Zur Kenntnis genommen. Wir folgen hier nur der üblichen Verfahrensweise, Mrs. Sinclair. Wir benötigen nähere Einzelheiten zum Zeitablauf. Also.« Ich legte den Zeigefinger meiner gesunden Hand an die Lippen, als müsse ich erst überlegen. »Gestern. Miles und Jade sind vor Ihnen auf der Insel eingetroffen. Richtig?«

Sie stieß einen genervten Seufzer aus. Bebes Make-up, zwei Nuancen zu hell und mit dem Spachtel aufgetragen, hatte schon mal frischer ausgesehen. Wenn sie sprach, bildeten sich um die Mundwinkel tiefe Falten. »Welch bestechende Logik.« Bebes Stimme erinnerte an eine Jazzclub-Sängerin, rauchig und sexy. Während sie sprach, strich sie sich eine Strähne ihres kurzen glänzenden Haars hinters Ohr, und mir schoss der Gedanke durch den Kopf: *Da kommt kein Billigshampoo dran.* Ihr Gesicht hatte nichts von Jaspers scharf geschnittenen Zügen, sie ähnelte eher Flynn, mit den großen Lippen und der kräftigen Nase. Man konnte getrost sagen, dass Jasper seine Geschwister auch in puncto Aussehen schlug.

»Und Sie sind mit Ned hergekommen?«, fragte ich weiter.

»Er war zufällig gerade im Büro, um seinen Scheck abzuholen. Wir waren beide aufbruchbereit, also sind wir zusammen gefahren. Glauben Sie mir, ich wäre liebend gerne früher gekommen, um mehr Zeit mit Nana zu haben, aber ich hatte noch zu arbeiten.«

Ich hatte, seit wir hier waren, kein einziges Mal gesehen, wie Bebe Camilla auch nur zur Kenntnis genommen, geschweige denn sich mit ihr unterhalten hätte. »Kommen wir zu gestern Abend. Sie haben Cocktails getrunken. Ist Ihnen da etwas Ungewöhnliches aufgefallen?«

»Die Cocktails waren köstlich wie immer.«

»Unabhängig von den Cocktails.«

Wieder dieser Seufzer. »Wir haben unsere Pflicht getan und mit Abby geplaudert. Philip hat zum Abendessen Schweinebraten mit Trockenpflaumen serviert und Obstkuchen zum Dessert. Ein ganz gewöhnlicher Abend auf Tern Island.«

»Bei Ihrer Unterhaltung mit Abella kam die Idee zur Sprache, dass sie vielleicht für Sie arbeiten soll, richtig?«

Bebe lachte, doch dann verfinsterte sich ihre Miene. »Ich bitte Sie. Nana hat nur Spaß gemacht. Es war noch nie eine gute Idee, Geschäftliches und Privates zu vermischen. Zweifellos weiß das auch Abby.«

Von einer Frau, die mit einem ihrer Angestellten schlief, war dies eine absurde Bemerkung, doch ich ließ sie so stehen. »Und nach dem Essen?«

»Bin ich schlafen gegangen.«

»Zusammen?«, hakte ich nach und nahm sie beide abwechselnd ins Visier.

Sie schob das Kinn vor. »Ich bin als Erste hochgegangen. Es ist anstrengend mit ihm.«

Miles zuckte die Achseln.

»Kam Ihnen Jasper gestern ganz normal vor?«, fragte ich. »Oder haben Sie irgendetwas Ungewöhnliches gesehen oder bemerkt?«

»Das hier ist reine Zeitverschwendung. Ich habe mit Jaspers Abwesenheit nichts zu tun.«

Abwesenheit. Eine seltsame Wortwahl für eine Schwester, deren kleiner Bruder verschwunden ist. Es klang so, als sei Jasper nach Hause gefahren, um Netflix zu sehen und zu chillen. »Was glauben Sie, wo er ist?«, fragte ich.

»Wenn ich raten soll, würde ich sagen, er hatte von Abby genug und ist nach New York zurückgekehrt.«

»Mit einer ernsten Verletzung? Ohne Ihnen Bescheid zu geben?«

»Mein Bruder ist ein großer Junge. Er kann selbst auf sich aufpassen.«

»Wieso wurden wir dann gerufen?«

»Das war Nanas Idee. Sie macht sich immer gleich Sorgen.«

»Und Sie sorgen sich nicht um Ihren Bruder?«

»Nein«, antwortete Bebe. »Sind Sie überhaupt sicher, dass das da oben echtes Blut ist? Mein Bruder hat einen Hang zur Theatralik.«

Ich legte den Kopf schief. »Moment mal. Wollen Sie damit andeuten, Jasper habe eine Verletzung nur inszeniert?« Die Idee war fast so hirnrissig wie Tims Theorie über Abellas weibliche Unpässlichkeit. Ich sah Miles an, der sich grinsend zurücklehnte. Er schien sich zu amüsieren.

»Woher soll ich das wissen?«, fragte Bebe. »Ich wünschte nur, Sie würden uns in Ruhe lassen, dann könnten wir die Sache unter uns klären.«

»Wir ermitteln hier in einem Vermisstenfall, doch Norton hat Jaspers Verschwinden als Mordfall gemeldet.«

»Auch das war Nanas Idee. Philip tut einfach immer, was sie sagt.«

»Jeder andere hier, mit dem ich bis jetzt gesprochen habe, scheint davon auszugehen, dass Jasper etwas zugestoßen ist. Sie sehen das anders?«

»Wie oft muss ich mich noch wiederholen? Ja, ich sehe das anders. Es ist sehr gut möglich, dass er abgehauen ist, und wir dürfen jetzt die Suppe auslöffeln. Es gibt Jasper einen Kick, uns zu quälen.«

»Uns?«

»Mich«, erklärte Bebe, »und Flynn. Würde mich nicht wundern, wenn die Sache von Jasper als übler Scherz gemeint wäre. Wahrscheinlich wartet er nur, bis wir uns so richtig mies und schuldig fühlen, und taucht dann lachend wieder auf. Was für ein Spaß, haha.«

Ich musste erst verarbeiten, was sie sagte. Norton hatte Jasper am Morgen als vermisst gemeldet. Der Nordostwind hatte am gestrigen Nachmittag eingesetzt. Da war das Skiff noch im Bootshaus. Lag Tim am Ende doch nicht so falsch? Könnte jemand Jasper zum Ufer gebracht haben, bevor das Unwetter schlimmer geworden war? War der Mann womöglich doch wohlauf und versteckte sich irgendwo? Wieder meldete sich mein Handy mit einer SMS. Wieder zwang ich mich, es zu ignorieren.

Im Boot, bei unserer Überfahrt nach Tern Island, hatte Tim gesagt, auf einer Insel gebe es einfachere Möglichkeiten, sich umzubringen. Folglich gab es auch einfachere Möglichkeiten, seinen eigenen Tod vorzutäuschen. Unmöglich war es jedenfalls nicht. Doch falls das alles tatsächlich nur ein übler Streich war, auf den Bebe und Flynn hereinfallen sollten, hätte Jasper dann wirklich seine Freundin mitgebracht? Wieso das Ganze im Schlafzimmer inszenieren und riskieren, dass der Verdacht auf Abby fällt?

Ich schüttelte unwillkürlich den Kopf. In dem Bett im Obergeschoss war literweise Blut vergossen worden, und es war echt. Der Geruch hing wie Nebel in dem Zimmer. Natürlich war es Jaspers Blut. Oder etwa nicht?

Ich griff nach dem Henkelbecher, den Norton mir hingestellt hatte. Der Familie hatte er vorhin Kaffee mit einem Kännchen Sahne serviert, doch bei meinem hatte er die Sahne in der Küche gleich dazugegeben. Sie schwamm oben auf dem Kaffee, ohne sich zu vermischen, und als ich einen Schluck nahm, schmeckte er seltsam bitter. Irritiert stellte ich den Becher ab. Ich kannte Philip Norton nicht. Wieso sollte ich ihm trauen? Was, wenn er mir irgendetwas in den Kaffee getan hatte?

Ich versuchte, den Gedanken zu verscheuchen. Es war nicht logisch. Es ergab einfach keinen Sinn. Und doch. Es passierte schon wieder. Diesmal war der Flashback physisch. Er fuhr mir wie eine Injektion unter die Haut. Ich fühlte mich schlagartig benommen, und es juckte überall, so als ob tatsächlich eine Droge durch meine Adern strömte.

Ich befand mich in einem fremden Raum, ohne Fenster. Über mir hing eine nackte Glühbirne mit einer Ziehkordel daran, die leicht hin und her schwang und jedes Mal ein leises Klirren von sich gab. Es fühlte sich an, als würde mir jemand den Schädel öffnen und ihn mit heißem Treibsand füllen. Ich schmeckte Blut und merkte, dass meine Lippen spröde und rissig waren.

Wo war ich? Welchen Tag hatten wir? Ich wusste es nicht.

»Shay!«

Ich brauchte eine kleine Ewigkeit, bis ich ihn in jenem grellen Zimmer fand. Bram nahm seine Kuriertasche in die andere Hand und holte eine Flasche Wasser heraus. »Hast du Durst? Hey, hab keine Angst. Wir kennen uns. Erinnerst du dich, Shay?«

»... unser ganzes Berufsleben hindurch für das Familienunternehmen eingesetzt, und da kommt Jasper daher und macht unsere ganze Arbeit kaputt.«

»Was?« Ich blinzelte. Bebes Kopf tauchte in meinem Gesichtsfeld auf, aber ihre Worte ergaben keinen Sinn.

Meditation.

Carson hatte mir für solche Situationen Meditation verordnet. *Die Angst auslösenden Gedanken annehmen, spüren, was sie mit meinem Körper machen, und mich auf meinen Atem konzentrieren.* Dem Kopf etwas geben, worauf er sich fokussieren kann. Diese sprunghaften Assoziationen zur Ruhe bringen.

»Ich sagte, Jasper hat bereits versucht, Sinclair Fabrics zu sabotieren«, wiederholte Bebe, »und jetzt macht er sich daran, unser Privatleben zu sabotieren.«

Ich fixierte mit meinem Blick das Gesicht der Frau, die da auf mich einredete. *Reiß dich zusammen, Shay.* »Sprechen Sie ... bitte etwas langsamer.«

»Zum Mitschreiben?«, konterte Bebe und verdrehte die Augen.

»Sie will damit sagen«, schaltete sich Miles ein, während er mich mit besorgter Miene musterte, »dass sich Jasper nicht an Flynns und Bebes Vorgaben hält und sie darüber stinksauer sind.«

Seit wir zusammensaßen, hatte er kaum ein Wort gesprochen. Offensichtlich erwartete Miles, dass ich mir auf Bebes Darstellung der Situation meinen eigenen Reim machte. Entweder kam sie für seinen Geschmack nicht schnell genug zum entscheidenden Punkt, oder er fürchtete, sie erreichte ihn nie. »Was sie Ihnen verschweigt«, sagte er, »ist die Tatsache, dass das Geschäft, hätte sich Jasper nicht eingeschaltet, bereits pleite wäre.«

Bebe sah ihn entgeistert an. »Das ist gelogen.«

»Nein, ist es nicht.«

»Die Geschäfte laufen nicht gut?«, warf ich ein, als ich endlich wieder zu mir kam.

»Es läuft mal besser, mal schlechter. Im Moment läuft es eher schlecht. Aber das wird schon wieder.« Bebe beugte sich vor, nahm ihre Kaffeetasse, trank einen Schluck, verzog das Gesicht und stellte die Tasse wieder auf den Tisch.

»Ich dachte, Jaspers Werbekampagne hätte sich ausgezahlt. Ned ist ein Star in den sozialen Medien, oder? Das muss sich doch positiv auf ihre Produkte auswirken, oder nicht?«, sagte ich.

»Ned ist gut in dem, was er tut«, sagte Bebe.

»So gut dann offensichtlich doch nicht, wenn die Firma auf Grundeis geht.« Wenn ich bei Bebe etwas erreichen wollte, musste ich sie härter rannehmen. Meine Äußerung zeigte wenigstens eine Reaktion. Bebe strafte mich mit einem tödlichen Blick.

»Komm schon, Bebe«, stichelte Miles, »oder meinst du etwa, sie kriegt es nicht selbst heraus?« Er wandte sich mir zu. »Sinclair

Fabrics steht kurz vor dem Konkurs. Die Konkurrenz ist das Problem. Die Sinclairs werden vom Markt verdrängt.«

Bebe sackte vor Schreck die Kinnlade herunter. »Das ist nur ein kurzer Hype – die Gunst der Stunde. Sie können sich weder mit unserer Palette messen noch mit unserer Expertise.«

»Bebe spricht von einer Firma namens Attitude«, klärte mich Miles auf. »Ein neuer Einzelhändler im Garment District. Die haben eine Partnerschaft mit einer Reality-TV-Show, bei der die Kandidaten in jeder Folge in deren Laden ihre Stoffe einkaufen. Das Firmenlogo von Attitude ist allgegenwärtig. Ihre Umsätze gehen steil nach oben.«

Ein Konkurrenzunternehmen, das den Sinclairs ihr Terrain streitig macht. Jaspers Expertise und Aufgabenbereich waren Marketing und PR. »Ist Jasper deshalb in die Firma eingetreten?«

»Bebe und Flynn haben versucht, aus eigener Kraft den Aderlass zu stoppen. Sie haben es versucht und sind gescheitert«, sagte Miles. »Jasper traute sich zu, den Abwärtstrend aufzuhalten, und tatsächlich hat er die Umsätze kräftig angekurbelt, doch die Firma ist schon zu geschwächt. Jetzt kann nicht einmal Neds umwerfendes Gesicht sie vor dem Abgrund retten. Was für ein Jammer.«

Von alledem hatte Flynn nichts erwähnt. Andererseits war wohl keines der Geschwister der Typ, der zugeben würde, versagt zu haben, schon gar nicht, wenn ihr kleiner Bruder glänzte. Wie hatte Camilla gesagt? *Jasper fallen die Dinge leichter. Das belastet ihre Beziehung.* Bebe und Flynn mochten Hilfe bitter nötig gehabt haben, allerdings konnte ich mir nicht vorstellen, dass sie begeistert davon waren, sie von ihrem kleinen, erfolgsverwöhnten Bruder zu bekommen.

»Was dich allerdings nicht davon abgehalten hat, Ned zu zeigen, wie sehr du seine Hilfe zu schätzen weißt«, bemerkte Miles mit einem Seitenblick auf seine Frau. Mit anzüglichem Unterton fügte er hinzu: »Ned ist einfach so *gut* bei dem, was er tut.«

»Halt den Mund«, sagte Bebe. »Halt einfach die Klappe.«

Miles wandte sich wieder mir zu. »Auch wenn Bebe sich um Jasper keine Sorgen macht«, sagte er, »ich schon, und meine Tochter auch. Es könnte sich ein Mörder in diesem Haus befinden, und ich werde nicht dasitzen und warten, bis er wieder zuschlägt. Du hattest deine Chance, Bebe. Du hättest es ihnen in dem Moment sagen sollen, als sie zur Haustür hereinkamen. Wenn du's ihnen jetzt nicht sagst, dann tu ich's.«

Mit zusammengekniffenen Augen hatte ich seiner Tirade gelauscht. Erst vor wenigen Minuten hatte Miles geklungen, als verursache ihm Jaspers Entführung ungefähr denselben Stresspegel wie ein Umzug. Jetzt auf einmal lauerte irgendwo ein Mörder hinter den Gardinen, und er und Jade zitterten vor Angst.

»Lass das«, sagte Bebe und grub sich die Fingernägel in die Knie. »Ich warne dich, Miles.«

»Himmel, Bebe, ihr konntet nicht einmal damit warten, bis ihr wieder in New York seid. Ihr musstet es hier treiben, in Sichtweite des Hauses, wo euch die ganze Familie zusehen konnte. Also ehrlich, man sollte doch annehmen, dass jemand, der den Liebhaber des eigenen Bruders vögelt, ein bisschen diskreter ist.«

»Du Mistkerl«, fauchte Bebe. »Du widerlicher Mistkerl.«

»Oder war das ein besonderer Kick? Törnt dich das an, dieses Risiko? Sie hat dich *gesehen*. Jade hat dich mit Ned gesehen.«

Jades Zimmer mit dem Fenster zum Schuppen. *Ich weiß, was sie getan hat.* Jade meinte also Bebe.

Als Bebe den Kopf schüttelte, klebten ihr ein paar Haarsträhnen an der Stirn. Sie schwitzte. Sie hatte Angst. Und Miles war noch nicht fertig mit ihr.

»Und wissen Sie, was Jade noch gesehen hat? Sie hat Jasper gesehen, draußen auf dem Rasen. Du hast ihn auch gesehen, stimmt's? Du und Ned, ihr beide. Und Ned konnte nicht zulassen, dass er Bescheid weiß. Er konnte nicht riskieren, dass Jas zu Flynn läuft und es ihm erzählt.«

Es war faszinierend, Bebe zu beobachten. Ihre Augen wurden immer größer, während in ihrem Gesicht jeder Muskel erschlaffte.

»Ned würde nie jemandem wehtun. Niemals.«

»Und was ist mit Flynn? Was würde er tun, wenn er das mit euch herausbekäme? Na ja, mit Sicherheit ahnt er längst etwas. Ihr seid gemeinsam gekommen, und wie du ständig um Ned herumscharwenzelst ... Aber was, wenn er plötzlich den Beweis hätte? Flynn ist nicht gerade ein Meister der Selbstbeherrschung, oder? Du weißt, was Ned ihm bedeutet, welche Angst er hat, ihn zu verlieren. Er würde euch beide in Stücke reißen. Und natürlich wäre das auch das Ende für dich in der Firma«, fuhr Miles fort. »Ausgerechnet jetzt, wo Attitude euch so zusetzt, kann sich der Laden keinen Skandal leisten. Du und Ned, ihr würdet so schnell rausfliegen, dass euch der Kopf schwirrt. Ned kann das egal sein. Der ist ja schon von sich aus mit einem Bein draußen. Aber dein Ruf wäre ruiniert, das weiß auch Ned. Hat er dir gesagt, er würde dich vor alledem beschützen? Hat er dir gesagt, Jas müsse dafür sterben? Oder ist er über den Punkt diskret hinweggegangen?«

Ich wusste nicht, in welcher Anwaltssparte Miles arbeitete, doch ich hätte gewettet, dass er über reichlich Erfahrung als Prozessanwalt verfügte. Er wartete gespannt auf Bebes Reaktion. Sie war in seine Falle getappt, und er wusste es.

»Sie sehen also, weshalb ich beunruhigt bin«, sagte Miles, an mich gewandt, und schlug die Beine übereinander. »In den letzten vierundzwanzig Stunden hat Jasper seinen besten Freund dabei beobachtet, wie er seine Schwester vögelt, und danach ist er plötzlich spurlos verschwunden. Wenn Sie mich fragen, ist das reichlich Grund zur Sorge, finden Sie nicht?«

»Ned könnte Jasper kein Haar krümmen«, wiederholte Bebe. Sie sah elend aus.

»Sind Sie sich da sicher?«, nahm ich Miles' Stichwort auf. »Bei Ihren Gefühlen zu Ned sind Sie vielleicht nicht objektiv. Im Moment mögen Sie glücklich miteinander sein. Sie legen für Ned die Hand ins Feuer und er gewiss für sie. Aber nüchtern betrachtet, stellt sich tatsächlich die Frage, Mrs. Sinclair: Sind Sie in das Verschwinden Ihres Bruders involviert?«

»Soll das allen Ernstes heißen, Sie hören auf *ihn*?«, fragte Bebe. »Soll ich Ihnen sagen, wer sich hier von seinen Gefühlen leiten lässt? Miles ist wütend auf mich, und seine Lösung ist es, Ned einen Mord anzuhängen. Ich bin mit ihm fertig! Übrigens nicht wegen Ned, sondern weil Miles ein egoistisches Arschloch ist, das mich nur wegen meines Geldes geheiratet hat.«

»Was für Geld?«, hielt Miles mit ungerührter Miene dagegen.

Wieder vibrierte das Handy in meiner Tasche. Noch eine SMS. Allmählich machte ich mir Sorgen. Falls McIntyre Neuigkeiten für mich hatte, sollte sie mir einfach eine Nachricht schicken und mich fragen, ob ich gerade ungestört sprechen könne. Irgendwas war da los, aber ich konnte bei Bebe und Miles nicht einfach auf den Aus-Knopf drücken. Was sich hier gerade abspielte, war besser als diese Talkshows mit Geraldo, die ich als Kind mit meiner Mutter gesehen hatte, und es brachte mich der Lösung näher.

»Das ist absurd«, sagte Bebe. »Wenn Sie hier schon jemanden verdächtigen wollen, dann befragen Sie Abby – oder Bella – oder wie auch immer sie heißt. Jasper kennt sie kaum, und sie muss jeden Moment das Land verlassen. Sie hat nichts zu verlieren.«

»Jasper kennt sie offenbar besser, als Sie glauben, wenn man bedenkt, dass er drauf und dran war, ihr einen Heiratsantrag zu machen.«

Bebe und Miles tauschten einen Blick. Es war eine unwillkürliche Geste aus besseren Tagen. »Wer sagt das?«, fragte Bebe.

»Ich glaube, Jade.«

Plötzlich herrschte eisiges Schweigen, das mir sagte, was ich wissen wollte. Jade war in Jaspers Lebenssituation eingeweiht, und das wiederum war in der Familie kein Geheimnis. Die Erwähnung ihres Namens genügte. Jasper und Jade waren Freunde, und er vertraute ihr. Jasper plante tatsächlich, der jungen Frau, die jetzt, mit seinem Blut an den Kleidern, im Wohnzimmer saß, einen Heiratsantrag zu machen. Nachdem Jasper ihr sein Geheimnis anvertraut hatte, musste sie damit sofort zu Ned gelaufen sein. Und wieso hatte Ned es nicht Bebe weitererzählt? Auf wessen Seite stand Ned? Dasselbe hätte ich gern über Jade gewusst. Man hätte erwarten sollen, dass sie sich an ein Familienmitglied gewandt hätte, um zu erzählen, was sie wusste, stattdessen ging sie zu einem Mann, den sie kaum kannte.

Und noch etwas fiel mir ein, etwas, das die Dinge noch komplizierter machte. Laut Miles hatte Jade ihm gesagt, sie habe gesehen, wie sich Bebe und Ned in den Schuppen geschlichen hätten. Falls Jade und Jasper sich so nahestanden, dass er ihr seine Pläne mit dem Heiratsantrag offenbarte, musste man erwarten, dass Jade umgekehrt Bebe und Ned bei Jasper angekreidet hatte. Auch wenn nicht Jasper in dem Regenmantel gesteckt und durch das Fenster in den Schuppen gespäht hatte, wusste Jasper zweifellos, was vor sich ging.

Ich holte tief Luft, sah zum Fenster. Es war noch nicht einmal Abend, aber hinter den Scheiben schien bereits bleierne Nacht zu herrschen. Auch im Zimmer war es dunkler geworden. Bebe und Miles saßen im Zwielicht da. Ich hätte gerne eine Lampe angemacht, um ihre Mimik besser zu sehen, aber ich wagte es nicht. Ich wagte nicht, mich zu rühren.

»Wer war es also?«, fragte ich mit Blick ins Leere. »Ich denke, wir wissen alle, dass Jasper diese grausige Szene da oben nicht einfach inszeniert hat. Jemand hat ihm eine stark blutende Wunde zugefügt. War es also – Ned oder Abella? Oder ...« Ich wandte mich Bebe zu. »Oder Sie?«

Sie stieß ein erschrockenes Lachen aus. »Von mir aus können Sie noch die ganze Nacht hier sitzen und sich lächerliche Theorien ausdenken. Ich gehe.«

Als sie aufstand, stieß Bebe meinen vollen Kaffeebecher zu Boden. Die Flüssigkeit bildete auf dem alten Teppich dunkle Flecken.

»Nana wird entzückt sein, wenn sie das sieht«, bemerkte Miles. »Setze es am besten auf deinen Beichtzettel.«

Bebe fuhr herum. Sie sah Miles mit blankem Entsetzen ins Gesicht. »Wage es ja nicht, auch nur daran zu denken.«

»Würde auch keinen Unterschied machen. Sie verachtet dich auch so.«

Ich beobachtete sie aufmerksam. Bebe war von einer Sekunde zur anderen wie ausgewechselt. Ihre forsche Selbstsicherheit wich panischer Verzweiflung. »Bitte, Miles, das darfst du nicht. Sag's von mir aus Flynn, aber nicht Nana.«

Irgendetwas entging mir hier. Camilla mochte die Affäre nicht gutheißen, aber Bebe stand ihr nicht nahe, so wie Jasper. Was konnte ihr schlimmstenfalls passieren, falls Camilla Wind davon bekam?

»Mrs. Sinclair«, fing ich vorsichtig an. »Ich sollte Sie warnen. Im Zuge dieser Ermittlungen ist es wohl nicht zu vermeiden, dass Ihre Großmutter von Ihrer Beziehung zu Mr. Yeboah erfährt.«

Sie wirbelte zu mir herum. »Nein! Das lasse ich nicht zu. Das wäre zu viel für sie. Jasper, und all das Blut ... Das wäre zu viel für sie.«

Ich sah Camilla vor mir. Ihr ausgemergeltes Gesicht. Die Erkenntnis traf mich wie ein Eimer kaltes Wasser. »Camilla ist krank.«

»Krebs«, sagte Bebe und nickte. »Ihr bleiben nur noch wenige Wochen. Meine arme, arme Nana.« Sie legte ihren ganzen Kummer in ihren Blick.

Camilla hatte also nicht mehr lange zu leben. Deshalb hatte Jasper Abella auf die Insel mitgebracht, und deshalb hatte Camilla darauf bestanden, dass auch alle anderen kämen. Vielleicht hatte sie sich davon erhofft, sie miteinander zu versöhnen. Doch nach allem, was ich über Camillas drei Enkel wusste, musste ihr selber klar sein, dass sie ihr höchstens etwas vorspielen würden. Das erklärte auch die Anwesenheit von Miles und Jade, obwohl Miles und Bebe sich trennten. Sie waren alle noch einmal zusammengekommen, weil Camilla sie darum gebeten hatte.

Bebe wollte ihrer Großmutter unnötige Aufregung ersparen – oder nur nicht ihren Zorn auf sich lenken? Bebe und Flynn kamen – anders als Jasper – in New York nicht mit Camilla zusammen. Dafür wäre Bebe gern früher auf die Insel gekommen und bestand darauf, dass wir Camilla schonten und Bebes Affäre verschwiegen. Auch Flynn hatte bei seiner Ankunft als Erstes Camilla einen Besuch abgestattet. Offenbar setzten sie jetzt, da sie starb, alles daran, sich mit ihrer Nana gutzustellen.

»Jasper ist von uns gegangen, Bebe«, sagte Miles gleichmütig. »Am Ende kommt ja doch alles raus. Tut es immer.«

Während ich in meine Tasche griff, um mein Handy herauszuholen, hoffte ich inständig, dass er recht behalten würde.

SIEBZEHN

VON UNS GEGANGEN. Für mich hat diese Ausdrucksweise eine andere Bedeutung als für die meisten. Natürlich sind alle Mordopfer für immer von uns gegangen, und ich werde sie nie kennenlernen, so ist das nun mal. Ich kann nur alles daransetzen, dass dasselbe Schicksal jemand anderem erspart bleibt. Der Tod holt die Opfer schnell und gibt sie nicht wieder her. Einer verschwindet, der andere grinst hämisch darüber.

Aber das ist nicht alles. Denn auch ich war verschwunden. Für meine Familie, die Medien, sogar die Polizei war ich so verschwunden, wie man nur verschwunden sein kann – mit dem einzigen Unterschied zu den anderen, dass ich zurückkam.

Miles glaubte ganz offensichtlich, dass Jasper tot war, und er hatte Ned schwer belastet. Die Geschichten, die ich von Abella und von Miles über den Vortag gehört hatte, deckten sich – von Flynns Wutausbruch bis zur Verabredung im Schuppen.

Was mich nur umso hellhöriger machte. Neds und Bebes Geheimnis besaß genügend Sprengkraft, um die ohnehin schon labile Familie vollends zu zerreißen. So etwas hielt man mit aller Macht unter Verschluss. Wer also hatte das Brecheisen angesetzt? Wenn Flynn die Sache erfuhr, würde das für Ned nichts Gutes bedeuten. Daran gab es keinen Zweifel. Aber wie stand es mit Bebe? Sie hatte nicht weniger Grund zur Panik und jede Menge harmlose

Erklärungen für Jaspers Verschwinden. Diese Frau, die ihren Bruder mit dessen Partner betrog, während der arbeitete, war vielleicht auch zu einem Verbrechen fähig.

Und auch Flynn hatte ich noch nicht abgeschrieben. Abella zufolge ließ er keine Gelegenheit aus, Jasper zu schikanieren. Falls er sich über Jaspers halbwegs erfolgreiche Versuche, das Familienunternehmen zu retten, ärgerte, vielleicht aber auch nur über dessen glückliche Beziehung, war Flynn eine Kurzschlusshandlung zuzutrauen. Er hatte sofort versucht, Jaspers Verschwinden Abella anzuhängen. Sollte er es gewesen sein, wäre es nur naheliegend, Abella zu beschuldigen.

Als Miles und Bebe die Bibliothek verließen, war es schon nach vier, und ich hatte endlich Gelegenheit, mein Handy zu überprüfen. Ich hatte mir Hoffnung gemacht, dass McIntyres Nachrichten eine spektakuläre Enthüllung über Ned Yeboah, den ehrgeizigen, bisexuellen New Yorker YouTuber, enthielten, den es so mächtig zu Bebe drängte, dass er sie in einem eiskalten Schuppen über einen Sägebock warf. Doch zu meiner Überraschung erschien Carsons Name auf dem Display und nicht Maureen McIntyres.

Es gab Zeiten, besonders in den letzten Wochen, da gab mir Carson das Gefühl, über mich zu wachen wie ein Vater über sein Kind. Er sagte, es sei zu meinem eigenen Besten, und vielleicht war es das ja auch, doch es gefiel mir nicht, dass er mich mitten in einem Fall zu erreichen versuchte. Er hatte seinen Standpunkt klargemacht. Was nützte es, wenn er mich fortwährend daran erinnerte, dass bei mir jederzeit die Sicherungen durchknallen könnten. Konnte er mir nicht wenigstens die Chance geben, ihm das Gegenteil zu beweisen? *Sei nachsichtig mit ihm, Shay.* Immer wenn mich Carson mit seiner Gängelei ärgerte, rief ich mir ins Gedächtnis, was er für mich getan hatte. Carson hatte mich gerettet. Streng genommen verdankte ich ihm mein Leben. Und so schluckte ich meinen Frust hinunter und scrollte durch seine Nachrichten.

Hab über Tim nachgedacht, lautete seine erste SMS. *Du hast recht wegen der Hochzeit. Wir laden ihn doch besser nicht ein.*

Ist keine gute Idee, fuhr Carson fort. *Ist eine alte Tradition, dass die Freunde des Bräutigams alte Geschichten hervorkramen und einen in die Pfanne hauen oder was weiß ich.*

Wir haben einiges zusammen erlebt. Tim würde mich liebend gern auf die Schippe nehmen.

Hat was mit Eifersucht zu tun.

Er ist der Typ.

Kein Gruß, nichts. Die Nachrichten waren mir ein Rätsel. Woher der plötzliche Sinneswandel? Ich konnte mir nicht vorstellen, dass Tim wirklich peinliche Geschichten über Carson zum Besten geben würde. Nach meiner Kenntnis hatten sich die beiden schon seit Jahren nicht mehr getroffen. Und nun sollte Tim vor hundert Leuten aufstehen und einen Mann in die Pfanne hauen, zu dem er seit Jahrzehnten keinen Kontakt hatte? Nie im Leben!

Ich rechnete nicht mit einer Antwort von Carson, als ich ihm zurückschrieb.

Okay, dann streich ihn von der Liste, simste ich, obwohl Tim gar nicht draufstand. Ich wollte mir jetzt keine Gedanken darüber machen. Ich musste mich ganz und gar auf den Fall konzentrieren.

Als ich auf »Senden« drückte, meldete er sich im selben Moment zurück.

Gut, schrieb Carson. *Sei vor ihm auf der Hut. Er könnte versuchen, dich gegen mich einzunehmen.*

Für mich wäre die Sache erledigt gewesen, doch bei der letzten SMS stutzte ich.

Was? Welchen Grund sollte er in drei Teufels Namen haben, das zu tun? Ich war schneller im Tippen als Carson, daher war die Zeit, die danach verstrich, eine Qual. Endlich erschien seine Antwort.

Eifersucht, wie gesagt. Für den Mist, den wir als Kinder gebaut haben, hat er die Prügel eingesteckt. Und wie stehen wir beide heute da ...

Du meinst, du bist reich und stellst was dar, und er ist nur ein kleiner Cop?, dachte ich, während ich schrieb: *Das ist Tim nicht wichtig.* Noch während ich tippte, fragte ich mich allerdings, woher ich das wissen wollte. Zwar steckte Tim sein Gehalt offensichtlich nicht in Designerklamotten und Luxuskarossen, andererseits schien ihn das Ambiente der Sinclairs beeindruckt zu haben. Und er wusste eine Menge darüber zu erzählen, wie reiche Familien ihr Geld unter die Leute brachten. Vielleicht nagte es ja an ihm, dass Carson in New York groß rausgekommen, er selbst dagegen in Alexandria Bay hängen geblieben war.

Ich verstehe, dass er dein Kollege ist und du willst, dass es zwischen euch gut läuft, aber dem Mann ist nicht zu trauen. Tut mir leid, ich erklär's dir, wenn du heimkommst. Aber bitte glaube mir. Ich sage die Wahrheit.

Nicht zu trauen? Vor gerade mal zehn Stunden war Carson noch »Timmys« größter Fan gewesen und wollte, dass er an dem bedeutsamsten Tag unseres Lebens teilnahm. Auch wenn ich Tim erst seit ein paar Monaten kannte, passte Carsons seltsame Unterstellung nicht zu meinem persönlichen Eindruck von ihm. Oder hatte ich nur nicht genau genug hingesehen? Bei dem, was Carson da über ihn schrieb, bekam ich ein flaues Gefühl im Magen. Allerdings wollte ich, dass unsere Partnerschaft funktionierte. Konnte es sein, dass ich Tim die ganze Zeit falsch eingeschätzt hatte?

Sei einfach auf der Hut, schrieb Carson, nun schon zum zweiten Mal an diesem Tag. *Versprich's mir. Auch wenn du glaubst, du hättest da draußen auf der Insel alles im Griff, vergiss bitte nicht, was du durchgemacht hast.*

Carson hatte vor dreizehn Monaten, an dem Tag, an dem wir

uns kennenlernten, als ich zum ersten Mal zu ihm in Behandlung ging, gesagt: »Typischerweise zieht ein solches Trauma bei Erwachsenen eine von zwei Reaktionen nach sich. Ganz oben auf der Liste steht ein emotionaler Respons – Schock, eine dissoziative Störung, das heißt, Abspaltung, Hoffnungslosigkeit. Aber es kann sich auch sozial auswirken. Obwohl die Opfer während ihrer Gefangenschaft von der Außenwelt abgeschnitten waren, zeigen sie nach ihrer Befreiung häufig eine Rückzugstendenz, sogar von den engsten Angehörigen und Freunden. Und selbst in Gesellschaft kann es zu einem starken Gefühl der Vereinsamung kommen. Ich weiß, wie wenig plausibel das klingt, aber für diese Art psychischer Verletzung ist es der klassische Fall. Sie werden sich verloren, im Stich gelassen fühlen. Haltlos.«

Beim Betreten von Dr. Carson Gates' Praxis am Junction Boulevard war ich darauf gefasst gewesen, seelisch seziert zu werden, doch als mir Dr. Gates – nachdem er sich meine Geschichte angehört und mir versprochen hatte, immer zu mir zu stehen – erklärte, ich würde wohl bis ans Ende meiner Tage mit den schmerzlichen Folgen zu leben haben, fühlte ich mich wie erschlagen. Ich weiß noch, wie ich dachte: *Na, toll, dieser hübsch anzusehende Polizeipsychologe wird den Albtraum, den ich nur knapp überlebt habe, zur Fallstudie machen.* Noch bevor ich wieder in der U-Bahn saß, war ich überzeugt, dass er schon entschieden hatte, bei welcher psychologischen Fachzeitschrift er die Titelstory bekommen würde.

Ich war drauf und dran gewesen, die Reißleine zu ziehen und mich allein durch die schmerzlichen Folgen zu kämpfen und nur pro forma bei ihm mitzuspielen – *du kannst mich mal* –, als Carson etwas Überraschendes tat. Nach unserem ersten Termin rief er mich an, um sich bei mir zu entschuldigen. Er habe sich vorschnell zu meinem Fall geäußert, räumte er ein, kein Wunder, dass ich mich überfordert fühlte.

Im Lauf des Gesprächs wurde mir klar, dass mich nicht so sehr seine Diagnose niedergeschmettert hatte, sondern der Gedanke, das Trauma nie wieder loszuwerden. Ich musste arbeiten, konnte mir ein Leben ohne die Polizei nicht vorstellen. Dr. Gates sagte, was geschehen sei, lasse sich nicht ungeschehen machen, mein Trauma sei zu groß, ich könne Gut und Böse nicht mehr unterscheiden, nicht einmal, wenn mir das Böse offen ins Gesicht grinst. Er riet mir zu einem Schreibtischjob mit »inhaltlich befriedigenden Tätigkeiten, aber in sicherem Abstand von Gewalttaten«. Es war das Letzte, was ich hören wollte. Und so weigerte ich mich, darauf zu hören.

Aber ich beendete auch nicht die Therapie. Woche um Woche erschien ich widerstrebend zu diesen obligatorischen Sitzungen, und jedes Mal verteidigte ich meinen Entschluss. Ich sei sehr wohl in der Lage, über meine traumatische Erfahrung hinwegzukommen, erklärte ich ihm. Ich werde einen Weg finden. Werde wieder nach vorn blicken können. Als er sah, wie ernst es mir damit war, gab er mir ein Versprechen. Er würde so lange mit mir arbeiten, bis ich so weit sei, in den Dienst zurückzukehren, wie lange es auch dauern mochte.

Von da an kam ich mit frischem Mut zu unseren Terminen. Carson wiederum scheute keine Mühe, um zusätzliche Treffen anzusetzen und sich zwischendurch telefonisch oder per SMS bei mir zu melden. Es dauerte nicht allzu lange, und wir sahen uns auch außerhalb seiner Praxis – ein Kaffee am Samstagmorgen, ein Drink, wenn er Feierabend hatte. Überall da, wo ich mich schwach fühlte, war Carson stark. Er bestand darauf, die schrecklichen Dinge, die ich für Bram getan hatte, seien entschuldbar.

Es dauerte eine gefühlte Ewigkeit, bevor unsere Beziehung über reine Freundschaft hinausging. Je mehr Zeit ich mit Carson verbrachte, desto mehr war ich davon überzeugt, dass nur ein

Traumatherapeut für Polizisten den Menschen verstehen konnte, zu dem ich geworden war. An dem Tag, an dem er mir eröffnete, er könne mich nicht länger behandeln, da unsere Beziehung für ihn zu persönlich geworden sei, wusste ich, es gab kein Zurück. Es machte mir nichts aus, dass es nicht nur unklug, sondern auch ethisch bedenklich und nicht zuletzt eine strafbare Handlung war, mit ihm ein Verhältnis einzugehen. Als ich mit Blut an den Händen aus jenem Keller gekrochen war, war ich ganz und gar allein gewesen. Dann fand ich Carson.

»Detective Merchant?«

»Gott!« Ich griff mir mit der bandagierten Hand ans Herz. Ich hasste es, wenn Norton sich so unbemerkt anschlich. Ich wandte mich um. Er stand in der Tür zur Halle. Über seine Schulter hinweg sah ich Ned, der neben Abellas Sessel kauerte und der jungen Frau etwas ins Ohr flüsterte. Es versetzte mir einen Stich, sie so miteinander zu sehen. Die drei Freunde, die noch das ganze Leben vor sich hatten … Jetzt waren es nur noch zwei.

»Ich wollte Sie nicht erschrecken«, sagte Norton. »Ich hab mich nur gefragt, ob Sie die Zeit im Blick haben.«

Ich steckte mein Handy weg. »Haben Sie anderweitige Verpflichtungen? Müssen Sie weg?«

Er wurde bis über beide Ohren rot.

»Natürlich nicht, ich meinte nur, es ist schon fast Cocktailstunde. Danach gibt es Abendessen und Dessert …«

»Mir ist der Ablauf von Mahlzeiten geläufig.« Ich war gereizt. Carsons Nachrichten gingen mir nicht aus dem Kopf.

»Nun, ich muss schließlich mit dem Kochen anfangen«, sagte Norton. »Wir sind eine Menge Leute. Das braucht seine Zeit.«

Wieder einmal bat mich dieser Mann um Erlaubnis, in die Küche und damit außer Sichtweite zu verschwinden. Inzwischen hatte ich fast alle befragt. Jeder hatte Probleme, und nicht zu knapp. Abella war arbeitslos und sah binnen Wochen ihrer Abschiebung entgegen. Flynn wurde von seinem Liebhaber betrogen. Bebe und Ned hatten eine Affäre, mit möglicherweise verheerenden Folgen für Bebe, falls sie aufflog. Jade verlor Jasper an eine Verlobte. Und Philip Norton? Er arbeitete seit zwanzig Jahren bei diesen Leuten – höchst unwahrscheinlich, dass er in diesem problematischen Beziehungsgeflecht gänzlich neutral blieb.

»Warten Sie einen Moment«, sagte ich.

»Haben Sie einen Wunsch?« Sein Blick fiel auf die Kaffeeflecken im Teppich. Er reckte das Kinn. »Das sollte ich sauber machen, bevor ...«

»Ja, natürlich. Aber zuerst hätte ich noch ein paar Fragen.«

»Ja?«

Ich bat ihn mit einer stummen Geste herein, wies auf einen der Sessel. »Sie sagten, Sie arbeiten hier nur den Sommer über?«

»Während der Saison«, stellte er richtig. »Von April bis Oktober. Nächste Woche mache ich das Haus für den Winter zu.«

»Und Sie kommen her, egal ob Mrs. Sinclair da ist oder nicht?«

»Auf einer Insel gibt es eine Menge zu tun.«

»Wo verbringen Sie das übrige Jahr?«

»In Alexandria Bay.« Er lächelte. »Genau wie Sie.«

»Eine wohlverdiente Ruhepause, nehme ich an. Sie haben einen großen Aufwand betrieben für dieses Wochenende. Muss anstrengend sein«, sagte ich.

»Es ist ein besonderer Anlass. Jasper hat noch nie eine junge Frau mitgebracht, um sie Cam... – Mrs. Sinclair vorzustellen.«

Zum zweiten Mal ertappte ich ihn dabei, wie er Camilla beim Vornamen nennen wollte. Mir fiel wieder ein, wie Abella die beiden im Wohnzimmer beobachtet hatte. Ich musste mich noch einmal mit ihr unterhalten. Ich musste wissen, was sie über Nortons und Camillas Beziehung wusste. »Das heißt vermutlich, dass es was Ernstes ist«, sagte ich. »Weshalb sonst sollte er das Mädchen extra hierher mitbringen.«

»Das hofft zumindest Mrs. Sinclair. Sie sähe es gern, wenn Jasper möglichst bald heiratet.«

»Weil sie krank ist.«

Norton machte große Augen. »Von wem wissen Sie das?«

»Von Bebe. Krebs, nicht wahr?«

Er senkte den Blick und nickte.

»Das tut mir leid«, sagte ich. »Sie spricht über Sie wie über ein Familienmitglied. Haben Sie selber hier in der Gegend Angehörige?«

»Nicht hier in der Gegend, nein.«

»Nie geheiratet?«

»Nein.«

»Keine Kinder?«

Norton wechselte in seinem Sessel die Stellung. »Das habe ich nicht gesagt.«

»In Ihrem Zimmer habe ich ein Foto gesehen. Von Ihnen und einem kleinen Jungen.«

Er nickte. »Das ist mein Sohn. Seine Mutter und ich waren noch sehr jung, als er zur Welt kam. Er lebt nicht hier in der Gegend. Hat er noch nie.«

»Verstehe.« Es war eine schmerzliche Geschichte, wie ich sie schon x-mal zu hören bekommen hatte, und sie veränderte augenblicklich meine Sicht auf Philip Norton. Ich sah ihn als Achtzehnjährigen vor mir, wie er der jungen Frau, der Mutter seines Kindes, erklärte, er könne kein Kind aufziehen, weil er selbst noch eins sei.

»Dann muss dieses Anwesen hier für Sie so etwas wie ein Zuhause sein.«

»Zwei Jahrzehnte sind eine lange Zeit.« Seine Wangen glühten jetzt förmlich. »Ich habe in den Jahren hier wunderbare Dinge erlebt.«

»Ach ja?«

»Das würden Sie nicht für möglich halten. Eines Tages im

Frühling. Da kam ich hier raus und fand ein Reh mit seinem Kitz.«

Sein Ton wurde fast träumerisch. Bei der Erinnerung spielte ein Lächeln um seine Lippen.

»Hier auf der Insel?« Ich musste unwillkürlich an die lange Überfahrt vom Festland denken. »Wie ist das möglich?«

»Sie sind geschwommen! Ich musste sie natürlich vertreiben. Wir können hier keine Invasion von Rehen gebrauchen. Es war schon ein sonderbarer Anblick, wie die beiden Tiere wieder zurück zum Festland geschwommen sind.«

Ich wartete darauf, dass Camilla in seiner Geschichte auftauchte, doch vergeblich. »Gehen Sie davon aus, dass Sie bleiben können? Wenn Mrs. Sinclair nicht mehr ist?«

Norton schien nicht recht zu wissen, was er darauf antworten sollte. »Bei den Enkeln kann man schwer vorhersagen, wie es dann weitergeht. Es ist nicht mehr derselbe Ort wie früher, es wird nie wieder so sein. Und früher oder später werde ich ohnehin in den Ruhestand gehen müssen.«

»Haben Sie dafür genug angespart?«

»Sie hat mich immer gut bezahlt. Ich werde schon klarkommen.«

Norton beugte sich vor und klopfte auf das Holz des Couchtisches, so wie er es im Bootshaus getan hatte, um sein Glück zu beschwören. Dann sah er zu mir auf. »Was ist mit diesem Fallensteller? Sind Sie da irgendwie weitergekommen?«

»Offenbar hat er ein Alibi.«

Norton räusperte sich und stand auf. »Ich denke, ich sollte dann mit dem Abendessen loslegen.«

»In Ordnung«, erwiderte ich und merkte, wie mein Blick, während ich ihm zur Tür hinaus folgte, unwillkürlich wieder zum Wohnzimmer ging, zu Ned und zu der Freundin, die Jasper hinterlassen hatte.

ACHTZEHN

IN DER WOHNZIMMERTÜR BLIEB ich einen Moment stehen. Bei meinem letzten Kontrollgang hatte gedrücktes Schweigen geherrscht, jetzt plauderte man paarweise, in gedämpftem Ton.

Tim hatte es sich auf einem Sitzkissen in der Ecke bequem gemacht und es offenbar geschafft, die Runde an seine Gegenwart zu gewöhnen. Nicht lange, und unsere Zeugen würden vielleicht ganz vergessen, dass er da war. Als ich ihn so sah, wie er still vor sich hin lächelnd ins Zimmer blickte, dachte ich wieder daran, was Carson geschrieben hatte. Kein vertrauenswürdiger Mensch. Hm. Tim hatte ein Talent, sich unauffällig einzufügen, und hielt sich im Umgang mit anderen Menschen eher zurück. Tatsächlich wusste ich so gut wie nichts über ihn.

Ned zog sich gerade einen Sessel zu Abella heran, die inzwischen ihrer Verzweiflung freien Lauf ließ und leise in ihre Hände weinte. Miles und Jade saßen immer noch auf dem Sofa, während Bebe und Flynn am Kamin standen, mit dem Rücken zum Raum. Mit jeder Stunde, die verging, veränderte sich das Verhalten unserer Zeugen. Die einen grenzten sich ab, die anderen schmiedeten Allianzen – wenn ich mir das nicht nur einbildete. Vielleicht folgten auf dieser gottverlassenen Insel alle nur dem Motto »Rette sich, wer kann«.

Ich ging auf Ned zu. Er flüsterte Abella gerade etwas ins Ohr.

Ich hörte die Worte: »Wir werden ihn finden, Kleines. Schon gut. Ich bin bei dir.«

Kaum hörte sie seine Stimme, fuhr Bebe mit dem Kopf herum, um mit wütender Grimasse zu beobachten, wie Ned dem Mädchen über das zerzauste Haar strich. Ned war der Einzige, den ich noch nicht befragt hatte. Es hatte sich einfach aus dem Zeitablauf so ergeben, doch wenn ich mir jetzt vor Augen führte, wie sein Blick blitzschnell zwischen den Gesichtern hin und her ging, wie mechanisch seine Bewegungen wirkten, bekam ich das mulmige Gefühl, einen Fehler gemacht zu haben. Ned war der Joker in diesem Kartenspiel. Er hatte durch Jasper Zugang zur Familie erlangt, sich durch Flynn eine sichere Position verschafft und dann ihn gegen Bebe getauscht. Ganz gleich, wie Jasper über seine älteren Geschwister dachte – so etwas hätte er gewiss nicht gutgeheißen. Und wenn Ned glaubte, dass Jasper über die Situation im Bilde war, dann hätte er gestern wohl Grund zur Sorge gehabt. Und wo Angst und Sorge sind, da lauern auch Wut und Eifersucht, Emotionen, die Menschen zum Mord verleiten können.

»Mr. Yeboah«, sagte ich in beiläufigem Ton, als gesellte ich mich zu einem freundlichen Plausch zu ihm. Angst macht Männer auch zu Lügnern, und ich wollte Ned nicht alarmieren, jedenfalls noch nicht.

Trotzdem verrieten seine Augen, dass er misstrauisch war. Die honigfarbene Iris färbte sich schwarz. Als er sich erhob, stand auch Abella auf, ruckartig wie eine Marionette. Mit einem inständigen Blick flehte sie ihn an zu bleiben. Abella hatte die Wahrheit gesagt, sie und Ned standen sich offenbar wirklich nahe. Beide waren Außenseiter, die versuchten, mit heiler Haut durch das Minenfeld dieser Familie zu navigieren.

So wie alle Ermittler habe ich meine eigene Methode bei der Befragung eines Zeugen. Ich komme nur selten direkt zum Punkt. Die Erfahrung hat mich gelehrt, dass man besser damit fährt, wenn man das Thema langsam einkreist und Querbezüge herstellt, die den Zeugen dazu zwingen, alles auf den Tisch zu legen. An der Akademie hatte mir einmal jemand die Mitschrift eines polizeilichen Verhörs von Robert Pickton gezeigt, jenes Schweinezüchters aus dem Westen Kanadas, der zum Serienmörder geworden war und Dutzende Morde an Frauen auf dem Kerbholz hatte. Der Detective plauderte erst einmal mehrere Stunden lang mit Pickton, um über diesen Umweg die Wahrheit aus ihm herauszuholen. Die Ausdauer und das Geschick jenes Kollegen zeugten von wahrer Meisterschaft.

Ich sah auf Anhieb, dass ich nur so bei Ned etwas erreichen konnte. Er wusste, dass er als Letzter in der Bibliothek gewesen war, und genau das machte ihn nervös. Ich musste sein Vertrauen gewinnen, doch dabei stellte sich ein Problem. Je mehr ich im Leben der Familie herumstocherte, desto mehr Ungereimtheiten tauchten auf. Jeder hier auf der Insel hatte sich in mindestens einer Hinsicht schuldig gemacht, sodass ich kaum noch wusste, welcher Spur ich zuerst folgen sollte. Und zu allem Überfluss auch noch das mit Carson. Er war für mich bislang immer der Prüfstein gewesen, wenn es um meinen seelischen Zustand ging, doch was er über Tim sagte, irritierte mich zutiefst. Wenn ich Neds Nervosität spürte, dann galt das zweifellos auch umgekehrt.

Der Kaffeefleck auf dem Teppich in der Bibliothek war immer noch deutlich zu sehen. Es musste Norton auf eine harte Probe gestellt haben, dass er sich nicht sofort darum kümmern konnte. Als sich die Türen hinter mir schlossen, wandte ich mich an Ned.

Ich leitete das Gespräch mit Fragen zu seiner Familie ein. Jasper erwähnte ich mit keiner Silbe. Ned war in Ghana geboren, aber in der South Bronx aufgewachsen, in einer sechsköpfigen Arbeiterfamilie, die immer noch in derselben Zweizimmerwohnung in der Prospect Avenue wohnte, die sie bei ihrer Ankunft gemietet hatte. Sämtliches Geld, das Ned damit verdiente, in der Bodega Bar im Erdgeschoss die Regale aufzufüllen, ging für die monatliche Miete drauf, für die sie sich in Ghanas Hauptstadt Accra eine Vierzimmerwohnung in einem Neubau hätten leisten können. Wenn er sich nicht bei Flynn aufhielt, wohnte Ned selbst jetzt noch bei seiner Familie. An den Wochenenden, erzählte er mir, half er ehrenamtlich in einem Tierheim in Brooklyn. Auch wenn ich mir diesen perfekt gestylten Mann nur schwer dabei vorstellen konnte, Straßenköter zu entflohen oder Zwinger auszuspritzen, entging mir nicht, dass sich seine Gesichtszüge entspannten, wenn er von den Hunden erzählte, um die er sich kümmerte, und so nahm ich ihm die Sache ab.

Ned hatte sich an der Schule nicht besonders hervorgetan, besaß aber ein Talent als Unterhalter und machte noch als Schüler beim YouTube-Kanal eines Freundes mit. Schon bald hatte Ned seinen eigenen Kanal und sammelte mit Mode- und Lifestyle-Tipps eine immer größere Anhängerschaft.

Er konnte es selbst kaum glauben, als er begriff, dass er mit Werbeeinblendungen in seinen Videos mehr Geld verdienen konnte als in der Bodega Bar, und erst recht, als schließlich ein Talent-Scout bei ihm an die Tür klopfte. Ehe er sich's versah, bekam sein Scout eine Anfrage von Jasper Sinclair. Ein Exklusivvertrag sollte Ned als bedeutenden Influencer an die Firma binden. Er griff zu, und schon bald waren er und Jasper Freunde.

»Wir sind uns sehr ähnlich«, sagte Ned über Jasper. »Klingt vielleicht sonderbar, aber es ist wahr.«

»Nein, nein, das verstehe ich schon. Auch wenn er sich nie finanzielle Sorgen machen musste, hat er auf seine Weise auch viel durchgemacht. Es ist nicht leicht, in so jungen Jahren die Eltern zu verlieren. Wenigstens hat er einen Bruder und eine Schwester, auf die er sich verlassen kann.«

»Wenn Sie meinen«, erwiderte Ned mit einem Achselzucken.

Ich tat verwundert. »Stehen sich die Geschwister denn nicht nahe?«

»Darüber maße ich mir kein Urteil an.«

Obwohl es in der Bibliothek eher kühl war, stand Ned der Schweiß auf der Stirn. Er war angezogen, wie man es von einem berühmten Mode-»Vlogger« bei einem Wochenendausflug in ein luxuriöses Landhaus erwarten durfte: kariertes Wollhemd, dicke hellbraune Hose, Wildleder-Slipper in einem adretten Lodengrün. An seinem Hemd waren die oberen drei Knöpfe offen, und ich stellte fest, dass er auch am Brustbein schwitzte. Ich hatte die Polstersessel mit Absicht einander gegenübergestellt, sodass wir fast mit den Knien zusammenstießen. Genau so hatte ich immer Carson in seiner Praxis gegenübergesessen, wenn wir über Bram sprachen. Carson hatte mir erklärt, diese Sitzordnung wirke sich günstig auf die Mitteilsamkeit aus und schaffe ein ausgeglichenes Kräfteverhältnis, das den Patienten dabei helfe, sich zu entspannen. Doch als ich jetzt Ned so gegenübersaß, war ich es, die sich beklommen fühlte. Woher kam dieses unbehagliche Gefühl? Nichts, was ich über Ned wusste, deutete darauf hin, dass er zu Gewalttätigkeit neigte, und doch gefiel es mir nicht, mit Ned allein zu sein. Während ich ihn dabei beobachtete, wie er lässig mit den Knien wippte, wie ein 100-Meter-Läufer kurz vor dem Start, wurde mir klar, dass ich weniger den Mann fürchtete, sondern die Möglichkeit, dass er mir davonlief.

Ich beugte vor und strich mir eine Haarsträhne aus der Stirn. Ich war ihm jetzt so nahe, dass ich seine Halsschlagader pochen sehen konnte. Sein Blick war starr auf meine Wange gerichtet, wo die verblasste Narbe prangte, die an einen Tausendfüßler erinnerte, bis er sich schließlich davon losriss.

»Sie und Jasper sind Kumpel«, sagte ich.

»Ja, das stimmt.«

»Helfen Sie mir bitte, ihm zuliebe, herauszufinden, was passiert ist. Etwas ist hier gestern geschehen. Sie wissen so gut wie ich, dass seine Familie damit zu tun hat.«

Ich hatte mich entschlossen, aufs Ganze zu gehen. Ned wirkte auf einmal nervös. Er strich sich mit den Händen über die muskulösen Oberschenkel, und ich sah, dass seine Nägel makellos maniküriert waren.

»Ich habe keine Ahnung, was Sie meinen.« Er wich meinem Blick aus.

»Sie und Flynn haben sich in letzter Zeit nicht gut verstanden.«

»Flynn ist ein Arsch. Wir streiten uns. Na und?«

»Mein Verlobter und ich streiten uns auch. Manchmal geraten diese Streitigkeiten etwas aus dem Ruder, wir werfen uns idiotische Dinge an den Kopf. Ist so etwas je zwischen Ihnen und Flynn vorgekommen?«

»Ob wir uns jemals so zerstritten haben, dass wir am Ende jemanden umgebracht haben?«, fragte er mit unverhohlenem Spott.

»Nein, normalerweise begnügen wir uns mit bewaffnetem Raubüberfall.«

»Wenn Flynn so ein Arsch ist, wieso haben Sie sich dann überhaupt mit ihm eingelassen?« Ich konnte mir kein ungleicheres Paar vorstellen. Wie konnte jemand wie Ned einen grobschlächtigen Kerl wie Flynn auch nur annähernd attraktiv finden?

»Ich stehe nun mal auf den dominanten, aggressiven Typ.«

»Ach ja?«, hakte ich nach. »Nur bei Männern oder auch bei Frauen?«

»Was geht Sie das an?« Ned strich sich energisch durchs Haar. »Hören Sie, Flynn ist nicht immer so gewesen. Er hat mich mal sehr gut behandelt. Er konnte charmant sein. Ich hatte ihn gern, okay?«

»Ihnen ist klar, dass ich mit allen anderen gesprochen habe. Es hat einen gewissen Nachteil, als Letzter dranzukommen. Die anderen hatten bereits ihre Chance, sich ihre Geschichte zurechtzulegen.

Verstehen Sie, worauf ich hinauswill? Was immer Sie mir nicht erzählen – die Chancen stehen nicht schlecht, dass ich es bereits weiß.«

»Was soll's, ist mir scheißegal. Wir sollten lieber nach Jasper suchen! Wenn er immer noch auf der Insel ist, verletzt oder ...« Er sprach nicht weiter. »Er braucht vielleicht unsere Hilfe.«

Neds Blick ging ins Leere, als sähe er ihn vor sich – Jasper da draußen, allein in dem Unwetter –, und er formte die Lippen, als müsse er sich zusammenreißen, um nicht seine Sorge hinauszuschreien. Ich konnte es ihm nachfühlen. Auch mir stand das Bild vor Augen – Jasper, der zitternd und blutend irgendwo im dichten Unterholz lag, schlammverschmiert und völlig durchnässt ... Zu wissen, dass Ned derselbe Gedanke quälte, stimmte mich milder. Doch während er sprach, verschränkte er die Arme vor der Brust, ein deutliches Zeichen, dass ich aus ihm nichts herausbekommen würde.

Ich ging zum Angriff über. »Was glauben Sie, was ich hier tue?«, fragte ich frustriert. »Alles kann wichtig sein – jede Geste, jeder Blick, jedes Wort. Wir werden Jasper nicht finden, bevor wir nicht wissen, wer ihn angegriffen hat. Er könnte da draußen sterben.«
Er könnte bereits tot sein.

Ned presste die Handballen auf die Augen. »Es gab einen Streit«, sagte er mit gepresster Stimme. »Letzte Nacht.«

»Ich weiß. Oben.« *Laute Stimmen nach Mitternacht.*

Er runzelte die Stirn. »Nein. Das waren Miles und Bebe.«

Zum ersten Mal hörte ich ihren Namen aus seinem Mund. Ich beobachtete ihn, aber sein Gesichtsausdruck änderte sich nicht. »Miles und Bebe?«

»Sie haben sich in ihrem Zimmer gestritten.«

»Wollen Sie damit sagen, dass es noch einen anderen Streit gegeben hat?«

»Draußen.« Ned legte den Kopf schief. »Das wussten Sie nicht?«

Ich bekam heiße Wangen. Und ich hatte behauptet, ich wisse bereits alles, was es zu wissen gab.

»Ich dachte, Flynn hätte Ihnen vielleicht …« Er brach ab.

»Nein, Sie haben mich kalt erwischt. Klären Sie mich auf. Zwischen wem gab es Streit?«, fragte ich. »Zwischen Ihnen und Flynn?«

»Nein. Flynn und Jasper.«

Bei der Erinnerung an Flynns Fingerknöchel mit den blau verfärbten Prellungen zog sich mir die Brust zusammen. *Ist mit seinem Bruder aneinandergeraten und dann abgehauen.* War das nicht von Anfang an Tims Theorie? »Was ist passiert?«

Neds gequälter Gesichtsausdruck wich einer entschlossenen Miene. Im Zwielicht, das im Zimmer herrschte, zuckte ein grausamer Zug um seinen Mund. Offenbar war er bereit, einen Verrat zu begehen. »Abby war nicht die Einzige, die gestern Abend zu viel getrunken hat. Flynn war besoffen und hat es an Jas ausgelassen. Er hat ihn geschlagen.«

»Flynn hat seinen Bruder gestern Nacht physisch angegriffen?« Ich sah Ned mit zusammengekniffenen Augen an. »Ich habe mit jedem hier im Haus gesprochen. Aber davon hat niemand etwas erwähnt.«

Ned dämpfte die Stimme. »Weil sie nichts davon wissen. Es war nach dem Essen, schon ziemlich spät. Alle waren bereits im Bett. Der Einzige, den wir danach noch zu sehen bekamen, war Norton. Er war in der Küche, als wir reinkamen. Ich hab ihm erzählt, Jas sei draußen gestürzt.«

»Wozu?«, fragte ich. »Hat Jasper Sie gebeten zu vertuschen, was wirklich vorgefallen war? Oder wollten Sie Flynn decken?«

»Weder noch«, antwortete er und sah zur Seite. Bei meiner Befragung von Bebe und Miles hatte ich einen verschwörerischen Blick zwischen ihnen aufgefangen. Der Mensch ist ein Gewohnheitstier, und ich nahm einfach mal an, dass das auch auf Neds Loyalität zu Flynn zutraf.

»Na schön«, sagte ich und fragte mich, ob Ned meinen rasenden Herzschlag hören konnte. »Also noch mal von vorn, der Reihe nach.«

Er atmete tief durch und strich sich über die Stirn. »Das Essen war vorbei. Wir sind noch mal hinten aus dem Haus. Um einen Joint zu rauchen. Und Flynn ist uns gefolgt. Er ist sofort auf Jasper losgegangen.«

Um die Zeit musste es bereits in Strömen gegossen haben. Das erklärte den Lehm an Flynns, Neds und Jaspers Schuhen. Nicht lange, und ich hatte genügend Einzelheiten gehört, um mir die Szene vorzustellen – wie sich bei Sturm und Regen Jasper und sein älterer Bruder keuchend einen wüsten Schlagabtausch lieferten. Wie Ned dazwischenging, wenn auch erst, nachdem Flynn Jasper eine Platzwunde an der Unterlippe beigebracht hatte. Als Ned in seinem Bericht zu dieser Stelle kam, musste ich unwillkürlich an unseren Tatort denken. Der Fleck auf der Matratze konnte unmöglich von einer aufgeplatzten Lippe rühren, sehr wohl aber erklärte sie das Blut auf Jaspers Kissenbezug.

Betrunken und allein, hatte sich Abella früh schlafen gelegt. Als Jasper hereinkam und zu Bett ging, wachte sie nicht davon auf, wusste folglich nichts von der Auseinandersetzung und der blutenden Lippe. Der Einzige, der noch außer Ned davon wusste, war Flynn, und der hatte seine Fingerknöchel vor mir versteckt. Flynn war nicht dumm. Hätte er mir gleich erzählt, dass sein Bruder nur Stunden vor seinem Verschwinden Prügel von ihm bezogen hatte, wäre der Tag entschieden anders für ihn verlaufen.

Ich fragte Ned, wo Flynn nach dem Kampf hingegangen sei, aber er wusste es nicht. »Ich hab letzte Nacht hier unten geschlafen.« Er deutete mit dem Kopf auf die Ledercouch. »Ich wollte ihn nicht sehen.«

»Sie haben mir noch nicht gesagt, worum sich die beiden gestritten haben.«

»Um Geld. Bei Flynn dreht sich immer alles ums Geld. Er hat Jasper gesagt, das mit einer Stelle für Abby in der Firma könne er knicken, egal, was Camilla dazu sagt. Wovon sie wohl ihr Gehalt bezahlen sollten? Sie wüssten ja kaum, wovon sie meins nehmen sollten.«

»Deshalb verlassen Sie die Firma. Bessere Angebote, bessere Bezahlung.«

»Ich verlasse die Firma«, entgegnete Ned gereizt, »weil ich weiß, dass sie mich sonst ohnehin rausschmeißen.«

»Aber Flynn will, dass Sie bleiben.«

»Flynn interessiert sich einen Scheißdreck für mich. Er will, dass ich zum Nulltarif für ihn schufte. ›Ich komme für deinen Unterhalt auf‹, sagt er, ›ich sorge für dich.‹« Ned ballte die Fäuste. »Ich bin nur ein nützlicher Idiot für ihn.«

Ich konnte nachvollziehen, dass Camillas Vorschlag, Abella bei Sinclair Fabrics einzustellen, Flynn erboste. Sein Freund verließ die Firma, weil sie ihm keine langfristige Perspektive bieten konnte, und Jaspers Freundin sollte gleich ein Büro mit Aussicht bekommen. Sinclair Fabrics strampelte sich ab, und Flynn musste fürchten, Ned zu verlieren. Kamen noch ein paar Scotch hinzu, schlug er um sich. »Was hat Flynn sonst noch gesagt?«

Wieder strich sich Ned über die Oberschenkel. Bevor er den Mund aufmachte, trat jedes Mal kurzes Zögern ein, als würde er blitzschnell abwägen, wie viel er preisgeben sollte. »Jas lieferte nicht.«

»Wie das? Hat Jasper nicht eine völlig neue Marketingstrategie entwickelt?«

»Ja, eine Strategie, um die Flynn ihn nicht gebeten hat und die Geld kostet, das sie nicht haben … Das waren Flynns Worte. Jetzt bereuen sie es, dass er dabei ist, und sie hassen es, dass er versucht, ihnen zu helfen.«

»Was wollen Flynn und Bebe dann, wenn sie seine Hilfe ablehnen?«

Ned sah mich an, als wäre ich begriffsstutzig. »Sein Geld«, antwortete er. »Flynn und Bebe sind Geier, und sie halten Jasper für leichte Beute.«

Wo Geld ist, da sind auch lange Finger.

Was ich zu Camilla gesagt hatte, stimmte. Sie und Norton rechneten mit einer Lösegeldforderung … Aber was, wenn der Erpressungsversuch eine familieninterne Angelegenheit war? Jasper ging sorgsam mit seinen Geldmitteln um, und seiner Großmutter zufolge verfügte er über Ersparnisse. Dabei hatten alle drei Geschwister vor zwei Jahren geerbt. Das ergab keinen Sinn.

»Wieso sollten sie auf Jaspers Geld angewiesen sein?«

»Ich sagte doch, die Firma geht den Bach runter.«

»In Bebes Augen handelt es sich nur um eine vorübergehende Flaute.«

»Sie lügt. Nach dem Tod von Baldwin und Rachel stellte Flynn fest, dass die Firma hoch verschuldet war. Er musste erst mal jede Menge Gläubiger auszahlen. Bebe ist eingesprungen, aber es reichte nicht. Flynn versucht, nichts an die Öffentlichkeit dringen zu lassen, aber ich bin mir ziemlich sicher, dass sie Konkurs anmelden werden. Kurz gesagt: Sie sind im Arsch.«

Der Reichtum der Sinclairs, die Luxuswohnungen in New York, ihr Prestige als Inhaber einer Modemarke mit Kultstatus, einer Institution im Garment District, das Familienvermächtnis … das alles stand und fiel mit der Firma, mit Sinclair Fabrics, und laut Ned war das Firmenschiff unaufhaltsam am Sinken. Für Tim waren die Sinclairs der Inbegriff von Wohlstand. Sie gehörten zu den elitärsten Bewohnern von Thousand Islands, wurden in einem Atemzug genannt mit Berühmtheiten wie dem Eisenbahn-Magnaten George Pullman oder mit Isaac Singer, dem König der Nähmaschinen. Unvorstellbar, dass sie dies alles verlieren sollten. Und man konnte sich leicht vorstellen, wie verzweifelt sie versuchen würden, dies zu verhindern.

Ich sah mich in der Bibliothek um, in der ich nun schon so viele Stunden verbracht hatte. Mit der edlen Holzvertäfelung und den maßgefertigten Regalen, nicht zuletzt der riesigen Büchersammlung war der Raum ziemlich beeindruckend. So wie die ganze Insel. »Die Familie muss Reserven haben. Allein dieses Anwesen ist sicher ein Vermögen wert.«

»Selbstverständlich. Das hier ist eine Goldmine. Aber Tern Island gehört Camilla.«

»Kann sie denn Flynn und Bebe nicht das Geld leihen, um das Geschäft wieder flottzubekommen?«

Er wich einer Antwort aus, sagte nur: »Woher soll ich das wissen?«

Camilla. Als Jasper und Abella am Vortag mit Camilla Karten spielen wollten, hatten sie Ned dazu auserkoren, die Runde zu komplettieren. Bei seiner Befragung hatte Flynn erwähnt, Ned habe ihn ermuntert, sich bei Camilla blicken zu lassen. Ned wusste, dass sie auf Flynns Ankunft wartete, das hieß, Ned war bereits bei ihr gewesen.

»Ich weiß, dass Camilla krank ist«, sagte ich. »Es wird bald eine Erbschaft geben. Weshalb sollten Flynn und Bebe auf Jaspers Ersparnisse angewiesen sein, wenn sie mehr Geld in Aussicht haben?«

»Nicht meine Familie, nicht mein Problem. Hören Sie, mehr weiß ich nicht.« Ned lehnte sich in seinem Sessel zurück und gab sich selbstbewusst. »War's das?«

Ich hatte zu Beginn der Befragung das Gefühl gehabt, Ned Yeboah spiele in dem Fall eine zentrale Rolle – und dieses Gefühl hatte ich noch immer. Ned hatte Flynn hintergangen, und sein Verhalten auf der Insel sorgte gewiss für böses Blut. Sicher, er zeigte sich loyal gegenüber seinen besten New Yorker Freunden, Jasper und Abella. Bebe hingegen, die Frau, mit der er schlief, hatte er gerade als Lügnerin bezeichnet. Ich wollte glauben, dass Ned ein anständiger Kerl war. Mir sind noch keine hartgesottenen

Kriminellen untergekommen, die an den Wochenenden freiwillig Hundekot beseitigten. Andererseits wollte ich mich von ihm auch nicht an der Nase herumführen lassen. Mit irgendwas hielt er immer noch hinter dem Berg. Ich musterte ihn kritisch.

»Sie wollen zum Schluss kommen?«, fragte ich. »Also gut, dann fassen wir noch mal zusammen. Jasper ist seit Stunden verschwunden. In seinem Bett findet sich Blut, und zwar jede Menge davon. Gestern Abend war er noch da, und jetzt ist er es nicht mehr. In diesem Haus sind seine engsten Angehörigen und Freunde versammelt. Es fällt mir schwer zu glauben, dass nicht einer von Ihnen wissen sollte, was geschehen ist.« Ich holte tief Luft. »Es war ein langer Tag, Ned, und ich habe eine Menge Befragungen hinter mir. Interessiert es Sie zufällig, was bei den anderen Befragungen herausgekommen ist?« Mit dem Kopf deutete ich zum Fenster. »Da draußen, im Schuppen. Sie und Bebe.«

Ned riss die Augen auf und sah mich sonderbar an. Mir wurde mulmig zumute. Hatte ich etwas missverstanden?

»Sie haben eine Affäre mit ihr«, drang ich weiter in ihn. »Hinter Flynns und Jaspers Rücken schlafen Sie mit Bebe, und gestern hat Sie jemand ertappt. Irrtum ausgeschlossen. Ich will offen mit Ihnen sein, Ned. Mir wurde zugetragen, dass Sie vielleicht nicht allzu traurig wären, wenn Sie beim Erwachen erfahren, dass Jasper verschwunden ist. Dass Sie etwas mit unserem Vermisstenfall und seinem Blut zu tun haben könnten.«

»Das ist Schwachsinn. Wer sagt so was?«

»Sie behaupten, Jasper sei ein guter Freund, aber es könnte auch so aussehen, als hätten Sie ihn nur benutzt, um an Flynn und jetzt an Bebe heranzukommen.«

»Das ist nicht wahr. Das hat nichts damit zu tun.« Neds lange Finger krallten sich in seine Knie.

Ich verspürte ein Gefühl der Genugtuung. Ich hatte ihn eindeutig aus der Reserve gelockt. »Indem Sie rausgegangen sind zum Schuppen, haben Sie das Leben von Abbys Freund aufs Spiel gesetzt.«

»Lassen Sie Abby aus dem Spiel«, sagte er in grimmigem Ton.

»Was glauben Sie, was in ihr vorgegangen ist, als sie sah, wie Sie Jaspers Schwester vögeln? Denn sie hat Sie gesehen, Ned. Das war Abby da draußen, nicht Jasper.«

Ned sprang auf, und ich griff nach meiner Waffe. Die Verbrühung, der Mullverband, die Schmerzen, das alles zählte nicht, als ich die Finger um den Pistolengriff legte. In Sekundenschnelle nahm ich Ned über den Lauf ins Visier.

»Verdammt! Nicht schießen!«, rief Ned. »Ich will hier nur raus, nichts weiter!«

Was hast du dir dabei gedacht? Ich hatte die Waffe gezogen. Wieso hatte ich die Waffe gezogen? Mir schlug das Herz bis zum Hals. Ned hielt die Hände hoch, starrte mich mit ängstlicher Miene an – und ich saß da, bereit, sein Gehirn über die Bibliothekswand zu verspritzen.

»Setzen Sie sich«, sagte ich. Vor Scham glühten mir die Wangen, und die Neun-Millimeter zitterte in meiner Hand. Ich steckte sie wieder ins Holster. *Mein Gott, Shay, reiß dich zusammen! Es liegt an dem Druck, unter dem ich schon den ganzen Tag stehe*, versuchte ich, mich zu trösten. Ich war nicht in Form. Aber was, wenn noch mehr dahintersteckte?

»Ich bin am Ende meiner Geduld«, sagte ich.

Ned sackte zurück in den Sessel. Er bebte und konnte seine Hände nicht unter Kontrolle bringen. »Schon gut, schon gut. Letztes Jahr haben sich Bebe und Flynn in New York mit Camilla getroffen. Sie wollten sich Geld von ihr leihen.«

»Wie viel Geld?«

»Fünf Millionen.«

Mir fiel die Kinnlade herunter. »Und hat sie es ihnen gegeben?«

»Ja. Als Vorgriff auf ihr Erbe. Sie hat sogar das Boot verkauft, um noch eine Schippe draufzulegen. Aber sie haben alles restlos ins Geschäft gesteckt.«

»Fünf Millionen«, wiederholte ich. »Einfach … futsch.«

Ned nickte, dann fuhr er fort. »Und sie brauchten mehr. Am Wochenende zum Vierten Juli baten sie erneut um ein Treffen mit ihr. Hier auf der Insel. Jas und ich sind auch gekommen, und Miles hat Jade mitgebracht. Da wussten wir alle schon, wie krank sie ist. Ich hatte gedacht, sie wollten von ihr Abschied nehmen. Aber stattdessen baten Flynn und Bebe sie nur um mehr Geld. Diesmal wies Camilla sie ab.«

Ich schnappte nach Luft. »Also haben sie sich an Jasper gewandt.« Ich saß kerzengerade auf der Sesselkante und zuckte nicht mit der Wimper. »Aber von Jasper haben sie auch einen Korb bekommen.«

»Dabei ist ihm wahrlich nicht egal, was aus der Firma wird«, sagte Ned. »Er arbeitet verdammt hart, um das Ruder herumzureißen. Aber jetzt sind Flynn und Bebe praktisch pleite, und Jas will nicht, dass ihm dasselbe passiert. Er hatte Pläne auszusteigen. Er war fertig mit ihnen.«

Plötzlicher Wechsel in die Vergangenheitsform. Da haben wir's.

»Was Camilla noch an Geld übrig hat, geht jetzt an Jasper.«

Es sei denn, Jasper wäre nicht mehr da, um es entgegenzunehmen.

»Das hätten Sie mir alles schon vor Stunden erzählen sollen«, sagte ich mit zusammengebissenen Zähnen. Ned Yeboah hatte mir *das* entscheidende Motiv verschwiegen – und das nur, um den Menschen nicht gegen sich aufzubringen, mit dem er eine Affäre hatte. Aber nicht auf Ned war ich so wütend, sondern auf mich selbst. Alle anderen auf Tern Island hatte ich befragt. Auf diesen entscheidenden Punkt hätte ich schon vor Stunden kommen müssen.

»Sollte Bebe etwas mit Jaspers Verschwinden zu tun haben, dürfen Sie sie nicht decken, Ned«, sagte ich. »Sie …«

»*Sie* decken?« Bei Neds Gelächter lief es mir eiskalt den Rücken herunter. »Ich denk nicht dran, das Miststück zu decken. Sie hat mich benutzt, um sich jung zu fühlen. Mich angefleht, ihr zu sagen, wie sexy sie ist«, sagte er angewidert. »Verstehen Sie denn nicht? Bebe ist mein *Notausgang*. Flynn war der schlimmste Fehler meines Lebens, und er will nicht wahrhaben, dass es vorbei ist. Er schickt mir zu jeder Tages- und Nachtzeit Nachrichten. Er rastet über irgendein Foto aus, das er von mir auf Instagram gesehen hat. Vor zwei Wochen ist er mir bis zu meinem Elternhaus gefolgt und hat wie ein verdammter Psychopath unter meinem Fenster rumgebrüllt. Von mir aus sollen die beiden zur Hölle gehen. Und sollten sie Jasper irgendetwas angetan haben, ich schwör's, dann befördere ich sie eigenhändig dahin.«

NEUNZEHN

BEI DEM FALL GING es also um Geld. Jasper hatte welches, seine Geschwister brauchten welches. So jedenfalls wollte Ned es mir verkaufen. Mit der großen Enthüllung hatte er sich Zeit gelassen, was mir gar nicht gefiel, doch in mehrerlei Hinsicht klang seine Geschichte glaubhaft. Camilla würde nicht mehr lange leben, und Jasper würde sich womöglich bald verloben. Es würde zu einer Umverteilung des verbliebenen Familienvermögens kommen, und Flynn und Bebe liefen Gefahr, dabei leer auszugehen. Wollten sie das Geschäft noch retten, benötigten sie weiteres flüssiges Kapital. Für sie stand alles auf dem Spiel. Ihre letzte Chance, den Niedergang abzuwenden.

Es war ein glaubhaftes Motiv. Fragte sich nur, ob Jaspers Geschwister wirklich imstande waren, ihren kleinen Bruder umzubringen. Wenn ja, dann würde Tims verklärtes Bild von der Insel in sich zusammenbrechen. Schließlich gab es überall schlechte Menschen, auch in einem Inselparadies. In diesem Fall wäre es allerdings ein besonders abscheuliches Verbrechen, für das man nicht nur Mumm, sondern auch ein Herz so kalt wie die Felsen im Fluss haben musste. Um es durchzuziehen, hätten Flynn und Bebe zusammenarbeiten müssen. Doch Bebe hatte mit Ned geschlafen, und ich tippte, sie ahnte nicht, dass sie nur benutzt wurde. Eine solche Komplizenschaft zwischen Bruder und Schwester ging mir gegen den Strich, genauso wie die Vorstellung, Flynn hätte seine Wut so unter Kontrolle, dass er sich mitten in der Nacht in einem voll belegten Haus auf Zehenspitzen anschleichen konnte, um seinen Bruder abzuschlachten.

Ich nutzte den Moment, den ich in der Bibliothek allein war, um Tim eine SMS zu schicken, um ihn auf den letzten Stand der Dinge zu bringen: eine weitere Zeugenaussage, ein neues Motiv, diesmal durch tätlichen Angriff gestützt. Ich fasste Neds Aussage in Stichworten zusammen, doch die Sache mit der gezogenen Waffe erwähnte ich tunlichst nicht.

Wäre Tim bei Neds Aussage dabei gewesen, hätte er bestimmt eingewandt, Jasper könne schließlich noch am Leben sein. Tims Haltung erinnerte mich an Kinder, die sich mutwillig dumm stellen. Ich wusste, dass er zu einer anderen, weniger dramatischen Schlussfolgerung kommen würde wie etwa: Jasper habe die Gefahr geahnt und sich davongemacht, solange er noch konnte. Doch das sah ich anders. Jasper hatte vor, sich mit Abella zu verloben. Wieso hätte er sie zurücklassen sollen, mit seinen beiden skrupellosen Geschwistern? Und wenn Ned tatsächlich mit Jasper so eng befreundet war, wieso hätte er dann wichtige Informationen, die uns bei der Lösung des Falls weiterhalfen, den ganzen Tag lang zurückgehalten?

Während ich die SMS an Tim zu Ende schrieb, kam endlich die Nachricht von McIntyre. Ich rief sie sofort zurück.

»Was hast du rausbekommen?«

»Kein ›Hi, Maureen‹? Kein ›Wie läuft's so?‹?«

»Tut mir leid. Unverbesserliches Arbeitstier, schätze ich.«

»So sollte es auch sein. Ich hab was für dich.«

Sheriff McIntyre hatte umfangreiche Nachforschungen angestellt. Einige Informationen, die sie mir an die Hand gab, hatte ich bereits selbst gefunden, und zu meiner Enttäuschung deutete nichts von dem, was sie hinzufügte, klar und eindeutig auf einen unserer Zeugen hin. Keiner von ihnen war vorbestraft, und abgesehen von Miles' Scheidung von Jades Mutter fand sich auch nichts Unerwartetes in den allgemein zugänglichen Daten über Beziehungen und Lebenssituation. In Übereinstimmung mit ihren jeweiligen Angaben waren sämtliche Gäste wohnhaft in Manhattan. Abella war seit Neuestem arbeitslos, doch ihre Updates bei LinkedIn zeugten davon, dass sie sich aktiv um einen Job bemühte. Falls sie auf finanzielle Hilfe von Jasper zählte, war sie zumindest schlau genug, sich nicht ausschließlich darauf zu verlassen.

Auch der Führungswechsel bei Sinclair Fabrics von Baldwin und Rachel zu Bebe und Flynn bestätigte sich, und Neds Darstellung der finanziellen Situation der Firma traf den Nagel auf den Kopf. Mac hatte auch ein wenig auf Twitter gestöbert und dabei herausgefunden, dass über Sinclair Fabrics schon bald in einem Zeitschriften-Feature berichtet werden sollte. Eine freiberufliche Reporterin hatte den Twitter-Account des Unternehmens mit polemischen Fragen zum großen Konkurrenten Attitude und zur angespannten Wettbewerbssituation in der Textilbranche bombardiert. Heimischen Anbietern ging es im großen Ganzen recht gut, und Anreize seitens der Regierung für den Kauf amerikanischer Produkte hätten auch den Sinclairs zugutekommen müssen. Trotz der harten Konkurrenz sollten daher alle in der Branche vom günstigen Markt profitieren, und so wollte die Reporterin wissen, weshalb es dem Unternehmen nicht gelinge, aus diesen günstigen Bedingungen Kapital zu schlagen. Die Versuche, einem Sinclair-Erben dazu irgendeinen Kommentar abzutrotzen, endeten damit, dass die Firma Anfragen ignorierte, was jedoch kaum verhindern würde, dass der Artikel in Bälde erschien. Noch mehr Druck also für Bebe und Flynn.

Neds Aussage, Camilla Sinclair habe ihr Boot – eine »prächtige, vierzehn Meter lange 2005 Riviera 40 Flybridge«, was auch immer das hieß – ein Jahr zuvor für knapp sechshunderttausend Dollar verkauft, bestätigte sich. McIntyre hatte Miles zu einer Anwaltskanzlei in Midtown zurückverfolgt, in der er für Unternehmen ohne firmeninterne Anwälte als Rechtsberater fungierte. Soweit McIntyre wusste, war er nie für Sinclair Fabrics tätig gewesen.

Was Philip Norton betraf, so stand er tatsächlich seit fast zwanzig Jahren bei der Familie in Diensten. Im Namen der Sinclairs führte er Kundenkonten im örtlichen Lebensmittelmarkt, beim Fischhändler und im Baumarkt, und wenn er nicht auf der Insel war, mietete er sich ein Apartment in einem kleinen Wohnkomplex in Alexandria Bay. Somit erwies sich alles, was unsere Zeugen über ihre Lebenssituation zu Protokoll gegeben hatten, als korrekt. Womit einmal mehr klar war, dass irgendwer entscheidende Informationen zurückhielt.

»Und jetzt du«, sagte McIntyre schließlich.

»Gott, wo fange ich an … Jaspers Schwester schläft mit dem Liebhaber von Flynn, dem älteren Bruder, und sie glauben, Jasper habe gestern Nachmittag von der Affäre Wind bekommen. Flynn ist dafür berüchtigt, Jasper schon immer wie den letzten Dreck behandelt zu haben, und gestern Nacht hat er ihm eine blutige Lippe verpasst. Jasper hatte vor, sich mit seiner Freundin zu verloben, aber die Tochter seines Schwagers steht auf ihn, was bei Vierzehnjährigen ja vorkommen soll. Wir haben eine todkranke Großmutter, die auf einem Vermögen sitzt, und einen alt gedienten Hausmeister, der bald seine Stellung verliert. Im Moment tippe ich auf das Geschwisterpaar. Sie versuchen, das Familienunternehmen zu retten, und Jasper macht, wenn seine Großmutter stirbt, eine stattliche Erbschaft. Ist er tot oder verschwunden, fällt das Erbe vermutlich an sie.«

»Also ein mehr oder weniger klarer Fall.« Sie schnaubte. »Was meint Tim dazu?«

Bei der Frage zögerte ich. »Das Blut weist auf einen tätlichen Angriff hin, aber bei unserer letzten Besprechung war Tim davon überzeugt, dass Jasper aus eigener Kraft die Insel verlassen hat.«

»Okay … Was entgeht mir hier?« Ich hörte die Verwirrung aus McIntyres Ton heraus. Da waren wir schon zwei.

»Bebe sagt, Jasper mache es Spaß, mit ihr und Flynn sein Spiel zu treiben. Es ist wohl zumindest nicht auszuschließen, dass das Ganze inszeniert sein könnte. Aber es fühlt sich einfach nicht danach an. Tim geht davon aus, dass wir ihn entweder in Kanada oder in New York finden werden.«

»Tim ist ein unverbesserlicher Optimist«, sagte Mac. Ich hörte heraus, dass sie dieses Persönlichkeitsmerkmal nicht besonders hilfreich fand. »Ich habe übrigens mit dem Verwalter des Apartmenthauses gesprochen, in dem Jasper wohnt. Er hat für mich in seinem Apartment nachgesehen. Niemand da, alles in bester Ordnung, nichts Ungewöhnliches festzustellen.«

Ich nickte unwillkürlich. Ich hatte nichts anderes erwartet.

»Außerdem habe ich in den Krankenhäusern angerufen, hier in der Gegend und auch in Kingston«, fuhr sie fort. »Jasper ist nirgends aufgetaucht, und sie haben auch keine Unbekannten, auf die seine Beschreibung passt, weder tot noch lebendig. Falls er die Insel wirklich aus eigener Kraft verlassen haben sollte, könnte er jetzt jedenfalls nicht mehr nach Tern Island zurückkehren, selbst wenn er wollte.«

Das Unwetter, erklärte sie, sei schlimmer geworden. Der nationale Wetterdienst sagte weitere Überschwemmungen voraus. Die Wellen erreichten eine Rekordhöhe. Straßen seien unpassierbar wegen umgestürzter Bäume, vielerorts sei der Strom ausgefallen. Ein Miethaus habe Feuer gefangen, und ein halbes Dutzend Familien habe wegen der Überschwemmungen ihre Häuser verlassen müssen. Seit meinem letzten Gespräch mit Mac war aus dem beschaulichen Alexandria Bay eine Stadt im Ausnahmezustand geworden. Nachdem das Boot der Bundespolizei außer

Gefecht gesetzt worden war, hatte sie auf andere Weise versucht, Hilfe zur Insel zu beordern. Ein paar Städte weiter standen Patrouillenboote zur Verfügung, doch bei derart hohem Wellengang zögerte McIntyre, sie loszuschicken.

»Und du?«, fragte sie nach kurzem Schweigen. »Wie fühlst du dich so?«

»Keine Ahnung. Ich könnte was zu essen vertragen.«

»Shay!«

»Was? Das Mittagessen ist schon eine Weile her.«

Um der Wahrheit die Ehre zu geben, fühlte ich mich nicht allzu gut. Noch immer fanden sich auf der Insel keine eindeutigen Hinweise auf Mord. Jedes Mal, wenn ich glaubte, der entscheidenden Spur zu folgen, geriet ich in eine Sackgasse. Ich hatte allmählich das Gefühl, mich in einem Labyrinth zu bewegen.

Wie wäre ich vor einem Jahr mit dieser Situation umgegangen, vor Bram und Carson und allem? Ich war eindeutig misstrauischer geworden. Hatte Selbstvertrauen eingebüßt. Wenn ich Carson bedrängte, sagte er nur, auf lange Sicht würde mich Bram nur stärker machen, sowohl im persönlichen Leben als auch im Beruf, doch er betonte auch jedes Mal, dass bis dahin noch ein weiter Weg vor mir lag. Und Tim taugte auch nicht als Barometer dafür, wie gut ich meine Arbeit machte – nicht nachdem Carson ihn mir derart verdächtig gemacht hatte. Mir gefiel es nicht, was Carson über Tim gesagt hatte, aber ich konnte seine Warnung nun einmal nicht ignorieren. Er musste seine Gründe haben.

Früher besaß ich eine gute Menschenkenntnis. Die Guten von den Bösen zu unterscheiden war meine Spezialität. Alles war damals so einfach. Schnapp die Bösen, damit die Guten in Frieden leben können. Während McIntyre mir erneut versicherte, ich könne auf Tims Hilfe zählen, ging ich noch einmal durch, wie sich Tim seit unserer Ankunft auf Tern Island verhalten hatte. Obwohl alles dagegensprach, ließ er sich nicht von seinem Glauben abbringen,

Jasper sei noch am Leben. Ich hatte ihm haarklein berichtet, was ich aus unseren Zeugen herausbekommen hatte. Tim ignorierte es und blieb bei seiner Theorie.

Tim kannte die Inseln, und er kannte die Sinclairs. Zumindest wusste er über sie Bescheid. Er schien sich unter ihnen wohlzufühlen. Bislang hatte ich angenommen, seine lässige Art sei gespielt, um ihr Vertrauen zu gewinnen, aber was, wenn mehr dahintersteckte? Konnte es sein, dass er die Familie von früher kannte? War es denkbar, dass mir Tim etwas verschwieg? Zum Beispiel, dass es zwischen ihm und einem unserer Zeugen eine Beziehung gab? Ich hielt Tim für einen kompetenten Ermittler, doch was er heute abgeliefert hatte, war alles andere als hilfreich gewesen. Er hatte versucht, Abella zu belasten, mit einer lächerlichen Theorie zur Herkunft des Blutes. Er hatte zugelassen, dass Jade mitten in unseren Befragungen unbeaufsichtigt herumlief. Und als Abella zu mir kam, um mir etwas Wichtiges mitzuteilen, hatte Tim sie kurzerhand weggeschickt.

Wenn ich ihn mir jetzt so vor Augen führte, sah ich nur sein Lächeln, das er beim Mittagessen mit den Sinclairs und ihren Gästen getauscht hatte. Wie schnell hatte er mir die Zügel überlassen und war bereitwillig in den Hintergrund getreten. Seine Vertrautheit mit dem Fluss und den Inseln. Die Muskeln, die er unter seiner Jacke kaum verbergen konnte.

Ich dankte McIntyre für ihre Recherche und ihre aufmunternden Worte und versicherte ihr noch einmal, ich hätte alles im Griff.

Dann schloss ich die Augen und zählte die Herzschläge, die dumpf in meiner Brust schlugen.

ZWANZIG

DAS MIT DEM VERTRAUEN ist so eine Sache. Wir bilden uns ein zu wissen, was Vertrauen ist. Wir reden uns ein, es sei doch nichts weiter als ein simples Gefühl. Entweder ist es da oder eben nicht.

Bevor Bram mich entführte, verfügte ich über ein unerschütterliches Selbstvertrauen. Ich wusste, woher ich kam und wohin ich ging. Ich stand mit beiden Füßen fest im Leben. In mir brannte ein Feuer, das mich antrieb. Und auf mein Urteilsvermögen war jederzeit Verlass. Niemals hätte ich bei einer Zeugenbefragung die Waffe gezogen. Und ich hätte mit Sicherheit zu sagen gewusst, ob Tim eine Gefahr für mich und meine Ermittlungen darstellte oder nicht. Doch nach Bram war alles anders.

Es war ein Freitag gewesen. Nach einer Woche mit jeder Menge Überstunden, in denen ich mit dem siebten Bezirk am Mordfall Becca, Lanie und Jess zusammenarbeitete, war ich ausgebrannt. Ich hatte die Augenzeugenberichte abgearbeitet, hatte mit allen geredet – von den Freunden und Angehörigen der vermissten Frauen bis zu Bar-Gästen und Fremden auf der Straße. Ich sah es als meine Pflicht an, den Burschen zu finden. Durch den Umstand, dass er aus Swanton stammte, fühlte ich mich in gewisser Weise mit ihm verbunden. Es war meine verdammte Pflicht und Schuldigkeit herauszubekommen, wie meiner Heimatstadt ein solches Monster entsprungen sein konnte. Ich musste wissen, wer er war.

Ich hätte heimgehen und mir eine heiße Dusche und ein Glas Wein gönnen sollen, doch stattdessen lief ich zum Tompkins Square Park. Brams jüngstes Opfer war auf der anderen Straßenseite auf einer Baustelle gefunden worden. Ich wollte mich nur noch einmal umschauen, sehen, ob mir irgendetwas entgangen war.

Ich lief zwanzig Minuten durch den Park, bevor es zu regnen begann. Ein Stück die Straße hinunter lag ein irischer Pub. Warmes, behagliches Licht fiel auf die Straße. Ein Bier. Das konnte ich jetzt vertragen. Ein paar Minuten, um einen klaren Kopf zu bekommen.

Ich trat ein und setzte mich an die Bar. Die Barkeeperin, eine Brünette mit Sommersprossen so wie ich, fragte mich lächelnd: »Was darf's sein?«

Ein Glücksfall, dachte ich, *ein Fingerzeig*. Im Bezirk machte die Theorie die Runde, Bram lebe irgendwo hier im Viertel. Die Tage, in denen er sich über die Dating-App an seine Opfer heranmachen konnte, waren vorbei. Die Presse hatte über die Morde berichtet. Die Frauen im East Village waren gewarnt, und wir überwachten die IP-Adressen hinter den User-Bios auf dem Portal. Bram müsste verrückt sein, um es noch einmal auf diesem Weg zu versuchen, was mich keineswegs davon überzeugte, dass das Morden damit ein Ende gefunden hatte. Nennen wir es Intuition, jedenfalls wusste ich, dass er noch da draußen herumlief. Ich wusste nur nicht, wo genau ich suchen sollte.

Der Pub empfing einen steten Besucherstrom von Büroangestellten, die nach Feierabend dem kalten Septemberregen entfliehen und sich einen wohlverdienten Drink zum Auftakt ins Wochenende genehmigen wollten. Eine Gruppe junger Frauen mit Föhnfrisuren strebte schnurstracks zur Bar. Ich hörte, wie sie genüsslich die Auswahl an Cocktails durchgingen.

»Sie sollten sich schnell entscheiden«, sagte die Barkeeperin, während die Frauen sich ein paar Plätze weiter niederließen, »die Mädels halten mich eine Weile auf Trab.« Ich bestellte ein Irish Cream Ale und dankte ihr für den Hinweis. Ich hätte etwas Stärkeres brauchen können, aber ich wollte einen klaren Kopf behalten.

Unter dem sahnigen Schaum auf meinem Bier kam eine rostfarbene Flüssigkeit zum Vorschein. Die Wirkung war wie Sturmwolken, die rasend schnell über den Himmel zogen, und dann war das Bier leer, und ich starrte ins durchsichtige Glas.

Was wusste ich? Was konnte mir helfen, Bram zu finden? Nach Aussage der Freunde hatte er sich mit sämtlichen Opfern in einer Bar getroffen, aber nie ein zweites Mal in derselben. Sein Profil auf der App zeichnete das Bild eines anständigen Kerls aus der Kleinstadt – eine sichere Wahl für eine Großstadtpflanze auf der Jagd nach einem Ehemann. Je mehr ich darüber nachdachte, desto mehr war ich davon überzeugt, dass Swanton der Schlüssel zu dem Fall war.

Als ich zum ersten Mal von Bram erfuhr, rief ich sofort meine Mutter an. Dad ist nur ein Zugezogener, aber Mom ist in Swanton geboren und aufgewachsen und kennt den Klatsch und Tratsch von Jahrzehnten. Wie in jeder anderen Kleinstadt mit Arbeitermilieu gab es auch in Swanton die eine oder andere zweifelhafte Gestalt und das eine oder andere dunkle Kapitel. Häusliche Streitigkeiten und Drogen waren nicht ungewöhnlich. Ein paar dieser Probleme machten nicht vor unserer Haustür halt. Die Familie meiner Mutter hatte ihren Anteil an schwarzen Schafen. Als ich dreizehn war, wurde eine Cousine tagelang vermisst, bis die Cops sie mit einer schweren Schädelverletzung im Wald an einem Bachlauf fanden. Sie wurde positiv auf Meth getestet und war danach nicht wieder dieselbe. Allerdings bekam die Polizei nie heraus, wer sie so zugerichtet hatte, und Mom sagte, ihr falle keine einzige Person ein, die zu einem Serienmörder herangewachsen sein könnte, selbst als sie, mit wackliger Stimme, auf meine Narbe zu sprechen kam.

Immer wieder schwang die Pub-Tür auf. Je enger die Menschen zusammenrückten, desto wärmer wurde es im Raum. Ich bestellte ein zweites Bier.

Wir hatten in der ganzen Gegend Brams Profilbild verteilt, aber es war nichts dabei herausgekommen. Männer wie er liefen scharenweise auf der Straße herum – nicht unattraktiv, aber auch nichts Besonderes. Oft machen die übelsten Verbrecher den harmlosesten Eindruck. Sie sind der freundliche Mann von nebenan oder der stets gut gelaunte Kollege. Sie tragen eine Maske, wenn sie sich unters Volk mischen, und man merkt nicht, wenn sie sich daranmachen, ihr Opfer einzukreisen.

Nicht weit von mir brach brüllendes Gelächter aus. Ich nahm einen Schluck von meinem zweiten Bier. Die Menschentraube, die sich in meinem Rücken gebildet hatte, geriet in Bewegung, und als ich gerade das Glas an die Lippen setzte und mit dem Rand an die unteren Schneidezähne rührte, stieß mir von hinten ein Ellbogen ins Kreuz. Ich wurde gegen die Bar gestoßen. Als ich mich wieder aufrichtete, hatte ich nur noch ein halb leeres Glas vor mir, dafür aber einen nassen Pullover an, der mir unangenehm an der Haut klebte.

Neben mir erschien ein Gesicht. »O verdammt, tut mir leid, sind Sie …«

»Völlig durchnässt? Ja, allerdings.«

»Und das war ein gutes Bier, das Sie da hatten.«

»Stimmt.«

»Das ist gemein. Das Bier kann ja nichts dafür, Gott, kann man ein harmloses Bier nicht einfach in Ruhe lassen?«

Mit steifen Servietten versuchte ich, die Flüssigkeit aus meinem Top aufzusaugen, und als ich schließlich zu dem Burschen aufsah, der mein Bier verschüttet hatte, blickte ich in ein amüsiertes

Gesicht. Irgendetwas an diesem Gesicht kam mir bekannt vor. Der Typ war durchschnittlich groß und trug einen Pony, lang genug, um ihn regelmäßig schwungvoll aus den Augen zu streichen. Seine Augenfarbe war bemerkenswert, wie Schnee im Mondlicht oder Eis auf einem Bach. Ich wartete nur darauf, dass er, wie praktisch jeder, das Gesicht verzog. Meine Narbe hält meine Wange und mein Kinn zusammen. Sie ist nicht besonders hässlich, nicht mehr, aber sie löst eine Reaktion aus – *da ist etwas Schreckliches passiert*. Die Leute befürchteten wohl, mein Unglück könne auf sie abfärben. Dieses Risiko geht niemand gerne ein.

Unsere Blicke trafen sich. Irgendwie hatte er mitten in unserem kleinen Palaver ein frisches Bier bestellt. Lächelnd schob er es mir hin.

»Mein Gott, dieses Gedränge immer«, sagte er. »Wieso komme ich trotzdem immer wieder her?«

»Wegen der schönen Aussicht?«, fragte ich und deutete zu den Schönheiten an der Bar.

Er ignorierte sie und sah mich unverwandt an. »Da könnten Sie recht haben. Ich heiße Seth, und es tut mir leid.«

»Shay, und es ist okay.«

Es lief von Anfang an reibungslos. Wir waren Schauspieler in einem Theaterstück und warfen uns mit schlafwandlerischer Sicherheit unsere Textzeilen zu, so als hätten wir diese Szene monatelang geprobt. Es traten keine peinlichen Pausen ein, keine entmutigenden Flauten. Ich habe mich über mentale Manipulation schlaugemacht, über die Tricks, mit denen Magier und selbst ernannte »Medien« es schafften, dass die Menschen ihnen auf den Leim gingen. Der Mann, dem ich an diesem Abend begegnete, griff auf eine Methode zurück, die man in der einschlägigen Literatur als »Barnum-Effekt« bezeichnet. Seine scheinbar einfühlsamen Beobachtungen waren so oberflächlich und allgemein, dass sie für jedermann passten. So erklärte er mir, ich sei offenbar der unabhängige Typ, und behauptete, mir anzusehen, ich hätte gerade viel am Hals. So wie ich allein an der Bar saß und über meinem Fall brütete, redete ich mir ein, er hätte es auf den Punkt getroffen. Der Pub füllte und leerte sich, die Gäste kamen und gingen wie Ebbe und Flut. Wir redeten, bis der Pub schloss.

»Letzte Bestellungen«, rief die Frau hinter der Bar. Vom anderen Ende des Raums erklang ein vielstimmiges Stöhnen, und eine der Cocktail-Ladys bekam einen lauten Schluckauf. Erst jetzt dämmerte mir, dass auch ich betrunken war. Als ich meinen Hocker wegschob, drehte sich für einen Moment alles. Ich gab einen überraschten Laut von mir und hatte Schlagseite.

Die Kante der Bar war irgendwie rutschig, wie frisch geölt. Ich konnte kaum noch geradeaus sehen. Inklusive des verschütteten Biers hatte ich den ganzen Abend über nur drei Gläser getrunken. Nur einmal war ich aufgestanden, um zur Toilette zu gehen, und zwar genau in dem Moment, als ich ausgetrunken hatte. Ganz bestimmt ließ ich meinen Drink nicht bei einem fremden Mann zurück. Weshalb herrschte dann Funkstille zwischen meinem Körper und meinem Gehirn?

»Ich rufe Ihnen einen Uber, okay, Schätzchen?«

Die Stimme der Barkeeperin kam aus weiter Ferne. Mein Kopf drehte sich vage in die Richtung, fand sie aber nicht.

»Randvoll«, kommentierte mein neuer Freund und zückte sein Handy. Ich versuchte, mich auf seinen Daumen zu konzentrieren, der über das Display huschte. Auch er war nur ein verschwommener Fleck.

»Für so etwas haben wir unsere Vorschriften«, meldete sich die Barkeeperin wieder. Irgendwo im Pub klingelte es, der Ton von einem Festnetztelefon. »Das ist meine Aufgabe. Nichts für ungut, ja? So läuft das hier.«

»Ach so, klar. Schon traurig, dass solche Vorschriften nötig sind. Ich warte dann so lange hier bei ihr. Ist das in Ordnung? Wenn ich einfach draußen mit ihr warte?«

»Sie muss hier bei mir warten«, entgegnete die Barkeeperin. Und ich dachte, *die reden über mich, als sei ich gar nicht da.* »Tut mir leid, wie gesagt, Vorschriften sind Vorschriften ... O'Dwyer ... Hallo? Hallooo? Ach, Mist.«

Sie drehte sich vom Telefon hinter der Bar wieder zu den Frauen um, die sie mit Cocktails abgefüllt hatte. Eine von ihnen erbrach sich gerade auf den Boden.

»Keine Sorge, ich seh ihn schon, der Wagen ist da.« Seine Stimme war nah an meinem Ohr. Ich versuchte, etwas zu sagen, aber mein Mund gehorchte mir nicht. Zügig manövrierte er mich zur Tür. Der kühle Abendregen war ein Schlag ins Gesicht, aber ich bekam immer noch kein Wort heraus. Mein Kopf war irgendwie gefüllt mit Sägemehl. Dann war ich plötzlich nicht mehr in der Bar. Ich war nirgendwo.

Und ich wusste, dass ich Bram gefunden hatte.

EINUNDZWANZIG

»DRINKS FÜR ALLE im Wohnzimmer!«

Philip Nortons Stimme schallte durch die Empfangshalle, und wie auf Kommando setzten sich alle in Bewegung. Bebe, Flynn, Miles und Jade eilten zur Treppe. Ned legte Abella den Arm um die Taille, und widerstrebend folgten sie den anderen, als fänden sie das, was da gerade geschah, ungeheuerlich, wüssten aber nicht, wie sie sich dagegen wehren sollten.

Ich hob die Hände. »Moment mal! Wo wollen Sie alle hin?«

»Uns zum Abendessen umziehen«, sagte Bebe in einem Ton, als sei dies eine selten dämliche Frage. Abella in ihrem blutbefleckten Pyjama lief puterrot an. Ihre Augen sahen entzündet aus.

Cocktailstunde. Der Gedanke empörte mich. In einer derartigen Situation konnten wir wahrlich nicht auch noch Alkohol gebrauchen. Gewiss, die Umstände dieses Falls waren ungewöhnlich, aber wir konnten unmöglich erlauben, dass sich unsere Zeugen vor unseren Augen betranken. Genauso wenig passte es mir ins Konzept, dass sie sich jetzt in alle Richtungen zerstreuten.

Ich warf Tim einen Blick zu und merkte augenblicklich, wie angespannt ich war. *Die nächsten Schritte sind entscheidend.* War er der Ermittler, für den ich ihn hielt, würde er mir beipflichten. Tim würde hundertprozentig hinter meiner Entscheidung stehen.

Als Antwort zog mein Partner demonstrativ seinen Gürtel zurecht und schnalzte einmal laut mit der Zunge.

»Wir müssen darauf bestehen, dass Sie im Wohnzimmer bleiben«, sagte ich. »Niemand zieht sich um. Niemand bekommt einen Drink.«

»Keine Drinks?« Bebe sah mich entsetzt an.

»Frische Kleider und ein Glas Scotch? Es geht um menschliche Grundbedürfnisse«, protestierte Flynn. »Was soll daran so schlimm sein, Detective? Haben Sie Angst, ich könnte ein Messer unter der Matratze haben?«

»Flynn«, sagte Ned leise. »Lass es gut sein.«

»Nein, Ned, das ist Schwachsinn.« Flynn drehte sich wieder zu mir um. »Den ganzen Tag lang haben wir nach Ihrer Pfeife getanzt. Wir haben bei Ihren nutzlosen Befragungen mitgespielt, und hat uns das weitergebracht? Ich hab Ihnen schon vor Stunden gesagt, wer es war.« Flynn warf Abella einen vernichtenden Blick zu. »Wieso haben Sie sie nicht längst verhaftet? Dass sie immer noch hier ist und mein Bruder nicht, das macht mich *krank*. Schaffen Sie sie hier raus!«, brüllte Flynn. »Worauf warten Sie, verdammt noch mal!«

Abella wurde kreidebleich. Sie löste sich aus Neds Griff und wich zurück, bis sie ans Geländer der Treppe stieß, wo sie sich ohne Vorwarnung auf den edlen Parkettboden erbrach.

»Du liebe Güte«, murmelte Flynn angewidert, während Norton davoneilte, um Eimer und Aufnehmer zu holen. »Ich hab die Schnauze voll davon, mich von Ihnen herumkommandieren zu lassen. Das hier ist *unser* Haus.«

Erst, wenn ich es sage. »Das hier ist eine laufende Ermittlung, und Sie fügen sich gefälligst meinen Anweisungen, Mr. Sinclair!«

»Sie werden das nicht zulassen, Wellington, oder?«, sagte Bebe, und die Augen aller richteten sich auf Tim.

Den ganzen Tag lang hatte Tim sich unter ihnen aufgehalten.

Für die Sinclairs stand er auf ihrer Seite. Ich hatte ihm wohlwollend unterstellt, das sei ein bewusster Schachzug von ihm. Jetzt war ich mir da nicht mehr so sicher.

»Jetzt reicht's«, sagte ich zu Bebe und Flynn, bevor Tim den Mund aufbekam.

In diesem Moment räusperte sich Norton.

In der einen Hand hielt Camillas Mädchen für alles einen Eimer, in der anderen eine Flasche Wein. Frisch aus dem Kühlschrank. Kondenströpfchen glitzerten auf dem Glas. Mit gefurchter Stirn betrachtete Tim Norton und die Flasche Wein.

»Ist das Ihr letztes Wort?«, fragte Norton. »Nach allem, was Mrs. Sinclairs Gäste durchgemacht haben?«

Er bezog sich nicht ein. Ich war ohnehin nicht davon ausgegangen, dass Norton mit den anderen anstoßen würde, doch wenn man bedachte, wie aufgewühlt er am Morgen gewesen war und wie gut er Jasper kannte, war es eine seltsame Wortwahl. Sie legte nahe, dass ihn die ganze Sache nicht betraf. Er gehörte schließlich nicht zur Familie.

»Es ist Tradition«, fuhr er fort. »Die Cocktails, die förmliche Kleidung. Das mag Ihnen trivial erscheinen, aber ich weiß, es würde Mrs. Sinclair viel bedeuten, mit der Familie etwas Normales zu tun. Es wäre ein kleiner Trost, wenn Sie verstehen.«

Ich machte mir nicht die Mühe, ihn darauf hinzuweisen, dass Camilla, die sich oben immer noch ausruhte, schon seit Stunden nicht mehr zu ihrer Familie heruntergekommen war. Ich war zu sehr damit beschäftigt, mir einen Reim darauf zu machen, wieso Norton so darauf erpicht war, der Familie ihre Cocktails zu kredenzen. »Tut mir leid«, sagte ich, »aber das wäre unangemessen.«

Flynn machte einen wütenden Schritt auf mich zu. »Ich dachte, ich hätte mich klar ausgedrückt. Sie machen uns keine Vorschriften.«

Im Nu war Tim zwischen uns. »Regen Sie sich ab, Mr. Sinclair. Immer sachte. Geht schon wieder.«

Die letzten Worte hatte Tim an mich gerichtet. Zuerst wusste ich nicht recht, wieso. Im nächsten Moment stand meine Hand in Flammen, und ich begriff, dass meine Hand zum zweiten Mal an diesem Tag zur Waffe gegangen war.

Ich wäre nicht da, wo ich heute bin, hätte ich ein Problem mit Selbstkontrolle. Ich verfüge über eine »bemerkenswerte Gabe, selbst in den brenzligsten Situationen Ruhe zu bewahren«. So drückte es jedenfalls Carson aus, als ich ihm erzählte, was ich durchgemacht hatte: *eine bemerkenswerte Gabe, Ruhe zu bewahren*. Cops, die sich nicht zusammenreißen können, bleiben nicht lange am Leben. Teilweise ist es natürlich motorisches Gedächtnis. Wir durchlaufen ein Reaktionstraining. Wenn man an den Nägeln knabbert, zögert und zaudert, hat man eine Kugel im Hals, bevor man noch zum Telefon greifen kann. Das Ausflippen muss man sich für später aufheben. Im Job hat es nichts zu suchen.

Was ich hier in der Eingangshalle erlebte, war anders. Ich hatte auch in der Bibliothek gar nicht wahrgenommen, dass ich meine Waffe gegen Ned gezogen hatte – bis der Lauf fast seine Nasenspitze berührte. Ich hätte nicht mehr darüber gestaunt, wie sie dahin gekommen war, wäre sie auf Flügeln zum Fenster hereingeflattert. Und jetzt hätte ich um ein Haar mit Flynn dasselbe getan. Noch immer ruhte meine Hand auf der Waffe, aber mein Arm zitterte. Flynn wich nicht zurück. Sein heißer Atem in meinem Gesicht roch nach abgestandenem Kaffee, doch ich schaffte es nicht, ihm aus dem Weg zu gehen. Ich bekam auch nicht die Hand von der Waffe. Meine Finger waren wie festgeschweißt.

»Bebe hat recht«, sagte Flynn. »Ihr Kleinstadt-Detectives seid erbärmlich. Ich hätte nie zulassen sollen, dass Norton Sie anruft. Sie können uns nicht dabei helfen, Jasper zu finden. Sie haben ja nicht mal sich selbst im Griff.«

Ich wollte ihm sagen, er solle sich verziehen, wenn er keinen Ärger bekommen wollte, doch es kostete mich schon meine ganze Energie, die Hand auf der Waffe ruhig zu halten. Flynn war kurz davor, vollends auszurasten, und falls er auf mich losging, konnte ich für meine Reaktion nicht garantieren.

»Kapieren Sie es nicht?« Flynn presste die Worte zwischen den Zähnen hervor. Dabei flog ihm Spucke von der Unterlippe und landete warm und nass an meiner Wange. »Wir haben Sie auf diese Insel eingeladen. Eine *private Insel*. Es ist Zeit, dass Sie gehen.«

»Sie glauben im Ernst, Sie hätten uns hierher *eingeladen*?« Meine Stimme war schrill. Ich hatte Ohrensausen, ich schluckte, um die Gehörgänge freizubekommen. Keine Chance. Es fühlte sich an wie unter Wasser.

»So läuft das nicht«, sagte Tim. Er hob die Hände wie ein Kampfrichter im Boxring. Tim war durchtrainiert genug, um es mit Flynn aufzunehmen, doch er stand einfach nur da und tat nichts. Kleinstadt-Detectives sind erbärmlich.

»Ihr Bruder ist verschwunden«, sagte ich. »Alles, was von ihm übrig ist, ist ein Blutfleck so groß wie ein verdammter Gartenteich.«

»Mäßigen Sie Ihre Sprache in Gegenwart eines Kindes«, sagte Bebe vorwurfsvoll. Sie versuchte, einen schützenden Arm um Jades Schulter zu legen, doch das Mädchen zuckte vor ihrer Berührung zurück.

»Dieses *Kind* hat mir nur so zum Spaß kochendes Wasser über die Hand gegossen.« Ich war mir in diesem Moment meiner Sache mehr als sicher. Das Malheur war Absicht gewesen, und Jade war so sadistisch veranlagt wie die ganze übrige Bagage. »Jade ist kein Kind mehr. Ist Ihnen klar, dass sie sich in ihren Onkel verguckt hat? Oder dass ihr gedankenloses Getratsche seinen Tod herbeigeführt haben könnte?«

»Shana«, murmelte Tim, und ich erschrak. Er war aus der Rolle gefallen und hatte meine Autorität untergraben, indem er mich beim Vornamen nannte. Ich ignorierte ihn und blinzelte heftig. Die Wände kamen auf mich zu.

»Was fällt Ihnen ein!«, brüllte Bebe, während Jade Tränen in den Augen standen. »Das hat Konsequenzen für Sie!«

Und da geschah etwas mit ihr. Unter meinen Augen veränderte sich Bebe Sinclair. Ihre Gesichtszüge setzten sich aus aufgedunsenen Teilen zusammen. Ich wusste, dass es Einbildung war, eine Windung meines Gehirns, die versuchte, ihr Gesicht mit der Person in Deckung zu bringen, als die ich sie erkannt hatte. Doch die Wirkung war beängstigend. *Atmen!*, befahl ich mir. *Lass diese Bilder verschwinden und verbinde dich mit deinem Atem.* Aber mein Kopf war ein Zoo mit weit geöffneten Käfigtüren, durch die meine Gedanken wie hungergetriebene wilde Tiere ins Freie stürmten. Hier verbargen sich Leichen in jedem Schrank, von Leuten versteckt, die Gemeinheiten wie Spielkarten austeilten und Diamanten am Finger trugen, mit rasierklingenscharfen Kanten. In diesem Moment wechselten erneut die Physiognomien der Leute vor mir. Sie erschienen mir alle wie Monster.

Im Kopf hörte ich Carsons Stimme.

Was dich betrifft, Shay, so stehst du, glaube ich, unter äußerstem psychologischem Stress. Was da mit Bram passiert ist, hat deine Denkfähigkeit beeinträchtigt. Einfach gesagt, bist du nicht mehr in der Lage, Tatsachen von Einbildung zu unterscheiden. Wir sprechen von kognitiver Dissoziation. Deine unterschiedlichen Überzeugungen stehen im Widerstreit, was wiederum deine Fähigkeit beeinträchtigt, Werturteile zu fällen. Du kannst dir nicht mehr zutrauen, Recht von Unrecht zu unterscheiden. Du wirst dich fürchten, wenn du in Sicherheit bist, eine Bedrohung sehen, wo es keine gibt. Und die Nachwirkungen dieses kräftezehrenden Zustands wirst du noch sehr, sehr lange zu spüren bekommen.

»Waren Sie's?« Ich forschte in Bebes abstoßendem Gesicht. »Haben Sie Ihrem Bruder ein Kissen auf den Mund gehalten, als Sie ihn erstachen, oder wollten Sie sich nicht entgehen lassen, ihn sterben zu sehen?«

Sie schnappte nach Luft. An der Treppe wischte sich Abella den Mund am Ärmel ab und schwankte auf der Stelle. Unter meiner Bluse krampfte sich mir die Brust zusammen. Nein, nicht meine Bluse – Camillas. Tausend Ameisen liefen mir über die Arme, und als ich am Stoff zog, spürte ich, ungelogen, ihre prallen kleinen Körper, wie sie unter meinen Nägeln platzten und nässten. Seit Stunden war ich bereits auf der Insel. Diese Menschen waren krank, ich lief Gefahr, mich anzustecken, und nichts, nicht einmal meine Kleidung, fühlte sich sicher an. Unter dem Verband pochte meine Hand. *Das alles haben mir diese Menschen angetan*, dachte ich. *Sie sind schuld.*

»Das ist ungeheuerlich!«

Flynn drückte sich mit seinem ganzen Gewicht gegen Tim, um an mich heranzukommen.

Seine Stimme war ohrenbetäubend.

»Oder waren Sie es?«, fragte ich und starrte ihm in die Augen. Ich musste es wissen. Ich brauchte die Bestätigung, dass ich nicht verrückt war, dass Jasper tot war und sie ihn ermordet hatten. »Wie fühlt es sich an zu wissen, dass man nie wieder mit dem ach so perfekten kleinen Bruder konkurrieren muss? Ich werde Jasper finden, so wie ich es Camilla versprochen habe, keine Sorge. Er ist im Fluss, Mr. Sinclair. Genau da, wo Sie ihn versenkt haben.«

Mehrere Dinge passierten zugleich. Flynn schob Tim beiseite und holte zum Schlag aus. Eine der Frauen schrie. Bevor ich es verhindern konnte, zog ich meine Waffe, fand mein Ziel und drückte ab.

Der Knall hallte durchs Haus. Einen Moment lang herrschte Stille, dann brach die Hölle los. Flynn ging zu Boden. Es folgten

Geschrei und Geheul. Tim kauerte neben ihm am Boden und brüllte Befehle. Über seine Hände lief bereits Blut in so leuchtendem Rot, dass es mir in den Augen wehtat.

Ohne einen klaren Gedanken fassen zu können, rannte ich los. Durch die Halle.

Zur Haustür.

Hinaus in den tosenden Sturm.

ZWEIUNDZWANZIG

FLYNN WAR TOT, daran gab es für mich keinen Zweifel. Ich war darauf trainiert, dass jeder Schuss traf. Der Schuss hatte dem Mann, wie beabsichtigt, die breite Brust zerrissen.

Flynn ist ein Tatverdächtiger, sagte ich mir. *Er ist gefährlich. Ich hatte keine Wahl.*

Du kannst nicht beweisen, dass er Jasper umgebracht hat. Du weißt nicht einmal, ob Jasper tot ist.

Ich wusste nicht, wohin. Ich musste einfach nur weg von diesem Haus und seinen Bewohnern. Im Freien erhellte eine Reihe Außenleuchten einen gewundenen Pfad zur Treppe, die zum Wasser hinunterführte – ein riesiges schwarzes Loch am Fuß des Bergs. Dort lief ich hin und betete, während ich zwei Stufen auf einmal nahm, dass ich mit meinen Stiefeln nicht ausrutschte. Ohne meine Regenjacke, die noch im Windfang hing, war Camillas Bluse im Nu durchtränkt. Sie klebte mir widerlich am Leib, und ich hätte vor Wut schreien können.

Weit unter mir krachte eine Woge gegen den Steinwall und explodierte mit Donnergetöse. McIntyre hatte einen Fehler gemacht, als sie mir diesen Einsatz überließ. Warum hatte ich nicht auf Carson gehört? Spätestens, nachdem ich gegen Ned die Waffe gezogen hatte, war offenkundig, dass mir nicht zu trauen war. In jedem Gesicht sah ich einen Mörder, in jeder Geschichte ein

Geständnis. Ich war nicht nur mit der Situation überfordert, ich war eine Gefahr. Wie hatte ich nur so naiv sein können zu glauben, ich könnte mich von dem, was Bram mir angetan hatte, je erholen? Er hatte meine Instinkte und Gefühle so durcheinandergebracht wie ein Kind, das ein Puzzle in die Luft wirft und lacht, wenn die Teile rings um es herunterregnen. Er hätte mich in dem Keller besser gleich getötet. Der Mensch, der ich einmal war – fähig, effizient, zuverlässig –, existierte nicht mehr.

Als ich schließlich zum Bootshaus kam, fühlte sich mein Gesicht taub an. Der Verband an meiner Hand war klitschnass wie alles andere. Ich blieb stehen, um ihn abzuwickeln. Die letzte Schicht löste sich nur schwer von meiner versehrten Haut, doch ich riss sie trotzdem ab und genoss den schneidenden Schmerz.

Dann herunter mit der Bluse. Ich riss sie auf, wand mich heraus und warf das nasse Stoffknäuel auf die Felsen. Ich wollte alles loswerden, was den Sinclairs gehörte, aber das war nicht so leicht wie Nortons Verband wegzuschmeißen oder Camillas Kleider. So wie Bram hatten sie einen Weg in meinen Kopf gefunden. Meine einzige Möglichkeit, ihrem Irrsinn zu entkommen, war die Flucht von dieser Insel.

Das Bootshaus lag im Dunkel. Selbst durch den strömenden Regen roch ich die verfaulten Fischreste, die die Nerze zurückgelassen hatten. Ich hatte weder die Schlüssel zu unserem Polizeiboot noch hätte ich es fahren können, doch daran dachte ich nicht, als ich, in meinem nassen BH, dastand und an der rauen Innenwand nach dem Lichtschalter tastete.

»Shana!«

Tims Stimme drang nur schwach über den tosenden Fluss und durch den sintflutartigen Regen. Er lief schneller, als es die unregelmäßigen, rutschigen Stufen erlaubten. Auch Tim hatte seine Jacke nicht an. Unter seinem nassen Hemd zeichneten sich die Konturen seiner Brust ab.

Als er mich erreichte, legte er die Hände auf die Knie und holte keuchend ein paarmal Luft. »Was soll das, Shana?«, brachte er heraus. »*Verdammt! Was ist los mit dir?*«

»Du musst mich zum Festland zurückbringen.« Die Bitte schien mir nur vernünftig. Egal, was Tim mit dieser Familie verband, sollte er sich genauso glücklich schätzen, mich los zu sein, wie die anderen. Die Frage war nur, ob er mich jetzt hinüberbrachte oder auf Verstärkung wartete, damit die Kollegen mich in Handschellen abführten. Auch Tim würde sich für seine Gesetzesverstöße verantworten müssen – sein Arrangement mit der Familie käme am Ende ans Licht –, doch letztendlich hielt ich den Kopf dafür hin, dass dieser Fall so aus dem Ruder gelaufen war. Die Sinclairs zogen mit Sicherheit vor Gericht. Das war's dann mit dem Bürojob. Ich würde wegen fahrlässiger Tötung angeklagt werden. Würde Carson auf mich warten, bis ich aus der Haft kam? Er hatte um nichts weiter gebeten, als dass ich die Polizeiarbeit an den Nagel hänge, damit wir ein ganz normales, glückliches Paar werden konnten. Nun, die Sorge war er los. Ich würde nie wieder arbeiten und hätte alle Zeit der Welt, um die Hochzeit vorzubereiten. Ironie der Geschichte. Ich hätte beinahe gelacht.

»Ich stelle mich, sobald wir drüben sind. Bring mich einfach rüber.« Meine Stimme klang überraschend fest. Ein kleiner Trost.

»Was faselst du da?«

»Ich habe einen Zeugen getötet. War er dein Freund? Habe ich deinen Freund umgebracht, Tim?«

»Bist du jetzt völlig übergeschnappt?« Tim betrachtete meinen fast nackten Oberkörper, an dem der Regen hinunterlief. »Wo zum Teufel hast du deine Bluse gelassen?«

»Du hattest recht. Es gibt nicht den Hauch eines Beweises dafür, dass Jasper Sinclair ermordet wurde. Aber das wusstest du ja von Anfang an, nicht wahr? Ich wette, du weißt genau, wo er jetzt ist.«

Tim griff nach meinem nackten Arm, doch ich riss mich los.

»Was stimmt eigentlich nicht mit dir?«, fragte er mit erhobener Stimme. »Geht es dir nicht in den Kopf, dass ich nur helfen will?«

»Du kannst mir helfen, indem du mich hier wegschaffst«, erwiderte ich. »Ich hab's endlich kapiert.«

»Nein, du hast offenbar rein gar nichts kapiert. Zum Beispiel, dass Flynn nicht tot ist.«

»Was?«

»Zu deinem Glück hast du miserabel gezielt.«

Nein. Ich hatte das Blut gesehen. Der Schuss saß. »Du lügst.«

»Du hast ihn nur am Oberarm gestreift. Das wird schon.« Er schwieg und sah mich durchdringend an. »Es war Notwehr.«

Flynn war zwar aufbrausend und beleidigend gewesen, aber soweit ich wusste, hatte er mich nicht bedroht. Ich hatte keinen Grund gehabt, die Waffe zu ziehen, nicht den geringsten. »Aber ...«

»Das werde ich bezeugen.«

Wieso sollte Tim für mich einstehen? Es war eine Falle, es konnte gar nicht anders sein. »Ist das der Teil, wo du mich in den Fluss wirfst? Was zahlen sie dir dafür, dass du ihre Verbrechen deckst?«

»Shana«, sagte Tim müde. »Bitte.«

»Carson hat versucht, mich vor dir zu warnen. Gott, hätte ich nur auf ihn gehört.«

»Carson hat *was?*« Tims Stimme überschlug sich fast. Ich konnte seinen Tonfall nicht deuten. »Das erklärt einiges.« Er sagte es mit einem bitteren Lachen. »Wie schafft er es nur, mir auch noch eins reinzuwürgen, wenn er gar nicht da ist?«

»Carson ist nur der Überbringer der Botschaft. Gib nicht ihm die Schuld.«

»Um Himmels willen, Shana, hilf mir auf die Sprünge! Was unterstellst du mir da?«

Ich bewegte die Lippen, brachte aber nichts heraus. »Die Sinclairs«, stammelte ich nur. »Du kennst sie. Sie vertrauen dir.«

»Ich weiß Dinge über sie«, stellte Tim klar. »So wie alle hier in der Gegend. Und wenn sie mir vertrauen, dann hab ich meinen Job richtig gemacht. Als du vorhin Bebe und Miles befragt hast, da habe ich von Jade erfahren, dass ihre Großmutter hier gelebt hat. Hier vor Ort, in Alexandria Bay. Bevor sie nach New York zog. Ist das nicht ein seltsamer Zufall? Und während du mit Ned sprachst, hat Bebe mir erzählt, Jasper hätte ihren Dad immer wieder angebettelt, ihn mit nach Antigua zu nehmen, aber er hat sich jedes Mal geweigert, die Kinder mitzunehmen. Bis zu dieser letzten Reise, von der sie nicht lebendig zurückgekehrt sind, hat er nicht mal Rachel mitgenommen.«

Ich konnte mich nicht darauf konzentrieren, was er sagte. Mir gingen all die Beweise durch den Kopf, die ich gegen Tim gesammelt hatte. »Aber du hast Jade erlaubt, das Wohnzimmer zu verlassen. Du hättest auf sie aufpassen müssen.«

»Das Mädel hat gesagt, sie müsse mal aufs Klo. Woher sollte ich wissen, dass sie ein kleines verlogenes Miststück ist?«

»Abella wollte mir gerade etwas über Jasper sagen. Und du hast sie weggeschickt.«

»Weil ich um dich besorgt war! Du warst für über eine Stunde verschwunden, und als ich dich endlich wiederfinde, ist deine Hand wie eine Mumie bandagiert. Ich wollte mich nur davon überzeugen, dass alles in Ordnung ist.« Tim schüttelte den Kopf. »Ich weiß nicht, was ich von alldem halten soll. Ich dachte, wir vertrauten einander. Was ist passiert, Shane?«

Beim Klang meines Spitznamens und dem freundschaftlichen Ton fühlte ich, wie mir die Knie weich wurden. Wieder tastete ich die Wände des Bootshauses nach dem Lichtschalter ab. Ich ertrug die Nähe nicht, die Enttäuschung in seinen Augen. »Nichts ist passiert«, sagte ich, während ich im Dunkeln herumtastete. »Du kennst mich einfach nicht. Nicht annähernd.«

Er trat einen Schritt näher. »Kannst du laut sagen. Mann, und ich hab wahrhaftig mit mir gekämpft, ob ich dir ausreden soll, Carson Gates zu heiraten. Aber schon klar. Ihr beide habt euch verdient.«

»Was zum Teufel soll das nun wieder heißen?«

»Das soll heißen, dass du genauso verrückt bist wie er.«

Ich ließ die Hand sinken. »Carson ist Psychologe. Er hat sich der Aufgabe gewidmet, Menschen zu helfen, die Schlimmes erlitten haben, die Dinge durchgemacht haben, die dein Fassungsvermögen übersteigen.«

»Seit wann kennst du ihn?«

»Lange genug«, wich ich aus.

»Lange genug, um zu wissen, dass es Carson als Kind das größte Vergnügen bereitet hat, alles, was er ausgefressen hat, mir anzuhängen?« Tim schloss für einen Moment die Augen. Als er sie wieder öffnete, fixierte er mich mit einem kalten Blick. »Als Carson meiner Mom Geld aus dem Portemonnaie gestohlen hatte, wurde ich dafür bestraft. Er machte dauernd Ärger in der Schule, und ich bekam den Verweis. Ich war bei ihm, als er nur so zum Spaß ein Bauklo in Brand gesetzt hat. Wie es der Zufall wollte, kam grad ein Cop vorbeigefahren. Als wir wegrannten, stellte mir Carson ein Bein, und ich wurde geschnappt.«

Ich dachte an unser Frühstück, bei dem Carson über dieselbe Erinnerung gelacht hatte, nur dass es nicht dieselbe Erinnerung war, ganz und gar nicht.

Tim hatte die Hände zu Fäusten geballt. Selbst im Schutz des Bootshausdachs flatterten seine nassen Sachen im Wind. »Die Stadtverwaltung hat versucht, mich wegen Brandstiftung dranzukriegen. Meine Eltern mussten sich einen Anwalt nehmen. Mich da rauszuboxen hat sie ihre halben Ersparnisse gekostet. Wäre es schiefgegangen, hätte ich nie zur Polizei gehen können. Carson hat versucht, mir mein Leben zu ruinieren, und um ein Haar hätte er es geschafft. Und das Verrückteste daran: Er tat so, als wäre nichts, als wären wir immer noch die dicksten Kumpel. Meine Eltern sorgten dafür, dass ich an der Schule in eine andere Klasse kam. Die ganze Highschool hindurch hab ich alles drangesetzt, ihm aus dem Weg zu gehen, und dem Schulabschluss entgegengefiebert. Der Tag, an dem ich gehört habe, dass er nach New York geht, war einer der glücklichsten in meinem Leben, weil ich dachte, ich würde den Mistkerl nie wiedersehen.«

Ich redete mir ein, der Brechreiz, den ich spürte, käme von dem Geruch, den fauligen Fischresten und dem Kot der Nerze. Carsons Familie hatte mir Geschichten über seine Kindheit erzählt. Alle hatten ihn als einen guten Jungen beschrieben, der gerne anderen half, dem der Heilberuf quasi im Blut lag. »Das ist doch lächerlich. Carson und du, ihr wart Freunde.«

»Das dachte ich auch. Das hätte ich mir gewünscht. Ich hatte damals nicht allzu viele. Er war ein hinterhältiges Arschloch, und er hat mich benutzt. Carson benutzt andere Menschen, Shana. Du kannst von Glück sagen, wenn er das mit dir nicht auch macht.«

Dem Mann ist nicht zu trauen, Shay. Bitte glaub mir. Es ist die Wahrheit. »Aber er wollte dich zu unserer Hochzeit einladen«, sagte ich, immer noch ungläubig. Immer noch in Abwehrhaltung. »Das kam von ihm.«

»Natürlich. Er treibt immer noch seine Spielchen, selbst jetzt. Wenn es irgendeinen Dreh gibt, mich zu demütigen, findet er ihn.« Tim stieß mit der Stiefelspitze an einen Stein und trat ihn in hohem Bogen Richtung Fluss. Er verschwand im Nebeldunst. »Er hat mich angerufen, als er wieder herzog, wusstest du das? ›Hab gehört, du bist Polizist‹, meinte er. Und erzählte mir, er heiratet eine Ermittlerin aus New York. Er hat mir unter die Nase gerieben, wie unbedeutend mein Leben im Vergleich zu seinem ist. ›Mein Mädchen hat mir zuliebe den Job beim NYPD aufgegeben‹, sagte er. ›Aber hey, vielleicht findest du ja eine einsame Kassiererin und lässt dich mit ihr irgendwo in der Pampa in einer hübschen Wohnwagensiedlung nieder.«

Mir wurde schwindelig. Tim sah mich mitfühlend an. »Das kommt alles etwas überraschend, was? Typisch Carson.«

Ich dachte an Carson, so wie er beim Frühstück ausgesehen hatte, dachte an die Zeit zurück, als er mir zur Psychotherapie zugewiesen worden war. Wir waren noch nicht einmal ein Jahr zusammen. Aber ich kannte ihn doch, oder? Es konnte doch nicht sein, dass er mir all das verheimlichte.

Wirklich nicht?, meldete sich ein anderer Gedanke zu Wort. *Und was ist mit dem Geheimnis, das* du *vor ihm bewahrt hast?*

»Willst du Beweise?«, fragte Tim. »Dann sprich mit unseren Klassenkameraden von damals. Oder meinetwegen auch mit meinen Eltern, und wenn du nach Hause kommst, vergiss nicht, Carson nach Moonshine Phil zu fragen.«

»Wem?«

»Noch so jemand, dem Carson übel mitgespielt hat. Mir ist endlich wieder eingefallen, woher ich Norton kenne. Als ich ihn mit der Weinflasche sah, kam die Erinnerung zurück. Damals an der Highschool hat Carson bei meinen Eltern Alkohol mitgehen lassen. Sie fanden es heraus, versteckten die Flaschen, ich durfte ihr Auto nicht mehr fahren. Aber Carson gab so schnell nicht auf. Er fand eine neue Quelle, einen Mann, der in einem Spirituosenladen in der Stadt arbeitete. Moonshine Phil – so hat Carson ihn immer genannt. Er hielt Norton für einen Einfaltspinsel und sah seine Chance, ihn auszunutzen.«

»Soll das etwa heißen, du kennst Norton seit deiner Kindheit?«

»Kennen ist übertrieben. Er und Carson hatten eine ... Geschäftsbeziehung. Ich war nur der Laufbursche. Carson zwackte ein paar Kröten für ihn ab, und Norton verkaufte uns billigen Fusel durch die Hintertür. Aber Carson hat schnell gemerkt, dass er das Zeug mit einem Preisaufschlag an unsere Freunde weiterverticken konnte. Es dauerte nicht lange, bis Nortons Boss ihm auf die Schliche kam und ihn feuerte. Schätze, wir beide wissen, wo er eine neue Stelle gefunden hat.«

Es traf mich wie ein Faustschlag in den Magen. Der Mensch, den Tim beschrieb, hatte nicht die geringste Ähnlichkeit mit dem Carson, den ich kannte. Tims Freund aus Kindertagen war grausam und manipulativ. Carson konnte unmöglich mit diesem Jungen identisch sein ... oder?

»Hör zu«, sagte Tim und holte tief Luft. »Ich erwarte nicht, dass du mir das so einfach glaubst. Glaub, was du willst. Aber hier und jetzt arbeiten wir an diesem Fall, und wir müssen ihn zu Ende bringen.«

»Ich kann nicht.« Wieder zum Haus hochlaufen und mich dieser Familie stellen? Es war ein schauriger Gedanke. Ich brauchte Zeit, um zu verarbeiten, was Tim mir gerade erzählt hatte, und mir darüber Gedanken zu machen, wie ich mit dem riesigen Warnschild umgehen würde, das plötzlich über meiner Zukunft hing. »Wenn du bleiben willst, dann bleibe. Ich muss hier weg.«

»Und wie willst du das anstellen? Du kannst kein Boot fahren. Du kämst nicht mal bei strahlendem Sonnenschein zurück, geschweige denn bei diesem Wetter.«

»Tim, ich brauche dazu nicht deine Erlaubnis. Gib mir einfach die Schlüssel.«

»Das werde ich garantiert nicht tun.«

Wieder tastete ich nach dem Lichtschalter, der dort irgendwo sein musste.

Tim griff nach meinem Arm, hielt ihn fest. »Diese Szene da oben«, er deutete mit dem Kopf Richtung Haus, »das war nicht in Ordnung. Gegen einen Zeugen die Waffe ziehen! Und dann eine Gruppe emotional aufgeladener Menschen einfach so stehen zu lassen und abzuhauen? Du musst mir sagen, was hier vor sich geht, Shana, oder du bringst uns noch beide um.«

Ich zitterte inzwischen so heftig, dass mir die Zähne wehtaten. Tim knöpfte sich das Hemd auf, zog es aus, sodass er im weißen Unterhemd dastand, und reichte es mir. Wie in Trance schlüpfte ich mit den Armen hinein und schloss es über der nackten Brust. Selbst triefend nass fühlte es sich warm auf der Haut an.

»Sag mir, was los ist. Das schuldest du mir. Und wenn du danach noch immer wegwillst«, sagte er, »bringe ich dich aufs Festland.«

Tim Wellington trat an mir vorbei in den Eingang des Bootshauses. Ich wusste, was er vorhatte. Indem er meine Flucht vorbereitete, wollte er mir beweisen, dass ich mich auf sein Wort verlassen konnte. Allerdings ahnte er nicht, worum er mich da bat.

Mühelos fand Tim den Schalter, den ich vergeblich gesucht hatte, und das Innere des scheunenartigen Gebäudes war in Licht getaucht. Tim behielt mich unterdessen im Auge. Deshalb sah ich als Erste über seine Schulter hinweg den Steg. Verständnislos bemerkte er mein entsetztes Gesicht. Erst jetzt drehte er sich um.

Das Bootshaus war leer. Sowohl unser Polizeiboot als auch das Skiff der Sinclairs waren verschwunden.

Tim strich sich das Haar aus der Stirn. »Was zum Teufel … Hast du …«

»Nein! Wer kann das gewesen sein?« Ich sah zu Tim. »Jemand muss hier gewesen sein. Der Fallensteller?«

Tims Blick schoss von dem hydraulischen Tor zu den Messingklampen auf dem Steg. An ihnen hatte Norton zuvor beide Boote vertäut. »Nein. Die Tür ist verschlossen. Norton erwähnte, dass es keine Fernbedienung gibt. Jemand muss sie von innen geöffnet und auch wieder geschlossen haben. Wer immer die Boote weggeschafft hat, war bereits auf der Insel.«

Dass der Sturm uns auf Tern Island festhielt, war *eine* Sache. Aber das hier? Das war noch mal eine andere Nummer. Der vorsätzliche Versuch, uns das bisschen Macht zu nehmen, das wir besaßen. Dafür zu sorgen, dass wir wirklich in der Falle saßen.

Und da standen wir nun, während unsere Verdächtigen unbeobachtet tun und lassen konnten, was sie wollten.

Tim und mir mussten die gleichen Gedanken durch den Kopf gegangen sein. Denn wie aufs Stichwort wandten wir beide die triefenden bleichen Gesichter zum Berg.

DREIUNDZWANZIG

TIM NAHM DIE TREPPE im Laufschritt, ich folgte dicht hinter ihm. Auf halber Höhe rutschte ich aus und stieß mit dem Knie gegen die Stufenkante. Ich kam schnell wieder auf die Beine und fasste nach ein paar schmerzhaften Hüpfern wieder Tritt. Ich blendete den Gedanken aus, wohin wir liefen und dass es für uns kein Entkommen gab. Dafür war jetzt keine Zeit.

Als wir das Haus erreichten, blieb Tim ruckartig stehen. Die Tür stand sperrangelweit offen, die Eingangshalle war menschenleer. Auf der Schwelle klebte nasses Laub. Der Dreck erinnerte fast an die Blutflecken auf Jaspers Laken. Wie bei den Menschen im Innern war auch hier die perfekte Fassade des Hauses dahin.

In diesem Moment drang ein Schrei zu uns heraus, den der Wind mit sich zu reißen versuchte. Als ich diesmal die Waffe zog, geschah es wohlüberlegt. Ich zögerte nicht, den Finger um den Abzug zu legen, und verschwendete keinen Gedanken an die Schmerzen. Tim wies mit der Waffe die Richtung, und zusammen schlichen wir uns in die Halle.

Es herrschte eine unheilvolle Stille im Haus. Tim schwenkte links in die Bibliothek, ich nach rechts ins Wohnzimmer. Dort fand ich Flynn.

Zwanzig Minuten. So lange waren wir weg gewesen. In dieser Zeit hatte jemand Brennholz nachgelegt, und Flynn hatte sich mit einem Glas Scotch in die Nähe gesetzt. Er trug kein Hemd, sodass seine behaarte Brust zu sehen war. Der Verband an seinem Oberarm war blutgetränkt. Er hatte sich eine Zigarette besorgt. Vielleicht hatte er sie von Jade geschnorrt. Sie steckte hinter seinem Ohr. Er war allein.

Erschrocken blickte Flynn zu mir auf. Er glotzte auf mein Hemd – Tims Hemd – und auf meine verdreckte Hose, und seine Miene verfinsterte sich. Selbst mit gezogener Waffe war ich vor Flynn auf der Hut – nach allem, was ich über sein brutales Verhalten seinem Bruder gegenüber gehört hatte. Und was hatte Jasper verbrochen, um das hier zu verdienen? Um diese Zeit hatte ich längst weg sein wollen, irgendwo auf halbem Weg zum Festland. Stattdessen sah ich mich einem Mann gegenüber, der aus einem Loch im Arm blutete, das er mir verdankte.

»Wie ich sehe, haben Sie sich große Mühe gegeben, meinen Bruder zu finden.« Sein anzüglicher Tonfall war wohl meinem Hemd geschuldet, Tims Hemd, vielleicht aber auch nur dem Alkohol.

»Jemand hat geschrien.«

»Ach ja?« Er griff nach der Flasche und füllte sein Glas auf, ohne mich eine Sekunde aus den Augen zu lassen. »Muss mir entgangen sein. Ich habe die ganze Zeit hier herumgesessen. Und an Sie gedacht.«

Mir krampfte sich der Magen zusammen. Das Licht im Zimmer flackerte, und Flynns Augen funkelten dunkel.

»Shana!«

Bei Tims Ruf schreckte ich zusammen. Er ging durch die Halle in Richtung Treppe. Über unseren Köpfen knarrte eine Diele. Tim blickte zur Decke.

»Oben«, sagte er an mich gewandt, dann zu Flynn: »Sie bleiben hier.«

»Ich gehe nirgendwo hin«, antwortete Flynn mit einem wütenden

Blick auf Tim in seinem nassen Unterhemd. »Können Sie Gift drauf nehmen.«

Ich eilte zu Tim in die Halle, wo uns Norton aus der Küche entgegenkam. »Was ist los?«, fragte er alarmiert. »Ich habe einen Schrei gehört.« Er hatte sich ein Geschirrtuch über die Schulter geworfen und roch nach Knoblauch und Zitrone. Nicht einmal Flynns Schusswunde brachte den Mann davon ab, seinen Pflichten in Camillas Haushalt nachzukommen.

»Warten Sie hier«, sagte Tim, und Norton war vom Gesicht abzulesen, dass er nur allzu gern gehorchte. Auf unserem Weg nach oben ächzten die Trittflächen der Stufen. Auf halbem Weg zog Tim die Augenbrauen hoch. Auf dem Treppenabsatz des ersten Stockwerks stand Bebe Sinclair und starrte uns an.

»Gott sei Dank sind Sie zurück«, sagte sie zu Tim. Sie trug eine lange Perlenkette, die ich zuvor nicht bemerkt hatte, und als wir die letzten Stufen nahmen, registrierte ich die passenden Stecker an ihren Ohren. Sie hatte auch die Kleider gewechselt. Jetzt trug sie einen schmalen schwarzen Rock und einen passenden Mohairpullover. Ihre Trauerkleidung. »Und Sie«, knurrte sie mich an, »Sie werden für das, was Sie meinem Bruder angetan haben, bezahlen.«

»Wir haben einen Schrei gehört«, sagte Tim. »Was geht hier vor?«

»Nichts Gutes«, erwiderte Bebe. »Wie gewöhnlich.«

Miles und Jade standen im Flur des Obergeschosses, unweit des Badezimmers, wenn mich nicht alles täuschte. Jade hatte das Gesicht an die Brust ihres Vaters gedrückt. Die Badezimmertür stand halb offen, drinnen brannte Licht. Doch Vater und Tochter verstellten uns die Sicht.

»Sie sehen sich das besser an«, sagte Miles. Er trug ein frisches Anzughemd, hatte aber keine Zeit mehr gehabt, es zuzuknöpfen, darüber ein Tweedsakko. »Ned hat sie gerade gefunden.«

Ich überlegte fieberhaft. Wer fehlte? Camilla. Camilla und …

»Lassen Sie uns durch.« Tim machte eine energische Handbewegung, und beim Anblick unserer Waffen traten sie hastig einen Schritt zurück. Wir hatten freie Bahn.

Wir waren drinnen.

Nach US-amerikanischem Gesetz gibt es zwei Schweregrade bei Mord – neben weiteren Klassifizierungen zu Tötungsdelikten allgemein. Es gibt Totschlag, zum Beispiel im Affekt, und fahrlässige Tötung, auf die es hinausgelaufen wäre, wenn ich Flynn richtig erwischt hätte. Als ich McIntyres Stellenangebot in dem kleinen Städtchen Alexandria Bay annahm, hätte ich mir nie träumen lassen, dass Tim und ich es dort jemals mit schweren Straftaten zu tun bekämen. Ich hätte Taschendiebstahl und einen gelegentlichen Einbruch im Pub an der Ecke erwartet. Als ich bei Carson in Behandlung war, hatte ich mir mehr oder weniger erfolgreich eingeredet, was Bram mir angetan hatte, sei ein isoliertes Ereignis und gehe niemanden anderen etwas an. Meine Vergangenheit habe mit meiner gegenwärtigen Situation nicht das Geringste zu tun. Es gab keinen Grund, Tim von Bram zu erzählen. Menschen wie ihn gab es einen unter einer Million. Dank dieser bequemen Ausrede konnte ich mein Unglück für mich behalten.

Doch jetzt musste ich feststellen, die Inseln im Sankt-Lorenz-Strom waren nicht gegen die Sünde gefeit.

Auf dem im schwarz-weißen Schachbrettmuster gekachelten Badezimmerboden lag Abella Beaudry. Im grellen Licht des Spiegels über dem Waschtisch schimmerte ihr Gesicht violett, ihre Augen waren aufgequollen, der Blick leer. Der Strick, mit dem sie erdrosselt worden war, hing ihr immer noch in einer Schlaufe um den Hals, und der Ring, den er hinterlassen hatte, war rot und wund. Für die junge Frau kam jede Hilfe zu spät.

Ned kauerte neben ihrer Leiche und murmelte leise vor sich hin – wie jemand, der im Schlaf einen bösen Traum kommentiert.

Tim hockte sich neben ihn und legte ihm eine Hand auf die Schulter. Das weckte ihn aus seiner Trance.

»Warten Sie im Flur«, sagte ich zu Ned. »Gehen Sie nicht weg. Hören Sie?«

»Nein«, wimmerte Ned. »Nein, nein, nein.«

»Kommen Sie, Ned«, sagte Tim leise, als sich der Mann immer noch nicht rührte. Jetzt erst stand er auf und stakste wie ein Zombie durch die Tür.

»Verdammt!« Tim schlug mit der offenen Hand so fest auf den Fliesenboden, dass es in dem gekachelten Raum gellend hallte.

Ich fühlte mich elend. Mir war zu heiß, zu kalt, von allem zu viel, als ich mich zu Abella hinunterbeugte und ihren noch warmen Arm berührte.

»Sieh dir ihre Finger an«, sagte ich. »Auch da Wundmale vom Strick. Jemand hat sich von hinten angeschlichen.«

Ich sah Abella vor mir, wie sie versuchte, sich den Strick, der sich immer fester zusammenzog, mit den Fingern vom Hals zu lösen. Ich erhob mich wieder. Mir war schwindelig.

»Sie sind nach oben gegangen, um sich umzuziehen. Da waren wir gerade erst ein paar Minuten weg. Das heißt ...«

»Jemand hat nur auf seine Chance gewartet, sie in seine Gewalt zu bringen. Norton war unten. Flynn ebenfalls. Aber ...«

»Genau. Aber«, sagte Tim. »Was ist mit Ned? Miles, Bebe, Jade ...« Er sah mich an und blinzelte nervös. »Ich hätte das Haus nicht verlassen dürfen. Ich hätte unter allen Umständen bleiben müssen. Mein Gott, wie dämlich kann man sein.« Er legte die Hände vors Gesicht. »Das hier ist meine Schuld.«

»Nein. Sie wollte mir etwas sagen. Sie hat es versucht, aber ich hab sie nicht zu Wort kommen lassen. Und ich habe hinterher nicht nach ihr gesucht. Abella hatte Angst vor Jaspers Familie. Beim Mittagessen hab ich es deutlich gesehen. Sie und Jasper hatten gestern Nacht Streit. Ich denke, er hat ihr etwas gesagt, was ihr

Sorgen gemacht hat, oder sie hat es selbst herausgefunden. Sie wollte nur weg von hier. Und ich hab sie allein zurückgelassen.«

Ich nahm einen zittrigen Atemzug. Menschen starben. Ich konnte es nicht aufhalten. Nicht ich hatte die drei Frauen in New York erstochen. Nicht ich hatte einen Strick aus dem Schuppen der Sinclairs geholt und Abella um den Hals geschlungen. Trotzdem fühlte ich mich schuldig.

Hinter der Badezimmertür sah ich förmlich, wie der Mörder sich entspannte. Wie er den Blick über die Halle schweifen ließ, wie er auf den Gesichtern der anderen ruhte. Das war leicht, dachte der Mörder selbstzufrieden. Es wurde jedes Mal leichter. Ein Kinderspiel. Jetzt bestand kein Zweifel mehr. Abellas Mord bewies, was ich im tiefsten Innern die ganze Zeit gewusst hatte. Jasper war tot, und sein Mörder hatte erneut zugeschlagen. Und ich hatte ihm etwas verschafft, ohne das seine Rechnung nie aufgegangen wäre: Ich hatte ihm die Gelegenheit verschafft.

Er hatte sie genutzt.

VIERUNDZWANZIG

IM WOHNZIMMER HERRSCHTE eine unwirkliche Atmosphäre. Der Schein des Kaminfeuers überzog alles mit einem feierlichen Glanz, und das Zimmer war so warm, dass wir alle rote Wangen bekamen. Dieses Mal hatte ich keine Einwände gegen die Drinks. Was machte das noch aus? Weingläser wurden verlangt, Hände umklammerten die Stiele. Wären da nicht zwei durchnässte, dreckverschmierte Ermittler im Raum gewesen und die Leiche einer Frau oben im Badezimmer, die Szenerie hätte nicht einladender sein können.

Ich atmete einmal tief durch, um meine Nerven zu beruhigen, und forschte in den Gesichtern der anderen nach verräterischen Zeichen. In den Krimis, die ich einst verschlungen habe, haben sich die Mörder immer erst ganz zum Schluss verraten – wenn überhaupt. Sie waren immer verdammt schlau. Im realen Leben sind Verbrecher eher selten »schlau«. Kriminologen haben bei ihrer Forschung über Serienmörder mehrere Wesenszüge erkannt, die vielen Gewalttätern gemein sind. Sie können manipulieren, sie können egoistisch und charmant sein. Doch unter der Oberfläche haben sie ganz normale menschliche Schwächen. Sie bekommen feuchte Hände und einen roten Hals. Sie entwickeln nervöse Ticks, von deren Existenz sie selbst nichts ahnen.

Für gewöhnlich stürze ich mich auf diese verräterischen Anzeichen, um Kriminellen auf den Zahn zu fühlen. Und ich war gut darin, praktisch in all meinen Fällen. Außer in dem einen Fall, in dem es mehr denn je darauf angekommen wäre – bei Bram. Als ich jetzt in den Gesichtern unserer Verdächtigen las, spürte ich meine ganze Unzulänglichkeit. Sie erschienen mir alle schuldig. Jeder von ihnen verhielt sich »suspekt«, von Flynn mit seinem demonstrativen Desinteresse über Bebe mit ihrem übertrieben zur Schau gestellten Entsetzen bis zu Ned, dessen auftrumpfendes Gebaren Bebe und Flynn gegenüber einer geradezu melodramatischen Verzweiflung gewichen war. Miles knöpfte sich mit zittrigen Händen das Hemd zu und dosierte seinen Kummer auf ein seriöses Maß. Mit roten Augen schauderte Jade und gähnte zwanghaft in die vorgehaltene Hand. Ihre Erschöpfung wirkte echt, doch hundertprozentig kaufte ich sie ihr auch nicht ab. Und selbst Camilla irritierte mich mit ihrem unangemessen perfekten Make-up. (Hatte sie sich nach ihrem ausgiebigen Mittagsschlaf nochmals die Lippen nachgezogen?) Abella war die einzige Zeugin gewesen, bei der ich mir sicher war, dass ich sie durchschaute. Ihre Normalität war stimmig gewesen.

Kein Wunder, dass es sie getroffen hatte.

»Ich habe traurige Neuigkeiten«, sagte Tim.

»Sagen Sie nicht, uns ist der Alkohol ausgegangen.« Flynn griff nach dem Scotch und füllte sein Glas auf.

An Tims Kiefer zuckte ein Muskel. »Jemand wurde erdrosselt. Abella Beaudry ist tot.«

Es ist nie leicht, jemanden über einen Todesfall zu informieren. Jeder Detective hasst diesen Teil des Jobs. Man löst ein Maß an Leid und Qual aus, das unweigerlich auch einen selbst berührt, auch wenn wir uns bemühen, die Trauer nicht an uns heranzulassen.

Tim machte nicht viele Worte. Den ganzen Tag hatte er diesen Leuten beigestanden. Und sie hatten ihn auf übelste Weise enttäuscht. Sie wussten zweifellos schon, was passiert war, bevor Tim auch nur den Mund aufmachte. Schließlich saß Abella nicht mehr in der Runde. Und ihnen allen war klar, dass Ned in das Bad gegangen war, um nach seiner Freundin zu sehen, und dass er allein wieder herausgekommen war. Doch als Tim die Worte ausgesprochen hatte, entfuhr Camilla trotzdem ein leiser Schrei. Jades Schrei hatte sie überhaupt erst wieder nach unten gelockt, doch ihre Kräfte schienen zu schwinden, sie rang nach Luft. »Das arme Mädchen«, stöhnte sie. »Das unschuldige junge Ding.«

Flynn kippte seinen Scotch in einem Zug hinunter. »Unschuldig? Dass ich nicht lache. Sie hat sich selbst erhängt. Phil, kann ich mal Feuer haben?«

Norton ging mit steifen Schritten zum Kamin und nahm die Streichholzschachtel vom Sims.

Ned, der beim Kamin saß, fuhr zu Flynn herum. »Du bist ein verfluchtes Arschloch, weißt du das?«, rief er.

Ned war mit Bebe im Schuppen. Beide hätten sich dort einen Strick schnappen können. Ned wirkte aufrichtig verstört über den Verlust seiner Freundin, doch er schwitzte jetzt wieder. Seine Haut war so feucht wie während meiner Befragung, bei der er mir verschwiegen hatte, was er über Flynn und die tätliche Auseinandersetzung wusste.

»Ich nenne die Dinge beim Namen.« Flynn nahm die Streichholzschachtel von Norton entgegen und zündete sich die Zigarette an. »Im Moment sehe ich so weit das Auge reicht nur raffsüchtige Flittchen.«

Dabei sah er mir ins Gesicht. Der Alkohol tat eindeutig seine Wirkung bei ihm. Tim schien keine Notiz davon zu nehmen. Er konzentrierte sich auf Norton, der im Raum herumging und die Gläser auffüllte. Auch Jade hielt ihm ihr Glas hin, wie sie es laut Flynn auch gestern Abend getan hatte. Diesmal legte Miles keinen Protest ein.

Von der anderen Seite des Zimmers aus funkelte Bebe Flynn an. »Du weißt, wie Nana es hasst, wenn du im Haus rauchst. Tut mir leid, Nana. Flynn benimmt sich unmöglich.«

»Mildernde Umstände.« Flynn ließ den Rauch aus den Mundwinkeln entweichen. »Dieses Luder hat meinen Bruder ermordet und sich dann erhängt. Ihr werdet mir schon nachsehen müssen, wenn mich das ein bisschen nervös macht.«

Camillas Züge verhärteten sich. Die Haut in ihren tiefen Augenhöhlen hatte die Farbe alter Blutergüsse. »Schluss damit, Flynn. Mein Jasper ist am Leben. Was auch immer hier passiert ist, ändert nichts daran. Mein Gott«, sagte sie und fasste sich an die Kehle. »Das hier ist mein Haus – mein *Zuhause*. Mein Sohn hat jeden Sommer seines Lebens hier verbracht. Ihr auch«, sagte sie zu ihren übrigen Enkelkindern. »Wie konnte so etwas geschehen?«

»Das ist nicht in Ordnung«, sagte Miles. »Ich habe Mitleid mit dem Mädchen, ehrlich, aber Selbstmord? Hier? Das ist verwerflich.«

»Es ist *Mord*«, sagte ich. »Und falls Sie es noch nicht begriffen haben – das bedeutet, jemand unter Ihnen ist ein Mörder.«

Das kollektive Luftschnappen wirkte wie einstudiert. Diese Leute besaßen schauspielerisches Talent. Jeder von ihnen brachte es fertig, mich schockiert anzuschauen. »Sie sind jetzt nicht länger Zeugen im Vermisstenfall Jasper Sinclair. Sie alle sind jetzt Tatverdächtige in einem Mordfall.« Während ich sprach, ging ich auf und ab und sah jedem von ihnen in die Augen. »Jemand in diesem Raum hat dieser jungen Frau das Leben genommen.« Ich trug dick auf, gab meinen besten Poirot. »Hat auf seine Chance gewartet und, als sie sich bot, keine Zeit vergeudet. Auch wenn wir es noch beweisen müssen, gehen Wellington und ich davon aus, dass der Mörder von Abella auch für Jaspers Verschwinden verantwortlich ist. Einer oder mehrere von Ihnen werden wegen Totschlags vor Gericht kommen. Sollte sich herausstellen, dass der oder die

Täter diese Tötungsdelikte geplant haben, wird daraus vorsätzlicher Mord. Nach dem Strafrecht des Bundesstaates New York reden wir hier von einer Mindeststrafe von zwanzig Jahren. Die Höchststrafe ist lebenslänglich.«

Jade stieß einen jammervollen Laut aus, und Miles sah sie erschrocken an. »Detectives«, sagte er nur und zog seine verstörte Tochter vom Sofa hoch. »Ich möchte Sie bitten, uns zu entschuldigen. Das hier ist nicht gut für Jade. Gott, sie ist doch noch ein Kind. Ich bitte Sie um Erlaubnis, mit ihr in die Stadt zurückkehren zu dürfen.

»Im Moment kommt niemand von uns aufs Festland«, sagte Tim.

»Ich pfeif auf das Unwetter!«, entgegnete Miles. »Norton kommt mit dem Wetter schon zurecht. Norton wird uns hinbringen. Wir machen das schon.«

»Ich fahr mit Philip«, sagte Jade. Sie sah Norton mit großen, nassen Augen an. »Du setzt uns doch über, oder?«

Norton lächelte. »Natürlich, Kleines.«

»Wenn die beiden die Insel verlassen«, meldete sich Bebe, »dann fahre ich auch.«

»Und ich«, pflichtete Ned bei. »Wir haben zwei Boote. Wir sind ja nur noch neun Personen.« Er schwieg, um den Kloß im Hals herunterzuschlucken. »Bloß weg von dieser Insel.«

»Wie ich bereits sagte – das geht derzeit nicht«, sagte Tim. »Als die leitende Ermittlerin Merchant vorhin das Haus verließ, hat sie umsichtigerweise das Bootshaus überprüft. Sowohl das Skiff als auch das Polizeiboot sind weg. Wir müssen davon ausgehen, dass sie jemand mutwillig entwendet hat.«

Tim hatte mich gedeckt. *Selbstverständlich hat er das,* dachte ich. *Sie dürfen schließlich nicht erfahren, dass ich durchgedreht bin.*

Miles blickte verwirrt zwischen Tim und mir hin und her. »Soll das etwa heißen, es sind überhaupt keine Boote mehr hier?«

»Genau das. Keine Möglichkeit, von der Insel wegzukommen, nicht, bis es ein zweites Polizeiboot hierherschafft«, sagte ich.

In der betroffenen Stille, die eintrat, heulte draußen der Wind noch heftiger auf. Wieder flackerten die Lichter im Haus.

»Ich will nach Hause«, wimmerte Jade lauter als nötig und schmiegte das Gesicht ans Sportsakko ihres Vaters.

»Bald, mein Schatz, bald. Und wir kommen bestimmt nicht so schnell wieder hierher«, tröstete sie Miles, und dann mit erhobener Stimme in die Runde: »Welcher Idiot macht so etwas? Wieso vergreift sich jemand an unserem Boot?«

»Phil!«, rief Ned unvermittelt. »Sie sind für die Boote zuständig! Sie haben uns beim Andocken geholfen, als wir hier eintrafen.«

Norton erschrak und schüttelte den Kopf. »Ich war das nicht! Ich weiß auch nicht ... der Fallensteller! Er muss noch mal zurückgekommen sein ...«

»Ned hat recht«, meldete sich Bebe zu Wort. »Norton hätte auf sie aufpassen müssen. Vielleicht war er's.« Sie wirbelte zum Hausmeister herum. »Vielleicht haben Sie die Boote losgemacht.«

»Seid nicht albern«, schaltete sich Camilla ein. »So etwas würde Philip nie tun. Wie kannst du ihm so etwas unterstellen!«

»Hast du denn nicht zugehört?«, konterte Bebe. »Einer hier in diesem Raum ist ein Mörder, und ich weigere mich zu glauben, dass es ein Sinclair ist. Mein Gott, wir sind doch keine Monster.«

»Ich habe da oben eine Leiche, die etwas anderes nahelegt«, gab ich zu bedenken.

Bebe überhörte meinen Einwand. »Wie kannst du ihn so verteidigen, Nana? Philip gehört nicht zur Familie!«

Camillas Augen blitzten. »Für mich schon!«

Auf Nortons Hals zeigten sich rote Flecken. »Ich schwöre es Ihnen allen. Ich war es nicht!«

Ich hätte ihm gerne geglaubt, doch es war nicht zu leugnen, dass Norton auf der Insel eine besondere Stellung einnahm. Er konnte sich überall frei bewegen, kommen und gehen, fast wie es ihm beliebte. Es gehörte gewissermaßen zu seinem Aufgabenbereich, sich unsichtbar zu machen, und er verbrachte mehr Zeit allein als jeder andere hier. Ungeachtet seiner engen Beziehung zu Camilla, gehörte er nicht zur Familie. Soweit ich es beurteilen konnte, hatte Norton allerdings keinen Grund, Jasper oder Abella etwas anzutun. Damit war er andererseits keineswegs automatisch unschuldig.

»Auch Ned gehört nicht zur Familie«, bemerkte Miles.

»Genauso wenig wie du, Miles«, sagte Ned.

»Ned und Abby waren Freunde. Genauso wie Ned und Jasper«, sagte Bebe, darauf bedacht, ihren Liebhaber zu verteidigen. »Falls wirklich jemand die Boote losgemacht hat, will er ganz offensichtlich, dass wir hier festsitzen. Aber *wieso*?«

Flynn begann zu lachen. Es fing mit einem Glucksen an und steigerte sich zu schallendem Gelächter. Als es vorbei war, wischte er sich die Tränen aus den Augen und klopfte seine Zigarette auf dem Sofatisch aus. »Ich bekenne mich schuldig«, sagte er mit einem Achselzucken. »Das war ich. Ich hab die Boote losgemacht.«

Tim und ich wechselten erstaunte Blicke. Wir waren tagsüber kein einziges Mal zum Bootshaus gegangen. Die Boote hätten also schon vor Stunden verschwunden sein können. Außer Norton war nur Flynn am Morgen nicht ins Wohnzimmer gekommen, nachdem Tim ihn dazu aufgefordert hatte. Er hätte sich also leicht nach draußen schleichen können, während ich meine Hausdurchsuchung vorgenommen hatte. Er hatte, kurz gesagt, jede Menge Zeit gehabt, zur Anlegestelle zu gehen.

»Und dürfen wir erfahren, warum?«, schaltete sich Tim ein.

»Ganz einfach. Mein Freund hat gedroht, mich zu verlassen«, sagte Flynn. »Er hat mich schon gestern Morgen in New York versetzt, und als ich ihn hier endlich treffe, werde ich von ihm geschnitten. Ich wusste, dass Ned, wenn er das nächste Mal ohne mich irgendwo hingeht, nicht wiederkommt. Ich hatte schon geahnt, dass dieses Wochenende nicht besonders gemütlich werden würde. Offensichtlich lag ich damit richtig. Und es hat perfekt funktioniert, denn jetzt hat er jede Menge Zeit, mir zu erklären, wieso er meine Schwester vögelt.«

Mein Blick ging unwillkürlich zu Camilla. Bebes flehentliche Bitte an Miles vor einigen Stunden in der Bibliothek hatte so geklungen, als drohe Camilla auf der Stelle tot umzufallen, wenn sie von der Affäre erfuhr. Und wir konnten wahrlich nicht noch eine Leiche gebrauchen. Aber falls Camilla begriff, was Flynn gerade sagte, so ließ sie es sich nicht anmerken. Die Ruhe selbst, starrte sie geistesabwesend in die schwarze Aschenglut im Kamin.

Auch sonst sagte niemand etwas, als Flynns Blick langsam über die Runde schweifte. »Aha«, sagte er bedächtig. »Verstehe. Alle außer mir wussten davon.«

Ich stand unterdessen in der Wohnzimmertür und tippte mit der Spitze meines nassen Stiefels auf den Boden. Nachdem ich mit Ned geredet hatte, war ich mir ziemlich sicher gewesen, dass Flynn unser Mann war. Er und Bebe mochten den Plan miteinander ausgeheckt haben, aber die Ausführung hätte weitgehend bei Flynn gelegen. Doch wieso sollte er sich den einzigen Fluchtweg von Tern Island abschneiden, wenn er der Mörder war? Ein heimlicher Besuch am Bootshaus hätte ihm die Möglichkeit verschafft zu verschwinden, bevor wir auch nur wussten, dass es ihn gab. Wieso also hätte er bleiben sollen?

Der Mann war offenbar darauf erpicht, Bebe und Ned bloßzustellen. Er wusste also von der Affäre. Aber woher? Und seine Schlussfolgerung traf zu. Der allgemeinen Reaktion nach wusste (vielleicht mit Ausnahme von Camilla) jeder hier über Bebes Eskapade Bescheid. Wie also war Flynn den beiden draufgekommen und wann?

Seit der ersten Befragung in Flynns Zimmer war sehr viel Zeit vergangen, doch ich kramte in meiner Erinnerung nach irgendeinem Anhaltspunkt, dass er schon da im Bilde gewesen war. Der Wortwechsel zwischen Flynn und Ned bei seinem Eintreffen auf der Insel mochte darauf hindeuten, dass er zumindest einen Verdacht hatte. Er hatte Neds Entscheidung, mit Bebe anzureisen, kritisiert, und die ausweichende Reaktion seines Liebhabers war ihm nicht entgangen. Doch jetzt hatte er Gewissheit. Zwischen gestern und heute hatte ihm irgendetwas Klarheit verschafft.

Ich betrachtete Flynn genauer. Seine Halsschlagadern waren geschwollen vor Scham und mühsam beherrschter Wut. Folglich lag die Entdeckung noch nicht lange zurück. Erst vor Kurzem musste es ihm jemand gesteckt haben. Vielleicht erst im Lauf der letzten Stunde.

Ich forschte in den Gesichtern. Neben ihrem Vater war Jade bemüht, meinem forschenden Blick auszuweichen. Sie hatte Ned von Jaspers Verlobungsplänen erzählt. Von ihr hatte Miles, möglicherweise auch Jasper, gehört, dass sie Ned und Bebe im Schuppen beobachtet hatte. An einem Ort wie diesem gab es für ein Mädchen wie Jade wenig zu tun, erst recht wenn draußen ein Unwetter tobte. Sie hatte es sich verkniffen, ihre Freunde anzurufen oder ihnen Nachrichten zu schicken, woraus ich nur schließen konnte, dass ihr in den unzähligen Stunden, die sie mit der exzentrischen Familie der Ehefrau ihres Vaters verbrachte, etwas anderes durch den Kopf ging. Und jetzt rauchte Flynn eine ihrer Zigaretten.

Ich musste mich fragen, ob sich Jade im Mindesten darüber klar war, welchen Schaden sie angerichtet hatte. So gesehen, war es fast bedauerlich, dass Miles sich von Bebe trennte. Was die Sinclairs betrifft, so passte Jade bestens in die Familie.

»Flynn«, sagte Bebe mit einem Seitenblick auf Camilla. »Nicht jetzt und nicht so.«

»Und wie dann, Bebe? Erst wieder in New York? Bei der Arbeit?

Weiß auch dort jeder Bescheid? Die Ironie ist ja wohl nicht zu toppen, und du siehst es nicht einmal. Ich bin schuldig«, sagte er. »Und nicht nur, weil ich ein paar Boote losgebunden habe. Aber weißt du was, Schwesterherz? Du auch.«

»Hört nicht auf ihn«, sagte Bebe nervös, ohne jemand Bestimmtes anzusprechen. »Er weiß ja nicht mehr, was er sagt. Mein Bruder könnte Jasper nie etwas zuleide tun.«

»Ihm etwas zuleide tun? Ich habe ihn *ruiniert*«, sagte Flynn. »Jasper, Nana und selbst dich.«

Es war zwar kein Mordgeständnis, doch Flynn war drauf und dran, sich etwas anderes von der Seele zu reden. Der Anblick dieses brutalen Menschen, wie er sich im Unterhemd und in seinen butterweichen marinefarbenen Mokassins in seinem Sessel fläzte, machte mich wütend.

»Spucken Sie's schon aus«, sagte ich. »Falls Sie mit dem, was Jasper und was Abella zugestoßen ist, oder mit irgendetwas anderem, das für diese Ermittlung wichtig ist, etwas zu tun haben, raus damit. Hier und jetzt.«

»Flynn!«, sagte Bebe. Ihr Ton war bedrohlich, doch Flynn lächelte nur. Es machte ihm offenbar Spaß, sie leiden zu sehen. Er machte es absichtlich spannend. Dies war sein großer Moment, und er wollte ihn in vollen Zügen genießen.

»Liebstes Schwesterherz. Ich habe mich der Steuerhinterziehung schuldig gemacht in einer Größenordnung, von der du dir keine Vorstellung machst.« Flynn sah seelenruhig zu, wie Bebe erblasste. Er warf den Kopf zurück und brach wieder in Gelächter aus. »Wir sollten uns bei unserem guten alten Dad dafür bedanken, dass er die Grundlage dafür schuf. Er hat Geld in der Karibik gebunkert. Deshalb war er ständig in Antigua. Er unterhielt dort ein Bankkonto, das im Laufe der Jahre immer dicker wurde. Unglücklicherweise reicht es allerdings nicht, uns aus der Patsche zu helfen. Nicht einmal annäherungsweise.«

Bebe schüttelte fassungslos den Kopf. »Nein. Nein, das hätte ich gewusst. Das kann nicht sein.«

»Lass dir keine grauen Haare darüber wachsen, dass du es nicht rausgefunden hast. Du warst ein bisschen abgelenkt«, sagte Flynn. Als Flynn Ned einen vielsagenden Blick zuwarf, presste der nur die Lippen zusammen und schwieg. »Ich konnte die Steuern nicht bezahlen, verstehst du? Nicht ohne Gefahr zu laufen, dass uns das Finanzamt auf die Schliche kommt. Deswegen habe ich einfach da weitergemacht, wo Dad aufgehört hat, und gehofft, es irgendwann in Ordnung zu bringen. Tja, weißt du was? Die Zeit ist um. Ich habe vor Kurzem einen Anruf bekommen. Uns steht eine Steuerprüfung ins Haus. Dann platzt die Seifenblase. Dass du die Mitarbeiter nicht bezahlt hast? Oder all diese Rechnungen ignoriert hast? Das war nichts im Vergleich. Das hier ist der Supergau.«

Bebe schüttelte wieder den Kopf. »Aber ich hatte keine Ahnung ...«

»Du bist die Geschäftsführerin, verflucht noch mal. Ich habe es nicht gemeldet, aber du auch nicht. Wir stecken da zusammen drin. In den Augen des Finanzamts bist du genauso schuldig wie ich. Ich wandere in den Knast. Und dich nehme ich mit.«

Wie vom Donner gerührt, stammelte Bebe: »Aber ich bin doch deine Schwester.«

»Ja, das bist du. Aber was heißt das schon? Eine Familie ist bloß eine Ansammlung von Leuten mit gemeinsamer DNA. Ich schulde dir nichts. Dir nicht und auch niemandem sonst.«

»Jasper«, warf ich ein. »Wusste er davon?«

»Er wusste genug, um uns nicht seine Erbschaft zu überlassen, als wir ihn darum baten. Hätte er es getan, wäre alles längst futsch.« Flynn nickte seiner Großmutter zu. »Nanas Geld genauso. Dieser Mistkerl war immer cleverer als ich. Soll er in der Hölle schmoren.«

Flynn waren die Haare in die Augen gefallen. Er warf den Kopf zurück, so wie ich es von Bram in Erinnerung hatte, und reckte das Kinn vor, eine letzte trotzige Geste. Die Ähnlichkeit der beiden Männer war mir zuvor noch nicht so aufgefallen. Mir wurde übel. Mein ganzer Körper spannte sich an, als müsste ich einen Angriff abwehren.

»Sinclair Fabrics könnte nächstes Jahr fünfundsiebzigstes Jubiläum feiern, wusstet ihr das?«, fuhr Flynn fort. »Wir wollten eine große Sause veranstalten. Das war Nanas Idee – stimmt's, Nana? Hatten schon ein Datum festgelegt und so. Ich kann nur inständig hoffen, dass du bald stirbst«, sagte er im Flüsterton und sah über den Rand seines Glases hinweg seine Großmutter an. »Ich würde dich wirklich nur ungern enttäuschen.«

Ich hatte für Flynn nicht das leiseste Mitgefühl. Die schreckliche Situation, in die sein Vater ihn gebracht hatte, ließ mich kalt. Es machte die Sache nicht besser, dass Flynns und Bebes Versuche, Camillas und Jaspers Geld an sich zu reißen, von dem Wunsch getragen waren, das Vermächtnis der Familie zu retten. Gewiss, sie hatten Jahre ihres Lebens in das Geschäft gesteckt, anders als Jasper, der erst vor Kurzem dazugestoßen war. Das alles rechtfertigte in keiner Weise, wie sie ihren Bruder, aber auch ihre Großmutter behandelt hatten. Das kranke Verhalten, das diese Geschwister an den Tag legten, war einfach nicht zu entschuldigen. Jasper war verschwunden. Er war verschwunden, und seine Freundin lag tot auf den kalten Fliesen eines Badezimmers.

»Philip«, sagte Bebe mit zittriger Stimme, »bring Nana in die Bibliothek, damit sie sich hinlegen kann.«

Camilla, so schien es, war in eine Art Wachschlaf verfallen. In ihrem Mundwinkel hatte sich Spucke gesammelt, und ihr Weinglas neigte sich alarmierend zur Seite. Norton folgte der Aufforderung unverzüglich. Mit ein paar Worten überredete er Camilla aufzustehen, nahm dann ihre Hände und führte sie aus dem

Raum. Mein Blick blieb an ihrem Glas hängen – der Wein darin war heller als der Chardonnay, den die anderen ringsum tranken.

»Sie sieht nicht gut aus.« Ich hörte Camillas flachen, rasselnden Atem, als sie an mir vorüberkam. Ich hielt die beiden an der Tür auf. »Mrs. Sinclair«, sagte ich, »alles in Ordnung bei Ihnen?«

Die alte Frau zuckte mit den Lippen. Ich roch ihren eigentümlich süßlichen Atem.

»Das kommt von dem Medikament«, erklärte Norton. »Sie wird davon müde. Sie muss sich nur ein wenig ausruhen.«

»Darf sie mit diesem Medikament denn trinken? Sie haben ihr Wein eingeschenkt.«

»Das? Nein, das ist Schorle. Da ist kaum Wein drin.«

»Sie mischen die Schorle in der Küche?«

»Ist am einfachsten so.«

»Wie oft nimmt sie ihre Medikamente?« Ich beobachtete sein Gesicht genau. »Diese Tabletten.«

»Zwei ... nein, dreimal täglich.« Niemand im Raum widersprach. Niemand sagte ein Wort. Ich glaubte nicht, dass einer von ihnen den leisesten Schimmer hatte, wie ihre Krebstherapie aussah. Einzig Jasper hätte sich wohl die Mühe gemacht, sie danach zu fragen.

»Wir sollten sie im Auge behalten«, sagte ich und trat zur Seite, um sie vorbeizulassen.

Norton nickte, bevor er Camilla in die Halle und von dort in die Bibliothek geleitete, wo er sie auf das Sofa bettete und eine Decke über sie breitete. Wie sie so auf dem Rücken lag, sah die alte Frau aus, als wäre sie bereits gestorben.

Im Wohnzimmer war Flynns Zigarette bis auf den Filter heruntergebrannt. Wieder flackerte das elektrische Licht. Ich hatte vergessen, Norton zu fragen, ob das Haus über einen Generator verfügte.

»Wie wär's mit einem kleinen Frage-Antwort-Spiel?«, warf Flynn in die Runde. Sein Gesicht war inzwischen krebsrot und von einem Schweißfilm bedeckt. Der Mann war offenkundig betrunken. »Ich hab die Hose runtergelassen, jetzt ist Ned dran. Lass hören, mein Lieber, was ist an meiner Schwester so betörend? Ihre edlen Gesichtszüge? Oder ihr umgängliches Wesen? Gott weiß, dass ihr beides abgeht.«

Ich beobachtete Bebe, die ihren Bruder mit starrem Blick ansah. Sie fand keine Worte. In ihrem Kopf dröhnte offensichtlich noch Flynns Paukenschlag.

Ihr künftiger Ex-Ehemann nutzte ihre Sprachlosigkeit, um seinerseits das Wort zu ergreifen. »Ich hätte da auch eine Frage«, sagte Miles, »und zwar an Bebe. Was findest du eigentlich an unserem guten Freund Ned? Zuerst dachte ich ja, es wäre so eine Art karitatives Projekt – vögel einen bettelarmen Underdog und gib ihm das Gefühl, er hätte den Jackpot geknackt ... Aber inzwischen hat der Kleine einiges mehr auf der hohen Kante als du. Dann muss es wohl was anderes sein.«

»Sachte!«, sagte ich und ging in Habtachtstellung. Am anderen Ende des Zimmers bereitete sich Tim ebenfalls darauf vor einzuschreiten, falls es zu Handgreiflichkeiten kommen sollte. Neds Gesicht war wutverzerrt, er biss die Zähne zusammen und blähte die Nasenflügel auf, doch er rührte keinen Finger und sagte kein Wort.

Miles' Bemerkung war an Gemeinheit kaum zu toppen. Ich fasste nicht, wie Ned es schaffte, sich nicht auf ihn zu stürzen. Sein Verhalten war aufschlussreich. Offensichtlich war er von Flynn in dieser Hinsicht schon so einiges gewohnt. Andererseits hatte ich nicht den Eindruck, dass Ned ein Feigling war. Und dann wurde mir klar, dass hier im Raum ein Mädchen saß, das etwa im Alter von Neds jüngstem Geschwisterkind war.

»Ich bin dran«, sagte ich in die Stille hinein, die entstanden war. Für einen Moment waren unsere Verdächtigen abgelenkt, doch zweifellos nicht lange.« »Wer hat Abella ermordet? Kommt schon, Leute, nehmt es als Familientherapie. Schnupperangebot.«

Bebes Gesicht war dunkelrot vor Zorn. »Zur Hölle mit euch allen!«

»Da bin ich schon«, sagte Flynn.

»Es reicht, verdammt!«, schaltete sich Tim ein. »Es reicht. Alle mal herhören! Neue Regeln. Von jetzt an bleibt jeder von Ihnen da, wo wir Sie sehen können.«

Trotz der Aussicht, erneut unter Hausarrest zu stehen, waren von der Gruppe keine Widerworte zu hören. Wieder Bestnote für Tim in sozialer Kompetenz. In ihren Augen war er immer noch der gute Cop. Sie vertrauten ihm, wozu nicht zuletzt mein irrationales Benehmen beigetragen haben dürfte – der einzige Pluspunkt, den ich für meine völlig durchgeknallte Darbietung verbuchen konnte.

Und aus einem weiteren Grund waren unsere Verdächtigen fügsam. Keiner von ihnen war es gewohnt, an einem dunklen, stürmischen Abend um Leib und Leben fürchten zu müssen. Ein Wohnzimmer, bewacht von zwei Kriminalbeamten, war der einzige sichere Ort auf Tern Island und das beste Szenario. Was blieb ihnen also übrig?

Tim meldete sich erneut zu Wort: »Detective Merchant wird gleich beim zuständigen Sheriff anrufen.«

Dafür erntete er von Bebe nur ein verächtliches Schnauben. Sheriffs gehörten zu den spießigen Symbolen des Kleinstadtlebens, über das sie von ihrem Penthouse in Manhattan aus nur die Nase rümpfte.

»Sheriff McIntyre«, fuhr Tim fort, »wird unverzüglich ein Team losschicken, um Sie aufs Festland zu bringen. Sie werden dann im Polizeirevier in Alexandria Bay vernommen, wo es Ihnen auch freisteht, einen Anwalt hinzuzuziehen.« Tims Blick streifte Miles. Der einzige Anwalt im Raum schien mit Tims Anweisungen kein Problem zu haben.

Die Erleichterung, die sie mir verschafften, war wie ein großer, stiller Badesee. Seit der Entdeckung von Abella Beaudrys Leiche hatte ich mir das Hirn darüber zermartert, wie wir weiter verfahren sollten. Unsere sechs verbliebenen Verdächtigen – die gebrechliche, schwerkranke Camilla hatte ich längst ausgeschlossen – waren mehr oder weniger unberechenbare, mehr oder weniger grausame Menschen. Aber gleichzeitig waren sie auch nur Menschen. Irgendwann würden sie wieder etwas zu sich nehmen müssen oder aufs Klo gehen wollen. Und selbst unter der Last der Erinnerung an das, was geschehen war, würden sie irgendwann schlafen müssen.

Sämtliche Schlafzimmertüren verfügten über schwere, alte Schlösser, das heißt, Tim und ich konnten im Prinzip jeden von ihnen einschließen. Durch die Fenster im ersten Stock auszusteigen, ohne sich die Knochen zu brechen, war unmöglich. Ebenso unmöglich war es, durch eine verschlossene Tür zu kommen, ohne sie aufzubrechen. Mir hatte schon eine lange, gespenstische Nacht im Agatha-Christie-Stil vor Augen gestanden, in der wir über sämtliche Türen wachten und warteten, dass der Sturm nachließ. Doch endlich würde Hilfe kommen – keinen Moment zu früh.

Bebe trank ihr Glas aus. Ned nagte an der Haut seiner makellosen Nägel.

Als sich Tim davon überzeugt hatte, dass sie sich seinen Anweisungen fügen würden, bat er mich mit einer Kopfbewegung, ihm in die Halle zu folgen.

»Okay, Shana«, sagte er, als wir außer Hörweite waren, »ich bin ganz Ohr.«

Ich war entschlossen, die Situation professionell anzugehen. Alles, was Tim über Carson gesagt hatte, konnte warten. Zwar war ich noch nicht so weit, mich auf einen Mörder festzulegen, doch ich hatte die eine oder andere Idee. »Es dreht sich alles ums Geld«, erklärte ich ihm. »Flynn und Bebe haben keins, Jasper dagegen schon, und wenn Camilla nicht mehr ist, erbt er noch welches dazu. Wenn Jasper tot wäre, würde es vermutlich den beiden zufallen. Das würde Jaspers Verschwinden und auch Abellas Ermordung erklären. Entweder wusste sie, wer ihn umgebracht hat, oder zumindest, weshalb er sterben musste. Im Lauf des heutigen Tages muss irgendetwas vorgefallen sein, das ihr die Augen geöffnet hat, denn bei meiner Befragung heute Morgen war sie noch ahnungslos, da bin ich mir sicher. Deshalb wollte sie mit mir reden. Irgendein verdächtiges Verhalten oder etwas, das Jasper gestern Abend zu ihr gesagt hat und das sie erst heute begriffen hat – irgendetwas muss ihr einen Hinweis auf den Mörder gegeben haben. Und das hat wiederum der Mörder begriffen. Also, wen können wir ausschließen?«, fuhr ich fort. »Zunächst mal Camilla. Sie ist viel zu gebrechlich, und sie hat kein Motiv. Was Jade betrifft … das Mädchen ist eine Nervensäge, und ich wette, sie ist stinksauer auf Jasper *und* auf die Freundin, die ihn ihr weggenommen hat. Aber hätte sie Jaspers Leiche wegschaffen können? Nein, zumindest nicht allein, aber möglicherweise trägt sie eine Mitschuld.«

»Klingt alles ziemlich einleuchtend«, unterbrach mich Tim. »Eine zweite Runde Befragungen könnte uns vermutlich weiterbringen und noch ein paar Namen von der Liste eliminieren. Aber nicht deshalb habe ich dich herausgebeten.«

Ich brauchte eine Sekunde, bis der Groschen fiel. »Was?«, fragte ich. »Jetzt?« Ich klang wie Bebe in der Bibliothek – in die Enge getrieben und verzweifelt bemüht, mich herauszuwinden, aber ich war machtlos. »Sollte ich nicht McIntyre anrufen?«

Tim blickte zur Wohnzimmertür. Wir standen Schulter an Schulter, mit klaren Visierlinien, nur wenige Meter von der Tür entfernt, doch selbst diese kurze Entfernung von unseren Verdächtigen bereitete mir beträchtliches Unbehagen, und ich sah Tim an, dass es ihm genauso ging.

»Du weißt, wie ich über diesen Fall denke«, sagte er. »Ich habe nie einen Hehl daraus gemacht. Ich habe wirklich geglaubt, wir könnten Jasper lebend finden. Jetzt glaube ich das nicht mehr.« Sein Blick ging hinauf zum Flur im ersten Stock, wo es jetzt bereits zwei Tatorte gab. »Diese Leute sind gefährlich. Egal, was mit dir los ist, du musst es mir sagen. Ich muss mir sicher sein, dass du das hier durchstehst.«

Vergiss es, dachte ich. *Nicht jetzt und nicht so.* »Die Täuschungsmanöver, die Lügen«, sagte ich, »davor wollte ich dich den ganzen Tag schon warnen. Der Fallensteller ist vollständig entlastet, und außer uns ist sonst niemand von draußen auf der Insel. Der Mörder ist da drinnen in diesem Zimmer. Das ist also vielleicht keine so günstige Zeit für ein Plauderstündchen. Hör zu, später, im Revier, spendiere ich dir einen Kaffee – einen anständigen, nicht das Gesöff aus dem Büro –, und dann lege ich eine vollständige Beichte ab, okay? Im Moment kann ich dir nur versichern, dass ich noch eine Stunde durchhalte, bis Verstärkung kommt, ganz bestimmt. Tim, ich schwör's, mir geht's gut.«

Und das war nicht gelogen. Eine Stunde hielt ich ganz gewiss durch. Ich konnte die Minuten zählen, und diese verkommene, perverse Familie wäre Schnee von gestern.

»Du bist hier neu, das verstehe ich«, antwortete er. »Aber du glaubst doch wohl nicht ernsthaft, dass die Kavallerie kommt?«

»Was? Aber du hast doch gerade selbst gesagt ...«

»Sollen die etwa wissen, dass wir auf unbestimmte Zeit allein hier sind? Nein, danke. Ruf McIntyre an, auf jeden Fall. Sag ihr, was passiert ist. Die Sache mit dem Schuss auf Flynn lässt du vielleicht besser aus. Aber eins muss dir klar sein: Wir beide sind hier diese Nacht auf uns gestellt, du und ich, auf einer Insel mit einem durchtriebenen Mörder – vielleicht auch mehr als einem –, der nicht zögern wird, uns die Kehle durchzuschneiden. Die sind uns zahlenmäßig überlegen.« Der Anflug von Angst in seinen Augen strafte seinen ruhigen Tonfall Lügen. »Auch wenn sie sich bei jeder

Gelegenheit gegenseitig an die Gurgel gehen: Was meinst du wohl, auf wessen Seite sie sich schlagen, wenn es darauf hinausläuft: Familie oder die Cops? Diese Leute sind wütend, und sie haben Angst. Die können sich von einem Moment auf den anderen gegen uns wenden, und wie du eben bewiesen hast, bist du eine lausige Schützin. Wir müssen uns aufeinander verlassen können, Shane. Ich muss mich hundertfünfzig Prozent auf dich verlassen können, denn du hattest nämlich recht, okay? Wir gegen die – das trifft es. Also sag mir, weshalb du vorhin so ausgerastet bist, damit wir sichergehen können, dass so was nicht wieder passiert.«

Wir gegen die. Mit den eigenen Worten geschlagen zu werden – das war besonders niederschmetternd. Es würde niemand kommen. Wir waren auf uns gestellt.

Tim stellte für gewöhnlich keine Forderungen. Der Mann hasste es, Entscheidungen zu treffen, und überließ sie von Herzen gerne anderen, von der Sandwich-Bestellung bis zur Parkplatzwahl. Aber ausgerechnet in diesem – meinem – Fall beharrte er auf seiner Forderung. Es war die ultimative Vertrauensprobe, und ich wusste nicht, ob ich dazu in der Lage war. Tim würde sein Urteil über mich fällen. Wer täte das nicht? Kannte er erst einmal die Wahrheit, würde er begreifen, wie sehr ich auf der ganzen Linie versagt hatte, und er würde mich unweigerlich in einem anderen Licht sehen.

»Das wird alles verändern. Wie du mich siehst. Nichts wird mehr so wie früher sein.«

»Das kannst du nicht wissen. Gib mir eine Chance.«

Noch etwas ganz anderes wäre denkbar, ging es mir durch den Kopf, während ich ihn ansah. Vielleicht waren Tim und ich in Bezug auf Jasper unterschiedlicher Meinung, weil ich den Fall durch meine grau getönte Brille sah. Mein Urteil war von dem getrübt, was mit Bram passiert war – Tims hingegen nicht. Tim war davon unberührt. Wenn ich mich ihm erklären konnte – wer weiß –, vielleicht konnten wir uns dann gegenseitig einen Dienst erweisen. Und diesen Fall auftragsgemäß mit vereinten Kräften lösen.

Ich horchte auf das wütende Ächzen der Bäume, die sich dem Wind widersetzten. Ich holte Luft und spürte dieses schrecklich vertraute Brennen in der Kehle.

»Vor anderthalb Jahren wurde ich entführt.«

Die Worte hingen in der Luft wie schwarzer Rauch ohne erkennbares Feuer. Irgendwie wünschte ich mir, sie hätten eine abschreckende Wirkung und er würde es sich anders überlegen, doch Tim zeigte keine Regung. Drinnen im Wohnzimmer hörte ich das leise Klingen eines Glases, in das Wein nachgeschenkt wurde. Das Geräusch erschien mir überlaut, doch ich konzentrierte mich auf Tims Augen und erzählte weiter.

»Der Mann, der das tat, hatte drei Frauen erstochen und es als Nächstes auf mich abgesehen«, sagte ich. »Ich sollte sein viertes Opfer sein.«

FÜNFUNDZWANZIG

ALS ICH AUFWACHTE, roch alles an mir nach Bier. Ich strich mir mit den Händen über den Körper, um festzustellen, ob ich irgendwo verletzt war. Der Raum war dunkel, mit einem Lichtspalt unter der Tür. Ich kroch zu der Tür und rüttelte an der Klinke. Abgeschlossen.

Dann kam Bram. Er hatte die ölgetränkte Papiertüte einer Imbissbude in der Hand, stellte sie auf den schmutzigen Zementboden und knipste das Licht an. Aus seiner Kuriertasche zog er eine Wasserflasche, von der das Kondenswasser tropfte. Ich hatte einen staubtrockenen Mund und einen unangenehmen Geschmack auf der Zunge. Ich gierte so sehr nach diesem Wasser, dass ich es schon auf der Zunge schmeckte, doch dann kamen die Erinnerungen wieder an die Oberfläche. Unser Small Talk. Die Drinks. Er hatte mir etwas hineingetan. Bram hatte jedes Glas mit einer Droge versetzt.

»Willst du was essen?«, fragte er und setzte sich im Schneidersitz auf den Boden. Der Geruch, der von der Tüte ausging, war verlockend. Er wusste, dass ich vor Hunger umkam. Was, wenn er nun auch das Essen mit Drogen versetzt hatte?

»Keine Angst, Shay.«

Ohne zu zögern, schlug ich zu. Ich legte mein ganzes Gewicht in den Hieb und traf ihn am Kinn. Für einen solchen Fall hatte ich trainiert, endlose Stunden Kampfsport und Selbstverteidigung absolviert. Kaum spürte ich seinen Kiefer unter meinem Fingerknöchel, hatte er die Oberhand und drückte mir die Kehle zu.

»Das war ziemlich daneben«, sagte er, während er mich zu sich herunterzog. Mit einem dumpfen Knall und einem Stöhnen schlug ich auf dem Boden auf. »Tu das nie wieder, klar? Wir kennen uns, erinnerst du dich nicht?« Er kniete sich neben mich und strich mit dem Finger meine Narbe entlang. »Und jetzt werden wir uns noch besser kennenlernen.« Bram setzte sich wieder hin und ließ seinen Unterkiefer knacken. »Also gut, ich fang an. Ich liebe Thai-Essen und lange Spaziergänge im Park. Jetzt du. Wo kommst du her?«

Aus dem Neunten Revier, du Arschloch, und meine Einheit wird dich in der Luft zerfetzen. »Vermont«, krächzte ich mit brennender Kehle. »Swanton.« Ich forschte in seinem Gesicht nach irgendetwas, das ich wiedererkannte, nicht nur von dem Abend im Pub. Ich versuchte, hinter die äußeren Züge zu blicken, die Eigentümlichkeiten auszumachen, die er nicht so leicht verstecken oder überspielen konnte, und sie mit den Jungs an der Highschool abzugleichen, an die ich mich von zu Hause erinnerte. Bei Brams Anblick stellten sich mir die Nackenhaare auf. Das war schon bei unserer Begegnung im O'Dwyer so gewesen und jetzt wieder. Keine Frage. Ich kannte ihn.

»Swanton. Was sagt man dazu«, erwiderte er ungerührt. »Da komme ich auch her.«

Vorsicht, Shay! Ich wusste noch so gut wie nichts über den Burschen, schwer einzuschätzen, was er machen würde. Er hatte ein Problem mit Frauen, so viel stand fest. Aber womit – wenn es denn darum ging – hatten ihn die anderen Frauen provoziert? Was, wenn ich, ohne es zu wissen, dasselbe tat? Was das bedeutete, dämmerte mir bald. Er hatte mich an einem Freitagabend entführt und musste erst am Montag wieder zur Arbeit. Ich hatte weder einen Freund noch einen Mitbewohner und telefonierte nur einmal die Woche mit meiner Familie. Bram blieb also genügend Zeit, um seine kranken Fantasien auszuleben. Montag war unendlich weit entfernt.

Bring ihn zum Reden, dachte ich verzweifelt.

Lass ihn reden, bis er vergisst, wozu er dich hierhergebracht hat.

»Du bist aus Swanton?«, fragte ich und tat furchtbar überrascht. Die Erinnerung an unsere Plauderei an der Bar widerte mich an. Ein bisschen Aufmerksamkeit von einem attraktiven Mann hatte genügt, und ich war unvorsichtig geworden. Leichte Beute.

»Du sagst, wir kennen uns? Von der Schule?«, fragte ich.

»Nein.« Er lächelte ein wenig. »Ich war nicht lange in der Stadt, aber ich kann mir kaum vorstellen, dass du mich vergessen hast.«

»Seid ihr weggezogen?«

»Ich bin abgehauen.«

»Ach so.« Kannte ich irgendwelche Ausreißer aus meiner Kindheit? Bei der Frage beschleunigte sich mein Puls.

»Und wieso?«

»Ich hatte keine Wahl. Meine Mutter hat mich rausgeschmissen.«

Es war vollkommen absurd, so zu reden, als wären wir immer noch in der Bar und tauschten lächelnd Geschichten aus, doch die Polizistin in mir wollte ihm, koste es, was es wolle, hinter die Schliche kommen. Falls ich es lebend wieder nach draußen schaffte, konnte ich seine Geständnisse gegen ihn verwenden, dafür sorgen, dass der Bastard vor Gericht und hinter Gitter kam. Vorerst war ich unversehrt. Ich genoss den Luxus, noch keine Verletzungen, Blutergüsse und Schmerzen davongetragen zu haben. Im geeigneten Moment würde ich es wieder versuchen. Beim nächsten Mal würde ich ihm die Daumen in die Augenhöhlen stoßen und so lange drücken, bis er zu Boden ging. Auf die eine oder andere Weise käme ich hier raus.

Aber ich war nicht mehr nur Polizistin. Ich war jetzt auch Opfer – einer Entführung, wenn nicht Schlimmeres hinzukam. Ich durfte diesen Gedanken keinen Raum geben. Ein schwacher Moment, noch ein gescheiterter Versuch, und ich würde mich in seine Liste einreihen. *Becca. Lanie. Jess.*

Shay.

»Ich kann mich aber nicht an deinen Namen erinnern.« *Blake Bram.* War es eine Zufallswahl? Oder eine Anspielung auf jemanden oder etwas in der Stadt? Was?

Bram lachte leise. »Macht nichts. Ich hab mir deinen gemerkt.«

Da hatte ich in der Hoffnung, auf ein Muster zu stoßen, das uns weiterbrächte, Stunden um Stunden in den Akten zu diesen drei toten Frauen gewühlt. Sie waren zwischen Ende zwanzig und Anfang dreißig, und alle drei nutzten dieses Dating-Portal, doch was ihren Beruf, ihre Freizeitaktivitäten und ihr Aussehen betraf, hätten sie kaum verschiedener sein können. Daher war ich längst zu dem Schluss gekommen, dass Blake Bram seine Angel auswarf und einholte und einfach nahm, was anbiss. Aber es war keine Zufallsbeute. Vor einem Jahr hatte mein Sergeant die Fotos aller Kollegen auf der Website des Reviers hochgeladen. Um zwischen uns das Gemeinschaftsgefühl zu fördern. Ich war die einzige Detective im neunten Bezirk, und Jess wurde in meinem Einsatzbereich gefunden. Bram wusste, dass sie mich auf den Fall angesetzt hatten, wusste, was mir durch den Kopf ging, als ich mich, völlig erledigt und frustriert, an der Bar niederließ. Er brauchte mir einfach nur von der Polizeiwache zum Park zum Pub zu folgen. Da ich allein dort einkehrte, hatte ich ihm die Kontaktmöglichkeit geboten, auf die er gewartet hatte.

»Also nicht von der Schule«, sagte ich, und sein Lächeln wurde breiter. Bram genoss das Spiel. Ich musste es in Gang halten. »Waren wir Nachbarn?«

»Wir waren viel mehr als das.«

Es lief mir eiskalt den Rücken herunter. Was er da sagte, machte mir mehr Angst als alles andere. Dieser Psycho war nicht einfach nur irgendeine entfernte Zufallsbekanntschaft aus meiner Heimatstadt. Wir hatten eine gemeinsame Vergangenheit. Wieder forschte ich in seinem Gesicht, und Bram beobachtete mich umgekehrt mit Vergnügen dabei, wie ich im Kopf jahrzehntealte Bilder durchforstete. Ich dachte nur selten an meine Schulzeit zurück und hielt auch keinen Kontakt zu alten Freunden. Als ich nach New York gegangen war, hatte ich Swanton hinter mir gelassen.

Als ich zu lange schwieg, sagte Bram: »Ich bin bestürzt. Du erinnerst dich wirklich nicht?«

»Tut mir leid«, sagte ich und schluckte heiße Galle hinunter.

Sein Ausdruck verfinsterte sich, als er sich zu mir vorbeugte. »Das ist bedauerlich, denn du musst es herausfinden, Shay. Wer ich bin. Wieso du hier bist. Wieso ich das mit den Mädchen gemacht habe. Nur so kannst du verhindern, dass ich weitermache.«

Ich saß in der Falle, es gab keinen Ausweg. Brachte Bram mich um, würde Bram weitermorden. Er wollte etwas von mir. Die Beziehung, die es zwischen ihm und mir seiner Meinung nach gegeben hatte, war der Schlüssel zu allem. Es war nicht garantiert, dass ich es herausfand, aber falls ja, konnte ich ihn vielleicht daran hindern, noch mehr Menschen zu töten.

Bram griff zu der Flasche und rollte sie mir hin. Sie kullerte über den Boden, das Wasser schwappte darin herum, bis sie vor meinem Fuß liegen blieb.

Sie lag da, und ich griff danach.

SECHSUNDZWANZIG

ICH ERZÄHLTE TIM NUR, was für sein Verständnis meiner Situation nötig war. Während ich sprach, hörte er mir schweigend zu. Er wagte kaum, zu atmen.

Nachdem sie mich gefunden hatten, sah ich ein Video von meiner Entführung. Auf dem Filmmaterial der an der Rückseite der Bar montierten Überwachungskamera war zu sehen, wie Bram unauffällig das Rohypnol in mein Bier warf, während er meine Aufmerksamkeit auf die betrunkenen Mädchen lenkte. Die Barkeeperin war sich absolut sicher, ihn nie zuvor gesehen zu haben. Ein Foto von Bram starrte einem in New York von jeder Titelseite entgegen, doch für Bram war es ein Kinderspiel, sein Äußeres erneut zu verändern und in der Anonymität der Masse unterzutauchen.

Ich erzählte Tim von Brams Geschichten. Jedes Mal, wenn Bram in den Keller kam, erzählte er mir eine neue Episode aus seiner Kindheit. Es war keine behütete Kindheit. Bram bekam nie etwas geschenkt. Spielzeug, noch im eingeschweißten Karton, löste bei seiner Mutter Panikreaktionen aus. Brachte er ausnahmsweise mal eine Belohnung von einem Lehrer oder ein Geburtstagsgeschenk mit heim, wurden sie ihm aus den kleinen Händen gerissen. Sie entfernte die Minireifen von seinen Matchboxautos. Brach seiner Actionfigur den Arm ab. Während sie ihr Werk der Zerstörung vornahm, erklärte sie ihm, Perfektion sei gefährlich. Seine Defekte, sagte Brams Mutter, würden ihm helfen zu überleben.

In der Schule wurde er schikaniert. Er war dennoch lieber dort als zu Hause, wo ihm seine Mutter – die als Alleinerziehende zwei Kinder großzog und an einer schweren Angststörung litt – das Haar mit dem Schälmesser schnitt und ihm verbot, sich die Zähne zu putzen. Einmal nahm er seinen ganzen Mut zusammen und machte sich auf die Suche nach seinem Vater, nur um in der Fabrik, in der er gearbeitet hatte, zu erfahren, er habe gekündigt und die Stadt verlassen. Zu diesem Abenteuer hatte Bram seinen Cousin mitgeschleift, und als er wieder heimkam, schlug ihn seine Mutter mit einem Krug schlecht gewordener Milch. Acht Tage lang war ich Brams Gefangene und seine Vertraute. Ich archivierte diese Einblicke in seine Vergangenheit und betete darum, lange genug zu leben, um sie gegen ihn zu verwenden.

»Ich hab von dem Fall gelesen«, sagte Tim, in einem Ton so flach wie die Weizenfelder von Oklahoma. »Der hat auch hier Schlagzeilen gemacht. Überall, schätze ich.«

»Das NYPD stellte Antrag, mich anonym zu halten. In den Artikeln wurde ich nie namentlich genannt.«

»Hat er … dir was angetan?«

Ich schüttelte den Kopf. »Nicht so, wie du meinst.«

Sein Blick wanderte zu meiner Narbe.

»Nein«, sagte ich. »Das war was anderes. Ist lange her.«

Ich sah die Verwunderung in Tims Gesicht und konnte seine Gedanken erraten. Acht Tage waren eine lange Zeit. Die anderen Mädchen hatte Bram nur Stunden nach ihrer Entführung getötet. Wieso nicht auch mich? Dankenswerterweise fragte Tim nicht danach. Stattdessen sagte er: »Ich entsinne mich, dass dich ein Cop gefunden hat. So bist du rausgekommen, oder?«

Ich nickte. »Ein Neuling, der da eigentlich nichts zu suchen hatte. Eines Tages kam eine Mieterin nach unten, die nach Bram suchte, um ihn zu bitten, ihren verstopften Abfluss zu reparieren. Bram arbeitete in dem Gebäude, deshalb hatte er Zugang zum Keller. Sie hörte, wie er mit mir redete, und angesichts seiner neuen Haarfarbe und seines ausweichenden Verhaltens schöpfte sie Verdacht. Sie informierte den erstbesten Cop, den sie auf der Straße fand. Jay Lopez hieß er. Sein Partner besorgte gerade für beide Kaffee. Lopez kam also allein in den Keller. Bestimmt hat er nicht damit gerechnet, da unten irgendetwas Außergewöhnliches vorzufinden. Muss der Schock seines Lebens gewesen sein, als er um die Ecke kam und sah, wie Bram gerade vor einer verdreckten, verstörten Frau, die auf dem Boden hockte, die Tür abschließen wollte. Lopez versuchte noch, die Waffe zu ziehen, doch Bram war schneller. Er riss den Mann zu Boden, es gab einen Kampf. Dann hörte ich die Schüsse.«

Tim schluckte, und ich erzählte weiter. »Lopez bekam aus nächster Nähe zwei Kugeln aus seiner eigenen Glock 17 in den Bauch. Er hatte Frau und drei Kinder und stand kurz vor einer Beförderung. Er hätte nicht da unten sein sollen. Er war es aber. Wegen mir.«

Tims empörte Reaktion überraschte mich. »Du hast schließlich nicht um deine Entführung gebeten! Nichts davon ist deine Schuld.«

»In den Zeitungen stand längst nicht alles, Tim. Zum Beispiel nicht, dass Bram noch einmal in meine Zelle kam, nachdem er Lopez erschossen und sich vergewissert hatte, dass er tot war, kurz bevor ihm klar wurde, dass er geliefert war, dass ihm nichts anderes übrig blieb, als mich aufzugeben. Oder zum Beispiel die Tatsache, dass ich seine blutigen Hände gehalten habe.«

»Was?«

»Er hat die Waffe direkt neben mir auf den Boden gelegt.« Ich zuckte die Achseln. »Ich hatte sie direkt vor der Nase.«

»Du warst traumatisiert, konntest nicht klar denken. Wie hättest du in deiner Lage …«

»Ich hätte es beenden können. Dieser Mann hatte drei Frauen und einen Polizisten ermordet. Ich hätte ihn unschädlich machen können und habe es nicht getan.« Mir war speiübel, doch ich musste es zu Ende bringen. Mir alles von der Seele reden. »Stockholm-Syndrom. Traumabindung. Nenne es, wie du willst, so lautete die Diagnose.« Gott, wie ich diese Begriffe hasste. Für die Presse waren sie ein gefundenes Fressen, die perfekten Schlagworte, um den realen Schrecken in wohligen Schauer zu verwandeln. Mein Martyrium als Clickbait für die Onlinewerbung. »Er hätte mich töten können, hat mich aber am Leben gelassen. Irgendwie war ich ihm dafür wohl dankbar. Zuerst setzte ich nur alles daran, mich mit ihm gutzustellen«, fuhr ich fort. »Er hätte mich ja ganz einfach da drinnen verhungern lassen können. Mein Überleben hing von ihm ab, also musste ich mich benehmen. Aber ich achtete auf die Tageszeit und suchte nach Mustern in seinem Verhalten – alles, was ich mir, wenn sich die Gelegenheit bieten würde, zunutze machen könnte. Manchmal erschien er verschwitzt und roch nach Zitrus. Ich begriff, dass er in dem Gebäude als Hausmeister arbeitete, in Teilzeit. An den Tagen, an denen er nach Zitrus roch, hatte er weniger Geduld mit mir, dann musste ich auf der Hut sein. Dabei war ihm mit Sicherheit klar, dass ich ihn genauestens beobachtete. Einmal fragte er mich, ob es Spaß mache zu versuchen, sich in seinen Kopf hineinzuversetzen. Ich antwortete ihm, ich achtete auf seine Stimmungen, um ihn glücklich zu machen. Ich habe ihn vollgeschleimt. Draußen haben die Kollegen in meinem Bezirk Gott und die Welt in Bewegung gesetzt, um mich zu finden, aber ich machte mir kaum Hoffnungen. Sie hatten die Augenzeugenaussage der Barkeeperin sowie das Material der Überwachungskamera von Bram, aber niemand kannte seinen wahren Namen. An dem Abend, an dem er mich entführt hat, hat er in bar bezahlt, und ohne ein Vorstrafenregister gab es auch kein Foto von ihm in der Datenbank. Wenn ich überleben wollte, musste ich mich auf meine eigenen Fähigkeiten verlassen. Irgendwann dachte ich bei Bram nicht mehr an den Mörder, nach dem wir alle suchten. Wir stammten beide aus derselben Stadt. Was er tat, war mit nichts zu rechtfertigen. Doch meine Gefühle spielten mir einen Streich, und es vergeht seitdem kein Tag, an dem ich mich nicht dafür hasse. Im Endeffekt habe ich ihn laufen lassen. Und das wird jemand mit dem Leben bezahlen.«

»Das kannst du nicht wissen.«

»Doch, Tim, ich weiß es. Bram hat seine Gründe für das, was er diesen Frauen angetan hat, und für meine Entführung. Er wollte etwas von mir, das er nicht bekommen hat.«

»Aber Shana ...«

»Ich habe eine Wahl getroffen. Dass ich nicht ganz bei Sinnen war, ändert nichts daran.« Ich lachte leise. »Du bist nicht der Erste, der mir sagt, dass ich nichts dafür könne. Das NYPD hat mich ganz offiziell von jeder Schuld freigesprochen. Es folgte keine Untersuchung zu meinem Verhalten in dem Keller, aber ich habe trotzdem meinen Dienst quittiert. Ich dürfte eigentlich nicht hier sein, Tim. Das hier ist der letzte Ort, an dem ich sein sollte.«

Wir verfielen beide in Schweigen. *So. Es ist raus. Das war's.*

Er forschte in meinen Augen. »Das Ganze tut mir schrecklich leid, Shana. Ich hatte keine Ahnung.«

»McIntyre ist die Einzige, die die näheren Einzelheiten kennt.« Ich musste wieder an die Gespräche denken, die ich mit ihr in den letzten Monaten geführt hatte, einschließlich unseres Telefonats vor wenigen Stunden. »Sie hat mich gedrängt, es dir zu sagen. Sie ist davon überzeugt, dass es irgendwie hilft.« Ich schwieg einen Moment. »Ich habe mich einem psychologischen Screening unterzogen, als ich mich um diesen Job bewarb. Ich möchte, dass du das weißt.«

»Mac wollte bestimmt nur sicherstellen, dass du der Arbeit wieder gewachsen bist.«

»Ich hab es nicht für sie getan. Für posttraumatische Belastungsstörung gibt es einen Standardtest. Nichts Großartiges – eine Besprechung, ein psychischer Eignungstest, und das ist es auch schon. Ich habe mit der Therapie viel länger weitergemacht, als ich musste. Theoretisch war ich schon vor Monaten wieder arbeitsfähig. Ich *wollte* das Screening machen. Mac hat gesagt, es sei nicht nötig, aber ich habe darauf bestanden. Ich wollte sichergehen. Ich habe nur Sorge, dass sie tief in ihrem Innern Angst hat, ich könnte die Nerven verlieren. Und ich habe genauso Angst davor. Ich habe hier auf dieser Insel wirklich nichts zu suchen. Was du da eben gesehen hast«, fügte ich hinzu, »da sind mir die Erinnerungen wieder hochgekommen. Die Angst. Auch die Angst, die Guten nicht von den Bösen unterscheiden zu können. Du hast ja selbst gesehen, was ich mit Flynn gemacht habe. Was, wenn es einen Unschuldigen trifft? Was, wenn der Täter vor mir steht und ich plötzlich Bram in ihm sehe? Wenn ich Flashbacks habe, reagiere ich. Wer weiß, ob ich das unter Kontrolle habe.«

»Was geschehen ist, ändert nichts daran, wer du bist. Du hast jahrelange Erfahrung auf dem Buckel, Erfahrung, die dir niemand nehmen kann. Aber wenn du Angst hattest, die Nerven zu verlieren, wieso hast du mir dann nichts gesagt?«

»Eben darum. Um zu vermeiden, was du gerade denkst. Ich wollte das besorgte Gesicht nicht sehen, das du gerade machst. Ich kann einfach niemandem mehr wirklich trauen. Denen nicht und dir auch nicht.«

Ich senkte den Blick, doch er berührte mich am Kinn, zwang mich, ihn anzusehen. »Du vertraust mir vielleicht nicht, aber ich vertraue dir«, sagte Tim. »Ich hatte von alledem keine Ahnung, und, ja, das ist wirklich beängstigend. Aber wir arbeiten nun schon seit Monaten zusammen. Du bist ein anständiger Mensch und eine gute Ermittlerin. Du musst nur wieder zu dir selbst Vertrauen fassen. Was glaubst du, wozu diese psychologischen Screenings dienen? Es gibt Tausende Polizisten, die traumatische Situationen durchgemacht haben. Sie bekommen die benötigte Hilfe und blicken irgendwann wieder nach vorn. Das kannst du auch.«

»Bei mir ist das anders.«

Ich konnte seinen Gesichtsausdruck nicht deuten.

»Wer sagt das?«

»Ist einfach so. Ich wurde entführt. Eine Woche lang in einen Raum gesperrt und ...«

»Die Therapie, die du danach bekommen hast ...«, fiel mir Tim ins Wort. Er sah mich immer noch an, schien aber mit den Gedanken ganz woanders zu sein. »Carson hat dir das eingeredet, stimmt's?«

»Er hat nur seine Pflicht getan. Bevor wir ein Paar wurden, haben wir die Therapie beendet.«

Die Abwehrhaltung in meinem Ton war nicht zu überhören. Was Carson mir eingeschärft hatte, trug ich wie ein Brandzeichen auf der Haut – wie Bram für mich vom Feind zum Verbündeten im Überlebenskampf geworden sei. Deshalb, betonte Carson, hätte ich ihn nicht als den Kriminellen sehen können, der er war. Es war kompliziert, aber ich konnte nicht leugnen, dass er in diesem Punkt richtiglag. »Carson hat mir dabei geholfen, die Situation zu verstehen. Es war seine Idee hierherzuziehen. Die schlimmen Erinnerungen hinter mir zu lassen.«

»Und war es auch seine Idee, dass du deine Arbeit wieder aufnimmst?«

Ich zögerte. »Er wusste, dass ich früher oder später wieder anfangen würde.«

»Bist du dir da sicher? Unterstützt er dich dabei, Shana? Oder redet er dir immer noch ein, du seist labil, damit du die pflichtbewusste Ehefrau wirst, die er sich immer gewünscht hat? *Deshalb* hast du mir nichts davon erzählt«, sagte Tim. »Carson hat dich so verunsichert, dass du nicht einmal deinem engsten Kollegen von der einschneidendsten Erfahrung in deinem Leben erzählen konntest.«

Engsten Kollegen. Damit lag Tim nicht falsch – eine etwas bürokratische Formulierung, aber sie hatte für mich etwas Anrührendes. In seinen tiefliegenden Augen sah ich, wie er mit sich kämpfte. Er nahm meine verletzte Hand und strich mit seinem schwieligen Daumen rings um die Verbrühung. »Ich kann nicht einmal ahnen, was du durchgemacht hast. Aber was auch passiert sein mag und was auch immer hier und jetzt passiert: Wir meistern das zusammen.«

Dieser Ausgang des Gesprächs war so gänzlich anders, als ich erwartet hatte. Für einen Moment war ich sprachlos. Tims Hand war warm und trocken und gab mir ein Gefühl, beschützt zu sein. In Sicherheit zu sein.

Ich konnte nicht bestreiten, dass meine Anhänglichkeit an Carson damit zu tun hatte, dass er mich von meiner schlimmsten Depression befreit hatte. Als ich aus diesem Keller kam, empfand ich eine so abgrundtiefe Scham, wie ich sie nie für möglich gehalten hätte, und Carson hatte gute Argumente für mein Verhalten, Argumente, die mich von den erdrückenden Schuldgefühlen entlasteten. Wäre er in dieser ersten Zeit nach meiner Befreiung nicht gewesen, weiß ich nicht, wo ich heute stünde.

Aber während meiner Zeit mit ihm geschah etwas Unerwartetes. Obwohl er darauf beharrte, ich sei immer noch labil, setzte bei mir ein Heilungsprozess ein. Zwar war ich von einer vollständigen Genesung noch weit entfernt, aber ich konnte wieder am Leben teilnehmen. Carsons Warnungen hatten Konsequenzen, die er so wohl nicht vorhergesehen hatte. Die Person, die ich bis zu dem Tag meines Verschwindens gewesen war, hatte er nie gekannt. Für ihn war ich ausschließlich Opfer. Aber ich wollte kein Opfer mehr sein. Erst in diesem Moment mit Tim begriff ich, wieso ich die Hochzeit immer wieder hinausgezögert hatte und Carson manchmal fast an die Gurgel gesprungen wäre, wenn er mir wieder einmal in Erinnerung rief, ich sei noch labil, zu wenig gefestigt, zu schwach.

Tim war der Beweis, dass McIntyres Vertrauen in mich nicht unbegründet war. Da stand er, Tim, mein Partner, und bot mir dieselbe Unterstützung an, die mir geholfen hatte, mit meiner Vorgesetzten so schnell eine so enge Beziehung aufzubauen. Ich war fest davon ausgegangen, ich hätte ein für alle Mal meine Chancen vertan, je wieder ein wechselseitiges Vertrauensverhältnis mit einem anderen Polizisten eingehen zu können, doch Tim gab mir die Hoffnung, mich von meinem Trauma endlich lösen zu können und die schlimmen Gespenster, die mich verfolgten, wirklich hinter mir zu lassen.

Ich hatte Jasper und Abella keineswegs vergessen, doch für eine Sekunde empfand ich eine Leichtigkeit wie schon lange nicht mehr. McIntyre hatte recht. Ich musste mit mir und meinen Mitmenschen ins Reine kommen, und genau so fühlte ich mich gerade – rein. Auch wenn es nur eine kurze Verschnaufpause war, fühlte es sich so gut an, dass ich es wenigstens für diesen Moment in vollen Zügen genoss.

Wir standen da, und keiner sagte ein Wort. Irgendwann ließ Tim meine Hand los.

»Ich rufe McIntyre an«, sagte ich. »Ich weiß, du hast recht in Bezug auf die Wetterlage, aber die Situation hat sich geändert. Wir haben es jetzt mit vorsätzlichem Mord zu tun. Es muss einen Weg geben.« Ich sah auf die Uhr. »Abends um sechs führt sie samstags gewöhnlich ihren Hund aus oder isst im Thousand Islands Inn gebratenen Barsch.« Ich hatte mich schon x-fach zu beiden Gelegenheiten dazugesellt, und an einem besonders schönen Abend im Frühherbst hatten wir beides miteinander verbunden, in dem wir ihren Maltipoo zum Clayton-Take-away mitnahmen und das Essen draußen am Kanal genossen, während die Tanker an uns vorüberzogen. »Allerdings bei diesem Regen ...«, fügte ich hinzu, »wer weiß.«

»Barsch«, sagte Tim sinnierend und machte ein gequältes Gesicht. »Nach dem Gestank im Bootshaus könntest du mich mit gebratenem Barsch jagen.«

Ich legte den Kopf schief und dachte über das, was er gesagt hatte, nach. Während Tim sich schon abwandte, murmelte ich: »Wir werden über Fisch nie wieder so denken wie früher.«

Ich wollte McIntyre nicht von der Halle aus anrufen. Andererseits wollte ich auch nicht das Haus verlassen. Als ich das das letzte Mal getan hatte, war eine Frau gestorben, und selbst wenn Tim wieder seinen Wachposten bezog, war die Situation zu unüberschaubar. Camilla schlief in der Bibliothek. In Hörweite befanden sich neben dem Wohnzimmer noch der Wintergarten, Nortons Zimmer und die Küche. Die Küche lag am nächsten. Der Duft von Brathähnchen drang bis hierher. Ich zog mein Handy heraus und wählte McIntyres Dienstnummer, während ich dem verlockenden Geruch nachging.

»Tut mir leid, dass ich mich so lange nicht gemeldet habe«, sagte ich, als sie sich meldete. »Wir haben hier draußen eine veränderte Lage.«

In knappen Worten erklärte ich ihr, dass Abella tot, Flynn verletzt und wir auf der Insel gefangen waren. Ich befolgte Tims Rat und machte um die näheren Umstände der Schussverletzung einen großen Bogen.

»Ach du Schande«, war Macs Reaktion. »Und du glaubst, ihr habt das unter Kontrolle?«

»Bleibt uns nichts anderes übrig«, sagte ich. Dann bat ich sie, noch einer weiteren Spur nachzugehen. Ich hörte heraus, dass sie meine Bitte seltsam fand, doch sie sagte es mir trotzdem zu.

»Und ich gebe auch das Boot noch nicht auf«, erklärte sie. »Bis dahin habe ich erst mal etwas Neues für dich, das sich als nützlich erweisen könnte.«

Genau wie Tim kam auch McIntyre aus der Gegend und kannte Thousand Islands gut. Sie hatte sich umgehört und dabei in Erfahrung gebracht, dass jemand anders dasselbe getan hatte. Vor zwei Monaten nämlich hatte das Immobilienmaklerbüro in Alexandria Bay mehrere Anrufe von einem Mann erhalten, der sich wegen des Verkaufs einer Insel erkundigte. Er wollte wissen, wie viel ein Anwesen in Privathand, drei Morgen groß und mit einem bestens erhaltenen, alten Haus mit sechs Schlafzimmern, bringen würde. Das Anwesen, das der Mann beschrieb, passte haargenau auf Tern Island.

Falls es sich bei dem Anrufer um einen unserer verdächtigen Männer handelte – Flynn, Miles, Norton oder Ned –, dann wäre das eine Bestätigung meiner Theorie, dass der Mörder hinter Camillas Geld her war. »Noch irgendetwas, um ihn zu identifizieren?«, fragte ich.

»Kein Akzent«, sagte sie.

»Das schließt Ned schon mal aus. Er ist in Ghana geboren. Sein Akzent ist zwar schwach, aber immer noch herauszuhören.«

»Du kommst gut voran, Kleine«, sagte McIntyre mit diesem warmen Unterton, der mir runterging wie Öl. »Ach ja, noch etwas, hätte ich beinahe vergessen. Carson hat angerufen.«

Ich war früher nie eine ängstliche Person gewesen. Wenn sich meine Eltern, als ich klein war, an einem kinderfreien Abend eine Stunde verspäteten, dachte ich nicht gleich an einen schrecklichen Unfall, sondern freute mich, dass ich länger fernsehen konnte. Doch als McIntyre Carsons Namen erwähnte, bekam ich sofort weiche Knie. McIntyre und Carson waren sich zwar schon einmal begegnet, aber sie telefonierten nicht miteinander. Angesichts seiner Vorbehalte gegen meinen Wiedereinstieg in den Beruf hatte ich meinen Verlobten von meiner Arbeit strikt getrennt. Wenn er bei ihr anrief, war etwas im Busch.

»Offenbar macht er sich Sorgen um deine Gesundheit«, fuhr McIntyre fort.

»Meine Gesundheit?«

»Deine psychische Gesundheit. Er findet, ich sollte dich unverzüglich von dem Fall abziehen und umgehend zu Daddy heimschicken.«

»Du liebe Güte.«

»Hör mal, du warst immer offen zu mir«, sagte Mac. »Aber du weißt, dass ich mir nicht hundertprozentig sicher war, als du wegen dieser Stelle zu mir kamst.«

Ihre Worte versetzten mir einen Stich. »Ich ja auch nicht. Deshalb hab ich mich ja freiwillig dem Screening unterzogen. Ich will dir nichts vormachen, Maureen, ich hatte ein paar heikle Momente hier draußen.« Was würde sie wohl sagen, wenn sie von Flynns Schussverletzung erfuhr? Ich verdrängte den Gedanken. »Aber ich hab mit Tim geredet.«

»Ach. Das ist gut.« Sie schwieg. »Ist es doch, oder?«

»Ja. Du hattest recht, wie immer. Er hat sich fabelhaft verhalten. Er *ist* fabelhaft«, sagte ich mit einem Lächeln. »Ich traue mir das hier zu, wirklich. Carson hat nicht den leisesten Schimmer, was hier los ist. Es passt ihm nicht, dass ich hier bin, und was er zu dir gesagt hat, dient nur dazu, mich zurückzuholen.«

Am anderen Ende der Verbindung hörte ich eine Tür zuschnappen.

»Ich hab dir nichts davon erzählt«, sagte McIntyre, »aber ich war mal mit jemandem wie Carson zusammen. Kontrollsüchtig. Paranoid. Ich war bei der Arbeit und bekam Anrufe von ihm. Er beschuldigte mich fremdzugehen. Und im selben Atemzug wollte er mir weismachen, ich sei nicht gut genug für ihn.«

McIntyre sprach für gewöhnlich nicht über ihr Privatleben.

Und so hatte sie auch nie einen Ex erwähnt. *Kontrollsüchtig und paranoid.* In diesem Licht hatte ich Carson nie gesehen, doch die nervigen Fragen über Tim und die Anschuldigungen gegen ihn, seine unermüdlichen Versuche, mir einzureden, wie wehrlos ich sei ... es traf den Nagel auf den Kopf.

»Und was hast du dagegen getan?« Es bereitete mir Unbehagen, sie zu fragen, doch McIntyre hatte nicht ohne Grund davon angefangen.

»Ich bin gegangen«, sagte sie. »War nicht ganz so einfach, wie es klingt. Ich hab die Regeln gebrochen. Dass ich ihn verlasse, war der ultimative Akt des Ungehorsams, und er dachte nicht daran, die Hände in den Schoß zu legen und mir viel Glück zu wünschen. Aber das ist eine längere Geschichte, und du hast zu tun.«

»Ja, kann man sagen«, brummte ich, während ich über ihre Worte nachdachte.

»Ich werde dir nicht sagen, was du in deinem Privatleben tun sollst. Nur so viel. Vielleicht hältst du noch mal inne und analysierst die Lage, bevor die Hochzeitsglocken läuten.«

Ich trennte die Verbindung und stand wie betäubt in der Küche, während ich über Maureen McIntyres Worte nachdachte. *Die Regeln gebrochen.* Besser hätte sie nicht beschreiben können, was auch ich getan hatte.

Und ich war damit noch nicht fertig.

SIEBENUNDZWANZIG

DIE MENSCHEN SIND einfacher gestrickt, als wir meinen. Wir bilden uns ein, unsere Spezies zeichne sich durch ihre Komplexität aus, mit einer großen Bandbreite an Bedürfnissen und Wünschen, während wir uns im Grunde nur nach zwei Dingen sehnen: sich geborgen und geliebt zu fühlen. Das klingt einfach, aber die Sache hat einen Haken. Wenn uns diese zwei Dinge lange genug vorenthalten werden, kommen wir an einen Punkt, an dem wir es nicht mehr ertragen. Wir verzweifeln, und Verzweiflung rührt an unseren Überlebensinstinkt. Und verleitet uns, die unfassbarsten Dinge zu tun.

Wenn ich an Carson an jenem ersten Tag zurückdachte, in seinen Kätzchensocken und mit dem Duft nach frischem Salbei, wurde mir sofort wehmütig zumute. Bei ihm hatte ich zu einer Zeit Geborgenheit und Liebe gefunden, als ich glaubte, keins von beidem je wiederzufinden. Doch Tatsache war, er hatte versucht, mich gegen Tim aufzuhetzen. Verdammt, mitten während einer Ermittlung meine Vorgesetzte angerufen, um ihr einzureden, ich sei praktisch unzurechnungsfähig. Auch wenn ich noch lange nicht zu meiner alten Kondition zurückgefunden hatte, musste ich daran glauben können. Meine Karriere wäre zu Ende gewesen, hätte McIntyre mich nicht in ihre Einheit aufgenommen. Und ich hatte immer nur Bram die Schuld dafür gegeben. Aber auch Carson hatte mich ausgebremst.

Und ich begriff, weshalb. An seiner Absicht gab es keinen Zweifel. Wenn ich von meiner Arbeit sprach, hatte er stets reserviert bis ablehnend reagiert. Selbst die Textnachrichten, die er mir vor einer Stunde geschickt hatte, waren voller Mahnungen und Warnungen. Mein Verlobter hatte sich auf einen Kreuzzug begeben, um mich aus dem Polizeidienst zu holen, und da steckte weitaus mehr dahinter als Sorge um meine psychische Gesundheit.

Endlich hatte die Welt mich wieder. Schluss damit, zu Hause herumzusitzen und darauf zu warten, dass er meine Seele sezierte. Ich hatte es gewagt, aus dem Rahmen zu fallen – dem Rahmen, den er mir gesteckt hatte. Carson wollte mich dominieren, und ich hatte es ihm erlaubt, weil ich meinem eigenen Urteil nicht genug vertraute, um sein Verhalten zu hinterfragen, oder weil mein Leben aus den Fugen geraten war und ich nach einem Rettungsanker gesucht hatte. So oder so: Meine tief sitzenden Ängste zu schüren und meine Dämonen heraufzubeschwören war seine Lieblingsbeschäftigung.

Anfangs musste ich für ihn ein faszinierendes Hobby gewesen sein. Er hatte schnell begriffen, dass die gebrochene, handzahme Shana eine fügsame Ehefrau abgeben würde. Dann hatte er seine Diagnosen verabreicht und meinen traumatisierten Zustand benutzt, um mich genau dahin zu bekommen, wo er mich haben wollte. Wie naiv musste man sein, um Carsons Tricks nicht zu durchschauen! Ich war so mit mir und meinen Problemen beschäftigt gewesen, dass ich für das Spiel, das er trieb, keine Augen hatte.

Noch wütender machte es mich, wie Carson mir glatt ins Gesicht log. Wie oft hatte ich ihn sagen gehört, es sei keine gute Idee, wenn sich Menschen nach einem seelischen Trauma einem hohen Stressrisiko aussetzen. In dem Moment, als ihm klar wurde, dass ich wild entschlossen war – dem Stresspegel im Morddezernat zum Trotz –, in meinen Beruf zurückzukehren, schwenkte er um.

Er versicherte mir, ich könne und werde es schaffen. Er wusste, was ich hören wollte, und war klug genug, mich bei Laune zu halten. Und so klammerte ich mich an seine beharrliche Versicherung, eines Tages würde ich wieder eine gute Kriminalpolizistin sein. Ich baute auf sein Versprechen, mir dabei zu helfen. Doch vom Schlechtreden meiner mentalen Verfassung bis zum Vorschlag, zum Abendessen etwas vom Thai-Restaurant mitzubringen, war alles Kalkül, das darauf abzielte, immer wieder mein Selbstwertgefühl zu untergraben und bei mir Zweifel an meiner psychischen Regeneration zu säen.

Bei dem Gedanken daran, wie Carson Tim das Leben schwer gemacht hatte, als sie Kinder waren, wurde mir speiübel. Carsons Verhalten als Kind bestätigte, was McIntyre angedeutet hatte. Macht war die bevorzugte Droge, die mein Verlobter brauchte. Die Dynamik zwischen ihm und mir unterschied sich nicht allzu sehr von der zwischen ihm und Tim: Arzt und Patientin, Spieler und Spielfigur. Und der Gedanke versetzte mich in rasende Wut.

Ich betrat die Küche. Sie war leer. Ich sah zurück – zu Tim, der nervös vor dem Wohnzimmer auf und ab ging. Uns lief die Zeit davon, und wir wussten es beide. Ohne das Boot saß der Täter in der Falle, und wer nicht mehr ein noch aus weiß, gerät in Panik. Abella war vermutlich ein Opfer dieser Panik geworden.

Mit einer leeren Weinflasche in der Hand trat Norton an Tim heran und deutete in meine Richtung. Dann kam er unter Tims wachsamen Blicken auf mich zu.

»Jade hat Hunger«, sagte Norton. »Ich dachte, ich mache ein paar Häppchen. Detective Wellington sagt, das sei kein Problem – in Ihrem Beisein.«

Auf meiner Uhr war es halb sieben. Tim und ich waren jetzt seit fast neun Stunden auf Tern Island. Meine Augen waren trocken vor Müdigkeit und brannten. Ich nickte Norton zu und ließ ihn vorbei.

Er machte sich sofort an die Arbeit, öffnete Schranktüren, holte Zutaten aus dem Kühlschrank. Obwohl er gerade erst die nächste Mahlzeit vorbereitet hatte, waren die Arbeitsplatten makellos sauber. Das wenige Geschirr, das er benutzt hatte, war abgewaschen und stand zum Trocknen auf dem Abtropfbrett. Ich lehnte mich an die Arbeitsplatte und überlegte, was ich über »Moonshine Phil« wusste. Vor zwanzig Jahren war er knapp bei Kasse gewesen, nachdem er seinen Job im Spirituosengeschäft verloren hatte. Dann holte ihn Camilla nach Tern Island, und sein Leben nahm eine Wendung um hundertachtzig Grad. Seinen früheren Arbeitgeber hätte er leicht in Schwierigkeiten bringen können, als er Alkohol an Minderjährige verkaufte. Doch bei Camilla hatte er sich offensichtlich zu einem besseren Menschen gewandelt. Er war er ein loyaler Angestellter, fürsorglich – ein Freund.

Aber Camilla war nicht die einzige Person im Haus, die ihm am Herzen zu liegen schien. Schon den ganzen Tag lang hatte ich es beobachtet, und es ließ mir keine Ruhe.

»Verbringen Sie viel Zeit mit jungen Leuten?«, fragte ich.

Er stand bei der Kücheninsel und garnierte gerade kaltes, geschmortes Gemüse und rollte Schinken- und Käsescheiben auf. Er sah nicht auf. »Was meinen Sie?«

»Ich dachte nur gerade an Jade. Sie sind ihr gegenüber sehr aufmerksam. Sie haben ihr ihre Lieblingssuppe gekocht.«

»Die mag jeder. Ich mach sie, weil sie auch für Mrs. Sinclair gut bekömmlich ist. Doch ja, ich hab das Mädchen gern. Die Kleine hat es nicht leicht. Bis Bebe kam, ist sie ohne Mutter aufgewachsen, und unter uns gesagt, ist Bebe auch nicht gerade der mütterliche Typ.«

»Wenigstens hat Jade Miles.«

Norton lächelte. »Das ist wohl wahr.«

»Ihnen steht eine Menge Veränderungen bevor. Wenn Miles und Bebe sich trennen, kommen er und Jade wohl nicht mehr her.

Fragt sich, ob überhaupt noch jemand kommt. Wie können die Sinclairs nach Abellas Tod und Jaspers Verschwinden das Anwesen überhaupt noch behalten? Hier sind schreckliche Dinge passiert.«

Norton öffnete eine Schublade und holte ein Gemüsemesser heraus. Es blitzte unter den grellen Hängelampen über ihm. »Vielleicht nicht«, sagte er. »Aber ehrlich gesagt geht mich das nichts an. Es wird sowieso Zeit für mich weiterzuziehen. Wenn Camilla von uns geht, gehe ich auch.« Er schüttelte traurig den Kopf. »Ich sag das nur höchst ungern, aber manchmal denke ich, auf dieser Familie liegt ein Fluch. Baldwins und Rachels Tod, ihre geschäftlichen Sorgen, Camillas Krankheit, Jasper …«

»Schlimme Unglückssträhne.«

Norton öffnete eine Tüte Radieschen und machte sich daran, daraus kunstvolle Blüten zu schnitzen. Ich folgte jeder Bewegung der Klinge. Er ging äußerst geschickt und flink mit dem Messer um. »Flynn und Bebe«, fing er an, »sind sehr negative Menschen, und negative Menschen ziehen negative Energie an. Glauben Sie mir, ich weiß, wovon ich spreche. Ich hab in jungen Jahren meine eigenen Fehler gemacht, ein paar davon werde ich für den Rest meines Lebens bereuen. Aber ich hab mich zusammengerissen. Als ich hierherkam, hat sich für mich alles geändert. Wir müssen unser Schicksal selbst in die Hand nehmen.«

Seine Worte erinnerten mich an das, was Camilla gesagt hatte, über die Wichtigkeit, seinen eigenen Weg zu gehen. »Ich wüsste liebend gern, wie man das macht«, sagte ich und meinte es auch so.

Er blickte von seinem Messer auf. »Also, ich stelle mir einfach vor, wo ich hinwill. Ich stelle mir die Zukunft, die ich mir wünsche, vor. Das hilft mir dabei, dorthin zu kommen.«

Mein Handy vibrierte in der Tasche, zweimal kurz hintereinander. Zwei Nachrichten, die gleichzeitig eingingen.

Ich sah aufs Display. Die Anfrage, die ich an McIntyre geschickt hatte. Sie hatte da eine interessante Entdeckung gemacht ... Die zweite Nachricht war von Tim. *Miles und Jade wollen mit dir reden.*

Ich runzelte die Stirn und tippte: *Schick sie her.*

»Ah«, sagte Norton, als er sie durch die Halle kommen sah. »Dann lass ich Sie mal allein.«

»Nicht nötig«, sagte ich. »Bitte, bleiben Sie und lassen Sie sich nicht stören.«

Norton nickte verdutzt. Dann wandte er sich erneut seiner Arbeit zu.

»Nicht die Happy Hour, die Sie gewohnt sind, schätze ich«, sagte ich, als Miles und Jade den Raum betraten.

»Bitte nicht!«, erwiderte Miles.

»Bitte nicht was?«

Jade stibitzte eine Salamischeibe von der Platte, und Norton grinste übers ganze Gesicht, als habe man ihm ein Kompliment gemacht.

Miles sah mich fast flehend an. »Bitte werfen Sie uns nicht mit denen da in einen Topf!«

Ich runzelte die Stirn. »Wie lange gehören Sie jetzt schon zur Familie?«

»Lange genug, um keinen Wert mehr darauf zu legen. Wir gehen. Sagte ich Ihnen ja bereits.«

»Ja, habe ich nicht vergessen. Aber im Moment sind Sie noch hier, und solange Sie sich auf dieser Insel befinden, gehören Sie dazu wie alle anderen. Also, was kann ich für Sie tun?«

Auch mit seinem frischen Hemd und seinem schicken Tweed-Jackett sah Miles mitgenommen aus.

»Ich habe eine Bitte«, sagte er, und ich dachte: *noch eine?* Seine Stimme zitterte, als er fortfuhr. »Ich brauche Ihre Zusicherung, dass Sie für die Sicherheit meiner Tochter sorgen können. Ich möchte, dass Sie Jade beschützen. Komme, was da wolle.«

»Was genau befürchten Sie?«

»Sie haben doch gesehen, was da drinnen los ist. Die sind alle verrückt, buchstäblich nicht bei Sinnen. Sie ist ja noch ein Kind«, sagte er. »Versprechen Sie es mir!«

Ich blickte zu Jade, die wie eine Maus an der Wurst in ihren Händen knabberte, und merkte, wie mein Ärger über das Mädchen verflog. Ihre Augen waren gerötet und geschwollen. Sie war wirklich noch ein Kind, und zum ersten Mal, seit wir uns begegnet waren, sah sie auch so aus. »Ich versprech's«, sagte ich, ohne den Blick von ihr zu nehmen. »Das ist alles ziemlich hart für dich, was? Ich weiß, dass du und Jasper euch nahestandet. Auch wenn es dir jetzt nicht so vorkommt, aber irgendwann kommst du drüber hinweg.«

»Ist ja nicht so, als hätte ich es nicht gewusst«, sagte Jade.

Nortons kahler Kopf schnellte in die Höhe.

»Wie bitte?«, sagte ich, nicht weniger erschrocken.

»Daddy hat es mir schon vor einem Monat gesagt. Außerdem heißt das nicht, dass ich ihn nicht mehr sehen kann. Wir leben ja alle in New York. Jas und ich können uns ab und zu treffen.«

Ich warf Miles einen Seitenblick zu. Er verströmte Unbehagen wie einen Hitzeschleier.

»Ich fürchte ...«, fing ich an, doch Miles fiel mir ins Wort.

»Sie meinte die Scheidung. Ich wollte ihr frühzeitig Gelegenheit geben, sich an den Gedanken zu gewöhnen. Das ist wichtig für Kinder in diesem Alter. Man kann sie nicht einfach so vor vollendete Tatsachen stellen.«

»Jade, ich bin mir nicht sicher, ob du verstanden hast, was hier los ist«, sagte ich. »Jasper wird immer noch vermisst. Es gibt Indizien, die nahelegen, dass ihm etwas Schlimmes zugestoßen ist. Es tut mir leid, dir das sagen zu müssen« – *wieso hat Miles ihr das noch nicht gesagt?* – »aber unter Umständen kommt Jasper nicht zurück.«

»Hm, nein, Sie irren sich«, sagte Jade, doch es schwang Unsicherheit mit. Auch wenn sie sich ihren Freundinnen nicht anvertraut hatte, war sie immer noch ein typischer Teenager. Sie wollte glauben, was sie sagte, auch wenn es ihr schwerfiel.

»Ich hoffe, ich liege falsch.« Ich wandte mich wieder an Miles. »Sie wissen demnach schon seit einem Monat, dass Sie Bebe verlassen wollen?«

»Es war kein spontaner Entschluss.«

»Ist kein großes Geheimnis«, sagte Jade. »Sie streiten sich die ganze Zeit. Sie haben sich auch gestern Abend wieder gestritten.«

»Schließlich ist auch ein Kind davon betroffen«, schaltete sich Miles hastig ein. »Ich war vor allem darauf bedacht, dass Jade nicht zu sehr darunter leidet.«

»Für mich hat es ausgesehen«, sagte ich, »als hätten Sie gerade erst herausgefunden, dass ... nun, Sie wissen schon.«

»Sie können ruhig offen reden. Jade weiß über die Indiskretionen ihrer Stiefmutter Bescheid.« Miles schnaubte. »So wie alle hier.«

»Alle außer Flynn. Bis vor einer Stunde hatte er keine Ahnung. Sie offenbar schon. Wieso haben Sie Bebe dann nicht früher verlassen, wenn Sie schon vorher von der Affäre wussten?«

»Sie haben mir nicht zugehört. Bebe und ich sind praktisch schon seit Wochen getrennt.«

»Das heißt, sie schläft schon seit Wochen mit Ned?«, hakte ich nach. »Und trotzdem leben Sie noch zusammen?«

»Eine reine Zweckgemeinschaft. Wir schlafen in getrennten Betten.«

»Und was ist mit gestern Abend?«, fragte ich nach. »Ich dachte, Sie haben beide oben geschlafen, in dem Zimmer neben dem von Jade. Hat Norton Sie etwa in der Bibliothek untergebracht?«

»Richtig.« Miles deutete mit einem Nicken auf den Hausmeister. »Er hat mir auf der Couch in der Bibliothek ein Bett gemacht, nachdem die anderen schlafen gegangen waren. Ich wollte Camilla unnötige Aufregung ersparen. Wir machen das im gleitenden Übergang, verstehen Sie?«

»Stimmt das?«, fragte ich Norton und dachte an mein Gespräch mit Ned zurück. »Hat Miles letzte Nacht in der Bibliothek geschlafen?«

Norton hatte den Kopf wieder über die Platte gebeugt. Jetzt schaute er gemächlich auf. »Ja, das stimmt. So, wir wären dann so weit.« Er holte eine Handvoll Servietten aus einer Schublade, hob die Häppchenplatte hoch und setzte ein Lächeln auf.

»Sie können jetzt alle ins Wohnzimmer zurück«, sagte ich. »Und keine Sorge. Wellington und ich sind bestens in der Lage, heute Abend für Ihre Sicherheit zu sorgen. Die Verstärkung wird schneller kommen, als Sie denken, und dann bringen wir Sie alle an Land.«

»Bestimmt?«, fragte Miles, während sein Blick zum Fenster ging, wo der Regen unverändert an die Scheiben schlug.

»Praktisch schon unterwegs«, log ich und sah Miles, Jade und Norton hinterher. Dann holte ich mein Handy hervor.

Ich begriff allmählich – und mit dem Verstehen wuchs die Sorge um unsere Sicherheit umso mehr. Ich kam der Wahrheit immer näher. Die Lösung war zum Greifen nah.

Aber etwas gab es noch zu tun.

ACHTUNDZWANZIG

ICH RIEF CARSON AN. In der Küche. Mitten in meinen Ermittlungen. Aber nicht für mich. Mein Privatleben war irrelevant, meine Verlobung gegenstandslos. Ich war mitten in einem Fall, bei dem ich schwer versagt hatte. Umso fester war ich entschlossen, es wiedergutzumachen. Und es bestand die – wenn auch geringe – Chance, dass Carson über Informationen verfügte, die ich dazu brauchte.

»Shay, Gott sei Dank. Ist dir klar, wie spät es ist? Ich warte schon seit Stunden. Hast du eine Ahnung, welche Sorgen ich mir mache?«

»Ich habe mit Maureen gesprochen.«

Er zögerte keine Sekunde. »Ich auch. Ich musste mich vergewissern, dass bei dir alles in Ordnung ist.«

»Und um ihr einmal mehr einzureden, ich sei geisteskrank?«

»Ich bitte dich! Du hast mir keine Wahl gelassen.«

»Wieso, Carson? Weil ich nicht zu Hause geblieben bin wie ein braves Mädchen? Weil ich wieder in meinen Beruf wollte und von meinem Verlobten erwartete, dass er mich dabei unterstützt?«

»Das hatten wir doch schon tausendmal. Du bist noch nicht so weit!«

»Und du wirst das immer wieder herunterbeten, egal, was ich

denke, während du dafür sorgst, dass ich mich weiter für einen Versager halte. Du hattest nie vor, mir dabei zu helfen, wieder Fuß zu fassen. Vom ersten Tag an hast du es darauf abgesehen, mich zu Hause zu halten. Was genau hattest du geplant? Dass ich gefeuert werde? Wolltest du, dass ganz Jefferson County erfährt, ich hätte eine posttraumatische Belastungsstörung? Damit ich nirgends mehr unterkomme?«

»Ich versuche nur, dich zu beschützen.« Sosehr er sich bemühte, es zu verbergen, hörte ich die Unsicherheit in seiner Stimme. »Du bist nicht auf der Höhe deines Leistungsvermögens. Was ist passiert? Hast du Flashbacks? Es sind Flashbacks, richtig? Du erlebst eine Phase der Dissoziation, richtig? Ein außerkörperliches Erlebnis, durch das du dich von der Realität entfernst. In einer solchen Umgebung kein Wunder. Und das ist nur der Anfang. Und genau aus diesem Grund musst du unbedingt nach Hause kommen.«

Er tat es schon wieder, versuchte, mein Selbstvertrauen zu untergraben. Während er sprach, sah ich ihn vor mir, mit seiner teuren Brille und den modischen Socken, wie er das Kinn leicht vorschob, um sehr subtil sein Missfallen auszudrücken. Wie er mit der Fußspitze wippte, weil er wusste, dass mich das wahnsinnig macht. Jedes Wort, das Carson sagte, jede Bewegung, jede Nuance seiner Intonation war kalkuliert.

»Die Flashbacks werden nicht verschwinden. Du glaubst vielleicht, du hättest dich wieder im Griff, aber du irrst. Nicht lange, und du machst völlig dicht. Und was dann? Wie willst du zurechtkommen, wenn du wieder in den Zustand zurückfällst wie damals, als wir uns kennengelernt haben?« Carsons Ton wurde hart, er sprach eindringlich und leise. »Vergiss nie, wie dich dieser Cop angesehen hat, als er dich im Keller fand, wie du dich über seinen toten Partner gebeugt hast, während der Mörder entkam. Oder wie du dich gefühlt hast, als du die Waffe da liegen sahst und dich bewusst dafür entschieden hast, einen skrupellosen Mörder entkommen zu lassen. Du hättest ihn aufhalten können. Die Familien dieser armen Mädchen hätten vielleicht ein wenig Frieden finden können. Hast du aber nicht, Shay. Du hast ihn laufen lassen.«

Mein Herz hämmerte in meinem Brustkorb.

»Komm nach Hause«, sagte Carson, jetzt wieder in versöhnlichem Ton. »Wir gehen alles in Ruhe durch, so wie immer. Ich krieg das schon wieder hin. Habe ich doch noch jedes Mal geschafft.«

Carson in Bestform. Unter anderen Umständen hätte die Masche mit Sicherheit gezogen.

»Erzähl mir von Moonshine Phil.«

Ich hatte gehofft, ihn damit zu überrumpeln, und wie es schien, war mir das gelungen. Er brauchte auffällig lange, um sich wieder zu fangen. »Den Namen hab ich schon lange nicht mehr gehört«, antwortete er. Sein Lachen klang gekünstelt. »Haben du und Tim hinter meinem Rücken getratscht? Und sag nicht, du hättest für ein bisschen Spaß nie die Regeln gebrochen.«

»Und ob ich das habe. Aber ich habe nie einen Freund dazu gebracht, das Gesetz zu brechen. Philip Norton, er ist von hier, so wie du. Was weißt du über seine Familie?«

»Was soll das, Shay? Ich hab vor zwanzig Jahren bei ihm Schnaps gekauft. Aber was hat das mit uns zu tun?« Dann schien es ihm zu dämmern. »Das kommt auch von Tim, stimmt's? Ist dieser Norton ein Tatverdächtiger, oder so? Versucht Timmy, dir jetzt auch noch einzureden, ich wäre mit einem Kriminellen befreundet gewesen?«

»Du hast das mit dem Schnapsdeal mit Norton eingefädelt. Habt ihr damals über seine Familie gesprochen?«

»Wie soll ich mich daran jetzt noch erinnern? Wir haben uns natürlich unterhalten, um die Sache in Gang zu bringen, den Rest hat Tim übernommen. Wenn du es genau wissen willst – Tim ist immer ausgeflippt, wenn er zu dem Burschen musste. Der Perversling hatte eine Schwäche für kleine Jungs.«

»Was? Woraus schließt du das?«

»Ich hab ihn ein paarmal mit einem Jungen ungefähr in unserem Alter in der Stadt gesehen. Der war nicht an unserer Schule. Aber was soll's? Moonshine Phil war ein Niemand. Genau wie Tim.«

»Tim«, wiederholte ich geladen. »Du hättest ihm fast das Leben ruiniert, verdammt!« Plötzlich fielen mir die Textnachrichten wieder ein, Carsons abrupte Entscheidung, Tim rauszuekeln. »Deshalb hast du es dir mit der Hochzeitseinladung an ihn anders überlegt. Du hattest Angst davor, dass er mir erzählen würde, wie du ihn behandelt hast.«

»Shana.« Carson legte seinen ganzen Unmut in meinen Namen, sodass er wie eine Rüge klang. »Wenn ich mir wegen Tim Wellington Sorgen machen würde, wenn ich auch nur den Bruchteil einer Sekunde darüber nachdenken würde, was für lächerliche Geschichten ein erbärmlicher Kleinstadt-Cop über mich erzählen könnte, hätte ich dann überhaupt überlegt, ihn einzuladen? Hätte ich es dir nicht vorsorglich erzählt, wenn ich glauben würde, er würde mich gegenüber meiner Verlobten schlechtmachen? Du bist seit mehreren Monaten fast jeden Tag mit dem Mann zusammen. Hätte er irgendwelche Macht über mich, glaub mir, dann hätte er sie genutzt.«

Tim hatte nicht verstanden, warum Carson ihn zunächst zu unserer Hochzeit einladen wollte, aber ich sah jetzt, dass seine Vermutung den Nagel auf den Kopf traf. Tim war als erwachsener Mann Polizist geworden. Ein aufrechter Mensch mit einem moralischen Kompass. Und das machte Carson Angst. Die Hochzeitseinladung war ein Pseudo-Friedensangebot, die scheinheilige Botschaft an Tim, Carson habe sich geändert. Daraufhin würde sich der anständige Tim im Traum nicht einfallen lassen, einen Keil in unsere Beziehung zu treiben.

Doch jetzt kam ein hochbrisanter Fall dazwischen, kurz nachdem wir uns genau darüber gestritten hatten, ob ich den Job – mit ausdrücklicher Unterstützung von McIntyre und Tim – annehmen solle oder nicht. Und da schwand Carsons Vertrauen in seinen Plan. Den ganzen Tag lang hatte er sich wohl Tim und mich auf der Insel vorgestellt, mit Zeugenbefragungen, die mich nach seiner festen Überzeugung an meine Grenzen bringen würden. Schließlich hatte Carson mich therapiert: Verlor ich die Nerven, käme unweigerlich seine Rolle bei meiner Genesung zur Sprache. Andererseits war ich hier – so Carsons Sichtweise – einem Mann aus seiner Vergangenheit ausgeliefert, der unter entsprechendem Druck schlussendlich doch noch wütend genug werden konnte, um auszurasten. Und so falsch hätte Carson damit schließlich nicht gelegen.

»Ich muss Schluss machen.« Aus dem Wohnzimmer drangen Geräusche – Stuhlbeine, die über den Boden schrammten, erhobene Stimmen.

»Ja. Gut. McIntyre sagt, sie hofft, im Lauf der nächsten Stunden ein Boot zu euch rauszuschicken zu können. Wird langsam Zeit, dass die Frau in die Gänge kommt. Bis dahin möchte ich dir deine Atemübungen in Erinnerung rufen und …«

»Ich verlasse nicht die Insel, Carson. Ich verlasse dich.«

Es laut auszusprechen war leichter als gedacht. Den Gedanken an die praktischen Konsequenzen blendete ich aus: den Anruf bei meinen Eltern, für die Carson schon der Schwiegersohn war, die E-Mail an die Hochzeitsplanerin, die von Carson beauftragt worden war … In dem Moment, in dem mir die Worte über die Lippen gingen, dachte ich nur an Tim, einen Schuljungen, der noch keine Gewichte stemmte und noch nicht wusste, dass er Manns genug war, für sich selbst einzustehen. In einem schmalen

Gesicht mussten seine massiven Augenbrauen noch absurder ausgesehen haben. Verwundert musste er sie hochgezogen haben, wenn er sich anhörte, was Carson von ihm verlangte. Carson, der schlau und unerschrocken war und schon damals wusste, dass er Menschen manipulieren konnte. Wie Tim es fertiggebracht hatte, seine Gefühle des Verrats und der Wut im Zaum zu halten, war mir ein Rätsel. Fest stand nur, dass ich nie einen Mann heiraten konnte, dem seine Fähigkeit, Menschen wehzutun, Vergnügen bereitete.

Carson redete auf mich ein, beschwor mich, Vernunft anzunehmen. Doch ich dachte nicht daran, auf ihn zu hören. Genau wie Tim brauchte ich ihn nicht mehr. Das Traurige daran war nur, keiner von uns hatte ihn je gebraucht.

Ich hatte das Telefonat gerade beendet, als das Licht in der Küche flackerte. Ein Geräusch zerriss die Stille, ein Zischen wie ein Blitz, der eine Leitung entlangfährt, und dann ging das Licht endgültig aus. Ich wirbelte zur Fensterfront herum. In der Ferne, auf dem Festland, sah ich orangefarbene Funken sprühen, als habe jemand einen Feuerwerkskörper entzündet, dann an einer anderen Stelle dasselbe. Durchbrennende Transformatoren, die den Strom zum Dorf ausknipsten. Wo auch immer er stand: Der Transformator, von dem der Strom nach Tern Island kam, war ebenfalls ausgefallen.

Die Geräusche im Wohnzimmer klangen jetzt energischer. Ein Glas zerbarst auf dem Boden, dann ein dumpfer Aufprall. Jade schrie, dann Bebe. Es folgten Rufe von den Männern, gebrüllte Befehle, mehrere aufgeregte Stimmen zugleich. Ich drehte mich um, wollte durch die Halle stürmen. Da packte mich eine Hand am Haar, und ein gezielter Fausthieb traf mich im Magen.

Zusammengekrümmt und nach Atem ringend, langte ich nach meiner Waffe, doch es war dunkel und mein Griff nicht präzise.

Ich war zu langsam. Eine heiße, verschwitzte Hand legte sich mir auf den Mund, und bevor ich mich dagegen wehren konnte, zog mich jemand über den Schieferboden der Küche.

NEUNUNDZWANZIG

ER WAR SCHNELL. Er riss mich hoch, dann zog er mich wie ein ungezogenes Kind hinter sich her. Ich wollte schreien, aber ich bekam noch immer kaum Luft. Eine Sekunde lang dachte ich, er würde mich in den Keller bringen. Sofort ergriff mich wilde Panik, doch er beförderte mich nur in Nortons Zimmer. Offensichtlich weil es der nächstbeste Raum mit einem Schloss war.

Drinnen rammte er mich mit dem Rücken gegen die geschlossene Tür, zog mir die Hände über den Kopf und drückte sich mit seinem ganzen Gewicht gegen mich. Ich spürte, wie er hinter mich griff, um an meine Waffe zu kommen. Er versuchte, sie aus dem Holster zu reißen. Ich wand mich, kämpfte mit aller Kraft, doch ich hatte keine Chance. Im nächsten Moment drückte er mir die Mündung meiner Pistole unters Kinn und legte mir den Mund ans Ohr.

»Sie haben sie sterben lassen«, zischte er in unbändiger Wut.

Es war Ned.

In meinem Schock brauchte ich einen Moment, es zu begreifen. Bei einem feigen Angriff im Dunkeln hätte ich mit Flynn gerechnet. Immerhin hatte ich auf den Mann geschossen, darüber hinaus war er bösartig und labil und stand schon mit einem Bein im Gefängnis. Flynn hatte nichts zu verlieren – aber Ned? Obwohl sein Freund vermisst wurde, hatte Ned den ganzen Tag lang

Selbstbeherrschung gezeigt. Erst bei Abellas Tod war er offensichtlich durchgedreht.

Abella und Ned waren ebenfalls befreundet und verbrachten in New York ihre Freizeit miteinander. Sie waren ständig zu dritt – Jasper, Abella und Ned.

Bilder von Ned Yeboah blitzten in meinem Innern auf. Ned, von Trauer überwältigt, neben Abellas leblosem Körper. Ned, wie er beim Mittagessen ihre Hand hielt, und dann wieder im Wohnzimmer. Wie er sie tröstete. Ihr übers Haar strich. Ned war für Abella ein Freund. Doch sie war für ihn, wie mir jetzt klar wurde, mehr gewesen. Als Ned mir von seiner Freundschaft zu Jasper erzählt hatte, hatte er ein entscheidendes Detail ausgespart. Nicht nur, weil er von Flynn angewidert war, wollte Ned den Sinclairs so schnell wie möglich den Rücken kehren. Sondern auch wegen Abby.

Ich versuchte zu sprechen, ich musste ihn zur Vernunft bringen. Ich keuchte, er komme wegen Widerstand gegen die Staatsgewalt vor Gericht. Ich sei nicht die einzige Polizistin hier auf der Insel. Er werde sofort verhaftet und sehe sich im Gefängnis wieder …

Ned schnitt mir das Wort ab. »Glauben Sie wirklich, das macht mir jetzt noch was aus? Ist mir egal. Sie haben sie im Stich gelassen.« Ich spürte, wie sich Neds Brust hob und senkte. »Sie ist tot. Ihretwegen ist Abby jetzt tot.«

»Und was ist mit Ihnen?« Ich zuckte zurück, als ich spürte, wie der Lauf der Waffe meinen Hals entlangfuhr. »Wo waren Sie, als Abby hochging, um sich umzuziehen?«

»Ich habe sie nicht angerührt. Sie musste auf die Toilette. Ich dachte …«

»Sie dachten, da sei sie sicher? Klar«, sagte ich, »das dachte ich auch.«

Ned ließ den Kopf sinken. Für einen Moment ließ der Druck

seines Oberkörpers nach. Ich handelte sofort. Mein Knie traf ihn im Schritt. Er schnappte nach Luft und ließ meine Arme los.

Ned taumelte zurück. Er hatte immer noch die Waffe. Sie war gesichert, und ich hatte keinen Grund anzunehmen, dass er damit umgehen konnte. Andererseits hatte ich mich schon einmal in ihm getäuscht.

Draußen vor dem Fenster zuckten Blitze, und ich konnte für einen Blick Neds Gesicht erkennen. Es war noch immer wutverzerrt.

»Legen Sie die Waffe weg«, forderte ich ihn auf, als wieder Dunkel im Zimmer herrschte. »Wenn Sie mich töten, bringt das Abby nicht zurück. Legen Sie die Waffe auf den Boden, und kommen Sie zu mir herüber. Jetzt, Ned! Noch können Sie aus der Nummer rauskommen.«

»Sie verstehen nicht. Ich habe sie geliebt.«

»So sehr, um dafür einen Mord zu begehen?« Draußen grollte ein Donner. In der Halle wurden Rufe laut. Tim rief meinen Namen. *Warte, noch einen Moment!*, flehte ich stumm und wünschte mir, dass die Botschaft bei ihm ankam. *Nicht jetzt!*

»Was ist nach dem Kampf passiert«, fragte ich, »als Sie und Jasper wieder ins Haus zurückgekehrt sind?«

Ned atmete jetzt ruhiger. Er kam langsam zur Vernunft. »Habe ich Ihnen doch schon gesagt. Ich bin zu Bett gegangen.«

»In der Bibliothek.« Ich musste Gewissheit haben.

»Ja.«

»Und dann?«

»Sie hat uns gesehen. Bebe«, sagte Ned kleinlaut, »mich.«

Ich verstand nicht gleich. Dann wurde mir klar – er sprach von Abella. Was sie im Schuppen gesehen hatte.

Tims Rufe kamen näher und wurden energischer. »Sie wollten also mit Abby sprechen. Erklären Sie mir, warum Sie es getan haben?«

Ned nickte. »Ich dachte, es sei Jasper gewesen, da draußen am Fenster. Dabei war es Abby. Sie hat es mir gestern Abend gesagt. Ich musste ihr versichern, dass ich es nur getan hatte, um von Flynn wegzukommen. Es war sonst nichts zwischen mir und Bebe.«

»Sie meinen«, sagte ich begriffsstutzig, »Sie und Bebe …«

»Eigentlich wollte ich, dass Flynn es sieht. Er war in der Bibliothek. Ich dachte, wenn er mich mit Bebe sehen würde … nun, dann wäre es aus zwischen ihm und mir. Er würde mich zum Teufel jagen, wahrscheinlich versuchen, mich umzubringen, aber er würde mich ziehen lassen. Ich musste es tun. Jas wollte Abby an diesem Wochenende einen Antrag machen, hatte Jade gesagt. Mir ist die Zeit davongelaufen.« Er schwieg einen Moment, schluckte und holte Luft. »Ich musste Abby begreiflich machen, dass ich alles nur getan hatte, um von Flynn freizukommen. Um mit *ihr* zusammen zu sein. Sie war sich mit Jas nicht sicher gewesen, haben Sie das gewusst? Ich glaube nicht, dass sie seinen Antrag angenommen hätte.« Die Anwandlung von Hoffnung in seinem Ton wechselte in Verzweiflung, als er sich bewusst machte, dass es nicht mehr zählte, wie Abella darüber gedacht hatte, jetzt nicht mehr. »Sie sprach davon, nach Europa zu gehen, eine Zeit lang zu reisen, statt einen neuen Job anzunehmen. Ich habe einen Onkel in London. Ich habe ihr gesagt, wir könnten bei ihm wohnen. Sie war begeistert. Wollte es sich überlegen …«

Als ich mir anhörte, wie er seine illusorischen Zukunftsträume mit der Freundin seines besten Freundes beschrieb, tat er mir beinahe leid. Ich fragte mich, ob die beiden zurechtgekommen wären, Abby und Jasper.

»Sind Sie gestern Nacht noch nach oben gegangen? Sie müssen es mir sagen, Ned.«

»Ich … dachte, ich könnte sie wecken.«

Ich spürte einen kalten Stich. Ich wartete.

»Ich wollte doch nur mit ihr allein reden. Ich habe Jasper nicht umgebracht, ich schwöre es bei meinem Leben«, sagte Ned. Und dann stellte sich in diesem dunklen kleinen Zimmer dieses Bauchgefühl ein, dieses untrügliche Gefühl, das sich zu einer Theorie konkretisiert.

»Wie spät war es?«

»So um drei herum.«

»Haben Sie noch jemanden gesehen?«

»Nein. Ich bin wieder nach unten gegangen. Ich bin gegangen. Ich dachte«, sagte er mit belegter Stimme, »wenn Jas weg war, gab es nichts, was uns aufhalten konnte.«

»Aufmachen!«, brüllte Tim auf der anderen Seite der Tür. »Machen Sie sofort die Tür auf!«

»Sie sind kein Mörder«, sagte ich zu Ned. »Geben Sie mir die Waffe.«

Ned stöhnte auf – voller Verzweiflung. Dann legte er die Pistole auf Philip Nortons Nachttisch. Ich schloss auf.

Der Strahl von Tims Taschenlampe blendete mich. Binnen Sekunden hatte er Ned an der Wand.

»Nicht«, sagte ich, als Tim nach seinen Handschellen griff. Verwirrt drehte er sich zu mir um, kam aber meiner Aufforderung nach, ließ die Handschellen stecken und packte Ned stattdessen nur am Arm.

»Der Stromausfall«, sagte Tim, seine Stimme klang ziemlich mitgenommen. »Ned ist weggerannt. Bei dir alles in Ordnung? Was hat er mit dir gemacht?«

»Mir fehlt nichts«, sagte ich. Tims Timing war perfekt. »Ned hat mir soeben gesagt, wer Jasper und Abella ermordet hat.«

DREISSIG

DIE EINZIGE SPÄRLICHE Beleuchtung in der Halle kam von der letzten Glut im Wohnzimmerkamin. Tim ließ Ned vorausgehen, ich bildete die Nachhut. Unter meinen Sohlen knirschte zerbrochenes Glas und erinnerte mich an die Geräusche von vorhin. Es lagen rasierklingenscharfe Scherben auf dem Boden. Jemand hatte sein Weinglas offensichtlich zur Wohnzimmertür hinausgeworfen.

»Was habe ich verpasst?«, fragte ich, während ich meine Schusswaffe wieder ins Holster steckte.

»Kleiner Streit unter Geschwistern«, antwortete Tim ungerührt. »Ich habe ihnen Stubenarrest verpasst.«

Im Halbdunkel des Wohnzimmers betrachtete ich unsere Verdächtigen oder was von ihnen übrig geblieben war. Bebe stand am Fenster. Miles und Jade saßen in größtmöglichem Abstand von den Übrigen Seite an Seite auf dem Sofa. Nachdem er stundenlang unermüdlich auf den Beinen gewesen war, hatte Norton sich nun ebenfalls gesetzt, auf einen Stuhl bei der Tür, allerdings nicht, ohne zuvor die Kerzen auf dem Kaminsims anzuzünden. Die Flammen flackerten gespenstisch an den Wänden. Und dann war da noch Flynn, nach wie vor ohne Oberhemd, direkt neben dem Kamin.

Als er sah, wie Tim Ned mit festem Griff hereinführte, schnellten seine Augenbrauen hoch. »Ich hab mir schon Sorgen um dich gemacht«, sagte Flynn. »Hast du dich an Sherlock rangemacht und wurdest überwältigt? Du vögelst wirklich alles, was nicht bei drei auf dem Baum ist.«

Tim biss die Zähne zusammen. »Mr. Yeboah hat soeben eine Polizeibeamtin tätlich angegriffen.«

»Das ist also deine Art, Schluss zu machen, oder wie?«, sagte Flynn.

»Das reicht«, rief ich. »Wir müssen mit Ihnen allen reden.«

Tim wandte sich zu mir um. »Müssen wir das?«, flüsterte er.

Ich ging auf seine verdutzte Frage nicht ein. »Also, beginnen wir noch einmal ganz von vorne«, sagte ich und sah in die Runde. »Wer war die erste Person, die verdächtigt wurde, Jasper ermordet zu haben? Ich glaube, Phil Norton brachte den Fallensteller ins Spiel.« Ich sah den Hausmeister an, und er wurde augenblicklich rot. »Tatsächlich war Norton der Einzige hier, der den Verdacht hatte, Jasper könnte von einem Fremden entführt worden sein. Er überzeugte Camilla davon, der Mann sei hinter ihrem Geld her. Sagte voraus, es sei bestimmt mit einer Lösegeldforderung zu rechnen. Doch die blieb aus, und dank Wellington, der Billy Blooms Alibi überprüfen konnte, schied der Fallensteller schon sehr rasch von unserer Liste der Tatverdächtigen aus.« Ich fixierte Norton. »Aber Sie hielten an Ihrer Theorie fest, es könne nur er gewesen sein, nicht wahr, Mr. Norton? Nachdem wir Abellas Leiche gefunden hatten, beharrten Sie auf seiner Schuld und brachten ihn ein drittes Mal ins Gespräch, als wir feststellten, dass die Boote verschwunden waren. Dabei musste Ihnen klar sein, dass die Fallensteller-Theorie für uns wenig glaubhaft war. Ihnen kann nicht entgangen sein, dass er niemandem sonst verdächtig schien.«

Ich wartete. Norton öffnete den Mund, sagte aber nichts. Unter seinem Flanellhemd hob und senkte sich seine Brust.

»Ihre Geschichte, Camilla wolle keine Nerze unter dem Bootshaus haben, leuchtete hingegen durchaus ein«, fuhr ich fort. »Der

Gestank ist nicht zu leugnen. Früher oder später hätten wir den Schuppen auseinandergenommen, aber unmöglich, einen solchen Fäulnisgeruch mit einer Person in Verbindung zu bringen, die erst einen Tag vermisst wird. Und Billy Bloom fand tatsächlich einen Haufen Fischinnereien da unten. Auch das stimmt. Laut Bloom ausnahmslos von Barschen.« Tims Bemerkung, er könne nie wieder gebratenen Barsch essen, hatte sich mir ins Gedächtnis eingegraben, doch das ließ ich unerwähnt. Stattdessen merkte ich mir vor, Tim dafür ein Bier auszugeben. »Nun weiß ich nicht viel über diesen Fluss, ich weiß aber sehr wohl, dass die Fischbestände sehr artenreich sind, und ich konnte mir nicht denken, dass Nerze derart wählerisch sind. Deshalb bat ich Sheriff McIntyre, einen Anruf für mich zu machen. Sie fand heraus, dass Norton, einen Tag bevor Sie alle hier eintrafen, im örtlichen Fischgeschäft mehrere Pfund Gräten und Fischabfälle gekauft hatte. Ich glaube, er deponierte sie unter dem Bootshaus – als Vorwand, um Bloom herzuholen.«

Laut dem Ladenbesitzer, den Mac befragt hatte, war Norton nicht besonders glücklich gewesen zu erfahren, dass es zurzeit nur Barschabfälle gebe. Er muss Stunden gebraucht haben, um die Nerzplage vorzutäuschen. Dabei geriet er mit seiner Hausarbeit so in Verzug, dass er für den Empfang der Gäste noch nicht bereit war und zu letzten Einkäufen noch einmal zum Festland hinübermusste.

»Die deduktive Methode ist deshalb so erfolgreich, weil man dabei nicht auf Hinweispfeile in Leuchtschrift hofft, sondern nach heimlichen Ablenkungsmanövern sucht.« *So wie Carsons wechselnde Haltung zu Tims Teilnahme an unserer Hochzeit*, dachte ich. *So wie Norton beharrlich mit dem Finger auf den Fallensteller gezeigt hatte.* »Sie haben Billy Bloom zu einem ganz bestimmten Zweck hier auf die Insel geholt«, führte ich weiter aus. »Um eine falsche Fährte zu legen vielleicht, oder um jemanden zu decken. Stellt sich nur die Frage, warum?«

Philip Norton schien den Atem anzuhalten, während er darauf wartete, was er als Nächstes zu hören bekäme.

»Nun zu Flynn ...« Ich drehte mich in seine Richtung. »Er hatte es sehr eilig damit, Abella zu beschuldigen. Für Sie alle war sie eine Fremde, außer für Ned. Das machte sie zum idealen Sündenbock. Flynn hat behauptet, Jasper gehe es bei Abby nur um Sex, während sie ihn umgekehrt benutzte, um mit seiner Hilfe an einen Job zu kommen und damit an eine Aufenthaltserlaubnis. Flynn hat behauptet, Abby sei Jasper nach ihrer Ankunft hier auf die Schliche gekommen und habe sich an ihm gerächt. Doch für seine Unterstellung gibt es nicht den Hauch eines Beweises. Ja, sie hat gestern Nacht neben ihm im Bett geschlafen. Ja, sie hatte sein Blut an den Kleidern. Doch Abella hat sich aktiv um einen Job bemüht.« Ich sah Ned an. »Ich glaube, sie liebte Jasper und wollte, dass ihre Beziehung funktioniert. Sie hatte keinen Grund, ihn umzubringen, und wie wir zweifelsfrei wissen, hat sie sich nicht selbst das Leben genommen.«

Ringsum blickte ich in gebannte, bange Gesichter. »Sie haben nichts unversucht gelassen, uns in die eine oder andere Richtung irrezuführen, Sie alle«, sagte ich. Langsam kam ich in Fahrt. »Indem Sie sich gegenseitig attestiert haben, zu lügen und zu betrügen, um Ihre eigenen Familienmitglieder oder angeblichen Freunde zu belasten. Sie alle haben Ihre Gründe, auf Jasper wütend zu sein. Zum Beispiel Jade. Sie glaubt, sie sei in ihn verliebt, und ist wütend, dass er ihre Gefühle nicht erwidert. Sie hat Jasper und Abella nachspioniert und versucht, einen Keil zwischen sie zu treiben. Deshalb hat sie herumerzählt, er plane, Abella einen Antrag zu machen. Sie hoffte, auf diese Weise ihre Beziehung zu sabotieren. Sie wollte Jaspers Aufmerksamkeit ganz für sich.«

Jades Lippen zitterten. Das Mädchen hatte alle möglichen Gerüchte über die Sinclairs verbreitet. Als ihr jetzt dämmerte, was sie angerichtet hatte, wirkte sie wie ein Häufchen Elend. Sie lehnte sich an ihren Vater, vergrub ihr Gesicht an seiner Schulter.

Miles saß stocksteif da. »Falls Sie damit andeuten wollen, meine Tochter …«

»Ich will damit andeuten, dass das unverantwortliche Gerede ihrer Tochter die Ermittlung erschwert hat. Mehr habe ich zu Jade nicht zu sagen. Kommen wir lieber zu Bebe.« Ich legte eine wirkungsvolle Pause ein. »Bebe«, sagte ich, »hat noch etwas Erstaunlicheres getan. Sie hat versucht, die Schuld dem Opfer selbst zuzuschieben. Sie wollte uns weismachen, Jasper habe mit dem Blut im Bett seinen Mord fingiert und sei von der Insel geflohen. Ich war mir sicher, Sie und Flynn würden unter einer Decke stecken.« Ich fixierte Bebe. »Sie brauchen Geld. Ohne die Entschuldung durch einen Dritten sind Sie geliefert. Vielleicht sind Sie das in jedem Fall, aber so oder so waren Sie nicht gewillt, Ihren kleinen Bruder, den Goldjungen der Familie, mit dem Rest von Camillas Vermögen fortziehen zu lassen.« Wieder ging mein Blick in die Runde. »Und, ja, Bebe wollte die Tatsache, dass sie mit Ned etwas angefangen hatte, verbergen, aber nur, um Camilla zu täuschen. Sie hofften, Camilla könnte Ihnen doch noch etwas Geld hinterlassen, und diese Hoffnung wäre sofort geplatzt, hätte sie von der Sache erfahren«, sagte ich zu der Frau. »Ich denke, Ihre Hoffnung war ohnehin illusorisch. Aber man wird ja noch ein bisschen träumen dürfen, nicht wahr? Ich bin mir allerdings sicher, dass Sie sich um Flynns Reaktion Sorgen gemacht haben. Sie wussten, dass er gegenüber Jasper zur Gewalttätigkeit neigte, und ihm Ned auszuspannen war das Gemeinste, was Sie ihm antun konnten. Aber als Wellington und ich nach oben kamen, hatten Sie sich schon zum Abendessen umgezogen. Sie hatten sogar die Zeit gefunden, Ihre Perlen anzulegen. Somit konnten Sie Abella nicht erdrosselt haben, und im Übrigen wären Sie auch nicht kräftig genug gewesen, um Jasper aus dem Haus zu schaffen.«

Ich schwieg einen Moment, holte Luft, bevor ich fortfuhr.

»Flynn und Jasper hatten gestern Nacht eine handgreifliche Auseinandersetzung, draußen im Garten, und Flynn hat ihm einen Faustschlag versetzt. Grund genug anzunehmen, Flynn sei nach oben gegangen, um es zu Ende zu bringen. Ist er aber nicht. Keiner von Ihnen beiden war es.«

»Woher wollen Sie das wissen?«, warf Miles ein.

»Das wissen wir«, antwortete ich, »wegen Abella. Sie war nicht in Ihre Familienzwistigkeiten verwickelt. Sie musste sterben, weil sie etwas über letzte Nacht herausgefunden hatte. Und heute ist etwas passiert, das es ihr ermöglichte, den Mörder zu identifizieren – und der Mörder wiederum wusste, sie würde es uns sagen. Wer Jasper ermordet hat, der hat auch Abby umgebracht. Flynn hatte sich hier unten häuslich eingerichtet, und Bebe hatte kein Interesse am Tod von Jaspers Freundin.«

Die Nervosität im Raum stieg, alle sahen mich mit wachsender Sorge an. Ich war in meinem Element. Nach einem Tag am Limit war das Gefühl so ungewohnt, dass ich ihm kaum zu trauen wagte. Ich hatte alles genau durchdacht, Camillas Gäste wie Fleisch am Haken hin und her gewendet, um nichts zu übersehen, was mir faul erschien. Und war endlich zu einem Schluss gelangt. Es war ein gutes Gefühl. Nein, es war ein überwältigendes Gefühl.

»Und damit kommen wir zu Ned.« Als er seinen Namen hörte, fuhr er zusammen. »Auch Ned gibt einen Tatverdächtigen ersten Ranges ab, stimmen Sie mir zu, Wellington?«

»Ähm, ja, absolut«, sagte Tim und spielte mit.

»Er hat ebenfalls ein Motiv – nur nicht dasjenige, das Sie uns aufgetischt haben, Miles. Ned wollte etwas haben, und Jasper stand ihm dabei im Weg. Als er von Jade das Gerücht über die bevorstehende Verlobung hörte und erfuhr, dass Abby ihn im Schuppen mit Bebe gesehen hatte, wusste er, dass ihm die Felle davonzuschwimmen drohten. Gestern Nacht ist Ned nach oben gegangen, um Abella seine Liebe zu gestehen. Doch da war Jaspers Leiche schon verschwunden.«

Bebe stieß einen erstickten Schrei aus. Ob sich ihre Reaktion auf Jasper bezog oder auf Ned und Abby, konnte ich nicht sagen. Dankenswerterweise sagte Tim kein Wort, als ich den Mann, der mich eben erst mit meiner eigenen Schusswaffe bedroht hatte, vom Haken ließ. »Ned war in der Lage, den Blutfleck zu beschreiben«, klärte ich zusammen mit der Runde auch meinen Kollegen auf, »den er am heutigen Tag nachweislich nicht zu sehen bekommen hat. Ned ist nicht unser Mann.«

»Du hast gestern Nacht Blut auf dem Bett meines Bruders gesehen«, sagte Flynn zu Ned, »und bist einfach so gegangen?« Mir gefiel dieser Blick in seinen Augen nicht, diese unnatürliche Ruhe. »Und du warst *verliebt*?«, sprach Flynn weiter, »in dieses kleine *Miststück*?«

Ned war in eine Art Schockstarre verfallen, und ich war mir nicht sicher, ob er Flynns Bemerkung überhaupt mitbekommen hatte. Neds Apathie brachte Flynns Wut zum Überkochen. Seine Bewegungen waren blitzschnell und entschlossen. Noch bevor Tim oder ich reagieren konnte, hatte er sich den Kerzenleuchter vom Kaminsims geschnappt und war damit zu Ned gehechtet. Mit einem widerwärtigen dumpfen Knall traf der schwere Gegenstand Neds Schläfe. Ned ging wie ein gefällter Baum zu Boden.

Jetzt war Tim bei Flynn. Er warf ihn zu Boden, drückte mit aller Kraft seinen Kopf auf den Teppich. Flynn riss entsetzt die Augen auf, als er neben sich Ned liegen sah. Aus Neds Kopf pulsierte Blut, so dunkel, dass es im schummrigen Licht fast schwarz aussah.

Jade stieß einen markerschütternden Schrei aus. Miles sprang auf, zog sie hoch und schob sie zur Tür.

»Keine Bewegung!«, brüllte ich, als auch Bebe vor Neds reglosem Körper zurückwich. »Alle bleiben, wo sie sind!«

»O mein Gott«, brachte Jade zwischen Schluchzern hervor, »o mein Gott! Ist er *tot?*«

»Erschießen Sie ihn!«, brüllte Miles und zeigte mit dem Finger auf Flynn. »Dieser Mann ist eine Bestie!«

Ich ging neben Ned auf die Knie und sah, dass er die Augen nach hinten verdreht hatte. Mit zwei Fingern an der Halsschlagader fand ich seinen Puls und dachte: *Gott sei Dank!* Dann sah ich mir die Wunde näher an. »Bebe, schnappen Sie sich die Servietten da und drücken sie fest drauf! Schnell!« Die starke Blutung gefiel mir ebenso wenig wie Neds aschgraue Haut.

In ihrem zu engen Rock kniete sich Bebe neben mich und drückte die Stofftücher auf die Wunde. Tim ließ die Handschellen um Flynns dicke Gelenke zuschnappen und rammte dem Mann das Knie in den Rücken. Die ganze Zeit behielt ich im Auge, wo genau sich wer im Raum befand. Und so überraschte es mich nicht, als ich aufblickte und sah, wie sich Miles' Gesichtsausdruck änderte. Als ich mich umdrehte, sah ich gerade noch, wie Norton zur Tür rannte.

Genau damit hatte ich gerechnet.

Dass er Jade mitnahm, kam überraschend.

EINUNDDREISSIG

DAS GELÄNDE AN DER Westseite der Insel war zerklüftet und steil, doch ich hörte, wie unter ihren Schritten nasse Zweige knackten, und wusste, dass ich auf dem richtigen Weg war. Sie waren beide in leichten Schuhen unterwegs, während meine Stiefel zumindest einen gewissen Halt boten. Wenn die beiden es bis zum Fluss schafften, ohne sich die Knochen zu brechen, dachte ich, konnten sie von Glück sagen.

Doch ich hatte Nortons Vertrautheit mit der Insel nicht einkalkuliert. Im Schein meiner Taschenlampe setzte ich vorsichtig Fuß vor Fuß, während er zügig ausschritt, selbst mit Jade im Schlepptau. Seit zwanzig Jahren verrichtete er seinen Dienst auf Tern Island. Er war hier zu Hause, und schon auf halber Strecke nach unten konnte ich die beiden nicht mehr hören.

Menschen töten aus Eifersucht, Angst und Hass. Sie töten, weil sie haben wollen, was ein anderer hat. Doch bei Norton war es etwas anderes. Er hatte aus Liebe getötet. Aus Liebe zu Tern Island.

Ich kann nicht mehr genau sagen, wann mir klar wurde, dass er Jaspers Ermordung verschleierte. Aber niemand war dazu besser in der Lage. Als Hausmeister hatte Norton überall Zugang. Er musste sich nicht rechtfertigen, wenn er irgendwo auftauchte oder wieder verschwand, und auch nicht, wenn er einen Fallensteller auf die Insel holte, der ihm als Sündenbock dienen sollte. Falls die

Forensiker Nortons DNA an Jaspers Laken fanden, musste er nur darauf hinweisen, dass er die Betten bezogen hatte, und seine Fingerabdrücke an Jaspers Nachttisch rührten daher, dass er Staub gewischt hatte. Niemand wunderte sich, wenn Norton hinausging, um neues Brennholz zu holen oder auch einen dicken, festen Strick.

Seinen Freunden und seiner Großmutter gegenüber war Jasper die Freundlichkeit in Person, doch für Norton hegte er keine Sympathie. Abella zufolge war Jasper am Anlegesteg auffallend schroff zu ihm gewesen. In ihrem Zimmer hatte Camilla die Bemerkung fallen gelassen, ihre Enkel sollten mit Norton ein wenig Nachsicht üben, doch wahrscheinlich hatte sie dabei nur Jasper im Blick gehabt. Nur ihm schien Nortons Verhalten zu missfallen. Entweder passte es ihm nicht, wie eng das Verhältnis zwischen Norton und seiner Großmutter inzwischen war, oder er spürte, dass Norton etwas plante, und hegte einen Verdacht.

Auch wenn sie nicht mehr Gelegenheit hatte, mit mir darüber zu sprechen, hatte wohl auch Abella so etwas geahnt. Ich war zu dem Schluss gekommen, dass der Streit zwischen ihr und Jasper darum gegangen war, wie er Norton behandelte. Die Fotos, die Jade an der Treppe von ihnen gemacht hatte, einmal mit und einmal ohne Hausmeister, bestätigten meinen Verdacht. Zunächst konfrontierte Abella ihren neuen Freund noch wegen seines rüden Verhaltens. Erst als sie später mit eigenen Augen sah, in welchem Ausmaß Norton Kontrolle über Camilla erlangt hatte, begriff sie, dass Jaspers Vorbehalte gegenüber Nanas Vertrautem berechtigt waren.

Ich hatte die ganze Zeit gewusst, dass Norton bei der erstbesten Chance, die sich ihm bot, die Flucht ergreifen würde – einfach, weil er nicht in diese Welt gehörte. Jetzt trieb ihn nur noch der Instinkt, der blanke, animalische Fluchtinstinkt. Und er floh nicht nur vor Tim und mir, sondern vor der gesamten Familie Sinclair.

Ich konnte es ihm nachempfinden. Ich wäre ebenfalls abgehauen. Aber Norton war verzweifelt, und er hatte Jade. Sie hatte keinen Moment gezögert mitzukommen. Ihren Vater zurückzulassen und zu verschwinden. Nein, Jade war keine Geisel.

Was nicht bedeutet, dass sie in Sicherheit war.

Ich erreichte das Ufer und wischte mir das Wasser aus den Augen. Der Griff meiner Waffe war so rutschig, als wäre er geölt. Ich packte fester zu. Ihren Fußabdrücken zu folgen konnte ich vergessen. Der Boden bestand hier unten aus derselben Mischung aus Felsgestein und Gras wie oben im Garten rund ums Haus, und jeder Halm war vom Regen flach zu Boden gedrückt. Die Insel war groß und bewaldet. Der Weg nach rechts führte geradewegs in die Wildnis. Linker Hand kam nur noch das Bootshaus, das Norton jetzt nichts mehr nützte, dennoch schien es mir die klügere Wahl zu sein. Ich hielt mich dicht am Ufer, während ich mich durch eine Baumgruppe kämpfte, immer gegen den Sturmwind an. Die Äste peitschten mir schmerzhaft das Gesicht. Sofort flackerte eine alte Erinnerung auf. Ich sah einen langen, rostigen Nagel im festen Griff einer Hand, die mir so vertraut wie meine eigene war, und würgte, als ich plötzlich vor mir sah, wie er in die Haut eindrang und dann wie ein Pflug durch meine Wange fuhr. Aber der Schmerz war alt, und ich konnte mich jetzt, in diesem Moment, nicht mit ihm aufhalten. Ich rannte weiter.

Als ich ans äußerste Ende der Insel gelangte, kam mir wieder zu Bewusstsein, wie viel Schaden Bram und Carson angerichtet hatten. Den ganzen Tag lang hatte ich Norton direkt vor der Nase gehabt, aber ich hatte meinen Instinkten nicht genug vertraut, um die Zusammenhänge zu sehen. Nicht, bevor man mir nicht die Wahrheit auf einem Silbertablett serviert hatte. So wie ich auch den Mann nicht durchschaut hatte, der mir einen Heiratsantrag gemacht hatte und dessen Ring ich trug.

Vor mir tauchte das Bootshaus auf, und im nächsten Moment

entdeckte ich Norton, nur wenige Schritte vom Wasser entfernt. Unweit des Anlegestegs schob er ein unscheinbares altes Kanu in den Fluss. Die grüne Plane, unter der er es versteckt hatte, lag hinter ihm im Gebüsch. Das Boot schwankte und schaukelte im Wasser. Jade saß bereits auf dem vorderen Platz. Mit einer Hand hielt sie ein Paddel, mit dem freien Arm hielt sie sich am Rand des Kanus fest.

»Anhalten, sofort!«

Jade und Norton fuhren heftig zusammen und drehten die Köpfe zu mir um. Das Kanu wäre selbst bei strahlendem Wetter nicht seetauglich gewesen, und Jade hatte keine Schwimmweste an. Ich erfasste Nortons Gesicht mit dem Strahl meiner Taschenlampe und richtete meine Waffe auf ihn. »Sie kommen hier nicht weg«, brüllte ich. »Sehen Sie sich die Wellen an! Sie wird sterben. Sie bringen sich beide um!«

Norton blinzelte ins Licht. Der Regen strömte ihm in Rinnsalen über den kahlen Schädel. »Ich muss«, sagte er und watete ins Wasser, »ich muss sie nach Hause bringen.«

»Ich dachte, Tern Island ist Ihr Zuhause.« Mit aller Macht zwang ich meine Hände, mit dem Zittern aufzuhören. Er schien unbewaffnet zu sein, doch falls Norton zur Seite sprang, würde ich unmöglich sauber treffen. Bei dem Regen hatte ich schlechte Sicht, und je fester ich drückte, desto mehr schmerzte meine wunde Hand. Ich machte drei langsame Schritte auf ihn zu. »Wo ist Jasper, Philip?«

Er hielt immer noch das Kanu fest und versuchte, es tiefer ins Wasser zu ziehen, doch meine Frage lähmte seine Entschlusskraft, und er blieb stehen. Norton sah Jade in die Augen. Ohne Rettungsweste und vollkommen durchnässt, sah sie elend und verängstigt aus. »Ich wollte nicht...«, begann er, »ich wusste nicht...«

»Wo ist er?«, brüllte ich.

»Er ist tot!« Nortons Schluchzer gingen im Tosen der Wellen

fast unter, doch ich sah das Grauen in seinen Augen. »Er kommt nicht zurück. Er ist ... im Fluss. Es tut mir so leid, Liebes. Es tut mir so leid.«

Jades perfekte Lippen formten ein O, doch aus ihrem Mund drang kein Laut.

Norton stieß einen Klagelaut aus. »Es tut mir leid«, schluchzte er erneut, und das Kinn sank ihm auf die Brust.

»Aus dem Boot raus!«, befahl ich Jade auf den letzten Metern, die mich von ihnen trennten.

Sie sah verwirrt zu Norton auf, folgte jedoch meiner Anweisung. Sie kletterte aus dem Kanu und stieg ins Wasser.

Um meine Waffe nicht herunternehmen zu müssen, fasste ich, ohne die Taschenlampe wegzustecken, mit der linken Hand in meine Gesäßtasche und reichte Jade ihr Handy.

»Geh ins Bootshaus«, wies ich sie an. »Mach einen Notruf, 911. Sag ihnen, wir hätten hier draußen Verdächtige in einem Fall von häuslicher Gewalt und vorsätzlichem Mord. Und sie sollen einen Arzt schicken, für eine Kopfverletzung. *Schnell!*«, brüllte ich, als das Mädchen sich nicht rührte. Jade eilte zum Bootshaus und schloss die Tür hinter sich.

Ich fixierte Norton. »Sie haben Jasper gestern Abend betäubt. Habe ich recht?«, rief ich, als ich mit ihm allein war. Ned zufolge war Norton der Einzige, der sie nach dem Kampf draußen gesehen hatte. Ned hatte Norton dabei erzählt, Jasper sei hingefallen. Sie waren zur Küchentür hereingekommen. *Der Wasserring auf Jaspers Nachttisch.* »Sie haben ihm was ins Wasser getan, stimmt's? Und heute Morgen haben Sie das Glas weggeräumt.«

Norton nickte stumm.

»Dasselbe haben Sie gestern Abend zur Cocktailstunde mit Abella gemacht.«

Tim hatte von Anfang an geargwöhnt, dass Drogen im Spiel waren. Doch Jasper war nicht das einzige Opfer. »Haben Sie das

Eis präpariert? Clever. Falls noch jemand anders seinen Wein besonders kalt haben wollte und schlappmachte, umso besser.«

»Ich wollte nicht, dass sie es sieht. Ich wollte es ihr ersparen.«

»Und heute Abend haben Sie es noch einmal mit Camilla gemacht.« Sie müsse mehrmals täglich Pillen nehmen, hatte Norton gesagt. Aber ich hatte einen ganzen Tag mit der Familie verbracht und nicht gesehen, dass sie irgendwelche Medikamente einnahm. Es waren auch keine Tabletten auf ihrem Nachttisch. Während unserer Unterhaltung in ihrem Zimmer hatte Camilla zwar müde gewirkt, aber bei klarem Verstand – ein himmelweiter Unterschied zu dem fast komatösen Zustand, in den sie nach wenigen Schlucken Wein gefallen war. »Sie konnten nicht zulassen, dass sie sich an einem Gespräch über die Familienfinanzen beteiligt. Nicht, solange Flynn und Bebe im Haus waren.«

Norton presste beide Hände an die Schläfen. »Sie verstehen nicht! So war das nicht!«

»Ach nein? Camilla hat nicht mehr lange zu leben. Das Vermögen der Sinclairs ist ausgeschöpft. Das Einzige, was bleibt, ist die Insel. Wer bekommt sie, wenn sie nicht mehr ist? Wen hat Camilla als Erben eingesetzt? Sie, nicht wahr? Sie vermacht das alles hier Ihnen.«

Philip Norton ließ die Schultern hängen und schloss die Augen.

»Gütiger Himmel«, flüsterte ich. Mehr als irgendetwas sonst war ich enttäuscht. Camilla hatte so stark gewirkt. Sie hatte ihren Mann verloren, ihren einzigen Sohn und das Geschäft, das die Familie im Lauf ihres Lebens aus dem Nichts aufgebaut hatte – doch sie hätte Nortons Finte durchschauen sollen. Stattdessen hatte sie auf den Freund gehört, der sie seit zwanzig Jahren umsorgte und der ihr versicherte, wie viel ihm Tern Island bedeutete. Der ihr einredete, wenn sie die Insel Jasper überließ, bestehe die Gefahr, dass Bebe und Flynn sie ihm abluchsten und verkauften. Norton versprach, Camilla zu helfen. Er wollte das Juwel schützen, bis es ohne Gefahr an Jasper übergehen könne. An Jasper, der schon bald in den Sturmfluten untergehen sollte.

Sobald Camillas letzter Wille ans Licht käme, würde sich Norton einer gigantischen Schlacht vor Gericht stellen müssen. Verwitwete Herrscherin über ein altehrwürdiges Familienunternehmen verschmäht ihre rechtmäßigen Erben und vermacht ihr Anwesen im Wert von zig Millionen ihrem langjährigen Hausmeister und Betreuer! Die Medien würden sich wie Geier darauf stürzen. War Jasper jedoch aus dem Rennen, blieben nur noch Flynn und Bebe, um den Kampf aufzunehmen. Die beiden wären auf einen schnellen Verkauf der Insel angewiesen, doch falls das bedeutete, das öffentliche Interesse auf das angeschlagene Familienunternehmen zu lenken, täten sie besser daran, den tragischen Verlust ihres Bruders und ihrer Großmutter zu betrauern und den Landsitz sausen zu lassen. Norton musste überglücklich gewesen sein, als er Flynns Geständnis hörte, er und Bebe seien Wirtschaftskriminelle. Beide hatten mit hohen Geldstrafen zu rechnen, möglicherweise mit Gefängnis. Es wäre also niemand übrig, um den Plan zu durchkreuzen.

»Finden Sie wirklich, diese Insel ist es wert, dafür zu töten?«, fragte ich. Das schreiende Unrecht machte mich so wütend, dass mir der Finger am Abzug zuckte. »War es ein Küchenmesser oder ein Werkzeug aus dem Schuppen? War er schon tot, als Sie ihn ins Wasser warfen, oder hat er sich noch vor Schmerzen gewunden, während er ertrank? Haben Sie zugesehen, wie er auf den Grund sank? *Sprechen Sie!*«

Norton presste noch immer die Hände an den Kopf und stöhnte.

»Ich dachte, Sie arbeiten allein«, fuhr ich fort, als er nicht antwortete. »Die Sache mit Bloom, die Drogen – das trägt in der Tat Ihre Handschrift. Aber dass Sie Jasper eigenhändig ermordet haben, das glaube ich inzwischen weniger. Nein, den Teil haben Sie jemand anderem überlassen.«

Ich wusste nur zu gut, dass Familien nicht immer zusammenhalten. Es war so, wie Flynn sagte. Blutsbande sind kein Garant für Loyalität.

»Es ist nicht zu spät, sich zu retten, Philip. Ich nehme Sie mit zum Revier. Legen Sie ein Geständnis ab. Für Jades Sicherheit verbürge ich mich, ich habe ihr mein Wort gegeben.«

Norton sackte gegen die Kante der Bootswand. Er stand bis zu den Knien im Wasser. Sein Widerstand war fast gebrochen, aber nicht ganz. Ich kam zu spät.

Der Sturm toste, der grelle Schein meiner Taschenlampe tauchte die Welt in Schwarz-Weiß, überall nasses Gras und Matsch, Regen und Wind.

In diesem Moment nahm ich hinter mir eine Bewegung war. Ich hörte Miles Byrds keuchenden Atem. Ich brauchte ihn gar nicht im Licht zu sehen, um zu wissen, dass er auf dem Weg nach unten gestürzt war. Er hinkte, als er auf uns zukam.

»Da sind Sie ja«, sagte Miles zu Norton. »Wo ist Jade? Es war die richtige Entscheidung, sie da rauszuholen. Flynn ist ja völlig übergeschnappt.« Er drehte sich zu mir um. »Sie haben sich in ihm getäuscht, ich hoffe, das ist Ihnen inzwischen klar. Flynn ist letzte Nacht durchgedreht, genauso wie gerade eben bei Ned. Flynn hat Jas getötet und dieses Mädchen.«

»Bleiben Sie, wo Sie sind!«, rief ich laut. Ich wollte, dass Jade hörte, was hier vor sich ging. Miles trug Handschuhe. *Wo hat er auf einmal diese Handschuhe her?*

»Ich komme, um meine Tochter zu holen.« Miles blinzelte in den Lichtkegel meiner Taschenlampe und lächelte jovial. »Wo ist sie?«

»Keiner von Ihnen geht hier irgendwohin.«

Miles sah Norton an, dann wieder mich. »Sie meinen doch

nicht etwa ... Philip? Das ist nicht Ihr Ernst. Er ist harmlos! Er ist nicht der Mann, nach dem Sie suchen.«

»Stimmt«, antwortete ich, während ich die Waffe schwenkte und auf das richtige Ziel richtete. »Aber Sie.«

Miles war nicht wie Norton, er hatte keine Angst. Der Mann straffte die Schultern und sah mir direkt ins Gesicht. »Nur so aus Neugier, ist das Ihre Methode? Durch Ausschlussverfahren? Ihre kleine Ansprache da oben, bei der Sie einen nach dem anderen für ›nicht schuldig‹ erklärten ... Lösen Sie allen Ernstes so Ihre Fälle?«

»Ausschlussverfahren ist eine zielführende Vorgehensweise, Miles. Damit bin ich Ihnen beiden auf die Schliche gekommen.«

Miles lachte und wischte sich den kalten Regen von der Stirn. »Sie und Ihr idiotischer Partner, Sie haben doch nicht den geringsten Schimmer.«

Trotz seines auftrumpfenden Gehabes war Miles anzusehen, dass es ihm nicht passte, wie das hier lief. Er konnte seine Tochter nicht sehen, und das machte ihn nervös.

Ich umfasste den Pistolengriff fester und kämpfte gegen den Schmerz in meiner Hand an. »Ich weiß von der Erbschaft, Miles.«

Ein paar Meter weiter, immer noch knietief im Wasser, richtete sich Norton ruckartig auf. Ihm stand die Panik in den Augen.

Miles fasste sich mit gespielter Bekümmerung ans Herz, lächelte spöttisch. »Sie sind verwirrt«, sagte er. »Ist ja auch verständlich. Wahrlich keine leichte Situation, in der wir hier stecken.« Er wandte sich Norton zu. »Sag's ihr«, rief er. »Sag Detective Merchant, dass sie sich irrt.«

»Sie kommen zu spät. Ich weiß alles. Sie waren clever, das muss ich Ihnen lassen. Wie lange haben Sie das schon geplant, Miles? Zu welchem Zeitpunkt ist Ihnen klar geworden, das Norton auf einer Goldmine sitzt. Wann haben Sie beschlossen, bei ihm abzukassieren?«

Es war ein von langer Hand geplantes Spiel, mit derart vielen

Schachzügen, dass es Monate, wenn nicht Jahre der Vorbereitung gekostet haben muss. Die Heirat mit Bebe war nur der Anfang. Sie war nicht sein Ziel, sondern Mittel zum Zweck, das zwei der tiefsten Gelüste dieses Mannes befriedigte: Geld und Rache.

»Hey«, rief Miles lässig über die Schulter Norton zu. »Komm hier rüber und sag der armen, verwirrten Frau hier, was Sache ist.«

Vielleicht tat er es aus purer Gewohnheit. Philip Norton war es gewohnt zu tun, was man ihm sagte. Höchstwahrscheinlich aber hatte der Mann nur das überwältigende Bedürfnis, etwas wiedergutzumachen. Also ging er zu Miles. Das war ein Fehler.

Kaum war Norton bei ihm, zog Miles ein Ausbeinmesser, schmal und tödlich, und hielt es Norton an die Kehle. Miles hatte die Mordwaffe in der Tasche seines Sportjacketts verborgen. Die Jacke, die er angezogen hatte, nachdem er Abella Beaudry mit dem Strick erdrosselt hatte, den Norton für ihn im Badezimmer hinterlegt hatte.

»Fallen lassen!« Ich erkannte meine eigene Stimme nicht wieder. »Um Himmels willen, Miles, er ist Ihr Vater.«

Der Satz klang wie eine Zeile aus einem unerträglichen Melodram, sogar in meinen eigenen Ohren. Kaum hatte ich ihn ausgesprochen, geisterten mir Bilder von Ödipus und Kylo Ren durch den Kopf. Außerdem: Was besagte schon gemeinsame DNA an einem Ort wie diesem, wo Familienmitglieder sich das Leben zur Hölle machten? Aber ich musste es wenigstens versuchen und konnte nur hoffen, dass es dem Mann mit dem Messer zu denken geben würde.

Als ich es heute Morgen sah, das Foto auf Nortons Nachttisch von ihm mit einem kleinen Jungen, da dachte ich mir nicht viel dabei. Doch dann machte Jade die Bemerkung gegenüber Tim, dass ihre Großmutter hier aus der Gegend stamme. Und Miles erwähnte, dass er ohne Dad aufgewachsen sei. Außerdem konnte ich mit eigenen Augen beobachten, wie vernarrt Norton in Jade war. All das verschaffte dem Bild auf dem Nachttisch eine ganz neue Bedeutung. Es war verrückt, aber die Sache klärte sich, als Carson bei unserem Telefonat von Moonshine Phil und dem unbekannten Jungen in der Stadt erzählte. Philip Norton und Miles Byrd waren nicht nur Komplizen, sondern Vater und Sohn.

Als ich es aussprach, wusste ich im selben Moment, dass ich richtiglag. Miles grinste mich unverfroren an und drückte die Klinge fester an Nortons Gurgel.

Der gab einen gequälten Laut von sich. Flehentlich krächzte Norton: »Miles ... bitte ...«

»Jade«, sagte ich, um es mit einer anderen Taktik zu versuchen. »Sie wird ihren Großvater verlieren. Denken Sie an Jade.«

»Oh, das tue ich die ganze Zeit. Nur deshalb habe ich Bebe geheiratet. Bebe war unser Sicherheitsnetz. Die Geldquelle.« Mit verzerrtem Gesicht blickte Miles zu Norton herab. »Es sollte alles ganz leicht sein. Das alles hier habe ich für Jade getan – vor allem das mit Jasper. Meine Mutter war *sechzehn Jahre alt*, als sie mich bekam.« Er presste Norton fester an sich, während er sprach. »Du hast dich geweigert, ihr zu helfen«, zischte er ihm ins Ohr. »Hast ihr ein Kind gemacht und hast sie dann fallen gelassen. Hol mich der Teufel, wenn ich zugelassen hätte, dass so ein verwöhnter, reicher Bengel dasselbe mit meiner Tochter macht. Ich wollte dich einfach nur kennenlernen«, sagte Miles, »aber du hast mich links liegen gelassen.«

»Ich war doch auch noch fast ein Kind«, würgte Norton heraus. »Ich hatte keinen Job, kein Geld, nichts. Ich hab versucht, es wiedergutzumachen.«

»Du hast es versucht, ja? *Versucht?* Sobald ich meinen Führerschein hatte, bin ich hier regelmäßig aufgetaucht. Ich bin dir hinterhergelaufen wie ein treues Hündchen. Aber du hast mich jedes Mal weggeschickt. Hast du gedacht, ich hätte das alles vergessen, als du dich endlich blicken ließt? Und auf einmal sollten wir beste Freunde sein?«

»Sie retten nicht Ihre Haut, wenn Sie ihn töten, Miles.«

»Ach nein?« Miles wandte den Blick zu mir. »Philip hat die Betäubungsmittel gekauft. Sein Name steht in Camillas Testament. Seine Fingerabdrücke und DNA sind an dem Messer und an dem Strick da oben. Sie haben kein unterschriebenes Geständnis«, sagte er. »Keinerlei Beweise, um mich zu verklagen, nichts außer einer löchrigen Theorie. Ich werde ihn aus Notwehr töten. Das sage ich Ihrem Boss, wenn Sie mich verhaften – und bitte, verhaften Sie mich ruhig. Ich bin mit so vielen Strafverteidigern befreundet, genug für ein ganzes Softball-Team, die alle nur darauf warten, für meinen Leumund zu bürgen. Sie dagegen haben heute auf einen Zeugen geschossen, und dank Ihrer Inkompetenz wurde eine Zeugin getötet. Ich hab Sie da oben mit Wellington belauscht, bei Ihrem kleinen Freundschaftsplausch. Offenbar haben Sie ernste Probleme. Sie gehören dringend in Behandlung. Eine Beurlaubung wäre der erste Schritt.«

Sein Arm spannte sich an, um seinem lange verloren geglaubten Vater die Kehle aufzuschlitzen, doch plötzlich wich das Grinsen aus seinem Gesicht. Auch ich hatte es gehört. Das Knarren der Tür zum Bootshaus.

»Geh wieder rein, Jade!«, rief ich ihr hastig zu. »Es muss heute Nacht nicht noch jemandem etwas passieren, deinem Vater so wenig wie deinem Großvater. Bleib einfach ...«

»Daddy?« Jade klang völlig entgeistert. Sie zitterte so heftig, dass sie sich kaum aufrecht halten konnte. »Was machst du ... Wieso hat sie ...«

»Mein Gott«, sagte ich, als ich das Entsetzen in Miles' Gesicht sah, »sie weiß es nicht.«

»Geh rein!«, brüllte Miles. »Sofort, Jade!«

»Aber ...«

»Ich wollte es dir sagen«, meldete sich jetzt Norton zu Wort. »Ich ... ich wusste ja gar nichts von deiner Existenz. Bis ich deinen Vater letztes Jahr ausfindig gemacht habe. Er sagte, wir müssten warten ... auf den richten Moment warten ...«

»Sie haben ihr nicht gesagt, wer er ist«, sagte ich an Miles gewandt. »Sie haben Jade nicht zugetraut, das Geheimnis so lange vor den Sinclairs zu bewahren, bis ihr Großvater Camilla wie eine Weihnachtsgans ausgenommen hatte. Hatten Sie je vor, ihren Vater nach diesem Wochenende am Leben zu lassen? Oder ist er einfach nur ein weiterer Kollateralschaden?«

Nortons Schmerzensschrei verzerrte sein Gesicht zu einer Fratze der Verzweiflung, und zum ersten Mal sah ich die Familienähnlichkeit zwischen den dreien. Denn Jade starrte mit demselben fassungslosen Ausdruck ihren Vater an, als ihr klar wurde, dass beide zusammen, Miles und Norton, den Mann ermordet hatten, den sie zu lieben glaubte.

Sie strich sich mit zitternden Fingern das Haar aus den Augen, stieß einen jammervollen Laut aus und rannte los. Da wir drei ihr den Weg zum Haus versperrten, konnte sie nirgendwo hin. Nirgendwo außer zu dem überfluteten Anlegesteg. Wellen gingen über die Planken hinweg, und das Wasser reichte ihr bis über die Knie, doch sie war zu schnell, als dass ich sie hätte festhalten können, als sie an mir vorbeikam.

Miles stieß Norton zur Seite und stürzte ebenfalls seiner Tochter hinterher. Die Bohlen des Stegs waren rutschig, die Strömung stark. Ich war größer als Jade, und selbst ich musste kämpfen, um nicht fortgerissen zu werden. Ein paar Meter entfernt war Miles jetzt bis zur Hüfte im Wasser, dann bis zum Hals. Seine Schwimmzüge waren kraftvoll, aber der Regen und das Wasser bildeten einen Dunstschleier, der einem die Orientierung nahm, und schon bald war er weit abgetrieben.

Vor mir krachte eine Welle gegen Jade und warf sie um. Sie

ging unter, kam dann wie eine Robbe wieder hoch und tauchte wieder unter. Ein blasser Arm schoss an die Oberfläche und schlug wild um sich, als greife er nach Luft, dann verschwand sie gänzlich im kalten dunklen Wasser.

»Jade!« Die Schreie der Männer gellten mir in den Ohren und wurden verschluckt, als ich mich kopfüber in den Fluss stürzte. Die Kälte raubte mir fast den Verstand. Ich versuchte, unter Wasser etwas zu sehen, aber da war nur Schwärze. Meine schmerzenden Muskeln verkrampften sich nach kürzester Zeit. Meine Füße waren schwer wie Blei. Ich klapperte mit den Zähnen, und ohne Taschenlampe war alles nur noch weiße Gischt und schwarzes Wasser und diese schreckliche, betäubende Eiseskälte.

Es war Irrsinn gewesen. Ich war keine besonders gute Schwimmerin. Aber ich konnte doch nicht zulassen, dass noch ein Mädchen starb. Doch vergeblich. Jade war nirgends zu sehen – keine Jade, kein Miles. Nur der Fluss, der Jasper Sinclair in die Tiefe gezogen hatte und jetzt mich ebenfalls zu verschlingen drohte.

In diesem Moment hörte ich in dem Getöse der Wellen und dem Rauschen des Regens ein neues Geräusch. Als die Wellen ringsum silbrig wurden, dachte ich an einen Blitz, so hell, dass er die Nacht zum Tag machte. Aber dann sah ich es. Ein Boot. Es kam stampfend näher. Von hoch oben fiel etwas herunter, landete dick und weich neben mir, und ich griff danach. Plötzlich konnte ich mich über Wasser halten. Ich biss die Zähne zusammen, reckte den Kopf aus der Dünung. Was ich sah, war Maureen McIntyre.

Die sich über das Dollbord beugte.

Und nach meiner Hand griff.

ZWEIUNDDREISSIG

»ALS SIE DAS HAUS verließen, um Norton zu verfolgen, wussten Sie es also schon. Dass Norton einen Komplizen hatte. Dass Miles der Mörder war.«

Lieutenant Jack O. Henderson faltete die Hände vor sich auf dem Schreibtisch und wartete auf meine Antwort. Mein unmittelbarer Vorgesetzter hatte dicke Finger mit geschwollenen Gelenken. Diese Hände hätten einem die Luftröhre wie einen Strohhalm zudrücken können. Ich riss mich von ihrem Anblick los und sah auf.

»Ich wusste, dass zwei Personen an Jaspers Mord beteiligt gewesen sein mussten«, antwortete ich. »Es wäre schwierig gewesen, ohne Hilfe die Leiche eines erwachsenen Mannes verschwinden zu lassen – bei diesem Wetter und bei dem felsigen Gelände. Norton hatte ich schon früh in Verdacht. Seinen Komplizen zu finden war das Problem. Nach Abellas Ermordung habe ich den Tag noch einmal Revue passieren lassen. Bei meiner Ankunft auf Tern Island hatte mir Norton geschildert, wie sich die Familie bei der Suche nach Jasper aufgeteilt hatte. Flynn, Bebe und Ned sahen im Haus nach. Norton übernahm das Gelände – zusammen mit Miles. Das gab ihnen Gelegenheit, ihre Geschichte wie auch ihren weiteren Plan aufeinander abzustimmen. Norton würde mit dem Finger auf den Fallensteller zeigen, Miles den Verdacht auf Ned lenken. Je mehr Tatverdächtige, desto besser – und es stand ihnen ja reichlich Personal zur Verfügung, mit jeder Menge Dreck am Stecken. Als Flynn sich auf Abella einschoss, muss Miles sich die Hände gerieben haben, und dann wieder, als Ned auf mich losging und Flynn auf Ned. Sein Plan war von Anfang an sehr ambitioniert, aber die anderen Akteure haben ihm auch noch in die Hände gespielt.«

Ich hing einen Moment meinen Gedanken nach, bevor ich fortfuhr. »Nach allem, was ich über die finanzielle Situation der Familie erfahren hatte und über Camillas Verhältnis zu Jasper und Norton, war ich mir ziemlich sicher, dass Norton in ihrem Testament mit der Insel bedacht worden war. Ich konnte mir nur nicht recht vorstellen, dass er fähig wäre, einen Menschen zu erstechen. Miles ließ mich von Anfang an nicht los. Er hatte zahlreiche Bemerkungen über Bebes zweifelhafte Vermögenssituation gemacht. An einem Punkt beschuldigte sie ihn ihrerseits, sie nur wegen des Geldes geheiratet zu haben. Sie waren längst miteinander fertig, als Bebe sich mit Ned einließ, doch Miles zog sich nicht zurück, sondern erschien sogar zu einem rein familiären Anlass auf der Insel. Miles mauerte, wartete auf etwas. Ich wusste nur nicht, worauf.«

Ich wischte mir die Hände an der Hose ab. Der feine Wollzwirn fühlte sich ungewohnt an. Ich hatte mich in Schale geschmissen für meinen Besuch im Präsidium der New York State Police, Troop D, der Kommandozentrale für mein und sechs andere Countys. Wenn es irgendeinen Anlass gab, professionell gekleidet zu erscheinen, dann diesen. Der Lieutenant vom BCI sah mich ungerührt an. »Sie haben eine Menge Informationen aus Erzählungen und Interaktionen gewonnen, die die meisten Menschen als irrelevant eingestuft hätten.«

»Weibliche Intuition?«, fragte ich lächelnd zurück.

Er lachte nicht.

»Und da war noch etwas«, sagte ich. »Es war nicht zu übersehen, dass Jade ein enges Verhältnis zu Jasper hatte. Am Vortag hatte Miles beobachtet, wie Jasper seine Tochter, die ihn offensichtlich anschmachtete, mit Wein abfüllte. Als ich Miles in der Küche befragte, ließ Jade durchblicken, sie wolle sich auch nach Miles' und Bebes Scheidung weiterhin mit Jasper treffen. Ich kann mir kaum einen Vater vorstellen, den es kaltließe, wenn seine vierzehnjährige Tochter einem sechsundzwanzig Jahre alten Mann so viel Aufmerksamkeit schenkt, erst recht, wenn es sich dabei um den Angehörigen einer verhassten Ex-Ehefrau handelte. Aber Miles verlor kein einziges böses Wort über Jasper. Er legte eine bewundernswerte Zurückhaltung an den Tag. Das machte mich argwöhnisch. Kam noch dazu, wo er die Nacht geschlafen hatte.«

Der Lieutenant zog eine borstige graue Augenbraue hoch, und ich fuhr fort. »Ned erzählte mir, er habe sein Lager in der Bibliothek aufgeschlagen. Aber als ich bei Miles wegen seines Schlafarrangements mit Bebe nachhakte, behauptete er dasselbe von sich. Dankbar bestätigte Miles meine Schlussfolgerung, er habe unten geschlafen, also weit entfernt vom Tatort. Er wusste, dass Norton seine Geschichte bestätigen würde. Offensichtlich hatte er nicht gewusst, dass tatsächlich Ned die Couch in der Bibliothek belegt hatte. Wahrscheinlich hatten sie ihn nicht bemerkt, als sie im Dunkeln Jaspers Leiche aus dem Haus schafften. Als ich erst zu dem Schluss gekommen war, dass Norton und Miles sich gegenseitig deckten, habe ich mir den Rest – ihre Vergangenheit, ihre Beziehung – einfach zusammengereimt.«

Ich erzählte Lieutenant Henderson alles, was ich wusste, auch das, was ich erfahren hatte, nachdem mich Maureen McIntyre aus dem Fluss gezogen hatte. Norton hatte vor zwei Jahren mit Miles Kontakt aufgenommen, in der Hoffnung auf Versöhnung. Miles war immer noch wütend auf ihn, doch als er von den Sinclairs und Nortons Leben bei Camilla erfuhr, brachte ihn das auf einen

Gedanken. Es war ein Kinderspiel, Bebe in New York aufzuspüren. Auch wenn Miles mit ihrem Wohlstand nicht mithalten konnte, war er ein erfolgreicher Anwalt und alleinerziehender Vater einer halbwüchsigen Tochter – eine interessante Partie für eine Frau im mittleren Alter, die noch nie verheiratet gewesen war. Und Bebe biss an. Miles konnte Norton davon überzeugen, Jade vorerst nicht zu verraten, wer er war. *Wozu das Kind unnötig aufregen. Besser, sie lernt dich erst einmal kennen*, argumentierte er.

Miles und Jade passten perfekt zu den Sinclairs. Jade ging mit Jasper, der sie wie eine Erwachsene behandelte und nicht wie das Kind, das sie noch war, eine enge Freundschaft ein, während Norton zu seiner großen Freude seine Enkeltochter kennenlernte, von deren Existenz er jetzt erst erfahren hatte. Miles versicherte seinem Vater, alles sei vergeben. Doch Miles brauchte nicht lange, um herauszufinden, dass Sinclair Fabrics nicht der Goldesel war, für den er die Firma gehalten hatte. Er machte seinen ersten Schachzug, als seine Tochter ihm ein höchst interessantes Geheimnis ausplauderte: Jasper machte sich Sorgen darüber, dass seine Großmutter mit Norton allzu vertraut wurde und dass Norton dies ausnutzen könnte.

Dabei wäre es Norton im Traum nicht eingefallen, Camilla zu manipulieren und auszunutzen. Wenn Miles ihm nicht klargemacht hätte, wie viel auf dem Spiel stand. Ginge die Firma pleite, wäre auch die Insel verloren. Als Anwalt könne Miles Norton jedoch weiterhin den Zugang zur Insel sichern. Falls Norton Camilla dazu überreden könne, ihm das Anwesen zu hinterlassen, werde er es vor Bebe und Flynn beschützen. Auf diese Weise wäre der Ort, den Norton wie keinen anderen liebte und der für ihn sein Zuhause war, in sicheren Händen. Einzig Jasper stand ihnen im Weg. Verständlicherweise reagierte Norton mit Entsetzen. Er erklärte Miles, für Mord sei er nicht zu haben. Doch als die Schwärmerei seiner jungen Enkeltochter zur Obsession wurde, änderte sich die

Situation. Nun war auch Norton davon überzeugt, dass Jasper verschwinden müsse.

»Ich kenne Männer wie Miles«, fügte ich hinzu. »Er nutzte Nortons Liebe zur Insel und seine Schuldgefühle als Vater aus, um ihn zu manipulieren. Jasper mochte noch so ein großartiger Bursche sein, doch er war immer noch ein Sinclair und somit alles, was Norton nie im Leben sein würde – wohlhabend, privilegiert und in der Lage, für eine Familie zu sorgen. Und nun hatte Norton seinerseits gerade einen Sohn zurückgewonnen und eine Enkeltochter dazu. Endlich hatte sich das Blatt für ihn gewendet. Er wollte genauso wenig wie Miles, dass Jade geschwängert und dann sitzen gelassen würde. Norton ist kein herzloser Mensch. Es war seine Idee, die Leiche wegzuschaffen, um Camilla unnötigen Kummer zu ersparen. Zu dem Zeitpunkt, als Jasper verschwand, war das Testament bereits geändert. Die Insel gehörte praktisch ihm.«

»Ich habe dieses Testament gesehen«, sagte der Lieutenant. »Es wurde am Wochenende des Vierten Juli auf Nortons Namen als alleinigen Erben des gesamten Vermögens umgeschrieben.«

Ich nickte. »Camilla vertraute ihm. Sie wusste, dass er sich um Tern Island kümmern würde. Zweifellos hoffte sie, das Leben dort würde so weitergehen wie immer. Camilla glaubte, ihrem Enkel einen Gefallen zu tun, in dem sie ihr Vermögen gewissermaßen in Sicherheit brachte. Geld war es, was die Familie zu zerstören drohte, und davor wollte sie Jasper bewahren.«

Tick. Tick. Tick. Der Lieutenant tippte mit der Spitze seines Kugelschreibers auf den dicken braunen Ordner, der vor ihm lag. »Wie Sie wissen«, sagte er, »hatten wir die Kriminaltechniker draußen auf der Insel. Sie fanden Ketamin in dem Glas, das Camilla benutzt haben musste, ebenso bei Nortons Sachen. Wir ermitteln, wie er an das Mittel gekommen ist. Vielleicht von jemandem aus New York, der hier den Sommer verbringt.«

»Norton hat viele Jahre in Alexandria Bay gelebt. Mit Sicherheit hat er seine Verbindungen«, sagte ich. »Es gibt ein paar Veterinärdienste in der Gegend, und Ketamin wird als Beruhigungsmittel eingesetzt. Vielleicht hat er es daher.«

Angesichts meiner eigenen einschlägigen Erfahrung mit K.-o.-Drogen schnellte erneut die Augenbraue des Lieutenants hoch. Dass ich ein persönliches Interesse daran hatte herauszufinden, woher das Zeug kam, behielt ich für mich.

»Was das Blut im Bett betrifft ...«, fuhr er fort, während er in die Akte sah. »Der Gerichtsmediziner hat Referenzproben von Jaspers Geschwistern genommen. Es stammte von Jasper, und Ihre erste Einschätzung am Tatort hat sich als richtig erwiesen. Nach der Menge des Bluts, das sich am Tatort fand, geht der Gerichtsmediziner davon aus, dass Jaspers Zustand bereits dort lebensbedrohlich war. Davon unabhängig, haben wir Suchtrupps quer über Tern Island und Taucher ins Wasser geschickt, doch gefunden haben wir nichts.«

Außer Miles' Leiche. Er sagte es nicht. Das war auch nicht nötig. Mac hatte mich, seit wir wieder in Alexandria Bay waren, über die weitere Entwicklung auf dem Laufenden gehalten. Miles hatte versucht, seine Tochter zu retten, doch für eine Wiedergutmachung wäre es ohnehin zu spät gewesen. Jade war zu ihrer Mutter nach Kalifornien gezogen. Da Philip Norton in der Haftanstalt Clinton einsaß, gab es nichts mehr, was das Mädchen in New York gehalten hätte.

Am Ende war es nicht Jaspers Leiche, die mir in den Nächten nach meiner Rückkehr von Tern Island im Traum erschien, sondern die von Abella. Das Mädchen war für Miles' und Nortons Plan eigentlich nur eine unbedeutende Randfigur, was ihren Tod umso tragischer erscheinen ließ. Einen Tag vor meiner schwierigen Aufgabe, Lieutenant Henderson zu erklären, wie aus einem Vermisstenfall ein Fall von Doppelmord geworden war, hatte ich mir aus den Dateien im Revier heimlich die Telefonnummer der Familie Beaudry besorgt und Abellas Eltern angerufen. Ihr Englisch war nicht so perfekt wie das ihrer Tochter, aber wie sie über die Ermittlerin dachte, die den Tod ihrer Tochter nicht verhindert hatte, konnte sie sehr wohl zum Ausdruck bringen.

Verstohlen blickte der Lieutenant auf die Uhr. »Also schön, Merchant, bleibt nur noch Flynn Sinclair. Wellington sagt, er habe Sie bedroht.«

Ich hole tief Luft. Tims Aussage hatte es mir leicht gemacht, mich herauszureden. Er würde bestätigen, was immer ich sagte. Ich erwiderte jedoch: »Ich weiß nicht, wieso ich auf ihn geschossen habe.«

»Ich denke, ich schon.« Der Lieutenant schürzte die Lippen. Wieder klopfte er mit dem Kugelschreiber auf die Akte – meine Akte –, die unter seinen großen Händen lag.

»Du bist bestimmt froh, dass es vorbei ist.«

Tim sitzt auf der harten Holzbank im Korridor und blickt lächelnd zu mir auf. Er ist vor mir beim Lieutenant gewesen, hat es also schon hinter sich. Wir haben die zweistündige Fahrt nach Oneida zusammen unternommen. Als ich an der Reihe war und Tim an der Tür zum Präsidium zurückgelassen habe, bin ich davon ausgegangen, dass er in einem nahe gelegenen Coffeeshop wartet, während sie mich in die Mangel nehmen. Aber da sitzt er.

»Ja, es ist vorbei«, sage ich. *Suspendiert bis zu einem psychoanalytischen Gutachten.* Ich sage Tim nicht, dass ich mit nichts anderem gerechnet habe. Ich setze mich zu ihm. »Weißt du, was ich jetzt brauche?«

Tim rutscht nah zu mir heran. »Ich gäb was drum zu wissen, was du jetzt brauchst, Shane.«

»Mist«, sage ich mit einem schiefen Grinsen. »Geht mir genauso.«

Außer uns ist der Flur menschenleer. Es ist so still, dass ich

Tims Armbanduhr ticken höre. Er verzieht das Gesicht zu einem Fragezeichen. »Soll ich dir einen ausgeben?«, fragt er.

Seit das alles passiert ist, war ich nicht mehr allein mit ihm. Ich weiß nicht, wie er dazu steht, dass ich die Ermittlung an mich gerissen und Philip Norton und dann Miles auf eigene Faust verfolgt habe. Allein. »Willst du das wirklich?«, frage ich.

Tim stützt die Unterarme auf die Knie. »Ich hab mal ein You-Tube-Video gesehen, mit Grillenzirpen.«

Grillenzirpen wünscht sich Tim? Ich lege den Kopf schief, sehe ihn neugierig an.

»Die zweite Hälfte des Videos war das Interessante. Sie haben es um ungefähr achthundert Prozent verlangsamt. Und da klingt es nicht mehr nach Grillenzirpen, sondern wie Musik. Wie ein Chor aus menschlichen Stimmen. Ich fand das unglaublich«, sagt Tim. »Wie etwas vollkommen anderes dabei herauskommt, wenn man eine einzige Veränderung vornimmt.« Er schweigt. »Wir sind alle verschieden, wir haben alle einen anderen Erfahrungshorizont, und das entscheidet, wie wir die Dinge sehen. Auf Tern Island hat uns jeder erzählt, was er wollte, das wir hören. Aber du hast etwas anderes herausgehört.«

»Aber es gab keine Garantie dafür, dass ich richtiglag.«

»Das Risiko war ich bereit einzugehen. Wir sind ein Team.« Sein Stimme klingt belegt. »Ich bin davon ausgegangen, du weißt, was du tust.«

»Du bringst mir viel Vertrauen entgegen – trotz allem.«

»Selbstverständlich«, sagt er und sieht mich direkt an. Eine Weile schweigen wir beide. Dann: »Was ist mit Carson?«

Mein Verlobter und ich sind fertig miteinander. Tim weiß es, und er will wissen, wie ich damit klarkomme. Es ist nicht so einfach wie gedacht. Ich muss noch einmal komplett von vorn anfangen. Einmal mehr. Aber dass mir etwas geschenkt wird, erwarte ich längst nicht mehr.

Ich mustere Tims graue Augen, sein markantes Kinn. Sein Gesicht ist das Gesicht eines herzensguten Mannes. Ich kann nicht glauben, dass ich je an ihm gezweifelt habe. »Wärst du nicht gewesen ... Wenn du mir nicht erzählt hättest, wie Carson dich damals behandelt hat ...« Ich zögere. »Danke«, sage ich schließlich. »Du hattest recht. Ich hab mit McIntyre gesprochen. Nach Carsons Anruf bei ihr hat sie ein paar Nachforschungen über ihn angestellt. Ich habe die ganze Zeit geglaubt, er hätte New York meinetwegen verlassen, um mir zu helfen, wieder gesund zu werden. Aber tatsächlich ist Carson gefeuert worden. Beim NYPD sind Beschwerden über ihn eingegangen von Leuten, die bei ihm in Therapie waren. Ausnahmslos Frauen.«

»Nicht zu fassen.« Tim blickt zu Boden.

»Ach, und was das Ausgeben angeht ...«, sage ich. »Tut mir leid, aber so läuft das nicht.«

Ich sehe die Enttäuschung in seinem Gesicht. »Nein?«

Ich lächle. »Nein. *Ich* bin dran, dir einen auszugeben.«

Die nächste Bar ist ein Mexikaner drei Minuten entfernt. Gegen den kalten Wind schlage ich den Kragen auf, als wir unter bedecktem Himmel in den Wagen steigen. Die Fahrt verläuft schweigend, wir reden erst wieder, als wir, die Speisekarte in der Hand, an einem Tisch Platz genommen haben. Nicht nötig, ihn zu fragen, was er will. Ich bestelle zwei Margaritas und eine Platte Schinken-Tacos für zwei. Wenn ich die letzten Monate Revue passieren lasse und überhaupt die ganze Zeit, die wir schon zusammen verbracht haben, wird mir klar, dass ich ihn besser kenne, als ich dachte.

Der Drink ist Balsam für meine Kehle. Tim spielt den Alleinunterhalter und plaudert munter drauflos. Ich weiß das zu schätzen. Ich habe die letzten Stunden so viel geredet, dass ich dankbar bin, endlich einmal schweigen zu können.

Doch schließlich schweigt er. Mit einem Mal wirkt Tim nervös.

Unter der Tischkante wackelt er mit den Knien. »Ich habe über das, was du mir erzählt hast, nachgedacht.«

»Was ich dir erzählt habe?«

»Ja, das über Bram.«

»Ach so.« Ich nippe an meinem Drink, vermeide Blickkontakt.

»Er läuft noch immer da draußen herum«, fährt Tim fort. »Woher willst du wissen, dass er nicht noch immer hinter dir her ist? Ich will damit sagen, ich mache mir Sorgen. Der Umzug hierher in den Norden … Ich bin mir nicht sicher, ob das reicht.«

Gott, was gäbe ich drum, wenn ich dir alles sagen könnte.

»Du hast gesagt, die Polizei hat rausgefunden, wer er ist«, fährt Tim fort. »Ein Hausverwalter in dem Gebäude. Wieso haben sie ihn dann nie gefunden?«

»Weil er seinen Namen geändert hat. Ist ja nicht weiter schwer. Hat er nicht zum ersten Mal gemacht.«

»Was ist mit seiner Verbindung nach Swanton? Wenn er von der Stadt so besessen ist, ist er vielleicht dorthin zurückgekehrt. Hat irgendjemand die Stadt durchforstet, um festzustellen, wer Bram wirklich ist?«

Ich zucke nur mit den Achseln. Sage nichts.

Tim lässt den Blick durch die Bar schweifen. Vielleicht stellt er sich vor, wie ich in genau so einer Bar sitze und mit einem Mörder rede. »Eins wüsste ich gerne«, sagt er. »Wie viel hat Carson dir über das Stockholm-Syndrom erzählt?«

Er faltet die Hände und beugt sich vor. Die Geste erinnert mich an den Tag, an dem ich Carson kennenlernte, als er noch ein harmloser Seelenklempner für mich war.

»Worauf ich hinauswill«, sagt Tim, »wie viel wusstest du über das Phänomen, bevor du bei ihm in die Therapie gegangen bist?«

»Weiß nicht jeder über das Stockholm-Syndrom Bescheid?«

»Über das Phänomen ganz allgemein, ja. Aber die Symptome,

die Bedingungen, unter denen es dazu kommt, wie und wann genau es sich zum ersten Mal manifestiert und ...«

»Du würdest einen guten Therapeuten abgeben«, sage ich.

»Ich meine es ernst. Wie viel wusstest du darüber?«

»Was macht das jetzt noch für einen Unterschied aus?«

»Carson hat dich diagnostiziert.«

»Und?«

»Und – stimmst du ihm zu? Oder war das nur ein willkommener Vorwand, um zu rechtfertigen, dass du Bram laufen gelassen hast?«

»*Wie bitte?*«

»Vergiss nicht«, sagt er, »Carson hat auch mich manipuliert. Ich weiß, wie überzeugend er sein kann. Im NYPD hat er alle davon überzeugt, du hättest dich nicht unter Kontrolle. Mit Sicherheit konnte er es denen glaubhaft machen. Er wird plausible Argumente ins Feld geführt haben. Aber worauf ich hinauswill, Shana – dafür bist du zu stark. Ich glaube, du hattest selbst irgendwie den Verdacht, er könnte falschliegen, aber du hast dich trotzdem in die Diagnose gefügt.«

»Und wieso zum Teufel sollte ich das tun?«

»Weil du nun mal die bist, die du bist. Du willst herausfinden, wie Menschen ticken. Du liebst es, dich in die Leute hineinzuversetzen. Nimm den Fall auf der Insel. Mit dem *Wie* gibst du dich nicht zufrieden – du willst ums Verrecken herausbekommen, *warum*. Hättest du Bram an dem Tag im Keller getötet, hättest du es nie herausgefunden.«

»*Was* herausgefunden?«

»Wieso er diese anderen Frauen umgebracht hat und dich nicht.«

Unter seinen Comic-Augenbrauen sind Tims Augen todernst.

»Du irrst«, sage ich, weil ich nicht weiß, was ich sonst sagen soll. Wie kann ich es ihm erklären, ohne ihm die Wahrheit zu sagen?

»Du hattest Angst, auf der Insel würde das alles noch mal passieren«, sagt Tim. »Du könntest den Mörder davonkommen lassen und damit andere Menschen in Gefahr bringen.«

»Davor hat doch jeder Detective Angst.«

»Mag sein. Aber versprich mir, dich deswegen nicht mit Selbstvorwürfen zu quälen, Shane. Dich trifft keine Schuld.«

Ich mustere Tim Wellingtons Gesicht. Wir sind Kollegen, aber inzwischen auch Freunde, und daher rührt mich seine Fürsorge. Tim ist warmherzig und ehrlich, und falls ich je seine Familie kennenlerne, weiß ich schon jetzt, dass sie genauso ist. Aber Tim denkt zu viel an mich. Er ist zu schnell bereit, mir alles, was ich getan habe, nachzusehen und zu vergeben. Tim weigert sich nicht nur, meine Dämonen zu akzeptieren, er weigert sich auch zu akzeptieren, dass es sie überhaupt gibt. Aber es gibt sie, diese Finsternis, tief in mir drinnen.

Wenn ich jetzt an Carson denke, glaube ich fast, dass ich mich deshalb an ihn gebunden habe. Weil ich geahnt habe, dass er diese negative Seite hat. Ich hatte das Gefühl, es nicht besser verdient zu haben. Wir beide haben unsere Geheimnisse. Schwer zu sagen, wessen Geheimnisse schlimmer sind.

»Versprich es mir«, sagt Tim noch einmal.

Ich verspreche es.

Es ist nicht das erste Mal, dass ich ihn belüge. Ich habe ihn auch belogen, als er mich nach meiner Narbe gefragt hat. Ich habe ihm gesagt, Bram hätte nichts damit zu tun. In Wahrheit kettet sie uns aneinander.

Bram hat nicht gelogen, als er behauptete, wir beide hätten eine gemeinsame Vergangenheit. Wie gern würde ich behaupten, ich hätte es erst begriffen, nachdem er geflüchtet war, aber schon in jenem Keller im East Village wusste ich über ihn Bescheid.

Dort habe ich sein Geheimnis gelüftet, habe ich ihm die Maske vom Gesicht gerissen und seine wahre Identität erkannt.

Es ist Finsternis in mir, genauso wie in Bram, aber ich lasse nicht zu, dass sie die Herrschaft übernimmt. Ich bin es meiner Familie, Alexandria Bay und Tim schuldig zu kämpfen. Ich habe viel zu verlieren, aber ich verfüge auch über Fähigkeiten.

Genug, um tausend Inseln zu verteidigen.

Caroline Corcoran

Sie kann dich hören.

Sie kann dich sehen.

Sie kann sich nehmen, was dir gehört.

978-3-453-58080-0

Leseprobe unter **www.heyne.de**